Signals

Tim Gautreaux

信号

［美］蒂姆·高特罗 著

程应铸 译

上海译文出版社

献给
给我们带来孙儿们
的黑利和梅利莎

早点叫醒我,善待我的狗,教我的孩子们祈祷。

——约翰·安德森

目 录

偶像之殇…………………………… 1
重塑信心…………………………… 29
坏种………………………………… 54
收音机的魔力……………………… 73
修炉人的哀歌……………………… 90
悔………………………………… 126
水上魂影………………………… 145
灭虫人…………………………… 152
翅膀……………………………… 174
钢琴调音师……………………… 195
书评的故事……………………… 219
失手……………………………… 238
信号……………………………… 255
安抚心灵………………………… 280
"一本万利号"赌船……………… 301
电阻起风波……………………… 325
休·皮斯托拉酒后历险…………… 343
赌桌上的调味酒………………… 365

保险柜之谜……………………… 390
融入孩子………………………… 413
光亮中的盲区…………………… 433

偶像之殇

朱利安收到一封来信，是一份对他外祖父的地产作最终处置的通知，这时，他居住在孟菲斯市，在一幢被隔壁铸铁厂的煤烟熏得黝黑的公寓楼里。站在这座外墙斑驳的两层公寓门口，他读信中的条款时手在颤抖，他外祖父的大部分财产被廉价出卖以履行留置权及偿付律师费，但是那座乡村大宅和六英亩土地被保留下来，另外还留下二万八千美元。朱利安六十三岁，瘦瘦的个子，头发日渐稀少；他是个打字机修理工，成天躲在自己的备用卧室里工作，过着离群索居的生活。早在八岁的时候，他就见识了这座宏大的老屋，是他母亲带着他驱车从屋前的碎石路上经过，那时他母亲还能买得起一辆车。宅子的三面被成排龟裂的多利斯柱围着，二楼走廊的栏杆残缺不全，破窗上贴以硬纸板权作修补。它被一个擅自闯入的凶蛮家庭占据了多年，当他母亲驾车慢慢驶过栅栏的时候，他们懒散地站在走廊上，目光随着他母亲的黑色福特而移动。据他所知，他们现在依然住在那里。

他不耐六月底的酷热，走进屋去，坐到一把用防水胶带修补过的躺椅上，重新读那些给他带来好运的条款。他仅有的一次横财是刮彩票赢了一百美元。他母亲去世前，他在一所小型的社区大学苦读了两年，他自认至少在知识上他是富有的，远远领先那些与之打过交道的店老板和簿记员。通常，他很蔑视那些拥有巨屋豪宅的人，然而在他内心深处却保留着一个不可磨灭的记忆：那座老宅是他家族历史中唯一的辉煌业绩。他为自己对那宅子的渴望感到羞愧,而今他却拥有了它。

给不幸者造成痛苦的想法使他烦恼,所以,他没有亲自出马,去告诉老屋里的贫困家庭必须搬走,而是要求县治安官去驱逐他们。他花了一个月的时间,出空他公寓里无主的塞莱克特里克牌和皇家牌440型打字机,然后钻进开了二十年之久的道奇中,驾着它直奔东南,去往密西西比北面的矮松平原。一小时后他离开宽阔的州际公路,驶入一条弯弯曲曲的柏油马路,深入树林后他左转开上一条碎石小道,小道直得像是一条铁路,向前延展了十来英里。这时候,他瞥见一道五股带刺的铁丝,深深嵌在榭树的躯干里。他放慢速度,深深吸了一口气,然后把车停住。那草地是一块由齐腰的野草和断枝组成的编织物,蓟花超凡脱俗的粉红色花冠点缀其间,而矗立在较远处的是一座朽败的大屋——他心中的圣殿。主墙上的灰泥一块块地剥落了,斑斑点点的,露出风化了的橙色砖块。将车开到篱笆的尽头之后,他从车中出来,在发动机罩盖上坐下。他已故的母亲——他发现自己很难忍受她那种贫穷妇女的自命不凡和满身的过时气息——曾经谈到这座屋子,仿佛它是她祖先戈德海伊家族的见证。"他们是高尚而充满力量的人,"那天他们驱车经过此地时她对他说,"我们身上流着他们的血。"他挺直后背,如此,他的目光便能越过这片灌木丛,看到那些高耸的柱子和连绵的屋檐。他突然觉得这份遗产非他莫属,他已经终生拥有它了。

他踏上石板台阶,进了没有上锁的门,来到一个宽敞的走廊。房间顶很高,四下里萦绕着阴森森的回音,还飘着一股久无人住的霉味和老鼠屎味。这宅子有几十年没有粉刷了,尽管最后住在里面的人离开时还算相对干净。幽暗无光的厨房是在屋子建成一百年后才增设的,里面有一个散发着瓦斯味的炉灶和一只体无完肤的水斗。楼上,四间宽大的房间通向一条宽阔的走廊,有道门把他引上一间阁楼,顶上横跨着没有油漆过的柏木梁。横梁上方是一个围着玻璃的瞭望台,奇热难耐,站在此处他可以放目远望,将那片长而平坦、曾经是棉田的林地一览无余。他想象棉花采摘者在吃力地拖着袋子,慢慢穿过热气腾腾的田野,他理解他们是在为这座宅子付出辛勤的劳作。屋顶是铁皮的,看上去尚无安全之忧,虽然暴雨使它向下凹陷,而且生了锈。检查完外面的附属建筑之后,他在尘土飞扬中驱车六英里来到波克斯利镇,在镇上他用分期付款买了一张床、几把椅子、两张桌子和一套餐桌椅。钱斯·波克斯利先生——一位脸上长有老人斑、身穿白衬衫、打着一条细薄领带的和蔼绅士——向他展示了一台二手货的小冰箱。

"没有冰箱你是无法生活的,"波克斯利先生对他说,"你会把一听罐头肉放在窗台上太久,以为第二天还能吃。结果你呕得遍地都是,你会伴有恶心的头痛。"波克斯利先生举起一只青筋毕露的手,摸了摸前额,"你会呕出以前从没看见过的东西。"

"好吧,"他打断对方,"这该死的东西我要了,关键是什么时候你能送货上门?"

"你住在哪儿?"

朱利安告诉他,等着他的反应。

"天哪,那座老屋还在?"

朱利安用鼻子吸着气,抬起下巴。"它不仅没有倒塌,我还要恢复它的原貌。"

波克斯利先生搔着后脑，眯起眼睛看着他。"它原来什么样子？鬼才见过那屋子上的一滴油漆。"

"很快就会有变化。"朱利安说，一边拽过老人夹在手指间的发票。

"你应该买一幢占地半英亩的上好小砖屋，有些东西可以保留。我不认为你清楚修理那屋子得花多少钱，也不清楚冬天那里面会有多冷。"

"那屋子是我家历史的一部分。"

波克斯利先生似乎想了一会儿。"好吧，但愿历史能免去你的账单。"

第二天，老人和两个高中男生运来了朱利安购买的物品。在楼上，波克斯利先生注视着卧室下沉的天花板。"说说看，你是以何谋生的？"

"我在孟菲斯的一条商业街推销和维修打字机。"

"打字机，"波克斯利先生重复着，好像朱利安说的是汽车无线电天线或者蒸汽机，"早在十年前，我们就把最后一台扔进垃圾堆了。"

"有些地方需要用性能好的老式打字机填表，还有其他类似的情况，"朱利安在新的床垫上铺好一条床单，"古董店想让稀有的老式机器恢复功能。"

老人将屋子浏览了一遍，站在弯曲的地板上面，他俯视长长的、斑斑驳驳的走廊，抬头审视裹着织物、弯弯曲曲穿过天花板的电线。"为了你的缘故，我希望打字能重新流行起来。"

在接下来的三周里，朱利安把房间和走廊彻头彻尾地清扫了一番，还修剪了院子里低伏的树枝。每天结束的时候，他都觉得自己累得就快病倒。他买了一把电锯和一些木板，动手修理二楼的走道，但是每次他把木板锯到一半，装在电气箱里的熔断器就会熔断，电气箱安在厨房，总有蜘蛛爬进爬出。当他第一次让那台大功率电炉通电起火的时候，电气箱门是开着的，他看到一道蓝色的闪光和鼠尾状的烟雾——这四只熔断器中的第一只就被用来煎了一只鸡蛋。他不知道怎样提升电气线路的负荷能力，在以后的日子里，他开始以冷食果腹。

每天，他进出那些房间，盘算着要多久才能修补好开裂的灰泥，油漆好污渍斑斑的墙壁，配好破窗的玻璃。

朱利安明白应该雇用一个廉价的助手，一个体弱而渴望工作的老木匠，要不某个康复了的酒鬼或疯子，这个想法让他精神亢奋，好像这样的苦干会是对屋子建造历史的一种模拟。他想到后院那间过时的厨房，它是旧时代的产物，那时为了预防火灾把厨房建在主屋的外面，他思量可以让雇来的家伙住在那里，以抵扣他的一部分薪酬。乡村的生活和繁重的工作能让穷人恢复健康，所以给他这个工作等同于赐他一份恩惠。

朱利安驱车去镇上看波克斯利先生，像平时那样，他站在柜台的一头，用左肘支撑着自己。"有什么可为你效劳，打字机行家？"

朱利安对这样的招呼皱了皱眉。"我需要找个人来做电工活、简单的木工和油漆活。"

波克斯利的双眉扬起。"我也需要。"

朱利安交叉着他的两条瘦臂。"可我能提供住宿。"

"你是说要那干活的和你一块儿住？凭什么？他会吃得你山穷

水尽，整天变着法子跟你要钱，住不了几个月，他怕是活像你的姐夫了。"

"我要的是一个雇工，不是亲戚。"

波克斯利先生用他软弱无力的手拍了一下对方。"你要一个佃农，伙计！那种日子过去了，已经成了历史。"

朱利安怀疑钱斯·波克斯利对历史一无所知，只不过是一个好发表意见的干瘪老头而已。但是，他可能认识县里的每一个人。所以朱利安把身体靠过去，压低声音："我想也许我可以找到一个有某种嗜好的人。你说人们为什么会周转不过来？是因为他们赌博或者酗酒成瘾。"

"哦，你是想找个酒鬼佃农。"老人说。

"不，不。也许有人正在走厄运，我能帮他好转。"

"嗨，他越是喝得烂醉，他就越能转运。"波克斯利先生拍着他的腿，笑得弯下身子。

朱利安对无知的人缺乏耐心，他开始向店外走，但是他的目光触到了一块大的软木告示板，上面用大头针钉满工整的手写信息，这是一个社区布告牌。"至少我可以在那里钉上一小张启事吧？"

"你请便。"老人一拐一拐地朝洗手间走去，朱利安沿着柜台寻找，直到找到了笔和纸。

"招聘：杂务工，包住，修理屋子，欲知具体方位，请询问波克斯利先生。"

简单扼要，这就是我的行事方式，朱利安想。他回头朝洗手间瞥了一眼，又加上："不供酒。"他在一只烟灰缸里的堆积物中选了一个黑色的图钉，把他的启事钉在告示板的当中，旁边的一则告示是：为一条响尾蛇寻找一个理想的家。

接下来的星期一,在楼下走廊外面,朱利安在一张从外屋拖来的平板桌上整修一台古旧的安德伍德牌打字机。这座宅子的每个房间都只有一个灯泡从天花板挂下来,阔大的空间吞噬了所有的光线,所以,他开始转战室外,在早晨的阳光中工作,当然这受制于天气。十点钟左右,他感觉到他的双光眼镜边缘有动静,他抬起头瞥见一个人,就站在路边那排遭受热浪袭击的女贞树丛里,正对着他看。朱利安大声呼唤,那个人费力地穿过野草地,来到屋前。他差不多五十岁上下,是个瘦削的、个子相当高的家伙,身穿一件三线迹的蓝色牛仔裤和一件相配的粗斜纹布衬衫,两只袖子短及腋窝。他的棒球帽是同一种布料,有一个没有任何文字标记的简单圆顶,朱利安还从没见过这种前面没有印字的帽子。"你从哪儿来?"他问。

"镇上,我看到了你的告示。"

"什么?噢,是的。"他站起来,开始上上下下地打量对方。

这个人用他那双发黄的眼睛扫视着屋子的侧面。"我精于木工活,我的名字叫奥巴代亚,但是人们称我为奥比,以前他们这样叫常会惹怒我,但如今我随它去了。"

朱利安仔细地审视他,想从他身上找出些端倪。"你能刷油漆吗?"

"你的名字。"

"什么?"

"你还没告诉我你的名字。"

"朱利安·戈德海伊,不过我现在叫史密斯,到了适当的时候,我会把它改成我祖先的名字。"

"有些人改名就像门廊里的蜥蜴改变颜色那样容易,"奥比说,眼睛注视着朱利安,"而有些人不成。"这个人斜着身子站着,他的皮肤带着阴郁的蓝灰色,好像是得了一种异乎寻常的怪病,"我能够油漆墙壁,像画家作画那样。"

朱利安投给他一个嘲讽般的假笑。"真的?像米开朗琪罗?"

奥比把目光移开。"我想,我只用一个滚筒就行。"

"电气维修呢?"

"没有能难倒我的,什么活我都一学就会。我能把一件事情做得和另一件同样出色。"他向草地吐了口唾沫。

当这个人转身的时候,朱利安瞥见了他身上的刺青,半只蜘蛛从他衬衫的领圈下显露出来。再看他手臂上的皮肤,是一种脏兮兮的青蓝色,在不连贯的图案中斑驳杂乱,好像那些皮和肉已经完全被煮熟了。"你是附近一带的人吗?"

"我是佐治亚人。"

"在那里找不到工作?"

"我妻子和我不和,所以我住在我表弟的旅行拖车里。但现在他想把它卖掉。"

这个人四处走来走去,来到那间黄蜂出没的外厨房屋,用力推开翻翘变形的门。朱利安说他会去买一张简易小床,此人可以睡在这里。他们会合作几天试试。这座仅有一室的屋子里有一张瓷面桌子和一只皮革底座的椅子,一只无霜灯泡被一根长长的电线牵着悬吊在天花板上,桌子和椅子就在这盏灯的下方,奥比走进去,用手掌的外侧抹掉桌子上的灰尘和掉下来的蚁巢。朱利安回到大宅子,带回面包、块状奶酪和午餐肉,他们达成了协议。

奥比跨步靠近一扇窗子,用一只手擦着混浊的玻璃,这样就能看清外面摇摇欲坠的商铺。"你结过婚吗?"

朱利安突然有一种想喝酒的冲动，他在屋里仅有的那张椅子上坐下。"结过一次。差不多维持了四年，然后她变得闷闷不乐。对此我百思不得其解。"

"女人的心是永远猜不透的，"奥比说，用手绕过肩膀搔自己的背，"我和一个信教的女人结婚，我千方百计引她开心。我甚至节衣缩食，从非常微薄的收入中拿钱向教会缴什一税①。尽管我为她做的事情没有其他男人能做到，但她还是从我身边跑了。"他低下头注视着地面，好像在回想一个巨大的悲哀场景。"真是个不解之谜！我怎么会那样做。"

朱利安频频点头。"我那位要我赚钱，多多益善，可我想做我的老本行。手动打字机和我前世有缘。我可以让又笨又老的史密斯·科罗纳打字机像弗雷德·阿斯泰尔②那样跳踢踏舞。"

奥比抬起眼睛。"是你甩了她还是她离开你？"

"我想是相互的吧。"

奥比斜靠在泡起木板墙上。"你为了那些打字机而舍弃了一个女人。"

起初朱利安觉得受了侮辱，但是奥比说话的方式表明他理解这点，而且他自己也做了一些不同寻常的交易。

"我需要顺从我的天性。"

奥比点头。"一个男人想要什么，这我懂，"说着他开始解开衬衫纽扣，"你觉得需要对你的人生作一个声明，但是看来你做的一切又欠深思熟虑。"

当奥比把衬衫敞开露出他的文身时，朱利安感到心中激起一

---

① 什一税，基督教会向教区居民征收的宗教捐税，税额约达收入的十分之一。
② 弗雷德·阿斯泰尔（1899—1987），美国舞蹈家、歌手、音乐人和电影演员。

偶像之殇

道惊异的湍流。一条没有尾巴的龙在他的肝脏上方,一艘没有枪炮的战舰横在他没有体毛的胸口。战舰下面是一只从海中跃起的海豚,但是它的鳍和眼睛显得模糊不清,好像是源于一场工伤事故。他的肩膀到腰带之间的所有皮肤都是细线刺青,其中有一部分遭到磨蚀。那些擦伤的皮肉,又红又肿。"这是一道景观,不是吗!"

"你到底怎么啦?"

"这是我的刺青藏品。我打算把它们都烧掉,手臂上的已经除清了。为了彻底根除,我在波克斯利镇上找了一个二流的印度医生,但是这个治疗烧起钱来就像恶魔,我差不多被榨干了。这就是我来打这份工的原因。"

朱利安站起来,把头转向别处。"如果你喜欢它们,为什么不将它们留着呢?"他注意到,它们颜色过于鲜艳,而且搭配不当。

"我有我的原因,"奥比低头看了看自己,"但是我意识到,想要和需要之间是有区别的。"

朱利安再次注视着奥比脖子上的蜘蛛。"那也是?"

奥比张开五指遮住受伤的胸部。"也许我不再需要它们。随着年龄的增长,你知道你能够摒弃什么。"

朱利安嘲弄般地指着海豚的残骸。"好吧,这里有够多的活做,你会有能力买单,把自己烧得像手纸一样苍白。"

夜是温热的,朱利安在潮湿的被褥中翻来翻去,当天空现出鱼肚白的时候,他短暂醒来,听见有人在走进走出。八点钟他起床,然后煮咖啡。这时奥比来到主屋的厨房门前,在纱门外面等着并朝里探视,仿佛敲门是不合时宜的。

"我为你列了一份开工明细表。"

朱利安的目光离开他的咖啡向上移动:"一份什么表?"

"修理屋子的事项。"

"你过来。"他接过污迹斑斑的纸,是因为奥比将它放在那张摇摇摆摆的桌上所致,"老天!材料超出一千美元。你怎么知道价格?"

"我用了走廊里的电话。"

他摇头:"实在太贵。"

"购物如果超过一千元,就能免费送货。这样你可以省下百分之七的费用。"奥比说。

朱利安看见他正在注视天花板,他的大脑已经在为工作开动了:"好吧,计划表上最先做的是什么?"

"电线。然后对这几间房作亚光油漆。"他笑了,露出大而间隔匀称的牙齿,"掩盖那些裂缝,使之焕然一新。"

波克斯利木材公司的卡车离开之后,奥比开始工作。到了星期六,屋子出现明显的变化。他在厨房里安装了一个新的灰色电路开关箱;修补朱利安卧室里的两堵墙,用砂布磨平,漆上明快淡雅的白色。在下一个星期六的早上,朱利安用现金支付他薪水,然后载他到塞丢曼海文医生的诊所,放下他之后便去购物。当医治完毕接他回来的时候,奥比一脸殉道者的表情,两只眼睛歪着,视力模糊而伴有疼痛。

"你看上去像只煮熟的龙虾。"朱利安对他说。

奥比微微弯下身子坐到乘客座上:"今天我的钱值了,没事儿。"

他们在尘土覆盖的路上一直向前行驶,彼此没有交谈,朱利

偶像之殇 | 11

安想象他闻到了激光的灼烤味。

那天奥比搅拌好砂浆,开始修补底层的外墙。接下来的一周,他在楼下的盥洗室里施工,他用这个月剩下的时间修理连接化粪池的排污管道,还在朱利安的卧室安装了一台廉价空调,因为他对夜间潮湿的雾气大为抱怨。这两个男人相互忍受着对方,大餐厅开裂的地板上放了一张牌桌,他俩在这桌上共用晚餐。一个雨天,他们坐在一盏接触不良、忽明忽暗的灯下,奥比轻声细气地抱怨起来,说朱利安付他的薪酬实在太少。

"是的,但你有便宜的住房和膳食。"

奥比忧心忡忡地瞥了一眼积满灰尘、用于固定那个二十五瓦灯泡的铜圆盘。"我和松鼠、耗子共居一室,你该去向它们收一半房租。"

朱利安指着奥比的脖子,在那里,塞丢曼海文医生的激光已把蜘蛛淡化得只剩一团模糊的阴影:"你还在赚足够的钱来清除你的'收藏'。"

"你多付我一点,我就能快些烧去它们。"

"我弄不懂你究竟烦恼什么。我的意思是,谁会在意呢?即使医生把能看到的所有全清除干净。"

奥比擦了擦他瘦削的脸,他的腮须像钢丝绒般发出窸窸的声响。"我用你的电话打给我妻子,她说她可以带我回去,只要我除掉我所有的偶像。她称它们为偶像。"

"带你回去?"朱利安吃惊地看着他,"你不是告诉我那个女人用扫帚打你?"

奥比低下头看着他的盘子,露出一种恍恍惚惚的笑容。"噢,她只是一个女人,伤不到任何人,除非她去买一把枪。"

朱利安起身，开始清理桌子。"下一次你去看塞丢曼海文医生，对他说把那个激光头塞进你的左耳，点亮你的死脑子！"

奥比目送他离开餐厅，在他身后喊道："你寂寞的时候难道不想有人做伴吗？"

朱利安走了回来，站在他的椅子背后。"我已经到了独自生活的阶段了。我建立了自己的生意，现在又有这所大宅让我马不停蹄地奔忙，让我在人世有了一席之地。"

灯具发出一种吱吱的声音，奥比眨着眼睛。"所以这座宅子让你觉得自己是个重要的人？"

朱利安伸开双臂。"我本来就很重要，对此你有何见教？"

奥比朝窗子看去，古法拉制的玻璃让外面的一切都走样变形。"我说我再要一盒瓦楞钉，这样就能把马口铁钉在你那宝贝屋子的顶上。"

修理工作持续到九月，奥比全力以赴，解决腐蚀的电线和不畅的管道。他用手摸遍屋子里的每一块木板，发现有数以千计的方头钉从风干的木料上松脱出来。

一天夜里朱利安上床之后，听到通往走廊的后门缓缓开启的摩擦声。他猜是奥比进来拿冰水饮料，这是他唯一允许奥比从冰箱里拿取的东西，他倒头睡着了。很快，他又被说话声弄醒，那些话语像是珠子顺着楼梯弹跳而上，一直跳到了他的单人床上。他蹑手蹑脚来到楼梯口，听见奥比在用一种柔和而有节奏感的声音讲话，这是以前他从没听过的。他屏息静听，听见奥比说："拯救我，神啊，因为水在威胁我的生命；我沉入深不可测的沼泽，在那里我没有立足之地。"朱利安走下楼梯，看见奥比坐在那张老

偶像之殇　　13

旧的电话桌旁,手电筒的光落在一本打开的《圣经》上。他想知道这是不是一个长途电话,并犹豫着是否应该喊叫,阻止奥比把《圣经》的一个章节全输到一分钟十二美分的电话里。

肯定是有人在电话线的另一头问了一个问题,因为奥比的声音停住了,然后说:"我在工作,但是我存不了多少钱。他咒骂我,什么东西都要向我收费。他开车送我到镇上运柏油,却从我的薪水里扣汽油费。什么?读《诗篇》的第六十四首?这适用于他,是吗?"

朱利安听了好几分钟,弄清楚他是在和一个女人说话,谈论所有的事情。他发出咳嗽的声音,奥比把手电筒射向黑洞洞的楼梯平台。"现在我得走了。我会打电话给你,这始终是最重要的事情。"他挂掉电话,仰起脸。

朱利安的声音像是割他肉的刀子。"是那个佐治亚女人?"

"是的。"

"你打算把整本《圣经》都读给她听?"

"不是。"

"当我拿到电话账单时,我会让你知道费用。"

奥比把头转向后门,看上去好像有话要说,但是飘到朱利安耳中的只是手电筒的咔嗒声,然后是看不见的走道地板上的嘎吱嘎吱声。

星期三,他驾车到钱斯·波克斯利的店铺去买床头柜。波克斯利先生靠在柜台的端头,目睹他走进店门。老人紧绷着脸,好像闻到了腐肉的臭味。

"有什么可以效劳?"

"我想要一张便宜的小桌放在床边。"

"嗯——嗯。那个叫帕克的家伙还在为你做事？"

"是，慢手慢脚的。"

"废话少说，你付他多少工钱？"

朱利安把头转向店里便宜的家具，然后又转回来。"他对你发牢骚？"

波克斯利先生盯着朱利安的眼睛。"那家伙是个干活的好手。我相信他能把一座破屋整好。"

"他能。"

"你付他多少？"

"这是我和他之间的事情。单单让我忍受他那副骇人的鬼样子，他就该付钱给我。"

"今天你带他来了镇上？"

"他在塞丢曼海文医生的诊所里。"

"我听说他的脚底有那些玩意。一定要经受火烤般的疼痛才能除掉。"

"这我没有想到。"

波克斯利眨着眼睛。"那你想到什么，打字机行家？"

朱利安用讥嘲的眼光看着这个老头。"我应该想什么，你觉得呢？"

"怎么样，给一个工作好手付一份养家的工资吧。"

"你看，他又没有我这样的开支。我再问你一声，他抱怨了？"

钱斯·波克斯利转过头去。"那个人不会抱怨。"

"好吧，真见鬼，那么，让我看看床头柜。"

他在波克斯利的店里购完物，这时离预定去医生诊所接奥比

偶像之殇 | 15

的时间还早。他停好道奇,在愤怒中细细回味波克斯利先生喋喋不休的指责,然后走进一座小规模的红砖墙市立图书馆,在那里找了一本小开本的《圣经》,拿着它走进书库,以免有人看见他。他把《圣经》翻到《诗篇》的第六十四篇,读道:

> 愿你把我隐藏,
> 不让恶人的阴谋得逞,
> 不受作恶者的骚扰。
> 他们的舌头好像刀剑,
> 磨得锋利;
> 苦毒的言辞如箭在弦,
> 对准目标。

他砰地合上书本,紧紧按住封面,仿佛它会和他作对弹开。他站在两排散发着霉味的书架中间,书架上排满书角翻卷的历史书籍,他静静等着,想知道那些话是否会有应验,但是他觉得毫无异样,虽然他会忍不住用舌头去顶口腔的上壁。

那天下午奥比钻进道奇的时候,因为剧痛前倾着身体。朱利安一脸不悦地看着他。"我不会给任何人钱让他来伤害我。如果我是你,我会攒钱买一辆车。"

奥比闭上眼睛,把头靠在有裂纹的车窗上。"我为什么要买车?开着它又没什么地方可去。"

"今天他们完成了哪一项?"

"战舰,感觉就像是用小折刀把它从我身上挖掉。"

倒车之前朱利安看了一眼后视镜。"那会弄出个大疤,你还能在楼上走廊施工吗?"

"给我几个小时,我会看情况。"

第二天他驱车来到孟菲斯,交付翻新好的打字机,再从三家旧货商行和两家古董店收取脏旧的、功能失效的打字机。他收取了一些账目,把钱加到了一起。天气莫名其妙地热起来,他考虑为奥比买一台小电扇,但是转念一想,如果奥比必须再回到没有电扇的生活状况,他岂不是会很不高兴。他深信,让那些一生都在走下坡路的人过于舒适是一种残忍。

两周之后,朱利安汗流浃背,在前门走廊里修理一台灰色的皇家牌老打字机,奥比走了过来,告诉他星期三自己和医生有一个预约。

"那天我可没打算去镇上。"

"这很重要。我得去把背上的一个大刺青烧掉。"

他将一柄细小的螺丝刀放下。"你背上还有一个?是什么?"

"这是一个很长的故事。"

朱利安在他的马口铁椅子里挺直身子。"让我瞧瞧。"

奥比解开劳动布衬衫的纽扣,脱下衣服,转过身去。

朱利安用一只手按着下巴。"天啊,是耶稣。"

"它花了我大把的钱!"

他移了移眼镜架在鼻上的位置。"这样大的肖像,真是一件了不得的工作。可惜我不能把它从你身上揭下,放到镜框里或做成别的什么。"

奥比急忙拉过衬衫穿上,扣上纽扣。"星期三你能不能开车带我去?"

"我想可以,如果你付我汽油费。"奥比目不转睛地看着他,而朱利安感到惊讶的是,他怎么可以指望自己开车带他到处去转,像是一辆免费的出租车。"嗨,你觉得那上面的栏杆怎么样?"

"我估计该更换了,"他说着把衬衫束紧,"你要倚在上面的话,可能会跌下去把脖子摔断。"

朱利安等在医生的诊所外面,坐在方向盘后面打起盹来,梦见了几根高大的、闪闪发光的柱子,还梦到自己身穿洁白的衬衫站在柱子中间。当副驾驶座位的车门打开时,他醒了,浑身酸痛,很不自在。他看了看表,皱起了眉。"你的激光医生怎么看你要把上帝从身上抹去?"

奥比坐下,让背部离开座椅。"医生只是把祂从表面去除。"他低声说。

朱利安向他投去一个尖刻的笑容。"你确定医生没用佛像来替代祂?"

"我们可以去那所屋子吗?"

"哦,你不是在开玩笑吧?"

奥比朝他转动着发烫的眼睛。"你有阿司匹林吗?"

"有一罐,就在仪表板上的贮物箱里。但别指望我为你买一罐可口可乐。"

到十月下旬,钱终于用完了。朱利安告诉奥比自己不能再支付他工资了,但是如果他肯粉刷外墙,可以让他免费住在这里。奥比走到前院的草坪上,站在一棵活了二百年的橡树底下,回头注视这座屋子。朱利安站在两根龟裂的柱子中间看着他,两分钟之后大声喊道:"你在想什么?"

"我在想,做这个会耗费我六十加仑的底漆和面漆,以及整整一年的时间,什么打磨啊,洗啊,刮啊。工作结束后我必须在这里住上三年,才能让劳动的价值和房租抵消。"

朱利安也走进院子,抬头看着造型复杂的屋檐和油漆未干的走廊。"我们会有解决办法的。"

"不,我们不能。我的治疗已经结束。塞丢曼海文医生给了我一些帮助文身褪色的化学药品,星期一我要去面粉厂旁边的日光浴沙龙。"

朱利安向后退了一步。"你说什么?你可不能走啊。"

奥比伸出双臂,像是一只准备飞翔的瘦鸟。"旧我已经死亡。新我在路上迈进。"

接下去的一周,奥比的皮肤从一种血液和油墨的狂乱混合色变成柔和但不健康的脱脂牛奶色,在红虫美肤沙龙做了日光浴后,他的皮肤变得像是一张蔷薇色的马尼拉纸。一天夜里朱利安盘算着,如果动用数额不大的退休储蓄金,付给奥比一份真正的薪水,他就可能留下为自己工作。

第二天早晨起床后,他煎了一块火腿扒作为早餐,这是奥比最爱吃的。在桌子上摆放好食物后,他走进院子,看见老厨房的门大开着,他的心怦怦地猛跳起来。床是空的,奥比的粗呢包,平时总是固定不变地放在床下的一个地方,此刻不见了。他惊恐万分,觉得他那座破败的屋子突然变成压顶的怪物——一个令人望而生畏的麻风病患者,一个步履蹒跚的跛子!他追到波克斯利

偶像之殇 19

镇，但是没人在巴士站见到过奥比，塞丢曼海文医生的诊所关着门。在镇上狭窄的街道上转了半个小时之后，他停下车，走进钱斯·波克斯利的店铺。

老人走出办公室，眯起眼睛看着他。"怎样啦？"

"我的雇工不见了。"

"哦。"

"他一声招呼不打就跑了。"

波克斯利先生弯下身子，按了按计算器上的清除键。"就这事？"

"你有看见他吗？"

老人摇摇头。"有一段时间了，他告诉我皮肤医生的治疗已经结束。我不觉得他还会很稀罕你的活。"

"他告诉我以前常住在一个表弟家里，那地方在哪儿呢？"

"他不会在那里。那家伙从一开始就撵他走。"

他透过店铺的大玻璃窗向外望去，那窗上用鞋油刷着醒目的字样——钱说了算。"我得找到他。"

"如果我没猜错，你根本用不起他。"

"你说什么？"

波克斯利先生低下头，他的声音趋于柔和。"你到底需要他做什么？"

朱利安变得有点张口结舌，他注视着柜台右边的新煤气灶。在这世界上，他精于修理打字机却不会做其他事情，他不知道自己是否能够住在这座老宅子里，就像他无法将它整合成一体一样。而真正的问题如同一声惊雷，突然从天而降。他是孤独的，这座屋子和它那些峡谷般的房间会把他吞没，迎面而来的只有他自己的脚步声。当他停止走动的时候，周围是一片广袤无际的死寂，宛如悠悠长夜。

十一月中旬，天气进入一个怪异的模式——咆哮的北风夹带着冰块，尖利如牙。朱利安正在调整一台皇家牌440型打字机，差不多到了太阳西斜的时候，他的手开始冷得打颤。单玻璃格的窗子和干缩的木门在它们的框架里震动。屋子的任何地方都没有保温层，些许余热很快就从天花板的板条缝里逃走。他穿上毛衣，再加上两件短外套，他记起这屋子根本没有供暖系统。过去擅自入住的居民是用锡渣燃烧取暖，通过火炉的烟管把烟气排到窗外，但是现在所有这些设备都被扔到院子里去了。奥比告诉他，壁炉的烟道不再安全，烟囱在阁楼的那段已经开裂。他爬上床，把所有的床单和被褥全都盖上，他断定明天夜里会暖和一些。

但是相反，接踵而来的是甩着响鞭而过的大风，在他的汽车无线电收音机里，一个气象员宣布，持续整整一周、非同寻常的低温天气将要来临。他驱车到镇上买了一台电热器，但是这东西在十五英尺高的天花板下面，不过就是北极的一个火花而已。到第三夜，他睡在他的车里，让发动机开着，但是当他醒来，检查汽油表，立刻傻眼了，知道自己无力承受这样的代价。他从后座爬出，一边咒骂石油工业和整个中东，一边往车里装上五台修好的打字机，然后去孟菲斯交货。

到第四夜，他病了，他得了感冒，然后又转变成流感，一直持续了两周。天气开玩笑似的暖和了一阵子之后，又回归酷冷，他从大宅里搬出，住进奥比的小厨房屋。一台电热器加上一只老式的燃木炉，使室内温度保持在华氏五十度，如此才得以入睡。但是住在这个鬼地方实在凄惨，阁楼上到处是肆无忌惮的松鼠，地面上积满黝黑的烟灰和污垢，墙壁上染着千千万万次烹饪所散发的油气。

十二月中旬的某一天，厨房屋的门上响起了叩击声，他发现钱斯·波克斯利站在很深的枯草丛里，光着脑袋，用一只手遮着眼睛。

朱利安用手拉住门，只让它打开一点点。"有什么能为你效劳？"

"我能进来吗？我快被这风冻成婆娘了。"

朱利安退回屋里，老头则登上了三个木台阶。他在眼睛适应之后环顾四周。"我的天啊，住在这里，你简直像个囚犯。"

"明年我会早作安排，让大宅子保持暖和。"

波克斯利先生摇摇头。"我听说为了保持所有烧炭壁炉的运行，以前有三个用人全职工作。如今你甚至连木炭都买不起了。"

"你来这儿难道就是为了讨论我的供热问题？"

波克斯利先生做了个鬼脸。"不是。"说着递给他一张纸。

"这是什么？"

"你已有两个月没为你的设备和家具付款了。"

朱利安涨红了脸。松鼠开始在他们头顶上方相互追逐，他站着，久久注视手中的发票。"你能确定我没付这些款项？"

"如果你能让我看一下已经付了账的支票，我们就清楚了，不是吗？"

"我会检查我的记录，如果查出是我漏付，我会给你补上。"

波克斯利先生伸出一只手。"你现在就开支票，我更会感激不尽。"

"但这不成，说不定我会付你两次。"

老人放下他的手，察看冒烟的炉子。"让我来告诉你一些事情。接收像这样一所屋子的人得有大把的钱，如此他们才有能力雇用一批承包者像模像样地修理。"

"我的梦想正是如此。"

"按照你的速度，花一百年也只能使这宅子看上去像堆豆腐渣。如果你住在里面，这屋子会杀了你。假如这是你的梦想，那么，它就是一个噩梦。"

朱利安把身子挺直。"这是我的遗产，你是建议我搬回孟菲斯的公寓？"

"有人会花一点钱买下这份地产。卖掉它不为什么，只为你可以买回一幢带有店面的紧凑小屋。"

"你会拿到我购买冰箱、空调和其他东西的钱。"

钱斯·波克斯利伸出一只手，掌心朝下，用一种温和的声调说："听好了，如果你不能够付我钱，我就不得不提出我对这所宅子的留置权。贮木场里的人也会这样做，据我所知，他们已经赊账为你提供大量材料。"

朱利安打开门指着外面。"你会拿到你的钱。"

老人在小屋里骨碌碌地转动着眼睛。"好吧，我得承认，还从来没人把这样糟的地方扔给我。"他敏捷地走下阶梯，然后停步审视这座地产。"你知道，"他回过头说，"我不是来这里给你添麻烦的。但是我得告诉你，假如地方治安官发现业主就在这里居住，他检查税务记录，会发现你的欠税从1946年就开始了。"他的稀疏白发被冷风扒乱。"我不想成为告发你的人。"

朱利安挥手让他离开，好像那是一条丧家之犬。"从我的地产上滚出去！"他喊道，"我能买进也能卖出你的每一件该死的烂货。"他自己都不清楚，他那铿锵有力的声音究竟从何而来，这种铁骨铮铮的傲气，也许神奇地来自他周围的红泥土，来自这片死

偶像之殇 | 23

寂的原野和他遗产中的破砖朽木。

那个夜晚，朱利安坐下来核对他的支票存款户头，发现他必须在一周之内或在一周左右，从他孟菲斯银行的小额应急基金中转出一笔账来应付他的债权人。那之后，他陷入财务困境。

在一个天空呈黑蓝色的夜晚，气温骤降到九度。朱利安用捡来的废弃木头填满烹饪用炉，炉子的烟管在通往粗劣天花板的中途被烟火烤得通红。桌子上放着一台雷明顿手动打字机，当他敲击空格键的时候，机器没有动作，由于天冷，加入的新鲜机油变成了胶状物。大约到十一点钟，他必须去洗手间，于是穿上厚垫拖鞋和房间里的所有衣服，打开了通往夜色的门。冷风堪称是个黑色的虐待狂，当他走到大宅的后门时，他的骨头冻得咯咯作响。一进屋，撞入耳鼓的是漆黑走廊里水流飞溅的回声，他的心脏立刻紧收起来。他的脚开始有一种被刺痛的感觉，他打开走廊的灯，看到地上晃动着很深的水。他滑到楼梯脚旁边，抬头仰视，成梯状的水层正在奔流而下，边缘的结冰表层，就像是一条山中小溪。在楼上，他发现抽水马桶受冻裂成碎片，从墙上崩落开来，地面的进水管被折断，喷涌而出的水柱直冲天花板。他不知道在哪里可以把水关掉，只有一个人能告诉他。

他在走廊的电话桌旁坐下，用脚勾着椅子横档，避免它们没入水中，水已经把楼下的地面全淹没了，此刻还在从天花板上倾泻而下。他从电话下面的抽屉里摸出一叠电话账单，察看上面列出的通话号码，直到发现一个佐治亚的号码。他想他为奥比做了那么多，那个人至少应该告诉他阀门在哪里。他抬头看，从灰泥裂缝涌出的水结成了冰柱。

铃声响了很多次之后，有人在佐治亚那头拿起了电话，他要求和奥比·帕克通话。"我是他的前雇主，"他对着电话接收器喊叫，"我需要问他一个问题。"

一个妇女的尖细声音在回答，听起来有点趾高气扬、自鸣得意。"你知道现在几点钟吗？"

"是的，我很抱歉，但情况紧急。"

"奥巴代亚睡着了，一个工人最需要的是休息，这是他应得的，所以我大概不能把他从温暖的床上赶下来，先生。"

朱利安把声调拉得很高。"但是我的水管爆了，而且——"

"水管爆裂，你是说？先生，世上有人在生活中遭遇大把比这糟得多的事情。他们得了癌症，他们有孩子在贩卖毒品，他们的拖车屋被龙卷风捣毁，留下他们站在院子里呆呆地仰望星空。但是你知道吗？他们中没有一个人在夜里十二点十分打电话把我叫起床，抱怨水管爆裂。"

"现在是十一点十分。"朱利安纠正。

"先生，你陷在你自己的小天地里如此之深，你把上帝的整个宇宙都看成是你的时区。佐治亚现在是十二点钟。"

一片钢琴大小的灰泥从天花板上脱离，落在他的脚旁，随之一阵冰冷的水浪倾覆在他身上。"天啊，夫人，我必须和你的丈夫通话。"

"地狱里的人非要吃草莓蛋糕，但是他们吃不到。"她挂了电话。

他放下嗡嗡作响的电话，低头注视着长形的、已经成为水乡泽国的走廊，它通往这座大宅的前端，这座屋子是他的光荣，它告诉每个人他是谁。他知道有关它的每一件事，然而同时，他实

偶像之殇 | 25

际上什么也不知道。风在阴森逼人的呼号声中把柱子旁边长长的枯草压倒，这呼号声告诉他没有任何东西能够帮他。突然，刺耳的电话铃让他吃了一惊。

"喂？"

"嘿！你好。我是奥比，我听到我妻子和你的通话。"

这声音就像是一只温暖的、让人得到莫大抚慰的手，但是朱利安还是忍不住叫喊起来："这宅子该死的水阀在哪里？我被淹没了！"

"如果地面有水，你别去碰电气箱的水泵开关。那会让你触电跑去另一个世界。看着水斗下方，把第三只阀门向右旋动。"

他在水的搅动声中穿过屋子的过道，照奥比说的去做，但是过了好长时间才把供水系统关闭，水流减弱了它在楼梯上的闹腾声。随着屋子的一阵摇晃，餐厅的灰泥在顷刻之间崩塌下来。他打着颤跑回电话机旁，裤子一直湿到膝盖，他爬到椅子上。"现在我该怎么办，奥比？这屋子的所有灰泥都掉下来了。"

那声音从佐治亚漂游过来，困乏而不失温和。"你负担不起泥灰工，那是肯定的。"停顿了一下他又说，"可能到了卖掉它的时候。"

"决不，"他对着话筒喊叫，"我决不离开这里，一万年也不！"

"我也一度说过决不放弃我的文身。"

"谢谢，但是我不需要你的说教。我需要你回来修理。"

"对不起，史密斯先生，但是听起来事情不像是修理那样简单。"

厨房里像是有一卡车碎石哗啦啦地坠落下来。"关于灰泥我能做什么呢？"

"灰泥只是你最最微不足道的问题。"

"你这是什么意思？"

"哎，如果你连这都不明白，我无法说下去了。"

他头顶上的灯具里进了水，爆出一连串蓝色的火花，他挂了电话。在一片回响着水声的黑暗中，他什么也看不见，他浑身颤抖，挣扎着走出走廊，他要去他的外屋，他对那只又红又热的炉子所带来的温暖满怀渴望。当他推开后门，万万没有想到，老厨房此刻成了一只在风中飘摇的木材火球，火焰的红色洪流顺着草丛向他袭来。他跌跌撞撞跑到外面，开始在灌木丛里跺脚叹气，直到反应过来由于门廊是砖石结构的，加以屋子外面围着柱子，故而大宅子可能不会着火。通过后门的一盏侧灯，他看见火焰在风中狂舞乱窜，钻到他的道奇下面，然后成扇形散开，烧着了玉米穗仓库、熏制房，还有那座屋顶下沉的大谷仓，谷仓在木板爆裂和干草燃烧的咆哮声中倒塌。一度，他试图打电话给波克斯利镇志愿消防部门，但是那根浸过桐油、支撑电话线的木杆已经烧着，成了一柄火炬，把他的电话服务切断了。仅在十分钟里，火光就包围了大宅，当火焰蔓延到他领地四周的沟渠时，他爬到顶层的瞭望台追踪火势的发展，泵房也烧毁了，连同停在里面的一台拖拉机；道奇化为灰烬，炽热的火焰冲天而起，把那棵榭树的大部分树叶烤焦，使它成为黝黑的一团。

拂晓之后他能够看清楚，除了路边的那些橡树，所有的东西都消失了，像是被一股威力无比的光束夷为平地。赤裸而又遍体焦痕的大宅子矗立在一片白色灰烬的火场上。他在瞭望台里熬了一夜，希望新升的太阳会带给他温暖。然而随白昼而来的是一阵阵大风的刺耳叫声，就像是曾经居住在老屋里的所有家庭的喧嚣声，不论他们是富有的还是贫困的，他们，依次因为死亡或胁迫

偶像之殇 | 27

而放弃了它，任它变得老态龙钟。他没有修脸，他浑身发烧，他穿着一双湿透了的室内拖鞋、几件旧浴衣和棉袄，他等着——究竟等什么，他自己也不知道。几分钟之后他听到碎石路上来了一辆车，透过带有鼓泡的玻璃朝下瞭望，他看见了他们。即使相距这样远，他也能看清一切，包括波克斯利先生面对外屋那片忽明忽暗灰烬时的瞠目结舌。他和一位个子高大的副警长钻出警车，走向路边的篱笆。每个人都用一只手按住帽子，另一只手握着折叠的纸页——接收这个地方的留置权凭证和税金账单，朱利安觉得这座宅子和它的历史在不断地收缩变小，最后在他脚下化为乌有，这一巨大的空虚又立刻被他自己心中的幻象填满：那个特殊的夜晚，在一辆朝着孟菲斯颠簸而行的巴士上，他身穿借来的衣服，垂头丧气地偷偷逃离，坐在他旁边的是没受过教育的穷人，也许，甚至是又一个坚忍而爱说教的木匠。

重塑信心

和火车发生碰撞已经过去两年，如今，年轻的吉姆神父总是长时间地躺在一张活动躺椅上，两眼看着用泥灰喷涂过的凹凸不平的天花板，寻找图案。他喜欢把那些没有光泽的石膏泥团想象为北冰洋的冰川，而他坐在一只小艇里，试图找出一条穿越它们的路径，去营救一个身陷困境的人。在他的头脑失去方向之前，他的思绪不会走得太远，又会回到中央顶灯处的起始点。

教区分配给他的这幢老式小屋，坐落在北卡罗来纳州一个山镇的边上，那是一个没有天主教堂的地区。主教对他说他现在是一名候补，偶尔，在万不得已的情况下，会召唤他驱车前去附近的一个镇，为一个早弥撒做布道，或为孩子们主持一个《圣经》研习会。在事故发生后的很长一段时间里，吉姆神父觉得自己就像电影里被拆开的机器人，散成了很多块，它们依然在闪光，依然在运行，但动作完全不连贯。有时他的鼻子发痒，却想不出应该用身上的哪个部位去搔。有时，他会有一种悲哀，这悲哀甚至超过他必须忍受的痛苦治疗，但是这种悲哀的感觉不会完全通过大脑传到能够真正感知它的部位。有时候他会紧闭双眼，努力回想发生过什么——怎么发生的，在帕逊加普南面的密林中，火车的汽笛宛若一串悠长的热情和弦，响彻了雪花漫舞的天空。但是吉姆神父没有听见，他正在开车前往教堂的途中，心里正在构想一个新的布道。他对自己的宣讲颇为得意，更想让最近这次讲得恰到好处。突然，车道蜿蜒地与铁轨相交，但是道口既没有横臂落下阻拦，也没有闪烁的灯光加以警示，吉姆神父全然没有看见那个拖着一百多节载煤车厢、呼啸着撞向他的火车头。他的车在火焰和铜色火花构成的帐幔中被向东推出四分之一英里。冲撞中，神父穿过碎成上万颗钻石粒的挡风玻璃飞了出来，在十六号公路当中着陆，他的脑壳像是一只坠地的西瓜，碎裂了，他的手被割开，两条腿断了，血流不止。他在白雪皑皑的路上躺了一个来小时，等着救护车和急救人员冒着越来越大的暴风雪进山。火车司机和制动员蹲伏在他身边，试图以工作用的抹布为他止血。

山区只有为数不多的几位天主教神父，所以，尽管吉姆神父身体虚弱，但是当某个神父生病或从该教会调离时，还是会召他投入工作。当然，他总是最后被召唤的一个，因为其他神父大都知道他连最基本的教义都忘了，并对布道产生了恐惧，他的才能在这次事故之后丧失殆尽。而且，他非常害怕看到自己布满疤痕的前额和脸部。他的一只眼睛"整修"过，瞎了。这位身高六英尺四英寸、原本强健有力的神父，因为脚部的损伤，仿佛随时都会跌翻在地。他的布道曾把几个成年人的集会搞砸，虽然当他被要求去帮助儿童教会的时候，大多数年纪小的听众都非常喜欢他，也许认为他是从童话故事书里走出来的巨人。或者，也许他们喜欢他的笑容，这是他唯一还能控制的面部表情。

他记得的一项康复锻炼是举重，因为每天早晨他的脚踝都会撞上床边二百磅重的杠铃。有时他提出质疑，为什么他必须忍受如此多的痛苦，有时他怀疑是不是上帝打发一辆火车来碾压他。有两三次，他甚至思考为什么上帝不把碾压他的工作完成彻底，但后来他忘了他想知道什么，思路岔开了。医生说他的大脑功能有可能逐渐得到恢复，但一定程度上的身体畸形是他必须忍受的后果。经过很多次外科手术，他那颗怪异脑袋上的绝大部分头发都没有了，而铁轨留下的疤痕斜斜地落在曾经长着眉毛的部位。他似乎把他的幽默感放错了地方。他的妹妹告诉他，他就像《星球大战》中卷入混战的外星人，她试图逗他发笑，可是失败了。

　　一个星期六的清晨，布拉夫山上的阮神父在一份退休和健康欠佳的神父名单上看到这位受伤神父的名字。当吉姆神父的电话铃嗡嗡作响的时候，他正躺在活动躺椅上，试图搞清楚CNN和它那些长得像走秀模特的广播员在说些什么。他举目四望，寻找声音的出处，他苦思了一会儿，想知道那可能会是什么。然后，在第五声铃响过之后，他想起来了，于是接起电话。几秒钟之后，他终于回忆起怎样说"你好"这个词。阮神父临时被要求赶去参加一位姑妈的葬礼，问他能否代为主持五点钟的守灵仪式并听半小时弥撒前的告解。吉姆神父在他的答话器上按下一个键，开始录这通电话，然后询问了详细的方位。另一个神父提醒他，去布拉夫山仅十英里远，他曾开车去过几次，它和他的小屋是在同一条公路上。出于某种原因，吉姆神父还保留着他的驾照，他告诉阮神父他会准时抵达。他写了一张备忘录，压在一只用电池驱动的廉价旅行钟下面，把响铃的时间设定在下午三点。三点钟，闹钟响了，他循着铃声找到了备忘录，他穿好衣服，把他的法衣搭在手臂上出了门，坐进车中，试着启动。他花了足足十分钟，才想起除非把脚放在刹车上，否则车子不会正常运行。车子开到路上，他每分钟都在对自己重复唠叨着他的目的地，不久之后，他把车开进圣蒂莫西停车场。走出停车场后，他盯着公路上他来的方向看，丝毫不记得他是怎样一路而来的。

　　在那间小忏悔室里，他曾经坐在一个跪垫的后面，跪垫上方垂落着帘布，形成一个私密空间，在他前面还有一张四英尺高的普通椅子，让想和他面对面告白的忏悔者坐，但鲜有这种情况。自从事故之后，吉姆神父听告解时总会局促不安，为那些讲述他们罪恶的人感到难过。他曾经一度为自己的能力而骄傲，为自己能以同情之心来倾听，然后给出忠告而感到欣慰。但如今他觉得自己再也不是一个好的告解神父，因为他已经丧失了表述正确意见的才能。他还在努力，但是毫无思路，想不出怎样在一个悔罪者的过失和他可能提供的补救之间架起桥梁。他的想法就像是一辆没有离合器的厢式货车，时而啮合，时而脱开。

他听到了鞋子的拖拽声，一个女子进来，跪在帘子的后面，忏悔她错过两次弥撒。吉姆神父的脑袋晕了起来，评论说她惦记着弥撒是件好事①。

沉默很久之后，她轻声说："不，神父，我不是惦记弥撒，我是错过它了，我没有出席。"

"哦，"他说，"那么，你为什么不惦记着弥撒？听起来你很虔诚，如果你没参加而让周日白白地过去，你会觉得它是不完整的。"

"我好像不大明白您说的话。"她说。

他对此想了一想。"那可能是真的，"他说，"为了赎罪，你应该努力学会时刻把弥撒挂在心上。"

五分钟过去了，一个男子进来忏悔他的各种罪孽。他承认他看色情小说，还浏览了很多网站。吉姆神父被吓到了，他张开嘴巴，却说不出话，虽然他知道他应该明白这个人在说什么，但是他没

---

① 女子忏悔说她错过（missed）两次弥撒，神父误以为是miss的另一层含义"惦念"。

有。他精神高度紧张,反倒想起刚做神父时在卢旺达建造一所教堂的经历,想起怎样在丛林的高温中架起教堂的顶梁。

"你是说,你去过色情场所,那些拍摄乱七八糟电影的工作室?"

帘布的另一边有较长的停顿。"不,神父,我只是打开了电脑。"

依然,这些话没有在神父大脑中留下印痕。他的想象已经在朝另一个方向运转,并且越来越强烈。"你知道,你还真的应该去那些大楼,试着待在现场,"他开始侃侃而谈,"你会看到大多数女孩是那么年轻。很多令人毛骨悚然的人站在工作灯和音响周围,看起来很无聊,因为他们每天都干这行当。"

"神父?"

他越说越觉得自己无意中找到了一个新想法。"那些女孩有点儿渴望赚了钱去上大学。也许她们是像奴隶一样努力工作的移民。她们可能是你的隔壁邻居。也许是你十几岁的侄女。"

帘布那边的男子以一种不快的口吻说:"我的侄女绝不会做那样的事情。"

"哦,她有足够的钱支付大学费用?"

"嗯,不是,"这个人承认,"不过,她已到了能够工作的年龄。"

"哦,是吗?她在哪里工作?"

"山下的汉堡王快餐店。"

某种思想的冲撞在他眼底蹦出许多星星,他闪出了一个想法,就像是一颗彗星的尾光。"为了你的忏悔,我希望你去看你侄女。"

"什么?"

"没错,只能这样。去那儿,点一份餐。坐在那些塑料蕨类植物后面,在那里你能够看到她工作。待上两个小时,看她工作的尊严,看她的服务、她的效率、她的错误和她的成功,看她怎样越来

重塑信心 | 33

越累但仍努力帮助他人。把这些和你在那些场所看到的作个比较。"

"哦！你能不能给我一串念珠，我好念诵祷文或是念十遍万福马利亚。"

"不。"

"好吧，但这很让人费解。"这人开始带着怨气默诵痛悔祷文。

吉姆神父靠在他的硬椅子上休息，睡着了，像这样的事对他可是家常便饭。有一次，他在做了一个甚为短小的布道之后，站在布道台上睡着了，一位祭台助手不得不去拽他的法衣。

传来了脚步声，他睁开眼睛。他的园丁内斯特坐在他前面的椅子上，这是一个矮小而强健的年轻人，把吉姆神父的小草坪维持得像高尔夫球场一样平整优雅。"你有记得除掉前门台阶旁的野草吗？"神父问道。

"是的，神父，但我是来做忏悔的。"

"上一次你整理草地，我付你钱了吗？"

"你付了两次，我都收了，这是我必须忏悔的一件事。"

"哦。好吧，下一次免费做就是了。"

"那好。现在我要忏悔我的另一桩罪恶，我对此甚感羞愧。我想为我的奥兹摩比①换上一些新的螺旋壳盖，但是我没有钱，我偷了我叔叔的猎枪，在枪展外面把它卖了。"

这费了神父好一阵功夫，试图回想起猎枪是什么东西。终于，他记起自己过去经常猎兔子。对了，他的父亲有几把猎枪。难道他还有一个父亲？等他回到家里必须把这事查个清楚。"你卖了多

---

① 奥兹摩比是通用汽车公司的一个汽车品牌，现已裁撤（1897—2004）。

少钱?"

"五百美元。我叔叔发现了,他当着全家的面羞辱我。他说我是小偷。他打电话报警。我原以为他不在乎那东西,他从没打过猎。"

"能否找到另一把猎枪还他,让事情平息下来?"

"他说我必须赔他一把原先那样的新枪。如果是用过的,成色至少得在百分之九十五以上。"说到这里内斯特开始啜泣。

"请别哭。"吉姆神父最受不了的就是别人的眼泪,即使在他的事故发生之前。他要内斯特用祈祷来寻求解脱。为了让内斯特赎罪,他本想让他把花坛里的猴草拔干净,但最后还是决定让他诵祷十遍"我们的父"。

后来,在教堂的法衣室里,他把白色的圣职长袍穿反了,亏得祭台助手安东尼提醒了他。吉姆神父很害怕做弥撒,他带着一本大开本的弥撒用书,在要读的页码上贴着便利贴,那上面标明了诵读的顺序:1、2、3、4。很多信徒以前都听过他做弥撒,仪式期间,他们非常专注地看着他,那眼神,如同一个家长看着别家的孩子在门廊的栏杆上走动。

他把书翻到福音书部分,大声读,想尽自己所能把它诵读好,然后每个人坐下听他的训诫。吉姆神父对福音书的这个章节有一种特别的恐惧感,是关于施洗者约翰被斩首的典故。他对信徒诵读的时候,神色惊异,好像他以前从来没有听到过似的,他那只好眼睛在页面上飘游,另一只瞎眼定定地对着前面的座位。

他开始犹豫,他已经在冒汗了。"希律王肯定会被这个舞女击败的,对吗?"他扫视一众信徒,看见有两个人在点头,所以他放下心来，知道自己不是在讲西班牙语。他之前做过噩梦，梦见早晨醒来只能用西班牙语祈祷，而他对西班牙语一无所知。"并且，那个舞女是希律王的继女，无论如何，人总是想支持自己孩子的。好，希律王正在为他王国里的重要人物举办一个盛大派对，他承诺这个舞女，也就是他的女儿，如果她做得好，就让她的一个愿望得以实现。我猜他只是拼命想向朋友炫耀，我们知道人们都喜欢那样，不是吗？"吉姆神父俯瞰着面前一道道紧锁的眉。他很想放弃，坐下来，或者挥手让引座员去募捐。他朝旁边看，看见祭台助理用手指给他打了个"继续"的信号，所以他说："于是，她要求他砍下施洗者约翰的头，他本不想这样做。希律王有点喜欢听约翰的布道，虽然他承认他不明白约翰在说些什么。"吉姆神父吸了一大口气，他涨红了脸。"也许希律王不是一个坏透的人，但是，你知道，他觉得如果不履行诺言会很失面子，所以——嚓！"吉姆神父让他那只手的侧面像一把斧头似的重重落到布道台上，坐在前排的女人们僵硬地挺直了身子。"这就是老约翰的结果。"吉姆神父再次痛苦地吸了一口气，短暂闭上眼睛，等着语言在他脑中激发出光辉。一会儿之后，他说："我不确定这福音书是什么意思，但我知道那些在派对上做怪事的人只是炫耀而已。然后他们被朋友们怂恿。从我听到的忏悔来看，大量犯罪都涉及酒精和大麻。乡村男孩喜欢在朋友带他们去医院之前说，'嘿，瞧这个。'一个喝醉酒的中年丈夫，如果酒吧女招待招呼他去，他会像鸟儿一样飞过去。所以我想你们应该把事情控制住。为自己想想，否则别人该替你操心了。"他从布道台半转过身子，但是他担心他没有把信息传递清楚。他转回身，说道："不要去打击不应该打击的人。"

他坐进一把舒适的胡桃木椅子里,而信徒们像一根根未点燃的蜡烛,一动不动。

依靠安东尼的诸多暗示,他完成了《尼西亚信经》的诵读和其他仪式。很快,他又回到自己的活动躺椅上,兴奋地观看一档"国家地理"关于墨西哥蜥蜴濒临灭绝的节目。接下来他记得的事情是,他正在下床,他的脚踝撞在杠铃上。有时记忆会发生错位,比如他会在一个地方,然后,瞬息之间就变成了第二天,他在另一个地方。医院的神经专科医生说,当他的大脑趋于再生时,这些幻觉可能会逐渐消失。医生认为,能意识到思维的断层绝对是个好兆头。医界的这些陈述给他带来希望,暗示他的大脑就像门廊里蜥蜴的尾巴,被孩子扯掉之后还能长回来。

大约七点钟,他走出去取扔在私人车道上的报纸,看见内斯特从他表哥的车里悄悄地出来,手持一把弹簧刀跟在他后面。"你好,"吉姆神父用西语说,"你的杂草在哪里?"内斯特站在碎石中,当他走到路上的时候,他的眼睛盯着后面他的表哥看。

"神父,你不会说西班牙语。"

"是的,我想我不会。"

内斯特把工具扛在肩上,他看上去很强壮,腰直背挺。通常,工作的时候他会压着嗓子唱歌;他是一个脸上总是带着轻松微笑的人,可今天他的眼睛似乎有些焦虑。"我把我的除草机当掉了,开始设一项猎枪存款。今天我打算用手拔草,把后院边上的灌木丛推倒。"

吉姆神父记起内斯特偷猎枪的事,赔偿的想法让他亢奋。他想象,他的额头里面长出了四五个新的脑细胞,在为他挑起思考的重担。"那是一把什么枪?"

重塑信心

"日本制造的轻十二型勃朗宁自动五响猎枪，"内斯特说，"差不多是把新枪，我叔叔想痛揍我一顿。他又叫警察来找我。每次我到他身边，他就会举起手臂，就像捏着一把斧头那样吓人。"

吉姆神父走回屋去，写下关于猎枪的信息，他对他的园丁甚感抱歉，那是他的朋友，在大热天里，内斯特会坐在他的后门台阶上，和他一起喝柠檬水，讲述他远在墨西哥的父母怎样对他从异国他乡寄回去的每一分钱都赞不绝口。吉姆神父坐在躺椅上，他的手在打颤，他研究着有关猎枪的描写。对于武器，他只记起很少的一点点，他的那部分记忆被埋葬在山区铁路旁的某个地方了。他把电话簿拖到膝盖上，查到该地区的一家枪店，记下广告上的地址和方向，然后走进房间去穿衣服。他认为穿得像一个天主教神父去购买武器是不合适的。在事故之前，他从不穿便装，他要做那种去任何地方都身披护肩和身穿黑衬衫的神父。他站在壁橱前面，徒劳无功地搜寻，里面似乎没有什么世俗的便装。然后他浏览衣柜抽屉，甚至都找不出一件可穿的白色T恤。在床下的一只箱子里，他找到了黑短裤、一些黑短袜、几年前他弟弟开玩笑送他的一件衣服——黑色的贴身背心。他把它穿上，在镜子里看着毛茸茸的肩膀。他似乎记得在某个地方看见过类似的服装。他那双闪闪发光的黑色系带鞋和他的衣服不甚相配，所以他把鞋子连同短袜一起脱了。

他把内斯特留在院子里，驱车前往那家枪店，店铺位于十四英里外的一个十字路口，离最近的城镇很远。这家店的店名是"利德黎明枪支弹药店"，靠着路边，架在一个悬崖上。他从他的黑色轿车里出来，一瘸一拐地走到一扇沉重的带有十字铁条的大门前，他很惊讶居然能感到脚上的疼痛。

当他走进去的时候，店里的六个人抬起头来看他，那些人的目光死死地盯住了他。柜台后面那个脸上布满皱纹的店员，看上去老于世故，好像见识过他那个时代各种稀奇古怪的武器探求者，但是当他看见这个带疤、赤脚、体重约三百磅、身穿一件煤黑贴身背心的男子站在他的门口时，他的嘴巴开始抽搐。

吉姆神父朝一个摆放着贝雷塔手枪的陈列柜走去，把手掌放在玻璃上。

"我在找一把枪。"他说，声音非常之响，好像他的听力在事故中受到损伤。

那老人吞了吞口水。"我敢打赌你在瞎吹。"他的眼睛注视着神父凸起的、疤痕累累的前额。

"我要一把自动猎枪。"

"你要用猎枪做什么？"这个人问，他向后退了一步。

神父感觉到这个问题似乎有些奇怪，他以为销售员想要最简单的答案。所以他拖长了声音，像教士在吟诵。"杀人。"

店里的另一个店员，一个瘦骨嶙峋、身穿迷彩服的家伙，在老人背后悄然地冒了出来，问道："你不会想见那些把你搞得一团糟的人，是吗？你想必知道，联邦政府就像红尾鹰一样盯着我们枪支经销商呢。"

神父低下头看着盒子里的不锈钢手枪。他开始觉得店员的问题是有道理的，然后他就把它忘了。"我需要一把状态良好的勃朗宁自动五响猎枪。"

店员们面面相觑，但是求购的只是一把猎枪让他们稍许放宽了心。"我们有一把条件很好的，你想看看吗？"

吉姆神父接过他们递给他的猎枪，就好像捡起一根落在自己

重塑信心 | 39

草坪上的手杖，他仔细验看，但是除了看到它闪闪发光、没有磨损，其他什么也看不出。他把枪还给他们。"价钱是多少？"

"七百美元，"那位老者说，"外加税金。"

"行。"吉姆神父说。

那位年轻的店员把猎枪放回到枪架上，但一只手还放在枪上。"你的意思是要了？"

"是的。"

这家伙扬起眉毛，近距离地注视神父，看着他那只定定无神的眼睛，然后看着有目光流动的那只，接着又注意到他颤抖的手指。"你没啥毛病，没在精神病院待过吧？"

"我不记得了。"

"我们要是把枪卖给这些机构里的人，"他语气更加恭敬了，"联邦政府会送我们去莱文沃斯领受十年牢狱之灾。"

"那可是一段漫长的岁月，不是吗？"神父说。

"请你填一份4473表①，然后我们对你做背景调查。你没有做任何阻止我们卖枪给你的事，是吗？"

听到这些话的时候，吉姆神父焦虑起来，他怀疑是否会有不准神父购买武器的法令。"不，没有。"

那个长者眯起眼睛。"你看上去有点吓人，伙计。但愿你不想做什么坏事。我们卖枪给你，你去做坏事，他们会把我们和你关进同一间牢房。"

"不，不是。我买这把枪是送给我的一个朋友，他遇上了麻烦。"

两个店员盯着他看，其中一个家伙拉着他的鸭舌帽帽檐说道：

---

① 4473表，是美国烟酒枪械及爆炸物管理局规定的一份六页表格，当一个人打算从枪支经销商手中购买枪支时，必须填写这份表格。

"哦，天啊。"然后向门口走去。

店员要他坐在靠近进口的一张椅子上，填一张表，同时他们打电话调查他的背景。"你们不知道我的名字。"他告诉他们。

"你只管在那里填你的表，伙计，"年老的店员说，"我们会把事情办妥。"

他等了半个小时，仔细观察着这家枪店，看见有其他人在看弹药和弓箭。终于，那个年轻些的店员从后面的房间走出来，从神父手中把表格拿走，告诉他，他的背景调查没有通过，他必须离开。

"噢，好吧。"他说着站了起来。然后他想起他得问问清楚。"但是，我没通过什么？"

那个店员正在往回走。"唔，我们不能把枪卖给一个连鞋都不穿的人。"

吉姆神父走出去，他来到停车场，立刻被两个几乎和他一样高大的地方治安官的助手逮捕了，被戴上手铐，押进一辆巡逻警车。他们告诉他，抓他是因为他违反了联邦枪支法。他被带到县城萨珀谷，送到一间房里，在那里见到一个 ATF[①] 探员，他正好在处理这个地区的其他事务。

这个探员是一个严厉的小个子男人，四十岁左右，瘦得像是个十几岁的女孩。"那么，你是吉姆·鲍曼先生？"

吉姆神父微笑着："敝人就是。"

"你想在利德黎明枪支弹药店购买一把勃朗宁半自动猎枪？"

"我确定是这样。"

问到这里，探员停顿了一下，茫然地看着他："你的目的是

---

① ATF是隶属于美国司法部的美国烟酒枪械及爆炸物管理局的缩写。

什么?"

　　第一次,吉姆神父在一种轻轻的嗡嗡声中感觉到了恐惧。那种感觉就像他开车穿越铁轨时听到火车在远处的汽笛声。他已被逮捕,被戴上手铐,被带到用凹痕石膏夹板隔成的肮脏房间里,这些事实都丝毫不会影响他。但是这个小矮人的声音里显露出政府恶棍的一个鬼影,关系到一种比宗教更难理解的棘手规则,宗教至少可以通过忠诚来信仰,而它就像政府很多武断的责难让人难以接受。"我想把它送给一个朋友。"

　　那探员挺直了他的背。"你的朋友为什么自己不去买?"

　　"噢,因为他穷。"

　　"你朋友叫什么名字?"探员的话说得很快,吉姆神父得花上好几秒钟的时间来理解它们。

　　"内斯特·阿尔瓦雷斯。住在离这儿约十英里。"

　　探员的脸变得像是一块岩石。他一句话不说就离开了房间,神父开始默默地祈祷,他不能确切地知道他究竟为什么祈祷,他也不知道为什么被逮捕。他在那房里坐了一个小时,里面的温度用空调机严格控制着,他的赤脚贴着瓷砖地板。

　　终于,门摇摇摆摆地打开了,那个探员拿着一叠纸走了进来。"鲍曼先生,你因联邦的指控而被逮捕。"

　　神父试图转动那只静止的眼睛。"收费?① 你的意思,要付一张账单?多少钱?"

　　"勾结非法移民倒买倒卖,他也是个被起诉的家伙,这可不是在开玩笑。你那年轻的阿尔瓦雷斯先生在等候盗窃重罪的审判,

---

① 探员说的"指控"和神父说的"付款"是同一个单词"charge"。

是保释候审。"

吉姆神父点着头。"是的，下星期他会来我家割草。每年这个时候它们就疯长不停。"神父的大脑短路起火，有如一家发生事故的烟花铺。

探员打量着吉姆神父的双眼。他左边的眼球开始漫游，就像水平仪中的一个水泡。"喂，你有没有做过精神方面的诊断？"

"我的脑子做过几次手术。"

"但是，尽管如此，你知道吗，阿尔瓦雷斯先生是一个被指控的重罪嫌犯？"

"我猜是这样，毕竟，他偷了一把猎枪。"

他注视着探员的脸，看得出他正陶醉在某种难以想象的快乐中。

吉姆神父被关在一间小牢房里，在那里，他和一个没有牙齿的毒品上瘾者交谈甚久，此人在一场新近发生的实验室爆炸中炸瞎了眼。吉姆神父向他解释，自己可以帮他加入一个项目，该项目提供假牙服务，还可以把他推荐给罗利的一名眼外科医生，该医生经常为事故中的受害者提供免费服务。

第二天神父被允许打电话给他父亲，他父亲带了一位律师朋友从夏洛特驱车赶来。和地方治安官及ATF的探员做了长时间的讨论后，治安官同意释放神父，然而，那位探员坚持向联邦法院提出起诉。

律师，一位高贵的绅士，当他注视ATF探员时，那头飘逸的白发在颤动，他对探员说："显然，你有更危险的人需要追踪。"

"他违反了一项联邦法规。"探员说。

律师摇摇头。"一如既往，你在摘取容易摘到的果子，而无视

重塑信心 | 43

难以寻觅的凶恶的罪犯。"他抬起下颏,又说,"或者那才是更危险的。"

一个令人厌恶的浅浅微笑滑过探员的嘴唇。"任何违反法律的人都是我的目标。"

神父的老父亲挺直着背,说:"是的,尤其是那些对你毫无威胁的人。"

吉姆神父后来想起了这个律师,兰多尔先生,是大主教辖区的首席法律顾问,还是南、北卡罗来纳州一家最大公司的合伙人。他甚至想起了此人的一个著名的诉讼案件,那时他的团队阻止了一个国税局探员把一个寡妇送上法庭。他惊讶于自己竟能回忆出这些细节,他感到高兴,这不仅表明自己对这件事情有了记忆,而且也说明他的大脑已经回到它的历史中,并且能从支离破碎的黑暗中抽取一些东西。也许,正如他的神经专科医生所说,在康复过程中,紧张能发挥有益的作用。

他父亲在交付了一大笔保释金后,把吉姆神父载到自己家中。在神父淋浴的时候,父亲没收了那件贴身背心,把它藏到自己汽车的后备厢里。他父亲是一位前航空公司驾驶员,以个子而论倒像是他的儿子,秃头、强健、脸上没有胡须、温和沉着。当神父冲好澡、穿着一套黑色睡衣睡裤回来的时候,他正坐在床上。"你感觉怎样,吉米?"

起初,他儿子以为这是询问他触觉方面的奇怪问题。于是他说:"我感觉很好。"他在他父亲的旁边坐下,床垫的另一头翘了起来。

"我在想,你是否应该要求主教给你更多的时间休整。我并不是说完全不要工作,但至少现在,你也许不应该如此频繁地开车。"

吉姆神父点点头。"我能让内斯特开车载我。"

他父亲把目光移开,过了一会儿,又回到他身上。"他是个好人吗,吉米?"

"我觉得他是。"

他的父亲站起来,走进小厨房。"我想去给我们弄点咖啡,你要吗?"

吉姆神父还在想着内斯特。"他只是运气不好。"

"你总认为每个人都和你一样是好的,"他父亲的声音从厨房里传来,"我觉得这种想法很危险。"

吉姆神父皱起了眉头。有些事情像是飘过太阳的云彩,在他脑中出现。他想到耶稣带着犹大四处周游,和他分享食物,教他生活的知识,教他如何渡过难关。他对此想了很久很久。

到了下个星期,主教,一位七十五岁的和蔼的爱尔兰人,打电话和他谈了很长时间。国家烟酒枪械及爆炸物管理局正在加紧对他起诉,主教说,要是吉姆神父肯把自己的名字从弥撒和忏悔的备用名单上消除,也停止布道,并且不再开车,倒不失为一个有益之举。不过,如果有神父需要他,他可以履行其他职责。

吉姆神父对他引起的所有麻烦深表歉意。"我只是无意中闯入了一个我对其规则一无所知的世界,"他对主教说,"这就像夜里走进蜘蛛网而受到指责。"

"我知道,詹姆斯[①],"主教表示同情,"有时华盛顿认为它是梵蒂冈。"

[①] 詹姆斯是昵称吉姆(Jim)和吉米(Jimmy)的教名。

重塑信心

他们谈话后的几天，吉姆神父依然处于焦虑之中，但是这一不幸也激励了他，他觉得他的脑子因为面临牢狱之灾的压力而在做重新的自我编织和整理。他听到叩门声，是内斯特，已经放下了借来的手推割草机和一些修剪树枝用的剪刀。

"你好，内斯特。"

"早。"内斯特说。他似乎带有一点醉意，吉姆神父暗自庆幸没有坐他的车。"神父，听说因为我的缘故你遇上很大麻烦。一些可怕的政府官员围着我，硬说是我要你为我买一件武器。他们离开的时候，我妻子哭了，我不明白发生了什么。"

"我也不明白，"神父承认，"进来吧，我刚冲好咖啡。"

他们两人坐在厨房里一张摇摇晃晃的桌子旁边，内斯特讲述ATF是怎样通知移民局他滞留在这个国家，现在他和他妻子面临被遣返的危险。

"你是想要我去见那个办公室的什么人？"吉姆神父问。

内斯特摊开他的双手。"不，不，神父。现在我叔叔对我深感抱歉，已经要求一个人来帮助我，那人专门帮墨西哥人解决移民方面的问题。请您别再做任何事情。"园丁看上去忧心忡忡。

"这安全吗？"神父用西语说。

"神父，我能说英语。近来，我比你要好些。"他说，带着笑容。但是紧接着笑容就消失了，内斯特低下头看着自己的手。"你知道，如果我不偷那把枪的话，这一切都不会发生。"

吉姆神父在炉灶上为他倒了一杯咖啡，加了糖，那是他朋友喜欢的，然后把它连同自己的那杯一起端到桌子上。"好了，你已经感到羞耻，还这样后悔莫及，所以，是时候该向前看了。"

"我能够这样做。但是如果，你知道，如果他们把你关进监狱该怎么办?"

神父感到恐慌在他内心引起了一阵微小的震动,他喝了一大口咖啡,希望它会直接流入大脑,加快他的思维。"别为这担心,施洗者约翰被关在牢里,还有但以理、保罗、耶利米——《圣经》里囚犯多的是。"他们就这样坐着喝咖啡,彼此默默无语。神父通过厨房的窗子看到一棵在风暴中受创的树,树枝被累累的苹果压弯了。他意识到自己的视力有所改善,闭上那只好眼,竟能看到一只模模糊糊的果子。

内斯特和他妻子被送回墨西哥的诺加莱斯,吉姆神父的案件进入审判阶段。在三天的痛苦折磨中,联邦当局采用了枪店店员的证词——他们不太情愿地提供了证据——显示他有代理购买枪支的嫌疑。他的律师竭尽全力为他作了辩护,但是法官在对陪审团所作的法律要点说明中用语非常严厉,第二天,由十二位退休人员和习惯性失业者组成的陪审团判定他有罪。

吉姆神父戴着他的教士披肩坐在法庭上,在很长一段时间里,他弄不明白为什么他父亲拥抱他,为什么一个警官助理小心地为他戴上手铐。在恐慌了片刻之后,他意识到发生了什么,他说:"我很欣慰内斯特没在这里看到这样的结果。"这个陈述很有意思,他的父亲端详了一下他的脸,没有刻意去对谁点头。

吉姆神父被送到西弗吉尼亚的一个特殊监狱服刑,那里面关满政客、巨富、骗子、风险基金经理、投机商人、金融公司执行官,全是他最不喜欢的那一类人。当地的主教安排他在一个狭仄的小礼拜堂服务,但是只有两个意大利绅士定期露面,他们戴着太阳眼镜置身于这间没有窗子的房间。这里以前是一所县监狱,一个中央大厅和几排以栅栏分隔的牢房相连,牢门从来不关,除非住在里面的犯人想关。床铺较宽,配有一个薄薄的床垫,每室有两个床位,虽然有些囚犯是一人一室。另有一间置有书籍和电视机的休息室、一间小健身房,还有一个杂草丛生的大院,院中有涂了鲜绿磁漆的篮球场。吉姆神父坚持工作,监狱里的食物让他消瘦了一些。

在他被监禁的那年,他的记忆力开始得到恢复,就像一本掉在大海里的书被冲到了岸上,他的大脑清楚,只是有些微的反常。细小的毛发开始从他饱受折磨的头皮里窜了出来。当两个意大利绅士来做告解时,他希望他是法官,如此他就可以增加他们的获刑年限。但是,他还是转而以宽仁之心来对待他们,在那整整一年里,他们也对他忠心耿耿,打扫小礼拜堂,和他共享家里送来的香肠,当他们在走廊里从他身边走过时,还会打出小手势向他传递信息,可是他从来明白不了。

一天,一名已过巅峰期的职业橄榄球运动员,一位前射手,被投进监狱和他共囚一室。此人喜欢每天洗头发,然后花一个小时吹干,期间他会大声地讲述自己以及他生活中认识的所有举足轻重的人物。每天他都会喋喋不休地谈论他的重要朋友,在很多天里,吉姆神父耐着性子听他吹嘘那些人多么富有,那些财富值多少钱,他们有多精明,有多权势。到第三周,吉姆神父礼貌地要求他保持安静,好让自己能够集中心思做祷告。这个姓斯莱奇的人,非但不予理睬,还开始絮叨起他此生购买过的所有物品,那些东西整座监狱中没有人——整个西弗吉尼亚监狱系统也没有人——会予以欣赏,然后又说到一连串俗不可耐的名贵轿车、香烟式汽艇、游艇、私家火车车厢、豪华手表、送给他的女人们的钻石、游泳池、马、雕花机枪、飞机。无奈之下，神父有时候会沿着走廊远去，站在老贪污犯的牢房旁边，靠在墙上读他的祈祷书。

最后，他的同室狱友开始跟着他走，威胁到他的生活。一次，吉姆神父抬起头，要这个人安静下来。斯莱奇从口袋里掏出一把梳子，高举双臂，梳理他那些保养有素的长发。"那你来让我安静。"他说。

神父的大脑开始像一只沸腾的水壶，他的视力清晰了。他不知道怎样打架，但是有些东西通过他的脖子涌了上来，是某种力量。"你在坟墓里会很安静的。"他对斯莱奇说，吉姆神父认为，对一个把当下生活中这些蝇营狗苟的小玩意看得太重的人，说这句话是合适的。可是，过了巅峰期的橄榄球运动员不是这样想的，他迎面一拳将吉姆神父击倒。在神父没有得到援助的情形下，斯莱奇叉开双腿跨坐在他的肚子上，继续痛殴他，把他眼睛上方的一个老疤打得裂开，眼泪和血开始涌了出来。

其他囚犯看到这个大个子神父毫无站起来自卫反击的意向，在饱飨老拳之下忍气吞声，只是双手把他的祈祷书紧紧贴在胸口。这时那两个意大利绅士和一个波兰熟人拉开斯莱奇，把他拖进那间贪污犯的囚室，里面是曾经在纽约市政府工作的堂兄弟俩。神父听到他的同室狱友在呼喊，然后是尖叫。接下来，又是喊爹又是喊娘。警卫闻讯赶来，感到十分惊异，因为几个月以来他们都相安无事。他们拽着吉姆神父回到他的囚室，用护创膏布帮他贴好伤口。两小时之后，斯莱奇从医疗室摇摇摆摆地走来，出现在囚室的门口，一条腿向里弯着，所有的衬衫纽扣被撕落，血在他的膝盖和胯部透过裤子渗了出来。

重塑信心

"我能上床吗？"他用嘶哑的声音说。

吉姆神父从祈祷中抬起头来。"你想要再伤害我？"

这个前射手透过他的蓬乱头发眨着眼睛。"看看他们对我做了什么。你是疯了吗？"

吉姆神父暗自发笑。"都过去了，"他说，"进来，躺下吧。"

他从监狱释放之后，主教告诉他，根据规定，要过几个月之后才能允许他主持大型的弥撒和复杂的四月斋仪式，虽然他可以替代休假的教区书记，送圣餐给病人，或参加儿童的教会活动。吉姆神父很失望，他希望被派到一个繁忙的教堂去全职工作，他觉得自从事故发生以来，他已经经历了很多很多。夜里，在看完电视新闻和喝了一瓶啤酒之后，他会陷于沉思，细想自己九死一生的奇迹。他开的车被碾得像一辆摩托车那样大小，他活下来的唯一原因是没系安全带，所以被甩出了车外。是什么让他忘了系安全带？他为什么幸存了下来？

某个星期五，吉姆神父在夏洛特看一个医生，他的新手机接到一个朋友的电话，该朋友在一个大城市的教区做神父，他们周末需要帮手。他说吉姆神父可以住在教区长的管区里，具体工作是访问几家医院，星期六下午听忏悔，然后在星期日参与最低年龄段的儿童活动。吉姆神父说他很乐意帮忙。

星期日他找到了那座附属建筑，孩子们在结束了主要仪式后会在这里集合。主管该事务的高个子女士，在看到他的面容之后，露出吃惊的神态，尽管他戴着一顶黑色的高尔夫球帽，想尽可能遮住他的疤痕。她做了自我介绍并提醒他做些什么。"拉尔夫神父做了很长的布道，所以在你为他们读好书之后，通常我们会有一个短暂的点心时间。"然后孩子们进来了。那几个六七岁大的孩子小心翼翼地注视着他,但大多数孩子是更年幼的,他们从这个不知姓名的大个子成年人的腿边跑过,他站在这个大房间的一个角落里,他们知道这里是个讲故事的地方。他记得他们是快乐地生活在下层地区的孩子,那些成年人的事他们不懂,也不值得他们去关心。吉姆神父走进一个铺了地毯的区域,他四顾周围,想找一把大人坐的椅子,但是没有,于是像印度人那样席地而坐。膝盖上放着一本有插图的大开本书,里面有"善良撒马利亚人"的寓言。

"今天我们来听一个精彩的故事。"他宣布。立刻,三岁到四岁的孩子朝他涌去。其中两个分别坐在他的两条腿上,三个高些的孩子靠在他的背上,紧张地越过他的肩膀看彩色图画,其余的人面对着他紧紧围成一个半圆,那一张张明洁的小脸给他带来一片纯净的光明。吉姆神父开始用富有表现力的声音朗读,指出图画中的细节。他解释有些犹太人不怎么喜欢撒马利亚人,他们不指望撒马利亚人来帮助遭到强盗殴打的犹太人。他慢慢地环顾四周,看着每一个孩子纯洁无邪的眼睛,往往在这个时候他会想起一个问题。

"那么谁能解决这个大问题呢?在这里,这可是个重要的问题。"但是他不知道这个问题是什么,至少五秒钟,他打量着他们的眼睛,然后停下来。随即有一句话像电子邮件般蹦入他的脑中:"为什么上帝让那个犹太人遭到殴打?"有一二声轻轻的心跳,然后是争先恐后的回答,答案各式各样。一个有着满头亮丽金发的四岁女孩说,那个犹太人挨打是因为他对撒马利亚人吝啬。坐在他左膝上的一个三岁小女孩,有一副犹太人的脸,她说也许那个犹太人偷了撒马利亚人的小甜点。她是想吃小甜点了。一个掉了门牙的五岁孩子说,也许那个犹太男人在吹牛,让某个人生气了。一个六岁的儿童,归错了小组,是个神情忧郁、身穿珍珠纽扣衬衫的乡村男孩,抬起头说:"我的名字叫比尔。上帝要给那个犹太男人一个教训。"

"给他一个教训?"吉姆神父的思绪偶尔也会在中途搁浅,这番话激起他的思考,"我不知道,比尔。这听起来很有意思。"

"我认为这很重要,"这个一脸阴郁的男孩说,"我敢肯定,那个挨打的人在好起来之后会喜欢撒马利亚人和其他每一个人。他调整了态度。"

然后,在他右膝上的小女孩,她一直没有真正停止过谈话,问道:"你会挨打吗?"她穿着周日穿的硬底鞋站在他的大腿上,隔着她旁边的孩子,用羽毛般柔软的手指去抚弄他脸颊上最糟糕的伤疤。

"嗯,有点吓人。我被一辆火车撞过。"

孩子们顿时陷入沉默,那一张张可爱的小脸目不转睛地盯着他看。"有人来帮助你吗?"一个声音在他后面问。

吉姆神父皱起眉头。"救护车的团队。我想他们就是领薪水的撒马利亚人。"

孩子们不理解他的玩笑,通过他们眼睛的运动,他看出他们在仔细观察他的脸和手。

"真的伤得很严重吗?"表情严肃的比尔问。

"哦,不。不管怎样说,一开始不是。他们把我送进医院,精心地照顾我。"

"他们给你小甜点吗?"坐在他左膝上的小女孩问。

"我没有想要这个。"问题接踵而来,他渐渐领悟到了那个路边的犹太男子必定会有的感觉。孩子们为他担忧,他们的关心就像是良药。尽管如此,他两条腿因负荷过重开始痉挛,绞痛不已,如同扎进了上千根钢针。他想站起来,但是跪在他右腿上的那个金发小女孩说:"等一下,等一下,是谁答出了这个大问题?"

吉姆神父靠在椅背上,意识到没有人能够知道痛苦的原因,除了周围这些对他受伤倍加关注的人。他微微咧嘴一笑。"我认为你们全答对了。"

小女孩跳起来,把一只手伸进他的衬衫口袋,他脸带笑容。"点心时间到了。"她高声喊叫。

坏　种

　　那个老人从沃尔玛走出来，却突然停住步子，在这个热气腾腾的路易斯安那州的早晨，他什么也没有认出来。他试图离开路边，但是他的脚却挪动不了，一阵恐慌袭向他的胸口。铺有柏油层的停车场离他很远，那里上千辆汽车漆了磁漆的车顶在闪闪发光。其中有一辆是他的。他竭力要回忆起它的样子，但是他记不得早上是把家里的哪辆车开出来了。他退回到商店外挑屋檐的阴影中，坐在一辆用作展示的坐式割草机上。他的双手放在土黄色的卡其裤上，闭上眼睛，努力回想，但是早上发生的事情开始在他记忆中一件接一件地消失，然后是前一天，再后来是以前的生活。当他再次抬头的时候，似乎所有的汽车看起来都变得很小很小，非常明亮，光泽闪烁，但更像是一个个鱼饵。他右臂颤动，心不在焉地注视手背上的斑点。他低头看他的红翼牌短靴，觉得那鞋子很陌生。有半个小时，他坐在割草机的座位上，头晕目眩，一场夏季风暴刚刚过去的感觉。

　　最终，他站起来，僵直而摇摇摆摆地迈出步子，走到停泊汽车的线格里，那张白皙的面孔在红色的饲料帽檐下东张西望。几个看上去情绪愤怒的人坐在闷热的车里，他们的脸红得如同煮熟的螃蟹，带着让人难以理解的沮丧。他留心走了很长时间，但是什么也认不出来，甚至认不出他自己不断映在车辆着色玻璃上的高大身影。

　　他两次从一个人身边走过，此人无精打采地坐在一辆停着的福特轿车里,车子底部的面板上粘着没有冲洗掉的脏物和大量锈斑。驾驶员正在吃一根从塑料包装中挤出的腌香肠,用门牙嚼着,他那稀疏的头发挂到了耳际。他注意到了这个徘徊者,在每次走过的时候都用一种迟钝的、探询的眼神看他。当对方第三次经过时,驾驶员盯着老头依然挺拔的后背和宽大的肩膀发出嘘声,老人停住,并循声寻找。"你这是怎么啦,老爷子?"

老人慢慢移步走到窗边,注视着车里的这位中年汉子,他的肚子遮住了方向盘下方的曲线。一只一夸脱容量的空啤酒瓶躺在前面的座位上。"你认得我?"老人的声音温和而充满疑惑。

司机看了他好一会儿,眼睛又向下移到他的身上,好像他是一串数字。"是的,老爸,"他最后说,"你不记得我啦?"他把一支未燃的纸烟塞进嘴里,用一根粗头火柴将它点着。"我是你的儿子。"

老人用手摸着下巴。"我的儿子。"他说,好像确认了这一事实。

"进来。"福特车里的人嘴角上有的只是微笑。

"好吧。"

"你的记忆力有点儿问题。"

老人坐进车里,把一只手放在白垩色的仪表板上。"我在做什么?"

"你在帮我买东西。现在把钱包还给我。"司机伸出他那只肉鼓鼓的手。老人则从裤子后袋掏出自己的皮夹子交给了他。

他们很快离了停车场,顺着一条遍是垃圾的公路开出镇去,进入坦吉帕合教区那片荒凉的多沙松林。老人在路边寻找可以辨认的线索。"我甚至记不得自己的名字了。"他说,此刻,他看着

坏种 | 55

自己的格子衬衫。

"你叫特德,"开车人说,飞快地扫了他一眼,"特德·威廉姆斯。"他察看他的侧视镜。

"我甚至记不住你的名字,儿子。我肯定是病了。"老人想要摸一下自己的头是否在发烧,但又害怕摸到的是一个陌生人。

"我的名字叫安迪。"那个人说,一只充满血丝的眼睛久久地注视着他。行驶几英里之后,他转弯离开公路干线,开上一条没有铺柏油的路。老人听着不熟悉的撞击声和石块弹跳在汽车传动轴上的砰砰声,然后路面上的沙砾层变得混杂和稀薄,渐渐袒露出胡萝卜颜色的脏土,就像是病狗的毛皮。只见瘦骨嶙峋的牛把头伸到有倒刺的铁丝网中间,寻食路边的野草。福特车颠颠簸簸地从发霉的拖车屋旁边经过,它们沉陷在吸足雨水的湿地中。再往远处,土地变得过于潮湿,不再适合放置拖车屋;也不能放牧,因为对饥饿的牛群来说,那土太过贫瘠了。过了两英里之后,他们在一座四四方方的红砖屋旁边停下,屋子坐落在两英亩大的湿土院落里。到处是树木东倒西歪的枝干,车道边的锈篱笆上爬满了猫藤和毒葛。在老人看来根本不需要什么篱笆,因为周围四面八方都是毁坏的灌木丛和砍伐后的树林。

"到家了,现在你记起来了吗?"安迪说,他走出汽车,摸了摸老人长臂上的肌肉。

特德环顾四周要想找出头绪,但什么也没说。他看见安迪绕到屋子后面,拿了一把铁铲和一双靴子回来。"跟我来,老爸。"他们来到一块满是铜绿色臭水的沼泽地,沼泽一直延展到这座地产旁边,距篱笆有十英尺远。"这需要开挖,两把铲子的宽度,往下深挖,从这里一路挖到屋后那条沟。有一百码长。"他伸直拿着铲子的手臂。

"我觉得有些乏力。"特德说着慢慢解开他的鞋带,后退着从鞋里拔出脚,然后滑进那双超大的红球牌靴子。

"你是大个子。也许你的脑子不好使,但是干会儿活你没问题。"当特德摇摇晃晃铲起第一铲潮湿的泥土时,安迪笑了,露出两颗蜡黄的门牙。

他挖了一个小时,认认真真地挖,他看着他挖出的那条直线,听着他的心脏怦怦乱跳,思考着这个可怕的计划——就像要把沸水排到他打通的水槽里。整块土地是平整而低洼的,由贫瘠的黏土构成,绝不会在海湾大雷雨的停息中干涸。挖了四到五码之后,他坐下,松树在他周围摇来晃去,仿佛要努力在大风中保持直立。安迪从屋里出来,带来一把草坪躺椅和一大罐混浊的液体。

"我能喝一点吗?"老人问。

安迪露出牙齿。"看,这是玛格丽特酒。如果让你喝下一杯,肯定会醉倒。"他又补充说,"屋里有水。"

整个上午安迪喝着罐子里的酒,老人回头看,试图认清楚他。铁铲挖到被化粪池污水浸透了的红色黏土,特德努力想要记起他曾在哪里见过这种贫瘠的土壤。这一天很安静,没有车辆在泥土路上颠簸而过;老人耳中听到的只有冰块碰撞和打火机点烟的咔嗒咔嗒声。一点三十分左右,他第二十次放下铁铲,吸了一口气。以前他使用过铲子——他身体上的感觉告诉他这点——但是他实在回忆不出是在什么地方或什么时候。安迪收起躺椅,把喝空的罐子扔到靠着篱笆的苋草丛里。当他走近时,特德能够闻到他的呼吸,有点像清洁液的气味,他合上眼睛,记忆在脑中蠢蠢欲动,但是当他眼皮张开的时候,那一点儿意象犹如跌下来的一团灰烬,

坏种 | 57

飘散得无影无踪了。

安迪把椅子移近，躺回到椅子上。"你被女人打过吗？"

特德很想朝他看，但淋漓的汗水使他颓丧狼狈。

安迪把手伸到黄针织衬衫里面去搔他的肚子。"记得吗？她对我说她还会打我，如果我不修整好这座院子，就把我的屁股打成两半。"他闭着一只眼睛说，好像是醉得太凶了，不能同时用两只眼睛看东西。"她又高又大，"他自言自语，"赚大把的钱，但下手也非常狠。曾经让我缝过不下一百针。"他举起一只软弱的手臂。"还把它打得断成两截。"

然后老人看着他，审视他那有气无力的双肩和疤痕累累的头皮。看得出他很沮丧，老人后退了一步。"她马上就要回来了，这个泼妇。我对她说我干不了这事，所以我来到停车场，想雇一个为了食物需要工作的流浪汉。"他试图把喝空了的玻璃杯里的一块冰晃得咯咯作响，但是最后那块冰已经融化很久了。"那些家伙根本不会做事，"他说，"他们只是举着纸板说他们会工作，以求得到一点施舍，这些懒惰的杂种。"

在老人的视野中，光线像是炸开的针尖那样刺眼。"能给我吃些什么吗？"他问，朝屋里看去，皱起了眉头。

安迪让他进入那间有垃圾异味的厨房，瓷砖铺就的地面粘着脏兮兮的泥土，面朝下的密胺盘子堆得像座小山，在水池里的幽暗浑水中浸着。安迪拔下电话线，拿着电话机离开厨房。他空手而回，笨拙地坐到一把厨房椅里，点燃一支烟。老人猜到食品放在什么地方，便走过去开了一罐维也纳香肠，用叉子把它们一根一根地扭出来。"也许我该去医生那儿？"他说，一边慢慢地咀嚼，好像在试图辨识它的滋味。

"特德，老爸。我曾经有过的最好工作是在一所养老院干活，记得吗？"他注视着老人的眼睛，"我整天和你这样的人打交道。我知道怎样对付你。"

特德打量着这厨房，那神态就像在一个路边嘉年华会上看一场奇异展览。他看了又看。

下午过去了，像一个缓慢而潮湿的梦，而这条沟，他已经挖了五十码。到太阳下山的时候，他浑身颤抖，汗水淋漓。要是他的记忆回来了，他就会知道他的年纪已不宜干这种活。他靠在铁铲的抛光木柄上，看着自己挖出的直线，差不多就要记起了什么，朦朦胧胧地意识到他是在一个以前从没到过的地方。他的记忆就像一本打开的长篇小说，被微风翻到后面的另一个章节。安迪为了醒酒跑进屋去睡觉，而老人则进去寻找吃的东西。他看见食品贮藏室里有一大堆辣椒，但是没有一只罐子是干净的，所以他将那只最干净的擦了十分钟之久，然后加热食物。

稍后，安迪出现在厨房门口，摇摇摆摆就像是喝醉了一样。他把特德引进一间里面只有一张条纹床垫的房间。老人把两只手指放在下巴上。"我的衣服在哪儿？"

"你什么都不记得了，"安迪紧接着说，他转身向走廊走去，"如果你想要清理一下，换件衣服，我有一些适合的工作服。"

特德在污迹斑斑的床垫上躺下，似乎认定了这是他的床。这张床，它是我的，他想。他翻过身子，心甘情愿地要记住发霉的气味。是的，他想，我的名字叫特德。在这里我就是特德。

半夜里他被膀胱胀醒，在返回卧室的途中，他看见安迪坐在箱子般大小的客厅里看色情电影,里面一个戴头巾的男人在用绳子抽打一个裸体妇女。他走到安迪的后面,眼睛盯着的不是电视机而是安迪的脑袋,打量它的形状。在安迪的膝盖上,放着一只一夸脱容量的啤酒瓶,上面挂着水珠。

老人摇摇安迪的肩膀。"只有白人垃圾会看这种东西。"他说。

安迪转过头,缓慢而僵硬,像是一个病人。"嘿,老爸。挪一把椅子过来,乐一乐。"他的眼睛又回到电视屏幕上。

特德从后面发动袭击,他张开手掌,来了个大弧度挥臂,抽在安迪的耳朵上,把他打得从椅子里飞出,啤酒瓶在空中旋转,啤酒洒了一地。安迪跌得肚子贴着瓷砖,过了好一会儿,才能够撑着一只胳膊肘翻过身来,向这个体型高大的人投以怀疑和愤怒的一瞥。"你这个老狗屎!等我起来给你好看。"

"白人垃圾,"老人怒喝道,"我的孩子是不会这样的。"他走近,安迪滚到电视机托架旁边,举起一只手来。老人则提起了右脚,好像会以他的颈脖为下一个目标。

"别这样,老爸。"

"把这东西关掉。"他说。

"什么?"

"关掉这东西。"老人喊道,当一个大而满是老茧的脚后跟落在安迪脑袋旁边时,他用一个指关节按下电源开关。

"行了,行了。"他眨着眼睛,后背紧靠着电视机,慢慢地避开在这个小房间里显得颇为高大的对手。

然后,那张清瘦的、两旁挂着白发的长脸探到他的面前,近距离地察看他,注意他的特征、他的鼻子形状;还用一只长满水疱的手指摸索着他的右耳,仿佛在评估它的品质。"也许你从我身上继承了某种坏的血缘。"说这话的时候，老人的声音颤抖了，如此一个软弱无能的丑陋男人竟会是自己的儿子。他后退，闭上眼睛，似是不能忍受眼前所见。"让好的血缘起作用，它会告诉你怎样做，"他说，"你不能让你的坏血缘毁了你。"

安迪从一摊啤酒中站起来，摇摇摆摆地靠在电视机上，目睹老人消失在走廊里。他被抽打过的脸火辣辣的，他的右耳里像是在演奏铜管乐。他走进厨房，在里面，他玩味起一张用玻璃胶带贴在冰箱上的照片，是他妻子，站在一只挂在树上的鹿旁边，右手握着一把长刀。他坐下，也许他忘记了特德，忘记了洒在地上的啤酒，甚至忘记了他妻子坚硬的拳头，他的双臂搁在厨房的桌子上，头倒下，睡着了。

第二天早上，老人醒来后环顾四周，差点儿想起一个不同的房间。他聚精会神，但是他看到的就像没戴眼镜时的远处景象。他用拇指在指尖上揉搓，面对熟悉的人的那种感觉又回来了。

在厨房里，他烧水准备冲咖啡，一边看着昏睡中的儿子，直到水壶的汽哨鸣响。他在一只法国滴滤式咖啡壶里加了料，找到面包，把四片面包上的霉块刮掉，然后烘烤它们，又在冰箱里拿出鸡蛋和油腻的熏肉。当安迪挣扎着直起身子的时候，他的腋窝搅起一阵恶臭，老人叫他去洗洗干净。

安迪在半小时内回到厨房，脸上带有裂口，血从一个月前的老伤口里流出来，新换的T恤衫充作了他的第二层皮肤。他坐下吃早餐，一句话也不说，但是没喝咖啡。吃了几口之后，他在冰箱里翻找出一罐啤酒。老人看了看反射在草坪露珠里的朝晖，然后回头看着啤酒罐。"说一说，你在哪里工作？"他问。

安迪对着啤酒罐喝了一大口。"我病得很严重，不能工作，这你清楚。"他变得无精打采，透过纱门看着车棚下面一台被拆散了的割草机。"我能做的就是维持好她的地盘。凡是有东西坏了，全靠我这双手去修理它们。"那割草机看上去像是遭了雷劈似的。

"为什么我记不起来？"老人坐下用他的早餐，他开始一边吃一边想，这是一个鸡蛋。那么我是怎么回事？

安迪注意到了他的表情，也许是酒精细流像霓虹灯那样照亮了他的血脉，激起了一丝善念，他俯下身子。"我以前看到过这种情况，几天之内你的记忆就会回来。"他喝光啤酒，咯咯地打了一个响嗝，"现在，快回去挖沟吧。"

特德把一只手放在肩膀上。"我觉得这儿酸痛。"他的手一直放在那里。

"快点，"安迪从冰箱里找出三罐啤酒，"你可能会有一点点酸痛，但是我的背根本就干不了这铲泥的活，你今天必须完成。"他死死地盯着老人的眼睛，好像他丢失了什么东西在那里面。"用你最快的速度挖。"

"我不明白。"

安迪搔了搔自己的耳朵，感觉很痛，于是恶狠狠地看了老人一眼。"起来，去找那把铲子，该死的。"

当安迪驱车去十字路口的商店时，特德拖着沉重的脚步来到沟里，他开始挖出一铲铲恶臭而潮湿的新月状泥土。安迪回来后坐在一棵生虫的胶树的树荫里，他打开一罐啤酒，开始读一份刚买来的报纸。在报警的栏目里，有一则简短的描述：一个来自圣马利教区的退休农夫艾蒂安·勒布朗失踪，失踪前和儿子住在派恩奥伊尔。他儿子陈述,父亲和他一年前搬来这里后,健忘症便时时发作,有时候在外游荡不归。他最一开始发病是在前一年他妻子死的那天,那时他们正在折扣中心购物。安迪看着特德并暗自发笑。他回到屋里去拿别的啤酒,又一次看到冰箱上的照片。他妻子的肚子凸得比胸脯还高,红色的头发显得狂暴,覆盖着那张被冷绿色的眼影花纹弄污了的脸。甚至在早上,她的嘴唇也被一种永久性的化学颜料灼烤得血红血红,有时他从梦中惊醒,看到的是旁边她身上那些刺眼的染色。她是一艘挖泥船上的厨师,在密西西比河的河口工作,两个星期轮一次班,已明确警告他,等她回来的时候,如果排水沟还没有挖到侧院,她会操起木柴对他穷追猛打。

他做过努力,她离家的那个下午,他在从十字路口酒店回来的路上买了一把铲子,但是挖第二铲的时候,他掘到了一棵树的根,深深为之沮丧,他的心跳加快,呼吸急促。他的铲子笔直地卡在院子里,宛如他的墓碑。那天夜里他一分钟都不能入睡。在接下来的十天里,他继续失眠,进而影响到他的肾脏,以致每夜起床六次光顾厕所,待到天亮的时候,他感觉自己仿佛成了一枚干燥的爆竹。他开车外出买了几夸脱啤酒,在沃尔玛的停车场里蛇行而过,透过他旧车的窗子朝外凝视,好像通过独自专心苦思,能够产生魔法召唤别人来承担他的责任。然后,他看到那位老人从他的车头走过,像是一缕漫无目的的轻烟。

在接下来的两小时里,特德的体内在发热,他眼馋地盯着那罐冰啤酒,它就放在安迪鲇鱼般的肚子上。他努力想回味啤酒的滋味,他能够感觉到舌尖有一种嗡嗡的鸣响,以及口腔上壁碰触到纯洁冰块时的快感。特德仔细打量着他的儿子,但还是不能完全认清他。水正在流入他开挖的沟里,他再一次把脚踩在铲背上,将它推进泥里,但是却没有抓住手柄将它抽回。"我想喝点冷的东西。"

安迪连眼都懒得睁一睁。"好吧,去屋里拿,但是我要你马上就回来。"

他走进厨房,站在冰箱边上,倒了满满的一杯水,慢慢喝下。他把杯子放到水池里冲洗,然后打开柜子放回去,这时,他看到一叠以蓝色柳树为图案的廉价盘子,顿时一朵纯洁的小火花在他脑中闪动起来,几乎点燃了他的记忆。

他打开另一个柜子,寻找那个女人的线索,因为这是某个女人的厨房,他觉得他肯定认识她,但是他看到的每一件东西都是凌乱的,带有杀虫剂的气味,他认识的任何女人,似乎都和这种地方格格不入。冰箱上贴着的照片中,那个手中拿着刀的大个子女人和他是毫无关系的。他用一只厚大的手掌在放咖啡的搁板上抹过去,想摸到某个东西,虽然如今它并不在那里。搁板是没漆过的白坯木头,一块碎片刺痛他的手指。他转身走进安迪的房间,朝一个壁柜里看去,触摸里面的牛仔裤、工作服、男女都可以穿的套衫,还有五套颜色暗淡、被推到壁柜墙边上的女装。他试着识别这些衣服,直到从外面传来一阵含糊不清的喊叫声,他对着卧室的门转过身去,拇指伸进嵌入他肩膀的工作裤吊带后面。

太阳高高地当空而照,老人在遭受苦痛,那借来的、遮着他疲倦不堪肉体的卡其衬衫变得又黑又脏。每当他挖完十英尺长的沟,安迪就会把自己的椅子移到他的旁边,好像是一个卫士。他们停下来吃午餐。到一点三十分,他们回到院子里的时候,一阵雷雨在十英里之外滚动登场,阴云和微风把他们从酷热中解救出来。安迪在看杂志上的图片，一边喝着酒，一边抽了大量的烟。三点钟，老人回头看自己身后，发现他离后面教区的大沟渠还有三十英尺。有个想法闪入他的脑中，这条沟挖完之后，可能还会有其他事情要做。他注意到了，屋顶需要修补，他想象自己顶着刺眼的阳光跨坐在一堵山墙上。他在草地上坐下，想知道接下来会发生什么，有时候他觉得他不可能完成他的工作，他简直就是在挖掘自己的坟墓。

那个小碎片开始让他坐立不安，他低头看他的伤口，想起那木头搁板的粗糙边缘，他眨了两下眼睛。安迪已经沉沉睡去，一本彩色的杂志在他膝盖上被风吹得飘然作响。纸，老人想起来。搁板贴纸。新纸铺好之前，他的妻子绝不会往柜子里放任何东西。然后有些东西回到他的脑中，就像影像落在不聚焦的电影幕布上，这时观众拍手、吹口哨、咆哮，放映员醒来把他的放映机调整一个角度，然后实物、动作、颜色联合起来构成了一幅清晰的图片，他突然记起了他的妻子和他的孩子们，还记起了他那辆珍贵的、1969年产的奥兹摩比，他曾经开着它去打折商店。

艾蒂安·勒布朗轻轻地叫了一声，站了起来，环顾这个异样的院子和那座匍匐在地、顶上带有卷曲木瓦的屋子，他记起用铲子开挖沟渠前发生的所有事情，甚至回到那个时候、那个世界——他站在得克萨斯州的玉米田里，或者坐在巴吞鲁日的摩天轮上，或者是在海湾远离波因特奥弗的一艘捕虾船的船舱里。

他瞥了一眼那个熟睡中的人，不禁有些害怕。想起他的降血压药片，他走进屋子，在他熟悉的衣服里找到它们。他四处察看这座到处都在发霉的屋子，它不像他至今还拥有的圣马利教区的祖屋，那是用通风性能良好的柏木建成的，是一座有大窗子的农

坏　种　｜　65

舍，里面挂了大量的家族照片。他在走廊里寻找肖像，但墙上空空的。他走过屋里一间间房，想知道这到底是怎样一种人，竟会没有他们亲属的照片。安迪和他妻子就像外星来客，孤立无援，又没有孩子，怕是不堪忍受自身的孤独。在厨房里，他把手放在原来放电话的地方，回忆他儿子的电话号码。透过纱门，他看见一个肥胖的秃顶男子，睡在一个由闪亮的啤酒罐和卷曲的杂志所堆积而成的垃圾堆里，一个废人，他既没有头脑，又没有体魄，也没有灵魂。他看着这个遍是湿地的院子、破损的割草机、沾满了泥的裂了的耙子和车棚下四处乱撒的工具，它们比他甘蔗田库房里一百多年前的废弃老用具还要更为破烂。他看到挖了九十码长的浅沟。他推开纱门走出去，因为冥冥中血液里有什么东西把他拉回到院子里。

他的影子落在那个熟睡的人身上，他察看坐在铝合金椅一侧的安迪，黄色的皮肤、披在头上稀疏柔软的头发，膝盖上的杂志中，一个裸体女人面带恐惧地皱着眉头。艾蒂安双手平拿着那把铲子，心中在盘算：作为惩罚可以敲打一下对方的脑袋，让他不知所措地跌倒在草地上，在那些乌烟瘴气的杂志上打滚，同时他离开去打电话报警。安迪可能会因为头上遭到重击而从此学乖。谁会指责一个老人这样做？这是一个罪犯，尽管不怎么明智，但这种人往往承受着生活中最不堪的打击。他用雀斑密布的双手紧紧握住铁铲的胡桃木手柄。

随后他的目光扫过那座屋子和院落，它们根本不值得人们从路上投以一瞥，它们也不存在变好的前景，因为那下面是完全没有价值的土壤，粘靴子的、铁红色的黏土，只会毁掉孩子们的游戏服装。他想起他农场里的黑色土壤，想起在田间的妻子，想起一年前当他们正在买西红柿苗的时候,他妻子死在他的怀中。他朝路上望去,他想他此刻离他认识的人多遥远啊。他走到小沟的端头,深深地铲了下去,然后双手用足力气,猛地往回拔,铲子的刃口发出被泥巴吸住的响声,安迪抬起一只眼睛的眼皮。

"赶紧挖,特德。"他喊道,在椅子里辗转身子,他神志不清,伴有头晕、恶心。在安迪抬头看之前,老人又挖了两英尺,然后老人挺直腰看着他的眼睛。"你在看什么,你这老狗屎?"

艾蒂安·勒布朗把铲子插在四英寸厚的泥土里。"没有,儿子,没看什么。"

"今天晚上你必须完成。有时她会提早回来,也许,甚至会在明天下午。"安迪困难地改变他的姿势,就像养老院里的病人那样动作迟缓,他在椅子脚周围搜寻喝的东西,放在他膝盖上的杂志滑落到结了籽的草丛里,"如果你明白什么对你有好处,就加快速度。"

在接下来的两小时里,艾蒂安缓慢地前进,把泥土甩到沟右边那条笔直而潮湿的土脊上,他回头看,估算着时间。

安迪从屋里拿出一箱六罐装的啤酒,再一次让自己在酩酊大醉中进入梦乡。到了晚餐的时候,艾蒂安走过去用肘推了推安迪的折椅。

"醒醒。"他用手指戳着安迪软弱无力的手臂。

"什么?"安迪张开像病犬一样的眼睛。

"我准备挖最后一铲了,"艾蒂安向沟渠打着手势,"我想你可能希望看到这幕情景。"两人走到那块沟地的后面,老人把铲子斜插在沟渠的通道上,铲出一块硕大的楔形泥巴,水顺着附近的路径涌了过去,把沟渠的末尾一节冲宽了,在下跌两英尺后,进入一股较大的水流之中。

安迪回过头朝他的院子中间看,那里的积水正朝着新的排放口流动。"也许这样能解决该死的虫害问题,"他说,把脸凑近老人,"蚊子让她发疯了。"

"她就是为这气不打一处来?"艾蒂安说。安迪退后一步,注视着他。

第二天早晨,当老人被房间里的响声吵醒时,天还没有亮。安迪用脚轻轻地踢着床垫。"起来,"他说,"我们去兜兜风。"

他不爱听这话,但还是起了床,穿上他之前在打折商店时穿过的衣服,跟着走到外面车道上。他几乎什么也看不见,而且感到害怕。安迪靠近他站着,问他能够记得什么。

"什么?"

"你听我说,我必须知道你记得什么。"

老人让脑子认真地开动起来。"我记得沟。"他说。

"还有其他什么?"

他转动他的眼睛。"我记起了我的名字。"

他吹了一声口哨。"它是什么?"

"特德。特德·威廉姆斯。"他看着安迪,试图彻底想清楚。

"好吧,"他终于吭声,看着灰色的晨光开始照亮草坪,"去车里,躺在后座上。"老人按他说的做了,他觉得车转弯上了公路,然后又再次转弯,他希望这些转弯不会把他带回那个世界,那个充塞着毫无意义的人和事物的世界;他希望他不会遗失记忆,因为他之所以还是自己,唯一靠的就是记忆。

当那股明亮的车头灯光射向他们的时候,他们在这条车道上还没有开出一百英尺,安迪开始大声发出一连串烂熟于心的咒骂。老人的目光越过座位,看到一辆敞篷小卡车停在路的当中。

"是她,"安迪说,他的声音打颤并升高,"别和她搭话。让我来应付。"天色还没有亮到足以看清他的面容,所以老人只能琢磨他的声音,发现带着一种病态的恐惧。

小卡车停住了,在车头灯的映照下,艾蒂安看到那个女人下了车,是一个五大三粗的女人,那紧身工作服穿在她身上,犹如裹在一台机器上的柏油帆布。她的头发红红的像是电枢线,编成一条条铜色的绳子,挂在她肥大的胸前。她走到司机座的窗前,弯下身子,从嘴里抽出一根牙签,问道:"这是怎么回事,你这鼻涕虫?"她的声音就像是一面破锣。

安迪试图回她一个笑容。"宝贝,钥匙给你,我只是决定起一个早——"

她接住钥匙,用一只拇指按住他的喉结说:"你从没在十点钟之前起床。从没。"

"宝贝。"他轻声说,声音通过他紧绷的声带震荡出来。当她看见艾蒂安的时候,她伸直了脖子。

"闭嘴。这是谁?"

安迪张开嘴巴,然后闭上。又一次张开嘴巴之后,他用沙哑的声音说:"只是一个喝酒的老朋友,我正送他回家。"

她斜视着老人。"你为什么坐在后座?"

艾蒂安注视她肥腻的眼缝,记起半个世纪前一头几乎把他的脚撕裂的母猪。"他要我坐在后面。"

她直起身子,往后退让。"好吧,下车。竟然在我面前胡说八道。"他顺着她的话做了。她在晨曦中打量着他,嘲讽地嗅了嗅空

坏 种 | 69

气。"你到底是谁?"

他试图说点什么,又不知怎样才能避免伤害。他搜索枯肠寻找答案,但他的脑子像是一叶超载的小舟倾覆了。"我是他的父亲,"最后又说,"我和他住在一起。"

她的大脑袋斜向一边,就像是一条狗。"谁告诉你的?"

"我是他的父亲。"他重复。

她伸出一只手搭在他肩膀上,把他拉进能闻到她酸臭呼吸的距离之内。"让我来猜一猜。你的记忆不太好,对吗?他在离老人院几条街的地方发现了你,是吗?你知道,他以前编造过这种胡话。"她向丈夫投掷过去的目光看上去很骇人,"站住,让我看看你。"她把他拖到车头灯的光亮中,注意到了他的裤子。"你怎么搞的身上都是泥巴,老爹?"当她这样问的时候,她的大方牙露了出来。

"我在挖一条沟。"他说。

她绷紧那张木板似的脸,脑壳上的肥肉变成了有纹理的大理石。她突然扫视四周,然后匆匆跑回她的小卡车,从车斗里拖出一把短柄的方头铲子。当安迪看清她手里拿着的是什么的时候,便使劲从方向盘后面挤出来,下了车,试图逃走,但是顷刻之间,她就挡在他的面前。当老人听到铲刀沉闷的拍打声时,害怕地朝后退缩,看见安迪在一阵尘土的腾起中跌倒在车后。她漫不经心地挥动手臂,继续殴打他。

安迪大声喊叫:"啊……别打了,别打了。"但是他的老婆和他对着叫,用铲刀的棱角捣在他的肋骨上。

"你这黏糊糊的小粪块,徒有一副人样,"她叫骂,用铲子又捣了他一下,"我要你亲自为我做一件事,一件傻瓜也能干的活儿，"她说，为了强调"活儿"这个词，在说到它的时候特意用铲刀在他肚子上拍打了一下，"而你拐骗了某个不知道自己是谁的老混蛋，让他来为你做这事？"

"对不起，哎，求你了。"安迪喊叫，举起一只手，上面一根手指已经弯得不成样子。

"看看他，你这个白痴，"她发出尖叫，"这狗娘养的，他已经是一百岁的老妖精了。如果他死了，你就去坐一辈子牢吧，我也会因为工装裤里的铆钉而被起诉。"她把铲子扔了，抓住他的腋窝把他提起，又一个巴掌把他捆倒在汽车的车尾行李厢上，然后一次又一次地抽捆他，就像低俗电影里的一个流氓。

老人低下头看这条沙砾路，觉得远处变得明亮起来。他试着不去听身后可怕的声音，试着去记起他的农场和家庭，但是当安迪的叫喊开始变得嘶哑，像是被陷阱夹住的野兽的哀号时，他绕到车子后面，使劲拉住那个女人的手腕。"你想杀死他，"他厉声呵责，摇着她的手臂，"你有病啊？"

她转过身，伸出两只手拽住他的衬衫。"我没有病。"她狂怒难遏，推开他，又去追他，但是，就在她伸手之际，那把金属铲刀咚地敲在她的头上，她眼冒金星，倒在一片沙砾上。

安迪落下铲子，身子重重靠在铲柄上口吐鲜血，然后单膝跪在地上。"噢，天啊。"他气喘吁吁。

老人后退，那声铁铲敲打在女人头上的声响，已经在他脑中形成一个白色的伤疤。他低头看着车道，看到她那辆空转的小卡车，他立刻坐到方向盘后面，在一阵砾石尘土的烟雾中慢慢倒车，进入路面的一个宽点，然后掉头朝镇上开去，他瞥了一眼后视镜，看见一个拐着脚的人影在狂舞着园艺工具。他快速驶离这个可悲

坏　种 | 71

的乡村,上了柏油马路,然后加速前行。到了一个未作修饰的十字路口商店前面,他停住车,他的思绪开始在罗盘的方位上飘浮。他的手在大脑发出指令前就捏着方向盘向左转动,是记忆在引导卡车。十五分钟里,在城镇的边缘,他看见了打折商店用煤渣块砌成的墙基层。很快,建筑物的灰色侧面朦朦胧胧在他上方显现,他从这女人的卡车里闪出来,走着走着就走到了商店的前面,他也不知道为的是什么,也许仅仅是在完成某个他意识中的循环圈。

太阳的底端把与地平线连为一体的停车场映照得一清二楚,他看到两辆车,他的深红色的奥兹摩比旧车,和它旁边的一辆,犹如他自己那辆车的雏形,是一辆没有个性的现代轿车。他慢慢穿过那沥青湖,用力呼吸,他看见一个青年男子,坐在一辆小车的驾驶座上睡着了。他俯下身子仔细察看他的脸,看到的是一个具有勒布朗特征的鼻子,于是他再靠向前去,认出他妻子特有的、顶端呈圆形的耳朵。他认出了他,他的思路闭合起来,就像是一个拳头,把他这个孙子和其他每一件事情都捏紧在里面,甚至他妻子在他怀里告别人世的那幕,甚至铜色头发的女人受惊被击倒在沙砾中时露出的怒容。好像记忆可以是一个决定,他完全接受了它,现在,他明白,比他死那天再现噩梦更糟的就是忍受这一段充满陌生人的生活。他闭上眼睛,祈求他记忆中的老农场留在原处,他记起了它那柏木建造的屋子,记起了晨风在它那平坦而雾气缭绕的甘蔗湖上留下的痕迹。

收音机的魔力

克利夫最大的愿望就是出名，哪怕只是个小小的名声。那些普通的芸芸众生，他们唯一的遗产就是一块墓碑，他觉得他能胜过他们。随着年龄的不断增长，他想成名的渴望就越发急切，到了五十二岁，当他最小的孩子离家加入海军之后，他开始去上钢琴课。他的老师，一位荷兰小姐，对他说他不是一个可造之才，他的节奏感是全俄亥俄最糟糕的。他问，是否有适合他的其他乐器，她建议：去学卵形笛吧。

克利夫尝试去上美术课，但是他画的畸形裸体看上去就像长期放养在核试验场上的白牛。接下来他去上创意写作课，试图花两年时间写出一些东西拿去发表，但是，就连他在写给当地报纸的信中插进去的一首有关收集垃圾的五行打油诗，也被编辑删掉了。直到又经历了多次探索之后，他才认识到不如着手把他那间双人大睡房改成一个男人的洞穴，一个全县知名的"男人洞穴"，一个充满珍稀怪异之物的空间，足以让水厂的朋友们惊愕不已，或许还会引起当地新闻媒体的注意。

他安顿在里面的第一件珍品是一个破碎的麋鹿头，足有一辆大众汽车的一半那么大。他是听了当地广播电台"以物易物商店"节目的一则广告之后买下的，要购买有男人品味和奇异风格的东西，那是最便宜的途径。每天早晨七点钟，他和他妻子吃早餐时都要听广播。他妻子塔米是一个默默忍受他购买这类东西的善良女人，她相信她那生性温存而又孩子气的丈夫很可能有更糟糕的习性。继麋鹿头之后，他又买了一台电动老虎机，它的玻璃上画着几个半裸的亚洲女牛仔；接下来是一辆1947年产普利茅斯汽车的车尾行李厢部分，被制成了一张荧光绿的沙发；然后是一张罩着桃红毛毡的破桌子；再后来是两只上了红釉、牛粪状的烟灰缸，虽然他的熟人中没谁抽烟。收藏品在不断增加，他的朋友来访，在一只巨大的、中央画有一面立陶宛国旗的电缆绕线盘上打扑克。没有人对这些物品多说什么，尽管有两个来自化工部门的人对两具拥有超重女人体型的人体模型投以疑虑的一瞥。克利夫喜欢他的收藏，虽然他感觉他的绝大多数牌友或多或少有点被它们搞得心神不安，特别是吊在牌桌上面的那具山羊骨架，有两只炫目的灯泡从它的胯部悬荡下来。

　　一天早晨，在"以物易物商店"，一个男子以含糊不清的口音打电话进来，说能提供五只染成绿色的小鸡。那个地方在西弗吉尼亚的布卢沙弗特，是一个荒芜的煤炭小镇，当地居民会打电话来，试着出售他们的任何东西，他们这样做只是为了有钱付家里的电费。下一个卖主是一名妇女，她想要出让妓院里一台遭到雷击的坏钢琴。克利夫想，这是一个好兆头，接踵而来的将是些不寻常的珍奇。这时，一个年幼的男孩来到广播中，想要卖掉他仅有的一条裤子，因为他的腿已经长得穿不进了，克利夫伸手去把音量调大。当这个孩子描述他的牛仔裤时，克利夫想起了他年轻时的一次远足，那是他唯一负担得起的一种旅行，因为他的妻子是俄亥俄州林肯镇富特村的公共图书馆管理助理，而他只是一个在水厂估算进出水量的人。

　　在这个节目进行到一半的时候，塔米从桌子边站起来。"再见，亲爱的，"说着，她擦身而过，"别再去买一个马蜂窝来。"

克利夫闭上眼睛。"你不必老提那件事。"他早期从"以物易物商店"买的一件东西是一只价格十美元的大黄蜂窝，同一个男子在路边交的货。那是一个初秋的日子，这个农夫认为黄蜂已经死了很久，它们确实是死了。克利夫把这个大黄蜂窝吊在他的"男人洞穴"里，继续给水厂写那些报告，却浑然不知里面留有好几十个活的蜂卵。当中央暖气开始运行时，它们突然或多或少地被孵化了，于是那些嫩刺就像是微型的毒药一般落在克利夫的头上。当他的眼睛肿得睁不开之后，他觉得最好还是赶紧上医疗急救中心，可却从车边的踏脚上跌下来，把一件新运动衫给毁了。当他坐进车子，却不能睁眼开车，于是打电话叫救护车，他摸索着电话上的号码却按错了键，打给了西尔斯洗衣机的修理工。等他被送到医院的时候，他的鼻子竟有一个没熟的小南瓜那么大。救护车服务、急诊室治疗、药物注射，这种种费用贵得惊人，不过，让他足足一个星期愤懑不平的是来自西尔斯的一百零九美元的服务费账单。

这天，"以物易物商店"的节目比平时要略微长一点，最后报出的物品是一台老式的木匣收音机。他记起他祖父的克罗斯利669型收音机，儿时他得到许可可以摆弄它。那时候的广播很老式，音乐声朦朦胧胧，流行的是软绵绵的乐曲，夹杂着沙沙的静电干扰，就像木匣子里起火了，广播员的声音模糊不清，好比爱德华·R.默罗，甚至在做彩电广告时也是如此。祖父让他很晚睡觉，十一点钟之后他会把收音机调到警用波段，1940年代之后这档节目就不再广播了，但是再往左边一直旋转下去，他可以在一个澳大利亚业余无线播音员的语音中取乐，那人总是谈论钓鱼。他按下另一个按钮，整个装置会进入弃而不用的短波波段，而有

收音机的魔力

时候他能够听到像是说中文的声音。收音机里的吟唱带着遥远而神秘的朦胧感,像是某种在支离破碎的梦境中来来去去的意识。

他匆匆记下卖主的电话号码,在铃声响了很多遍之后,他和一个声音嘶哑、名叫塞尔玛·麦基森的妇女通了话,她住在布卢沙弗特附近。她对收音机目前的状态不清楚,只知道她已死的儿子开过一家电子修理铺,几年前曾把它修好了。她开价五十美元。

克利夫打电话给水厂,请了一天假。

西弗吉尼亚的布卢沙弗特离克利夫的家只有二十英里。在过去六十年里,这地方在慢慢走向衰亡,每年有一个公司倒闭,每年秋天会新增十幢用木板封死的屋子,与此同时,五十个工人搬离此地,直到这座城镇给人的感觉就像是一座大农舍,被它那群长大成人的孩子遗弃了。收音机里,声音咆哮的老播音员在宣读庭院旧货和二手汽车的出售地点,好像他几乎看不清打印好的稿子。

克利夫开车经过很多落满灰尘、里头空荡荡的店面。它们后面,袒露泥土颜色的山脉在远处连绵起伏,山上分布着带状的缝隙,里面是劣等的煤炭。麦基森太太住在一座二层结构的大木屋里,四周被宽大、斑驳的走廊围合着。他敲了敲门,等了很长时间,他以为自己被忘记了,或者因为那台收音机已经卖掉,所以她不来应门。但是敲了门并等了六七分钟之后,他听到缓慢的、伴有喘气的脚步声,并看见白色的陶瓷门把手像时钟的秒针在慢慢转动。

麦基森太太的背部笔挺,两眼像青柳纹瓷器那般清澈,但是有点岁数了。她为迟迟开门而抱歉,一边示意他进来,一边解释着,她刚过了九十八岁。关上门之后,她上下打量着他。"你的中段有点粗厚,是吗?"

对此他有点语塞。

麦基森太太举起一只手说:"我的父亲过去常说,一只肥胖、快乐的狗不会快乐太久的。"他们踩在发出嘎吱嘎吱声响的地板上,她把他引入到后卧室,指着那台收音机。"这是我大儿子的,他叫弗农。"一台硕大的落地式红木匣收音机竖立在高窗的旁边,一根铜质天线蜿蜒地从窗框下面穿出,一直通到屋顶,然后系在两根棍子中间,一根在屋前,一根在屋后。

"它比我想象中要大。"他把它靠墙的一面转出来,看出它是飞歌41-290型,带有调频、调谐、调幅,短波和警用波段,"它能用吗?"

她突然用手指着墙。"把它插上去,我的孩子。你知道,它是靠电来运转的。"

"我不这么认为。它可能会冒烟烧起来的。"

"哦,胡说什么!你不敢是吗?它会播放得很好的。"

克利夫投她以怀疑的一瞥。"还是小心点为好。"

"哦,看在老天爷的分上。"麦基森太太慢慢弯下身子捡起插头。

"请不要。让我们商量一下,四十美元你肯卖吗?"

她挺直身子说:"你在口袋里留下十美元想做什么呀?不会是买一艘游艇吧?"

他低头看着那蒙有灰尘的收音机外匣,由于它上面的家具蜡,他应该能看到自己的映象。"哎,好吧,就五十美元了。"

她伸出手,手掌宽大,一点也不颤抖。"我丈夫说,或者是说过吧,弗农在这灰尘蒙蒙的旧东西里装了很多新的电子元件呢。

在他心脏出问题之前,他真的过着很好的生活。"

克利夫掏出了皮夹子,蹙着眉往里看。"哦,你的丈夫已经过世了?"

她摇摇灰白的头。"没有,我们只是去年离婚了。"

"真的?你们结婚有多久?"

她摸了摸下巴,闭上眼睛。"七十三年。"

克利夫吃惊地张大了嘴巴。"你们为什么在七十三年后离婚?"

她耸耸肩。"哎,我们想等到孩子们死后再分手。"

那天夜里晚些时候,克利夫用一辆手推车把硕大的飞歌收音机推进屋子后端的"男人洞穴",在那里和它为伍的是一只被老鼠啃过的食蚁兽,一个B24型螺旋桨的残余部分,一个巨大的火车头活塞,一台玻璃上有两个弹孔的自动唱机,一件染有血迹的紧身衣,一幅用二十个红色热水袋组成的抽象拼贴画,还有很多其他怪异之物,全是通过"以物易物商店"购买的,要不就是他朋友——那些坏品味的优秀裁判者——送的。一位工作上的熟人送了他一只塑料驴子,它的背褡里放满了卷烟。当克利夫第一次提起驴子尾巴时,从动物的臀部弹出一支发霉的好彩牌卷烟。

那天深夜,克利夫把飞歌收音机的后板抽出,发现里面非常干净。几乎每一个电子管、电容器、电阻器都被更换过,好像还增添了一些现代电子元件。插头线也恢复了安全等级,是一根裹着青铜色织物的电线。克利夫决定绕着房间布一条临时天线,让这个装置投入运行。

随着"咔哒"一声和"嗡"的一声,他开始在收音机的调频、调谐、调幅装置中巡游,然后是一阵像锯琴奏出的高亢哀鸣声，所以他转动转换开关，进入当地的乡村音乐电台。那声音就像他祖父的收音机，但是更清楚——泰勒·斯威夫特①那种大而柔软无刃的声音。当他为县里写一份实验室报告的时候，他把收音机调到广播一首老歌的波段，边写边听。然后他又试验警用波段，那是空的。克利夫简直不相信地球上竟有什么空的东西，更不用说无线电频段了。他以爬行的速度转动旋钮，最终在刻度盘的左侧停住，他听到一艘船在呼叫一名引航员从密西西比河河口出来，赶往墨西哥海湾。谈话全是有关水位，流向，和方位，持续了二三分钟，好像引航员正在夜色中漂游。然后是卡吕普索音乐②，飘荡了一会儿就马上消失了，那旋律就像一头敏捷的鹿从车头灯前经过。

在很长一段时间里什么声音也没有，然后一位老者唱"给你两支栀子花"，是声音轻柔的独唱，接下来是更长久的死寂，然后这沉寂被悦耳的手风琴声打破，然后又是哑然无声。克利夫呷了一口威士忌酸酒，将一把椅子拖到收音机旁边，然后转动一个按钮进入短波。得克萨斯州德尔里奥的一个业余电台宣布成立，广播了一大串斯佩德·库利③的西部摇摆舞音乐。很晚以后，他进一步转动刻度盘，一点东西也收不到，直至他听到源源不断来自象牙海岸的英语新闻，他移身到沙发上。克利夫和妻子几乎从没离开过他们住的州，一年两周的假期并没有让他们有多大的活动范围，但是在这个夜里，他第一次领悟到这个世界是多么的巨大和丰富多彩，他听到很晚，直到倦得躺倒，在1947型的普利茅斯

---

① 泰勒·斯威夫特（Taylor Swift，1989— ），美国乡村音乐歌手。
② 卡吕普索，一种起源于西印度洋群岛、临时编唱的小调，常以讽刺时事为主题。
③ 斯佩德·库利（Spade Cooley，1919—1969），美国西部著名摇摆舞音乐人。

收音机的魔力 | 79

行李厢里睡着了。

在淋浴和修面的时间，塔米叫醒了他。她提出收音机有过热的迹象，如果不想把屋子烧毁，他该把它拿到布卢门撒尔老头的电子修理行去作个安全检查。在上班的途中他把这个大家伙丢到修理行里，下班时带回它，布卢门撒尔先生告诉他收音机安全无虞。

在帮忙把这个庞然大物装上车的时候，修理工人说："你可知道，这个老姑娘已被重新设计过。我的意思是，不仅元件被更换了，每样东西都作了改进。好像有人试图让它在一个特殊的电台更加强劲有力。我从来没见过这样的电路，尤其是在这样一个古色古香的匣子里。"

克利夫关上车子的舱盖式后背，吸了一口气。"我只是想知道它是否会着火。"

"不会，不会，"布卢门撒尔先生说，"这些元件很容易发热，这是正常的。希望你能收听到一些有趣的东西。"

那天夜里，克利夫和塔米一起坐在"男人洞穴"里看足球赛，比分达到四十八比十八之后，他妻子站了起来。"在这只火鸡上浪费时间毫无意义。你的收音机怎么样？"

"布卢门撒尔先生说没问题。"克利夫打开短波，立刻听到一条德尔塔航线要求改变飞行高度的消息。但这就是所有的一切，只不过是一颗飞快而过的语言流星而已，再没有其他的了。旋转刻度盘，他发现了另一个从船上发到岸上的无线电广播，一艘拖船的引航员在俄亥俄河的一个水闸上要求船只排队依次过闸。然后，寂静无声。"在深夜里，"他告诉她，"又有几件事情发生。"

她交叉着双腿，身子靠在收音机上。"真有点儿恐怖，好像我们在做间谍之类的事情。我是说，这很有趣。"

喝过两巡酒后，他们发现一个来自土耳其的肚皮舞音乐节目。塔米跳起来，摆动双臂，扭动臀部，直到跌倒在那张普利茅斯沙发上。十一点三十分左右，音乐渐渐减弱，他们便不再收听。

在接下来的两个月里，克利夫养成了在就寝之前搜索电台的习惯，周末有时候会搞到凌晨一点。他听到马林巴琴音乐、古巴俱乐部音乐、阿拉斯加人的恶骂、三个大陆边远地区的布道、澳大利亚广播电台用洋泾浜英语对新几内亚的广播，全都是微弱的信号，除了所罗门群岛上有一个生气勃勃的广播点，来自一个城镇，播音员说，就在吉佐附近。

在十二月的一个早晨，克利夫接到上司的电话，说实验室阁楼上的水管结冰并爆裂了，要他不用来上班，因为那地方被水淹了。他在客厅里看了一会儿新闻，然后进入他的洞穴看看短波里有什么可听的东西。他的运气一直不好，直到他在电台调节器上找到了那个点，那个所罗门群岛上的广播站，传来的信号非常强。九点钟，有人正在播放一位女喜剧演员的老唱片，是最初在卡茨基尔山区的一个夜总会里录制的，播音员解释，录制时间是在四十年代初。克利夫查他的笔记本电脑，发现此刻吉佐的时间已是凌晨一点钟以后。这台老飞歌有八个预调按钮，他用手指一个一个地使劲按；四个按钮传送出像WWL和WSM等老牌广播电台，有三个什么也听不到，但是那第八个按钮让收音机回到所罗门群岛，他听到之前那个语速很快的女子在讲述一系列经典的酒吧故事。她那明亮的女低音本身就是一种能量，压过了俱乐部的

收音机的魔力 | 81

噪音。

一个故事是这样开始的:"一个顾客走进一间酒吧,一条金色的猎犬跟着他。酒保抱怨:'我们这里不允许狗进来。'顾客说:'但是我的狗,它叫简,能讲话。''这我不管,'酒保说,'我在这里每星期都能遇到两条会说话的狗。'〔听众爆出笑声〕'是的,但是这条狗能做其他狗不能做的。''能做什么?'他问。'它能购物。我给它一美元,我敢和你赌十块钱,它会带回你让它买的东西。''我接受这个赌注,'酒保说,'要它去外面买一份城市报的晚间版。'〔更多的笑声〕该顾客给了这条狗一美元,把它送到门外。一分钟之后,它回来了,嘴上叼着的正是要买的报纸,并且清楚无疑地说:'给你。''好,不错。'酒保说,给了狗的主人十美元。'但是让我们看看它是否能做更复杂一点的事情。'那只狗竟然大声回应,它说:'好,伙伴,让我试试。'〔又是一阵笑声〕酒保给了狗十美元,他说:'赌一百美元。街的那边是吉姆餐厅,给我去买一只大汉堡包,不要芥末或腌黄瓜,多点蛋黄酱,再来一大份薯条。''好。'狗说,蹿出门去。十五分钟之后它回来了,口中叼了一个袋子,里面是那份正确无误的订餐。酒保愤怒地说:'我给它一百美元,我们把赌注增加到一千美元。这是交易,听着婊子,从这里往南四条街,有一家天堂酒店,我想要一夸脱黑牌杰克丹尼威士忌和一瓶1926年酿造的、产于卢瓦尔河谷的法国葡萄酒。'简嘴里叼着一百美元纸币慢跑着离开。二十分钟之后还没回来,两个人着急了。一个小时之后,他们跑到街上去寻找这条狗。最后,这位顾客从一家美容院的窗子看进去,看到他的狗背靠在一把可调节的椅子上,它的外套被刷得干干净净,染了色,一个饰有珠宝的领子绕着它的脖子,它的耳朵正被烫成波浪形,一个亚洲女孩在费力地为它涂亮粉红色的爪子。它的主人跑进店大喊:'你到底在做什么?'狗说:'我从没有过一百美元。'〔笑声雷动〕"

喜剧女演员又讲了两个故事,然后在夜总会管弦乐队奏出的一阵狂响音乐中,在此起彼伏的喝彩浪潮中,她悄然淡出。不管她是谁,这漫长的搞笑是她惯用的手法。

那广播员带有一种怪异的英国口音,要求听众在星期四和星期六的凌晨一点整进入电台,听更多沙莉·格伦在二十世纪四十年代演出的喜剧录音。克利夫关掉收音机,但是那个喜剧女演员活泼的声音在他耳畔挥之不去。她的声音听起来如此快乐。夜总会的群众爱她,她肯定非常有名。

到了下一个星期六,他收听了全部节目,他调整了他的工作时间,这样他还能听星期四的节目,那节目持续了十五分钟多一点。互联网对这样一个喜剧女演员竟然一无所知。就这样,他听着笑着,进入了新的一年,被那声音,被那节奏迷醉了。弗农·麦基森可能很欣赏这位喜剧女演员的表演,因为他重新为这台老飞歌接了线路,把焦点放在电台调节器的这个点上。他对莎莉·格伦充满怀想,想知道她死于何时?她来自何地?但是,为什么这些录音带竟是从地球的另一头播送过来的?这同样是一个令他思忖的谜。

他从他的便携式电脑里查到,吉佐地区仅有一个短波电台。在那里,他联系到的那个人用僵硬的英语说,他的电台不广播喜剧节目,但是有一个住在附近岛上的日本老绅士,作为业余爱好,在政府的微薄资助下,一天二十四小时管理一台修整过的、二战时期留下的装备。克利夫拨了一个电话号码,联系到了松本先生,他是第三个轮班的播音员及电台业主，说一口流利的英语，详细地谈了他对老式广播设备的热爱。

最后克利夫找到一个机会，问了他们凌晨一点钟广播的喜剧节目。

松本先生笑着说："那是因为我们有最便宜的广播成本。"

"我不懂你说的。"

"你提到的节目是一个系列，是二十世纪四十年代初，喜剧女演员的丈夫用四十八盘磁带，在纽约、芝加哥、洛杉矶等地录制的。我们收到来自世界各地谈论它们的电话，大概每周四到五个。我们一遍一遍地播放它们，至今已有二十三年了。"

"人们没听厌它们？"

那人再一次笑了起来："我们有广泛的听众，多半是偶然而来。再说，笑话好比是傻乎乎的朋友，你每年至少可以见上两次面而不会觉得太多。"

当克利夫问松本先生是怎样得到这些录音带的，电话里沉默了几秒钟。

"说起这事还真有点奇怪。大约在二十年前，我去看望住在西弗吉尼亚的姐姐。她有一台老旧的真力时收音机，想修复它，于是我找到一个在当地经营商店、名叫弗农的人。他是个瘦骨嶙峋的金发小伙子，个子非常高，和我一样，对无线电历史非常感兴趣。在我客居我姐姐家的两个星期中，我们天天见面。几年之后，弗农以股票基金的形式寄给我一万美金，用以广播他母亲的喜剧剧目，最终我们数字化了她的旧磁带。两年前我试图联系他，发现他已经去世了。"

在继续问下去之前，克利夫先得坐下来。"真的？他母亲是喜剧演员?"

"是的,我们将永远广播这些节目。我的儿子正在接手电台。谁知道这些出自纽约的科帕、蓝天使以及芝加哥的切兹帕里①的笑话能够流传多久。甚至还有来自康科德的。"

克利夫深深吸了一口气。"我听到的广播中没有提到这位喜剧女演员的真名,她不叫塞尔玛,是吗?"

"当然。她的艺名是莎莉·格伦,但是她是弗农·麦基森的母亲塞尔玛。顺便问一下,你从哪里打电话来?"

"俄亥俄,离莎莉住的地方不远。最近,在我买下弗农的一台收音机时,我见到过她。"

"不。那不可能是同一位女士。这位女士生于1917年。"

"正是她!"

松本先生激动起来,当他用日语向电台里的其他人呼喊时,他的声音抑扬起伏。"她的头脑还清楚吗?你觉得她能够接受采访吗?我会很乐意与她通电话的。也许是几次长谈,如果她愿意的话。我们需要规划一个明年开始启动的超高频电台。"

"我认为她行,但是我不能保证她是不是想这样做。"

"你是她的熟人。如果你为我们安排好这事,在采访中我会提到你,谈论一点关于你的事,比如你是怎样遇见她的。我将每年播放两次。"

"我没把握。"

"你确定?我能使你出名。"松本先生开玩笑地说了这句话,但是克利夫从椅子上站起来,兜了一个圈子。

---

① 科帕、蓝天使、切兹帕里都是当时著名的夜总会。

好几天，他试着打电话给塞尔玛·麦基森。接下来的星期六，他驱车去了布卢沙弗特，早晨十点钟，他在那幢老屋前面停了车。草地该割了，这地方似乎没有任何变化，除了屋子的护墙板上有更多的油漆脱落。他敲了敲门，没人来开。于是他在车里坐了很久，用手指轻轻敲击着方向盘，显得越来越焦虑不安，他决定绕到后面去，步入一个挂着烂拖把和锈镀锌铁桶的门廊。此刻，他觉得自己简直在犯傻，这妇女九十八岁，说不定已经死了。他想起在他姑姥姥的葬礼上他母亲对他说的话——不管什么时候，一个老人死了，便意味着一座图书馆烧毁了——一阵令人沮丧的失落感，使他从头到脚打了个寒颤。

但是当他再次转回这幢屋子，只见一辆大轿车停在他的车后，一位大约六十五岁的妇女扶着塞尔玛·麦基森走下车，进入阳光之中。那老妪向他挥手。"喂，你好，"她说，"但愿你来不是为了要回买收音机的钱，我赛马输得精光了。"

"不，夫人。我只是想耽搁你几分钟，问你一些问题。收音机性能很好，正如你说的那样。"

当车的后门砰的打开的时候，塞尔玛·麦基森用一只布满斑点的手拉住克利夫的手臂。"看看你能否帮一下比尔先生，让他从那个低座位上出来。那是我丈夫。他曾经也是身体挺拔的，他能够自己移动。"

他走到路边，从车里直直地拉出一个瘦骨嶙峋的老人，身穿蓝斜纹布裤和一件厚毛线衣。他没来得及阻止自己，就回头脱口而出："你不是告诉我你们离婚了吗？"

老头看着他妻子，摇起了头。"你跟他讲了那个老人和亡故孩子的故事？"

"这是个玩笑，孩子，"塞尔玛对他说，"你难道听不出什么是玩笑吗？莫莉是我的女儿，我另外还有两个活着的孩子，弗农是我们唯一失去的孩子，他生前一直心脏衰弱。"

一进屋子，比尔先生就坐进一把摇椅，好像立刻睡着了。当莫莉去厨房的时候，塞尔玛和克利夫在沙发上坐了下来。后来，他边喝咖啡，边解释他是怎样发现她的喜剧节目，它们又是怎么被广播的。他猜想，知道自己的节目还在被人们聆听，她一定会十分惊讶。他告诉她，因为有可能采访她、谈论她的演艺事业，松本先生不知有多么兴奋和激动。

克利夫说话的时候，塞尔玛的蓝眼睛和他对视着，但是她的表情没有变化。她摇摇头说："孩子，这些节目，我们在弗农那台特殊的收音机里听了十年。他花了整整一年修整这台收音机，再花两年时间找到某个人，让我上了广播，所花的时间比我做节目的时间还长。听他的收音机很有趣，但后来这件事渐渐失去了新鲜感。弗农去世后，我就不想再听任何东西。我和比尔先生还能背出这些节目，而弗农，他是如此爱我，他深夜里播放这些磁带，我们能够听到他一个人自个儿在楼上大笑。他活着的时候，总是爱问我为什么要退出这个节目，他会告诉我，我本可以很有钱，很出名，等等。最后我告诉了他真相：他降生以后，我是多么爱他，于是决定再生下安妮、查克和莫莉。"

克利夫靠在有花饰的沙发上。"他想让你出名。"

"我猜是这样，"然后她的声音变得柔和了，"有一次他告诉我，无线电信号如何在空中到处蹦跳，我的声音正在全世界各个地方登陆。他说这会持续好多年，哦，有一天夜晚他是那么一本正经，倚在我身上，像小时候那样。"说到这里，她把头转向克利夫，靠得更近了，她苍白而布满皱纹的脸和她年轻的眼睛是那样的不相称。"他告诉我，一些信号会怎样直上太空，奔向各个星球。某天我的一个笑话会擦过冥王星，继续穿越到上帝才知道的什么地方，远远超过我们视线所及。有时我会想，我们发出的声音永远不会真正停止，然后我相信我们大家都是出名的，只是我们还不知道而已。"

"你希望我对那个电台广播员怎么说呢？"他问。

塞尔玛转身面向她的丈夫，他睁开眼，对她使了个眼色。"你可以告诉松本先生，"她说，"他已经掌握得够多的了，尽管不是最好的我。"

克利夫的脸沉了下来，他注视着地板。"他说他会在采访中提到我的名字。他会讲述我怎样发现你并和你取得联系。"

塞尔玛向后缩起身子，轻拍着他的肩膀。"克利夫先生，如果你想出名，那么到你自己的院子里去，对着天空喊叫你的名字。"

当他回到家的时候，他很生气。桌子上有他妻子留下的便条，说她去邻镇一个生病的姨妈家过夜。他在屋子里来回走了一阵子，感觉像是得了流感，所以他走进"男人洞穴"，想打一个盹。但是这个他曾经耗以大量时间的空间，此刻似乎在谴责他，他不忍去看它一眼。突然，他用拳头把那个麋鹿头猛击到地板上，把它推出后门，摔到阶梯下面的院子里，它落地的时候，腾起一股鹿的头屑和松散毛发的烟雾。向立陶宛致敬的牌桌是下一个，接着是令人讨厌的驴子，被他扬臂抛入黑暗之中，然后是可怕的人体模型和其他所有的东西。一个小时之后，房间里除了那台收音机，什么都没有了。他在厨房里找到一瓶家具用蜡,把收音机的外匣全部擦了一遍,然后把它调到一个庆祝法国手风琴节的电台,他一动不动地站在那里听着,一直站到双腿发酸。调高音量之后,他转身出了后门,经过令他尴尬的废物小丘,一直走到篱笆,然后在树丛边缘的漆黑阴影中止步,从这里听,收音机里传来的只是一阵晃动的鸣响。他仰望夜空,星星像是涌聚的鱼群,一股银色的信号之流。

"喂,"他大声叫喊,"我的名字是克利夫。"

修炉人的哀歌

西北风开始吹刮,飞雪在窗前横扫,仿佛有一列火车呼啸而过。我在屋里和孩子们玩黑桃花纸牌游戏,时不时走到前窗,注视着外面暗流涌动的天空。我看见铲雪车开过,又一次把信箱撞倒。一年中的那个时候来了。

午餐之后,过道里的电话又令人不安地响起来,恐怕又是客户来电。我是一个修炉人,那头可能正在焦头烂额、处境危难,这倒也罢,还会有人打电话来缠着我说他们的调温器坏了。我和妻子及两个孩子住在明尼苏达,这里免不了常常有这样的电话。

电话里的声音尖声尖气,像个老男人。他说他名叫斯温森,住在索尔维尔,距此地大约有六英里。我们住的地方是乡村,有时候我希望我们搬到镇上,特别是在房檐上积满雪的冬季。我对这个斯温森说,因为他不是我的固定客户,所以我不会冒着暴风雪过来。电话沉寂下来,然后那声音说,这屋子里有一个老人,如果火炉熄火,他真的可能支撑不住了。我想了想。我的妻子琳达说我刻板,是铁石心肠,不管那是什么意思,这一刻我记起了她的话。正在这时,她走进过道,假装握着一只话筒放在耳边,动着嘴唇表示询问:"是谁啊?"

我用手盖住送话口。"一个我以前从没服务过的家伙,说他的加热器坏了。"

她走近,在我的肋骨上重重戳了一下。"今晚会降到零度以下,很低很低!"又戳了我两下,"你得去修理,梅尔。"

"你疯了？你没听到外面的风？"

然后她双臂交叠。那意味着我完蛋了，铁石心肠啊，还有其他什么什么全要来了。"你的地址是什么？"我用沉闷的声音问电话那头。

我穿上我的暴风雪防护装，足足花了十分钟才搞定所有的拉链和按钮，每一层都不含糊，还有特殊的手套，然后开足马力进入狂风之中。车道中只有约一英尺厚的新雪，所以我将我的小卡车置于四轮驱动的状态，倒车上了公路。然后我必须爬出去，扯开被冻住的雨刮器。当我正在拨弄它们的时候，香农太太驾车沿着公路而来，看见我，用力猛踩刹车，她那辆白色的老道奇就像一个雪球，滑行了五十码之后轻轻地撞上我的保险杠。车子并没有什么损坏，这我看得出来，所以我对自己停在半路表示歉意，她摇下车窗挥手让我走。"做你的生意去吧，梅尔，赶在被大风吹走之前，"她喊道，"在这里，车子要想过个冬，不撞出几个凹痕是不成的。"

开到索尔维尔的时候，风吹得就像是一阵汽笛，一只篮球在我前面的道路上飞滚，比我的车还快。我几乎辨认不出斯温森先生屋子的门牌号码，虽然这地方我曾经开车经过几次。这个街区是一个老旧的二层楼建筑群，也许是在一战期间与金属冲压厂同时建造的。我敲了敲门，门在门框里发出咯咯的响声，它的御寒效果如同一层薄纱。来开门的是一个男孩，大概十六岁，就年龄而言，个子小了点，但脸却显得老成，他迎着风，紧紧抓住打开的门，眯起眼睛。

"进来，不管你是谁。"他用电话里那种哀声哀气的声音说。

"我是修炉人。"

修炉人的哀歌

"快进来吧。"他抓住我的外套向屋里拽。

这屋子里面很冷,我猜大约五十度。男孩介绍说他叫杰克,他身穿宽松下垂的牛仔裤和罩在毛衣外面的运动衫。

"你爸爸在哪里,孩子?"

看上去他对这个问题有点惊异。"他们从没告诉过我。"我走近注视他,然后觉得我的判断是对的,这是个奇怪的人,一个孩子,他说的话远非你表面上听到的那样简单,这样的人我每年遇到越来越多。我从上至下地打量他,他的脸脏脏的,有哪个父母会让自己的儿子穿这样粗笨的廉价衣服!他举起手搔弄自己又直又黑的头发。我决定不去问他的妈妈。

"所以,你和你外祖父、外祖母一起住在这里,是吗?"

"外婆去年死了,是外公在照顾我。"他朝楼上点点头。

"为什么你不去叫他?"

"他在睡觉。"

我抬头看着楼梯,注意到被煤烟熏黑的墙纸。"去地下室的门在哪儿?"

"在楼梯下面,我会带你去。"

从前门走进来的那一刻,我便能闻到燃料油不完全燃烧的气味。它弥散在空气中,我觉得它已经渗透到家具里、墙壁上、地毯中。有时候人们会习惯那种气味。和一个未经调节的炉子相伴多年,那种味道会越来越浓——实际上,石油已渗入他们的骨骼之中。走进地窖,气味更为浓烈,因此看到这台炉子也就不感到奇怪了,这原是一台老式的燃煤铁皮炉,被改装成了燃油炉。

男孩拨亮了灯,然后双臂交叠,满怀希望地看着我。"但愿你能很快把它修好。"

我按通常的步骤进行，按动复位开关，没有问题，再检查变压器、鼓风机、保险丝。老修炉人称这种炉子为章鱼，我猜是因为从热交换器往上升的导管如同章鱼的银色手臂。线路很混乱，看上去，在过去二十年里，这整个系统被十几个不同的外行翻来覆去地折腾过。我双膝跪地，打开检查门，开亮我的手电筒。立刻，我看出是炉子本身出了问题，它结了一层湿湿的油壳；热交换器则穿了孔，所以屋子里会有烟气。

"你不打算为它点火？"男孩问。

"让我们去见你外公。"

他做了个鬼脸。这是一张老成的脸，它在揣测事情的方方面面。"那我们非得把他叫醒！你可以和我谈谈这件事。"

我站起来，盯着他看了一会儿。我想如果我靠他够近的话，我会闻到他呼出的油雾气味。"不，我不能和你说。让我们去见你外公。"

"我能处理，我能处理所有的事情。"

"瞧，你还是个孩子，你不能接受估价，付我账单。"我开始登上阶梯，回到上面的走廊里，他走到我前面，开亮了另一盏灯。

"嗨，那么，来吧。"

我跟着他走上有鞋子凹痕的楼梯，二楼的一扇格子门后面就是老爷子，一个满头白发的家伙，正倒在一把摇椅上熟睡，摇椅就放在那张零乱未铺的床边。男孩站在我旁边，没有吭声。"是斯温森先生吗？"我大声说。

"他的名字是哈里。"男孩走上前，摇摇他的肩膀。

"什么？"那老人说，从他迷茫的眼神和说话的方式来判断，我知道将有一大堆"什么"要问。比如："你是干什么的？"或者

"这十年怎么样?"

"暖气工在这里,他想和你说炉子的事。"

"为什么?"

男孩把他的声音提高了一些。"是修炉人。我打电话叫他来的。他想和你说话。"杰克指着我,老人的目光朝我的方向投来。

"你好,哎呀,这里很冷。"

这倒是真的,这场暴风雪轰隆隆地从加拿大袭来,我能够听到一阵阵狂风把金属垃圾桶吹刮到了街上。"是的,先生,"我说,"我检查了你的炉子,你确实需要换一个新的了。它拖了很长时间,最后终于彻底垮了。"

"你最好和我的妻子去说,你知道,事情都由她管。"

男孩看了我一眼。

"我不能按常规处理它,因为烟会从气门渗漏出来。"

老哈里点点头。"你知道,她付账单。这些厚厚的窗帘,是她买的。"

看上去那还是艾森豪威尔执政时期的东西,我猜楼上的温度只有华氏四十八度。"今夜你们全家得住到别处去,温度会直落下来,就像一块石头。"

老人慢慢地点着头。"真是这样吗?"

我等了一会儿,想听他再说些什么。这间房被粉刷成绿色,床框老得即将散架,是大萧条时期制造的。我看见窗帘像幽灵一样从墙上移开,然后又靠了回去。再瞥一眼那老人,他又睡着了。我向杰克示意,我们下了楼,又回到走廊里。

我盯着孩子的眼睛看。"还有谁住在这里?"

"只有我和外公。"

"那你怎么付账?"

"他有一张信用卡,他的支票账户里存了一些钱,是退休金或其他什么,这样我们就能够付账单了。"

我摇摇头。"我不接受信用卡。"我开始想到所有那些倒霉的、让我空手而归的当地居民。

"我知道怎么写支票。"他似乎在琢磨我的表情,坦白地说,我一脸狐疑。"我可以拿上去让他签名。"

"他还能签名,嗯?"

孩子眼看别处。"我帮他洗澡之后,他脑子够清楚的,可以做些事。"

"好吧,你得把他裹暖和了,送他到镇边的六号汽车旅馆去。"

男孩对着我仰起他的下颏,那副出人意料的固执样子,令我甚感吃惊。我能够看出,他长大后不会接受任何人的说三道四。"嘿,炉子前天还是好好的。"

我注意到我呼出的热气在房间里飘浮。如果回到家里,妻子一定会问我,对这个求助电话我做了什么。"哎,让我去查一下卡车里有些什么。"

我一打开门,狂风就把我的雪橇帽吹落,我不得不跑进侧院去追赶这该死的东西。我看见窗边的支架上有一个生锈的油箱,我敲了一下,里面油不是太多。在卡车里我打电话给地区治安官,知道最近的流浪汉庇护所在二十英里之遥的伊尔玻,我问如果那个老爷子不能付我修理费,是否有什么紧急基金可以支付,他说没有,虽然我也许能够得到当地教会的偿付。

我看着这个老旧的地方,鳞片般的油漆、扭曲的小门廊。它不是一座太大的屋子,简朴无华。可以料想,到凌晨两点钟,它里面的所有管道都会爆裂。而到天亮，连抽水马桶也会破裂，所有水斗下面的 P 形存水弯全会爆开。男孩和他的外祖父虽然能够用毛毯和棉被把自己裹起来，但是他们要是出来吃饭，必会冷出病来。也许那老头会冻伤。预测明天的最高气温是六度。我再一次看了看那屋子，我知道我不想要死在那里面。我发动卡车，诅咒着可能出现的事实——那孩子的支票不能兑现，以及我最后竭尽全力而赚不到一个子儿。我不该这样悲观，但我生来如此，悲观的我，乐观的妻子。

城镇的另一头，在一幢老的石棉墙建筑里面，是阿贝管道装置和供暖设备公司。阿贝大约八十岁，结实得就像是一块两美元的牛排，是那些死硬派中的一个，他们如果发现有人因为没有维护好炉子而冻死，只会点着头，说："呀，愚蠢真是不可救药。"我说服他到他店后面的一间小棚里去寻找老的零部件，他找到了合适的燃烧器。他对我索价毫不手软，他做得出。

我回到那座屋子，那孩子跟着我下去和"章鱼"搏斗。他看着我做每一件事，好像真的兴趣浓浓。我自己十五岁的儿子想成为律师，那花费像地狱里的大火令我胆寒，所以接到求修电话，我常带他一起前往，想看看他是否会喜欢上我的行当。但他对我每天为养活他所做的一切不以为然。我能够断言，他永远成不了一个修炉人，这是千真万确的。

老炉子的重要部分被腐蚀了，使得它经常中断运行。大约另有七八个必须修理的问题。起先，唯一投入工作的是一个熔断器，因为有人在它下面放了一枚一便士硬币。但我在黑暗中点了火，我头顶上方的管道随着热气的上升开始发出滴答声和砰砰声。

年幼的杰克看我做每一件事，问了无以数计的问题。到我离开的时候，他对那台炉子知道得像我一样多了。他从口袋里拿出一张皱了的支票给我，我一路往外走。到了门口，虽然我急着快点到家用晚餐，但我还是花了些时间坐在楼梯上，系紧我的靴子。

"杰克，"我说，"除了你外祖父，你还有其他亲戚吗？"

"没有。"

"有个妈妈在什么地方吧？"

他抬起头，看了我一会儿。"我独自一人。"

"你住在这里多久了？"

"自从我生下来。"他脱口而出。

我想到他刚刚说的话。"你从没见过你妈妈？"

"没有。外婆告诉我她去了明尼阿波利斯，一直没回来过。我不记得她了。"

风在呼啸着冲撞门廊，但是沿着我肩膀而下的颤抖不是因为寒冷。"她的名字叫什么？孩子？"

"多丽丝。多丽丝·伊夫琳·斯温森。"他背诵他母亲的名字，好像它是一个谷物的商标。那声音里没有强烈的渴望，谁又能责怪他呢？他从没见过他的母亲，一次也没有。但是我见过，很多年之前，就是在这座屋子前面。这个女人和我同龄，我读高中的时候见到过她，但是我不能告诉孩子这些。

"她叫多丽丝·伊夫琳·斯温森，是吗？你曾经试图找过她吗？"

他耸耸肩。"你怎么找得到像这样的人？"

"哦，是啊，"我点点头，"你的外公，他可有什么兄弟或姐妹？"

"他以前常谈到那些，谈到他和外婆在他们家里是年纪最小

修炉人的哀歌 | 97

的，几乎所有的哥哥姐姐都死了。只剩一个兄弟。"

我的目光从靴子上抬起。"他住在哪里？"

"德国，外公说，很久以前他就搬去那里了。"

"德国？"我死死地盯着他看，但是在昏暗的灯光下，他似乎正在渐渐离开我，"你肯定有一些表亲，嗯？"

他闭起一只眼睛，好像这样能帮助他记忆。"对，是的。一个住在法戈养老院的女士。"

"她那么老吗？"

"外婆说她的脑子出了点问题，这我不清楚。"

"你从没见过这些人？"

"没有，我想，住在养老院的女士给外公寄圣诞卡，但是他不再回寄了。有一次他告诉我，写信给她让他很伤心。"

我站起来，穿好了靴子。"你上学吗？"

他转动着眼睛。"当然，在'第四区'。我是低年级学生。"

"你和你外公相处得好吗？"

这时，他把脸低下了一点点。"他是一个真正的讲笑话好手。在炼锡厂工作，他知道怎样用金属制造各种东西。但从前几年开始，他的话少了。现在，大多数时候只是睡觉。他说他再也看不懂电视了。"

我拉上外套的拉链。"好吧，小兄弟，我尽可能把旧炉子修好，不过，你必须准备买一台新的。它不会坚持太长时间。"这孩子用脚顶住门，让我走出去。

我一跨到门外，就被卷进一阵黑风之中。门廊已经结冰，我滑步前行，走下台阶进入雪地。我的工具箱砰的一声打开了，我不得不跪着花了足足五分钟寻找我的扳手、套筒。狂风呼啸着，咆哮着，穿过周围数英里的树林席卷而来。雪花在空中密集地飘飘而下，以致我无法看到我那辆停在二十英尺之外的白色小卡车。即使在第一挡齿轮上，也几乎无法把它从路边开出。在县际公路上，虽然铲雪车开出了一条车道，我的卡车还是鱼尾巴似的在摇摆不定，我开始有点醉酒的感觉。我踩着刹车下了尼德姆小丘，而车身仍像一块冰一样咔嗒咔嗒地滑行，撞倒了珀拉斯凯斯家的旧木头信箱。

晚餐之前，我在小房间休息，我最小的孩子特德从我面前走过。

"你好，小毛孩。"

"爸爸。"他继续朝厨房走去，但是我抓住他的手臂。

"今天我遇到一个像你一样大的男孩，在'第四区'上学。叫杰克·斯温森，你认识他吗？"

特德按捺不住笑了，抖了抖挂在眼睛前面的金发。"认识，他在另一个固定教室。我们叫他臭小子。"

"臭小子？"

"这只是一个玩笑。他不在意，有时候他身上全是油味。或者有点发酸的味道。有一次他告诉我他的洗手间出了毛病。"

"他是一个好伙伴吗？"

"他很酷。不算太闷，在体育课上真的帅极了。他是篮球队的后卫。"

"他参加你们童子军或别的什么组织吗？"

特德把他的拇指插在牛仔裤口袋里，咬着嘴唇，这意味着他在假装思考。"他很久没有露脸了。去年有一个很老的老太太经常把他载到海外作战退伍军人协会参加集会,"他扫视了一下厨房那边,"妈妈大概准备好了。"

"知道了。"

"你是在哪里遇见杰克的?"

"今天我去修他家的炉子。"

"啊,这可是关键时刻。"他蹒跚地走进厨房,是那种十六岁的孩子走橡皮垫的样子。

晚餐和淋浴之后,我上床打开我的笔记本电脑。我试了几个不同的搜索引擎,出现好几个多丽丝·斯温森,她们有的是阿拉斯加的公司董事长,有的九十岁了,但是,没有谁住在双子城附近。我的妻子进来上了床,我告诉她我在搜索什么,她说不妨去报纸上的警方报告和讣告中找找看。我宁愿她没说过这话,因为关掉电脑之后,我躺在床上总想到这事。我为什么这样在乎它?我是说,我修理这孩子的炉子,我接受他有风险的支票,我冒着暴风雪出门,我还应该做什么呢?琳达意识到我没像平时那样躺下两秒钟就睡着了,所以用只有妻子才有的耳语柔声说:"如果你用电脑,不会弄醒我的。"

所以我坐起来,继续在网络上冲浪,很快我查到了,四年前,在明尼阿波利斯郊外的一个废弃的小工业区里,三十七岁的多丽丝·伊夫琳·斯温森在一起制毒工场的爆炸中被烧死,她是索尔维尔本地人,父母亲还活着。

关掉便携式电脑,我久久地静听着风在房檐上呼啸而过。我庆幸我头顶上方有个金属屋顶,在阁楼里还有两英尺厚的保温层,但我很想知道杰克和他的祖父会怎么样,他们如此孤独地生活在人世。我有我的孩子、妻子、相隔两幢屋的弟弟、年老而脾气古怪的双亲、婶婶、叔叔、大量分布在附近县区的表兄弟和表姐妹。如果在这整个险恶的世界里我只有一个血亲相依为命，我会是什么感觉？

一阵狂风在使劲冲撞着屋子，就像一个火车头在试着挂上它的车厢。我把被子拉到下巴上，妻子轻轻拍了拍我。

第二天早晨七点钟的时候，电话铃声把我赶下了床，是帕德尔太太，她住在东边两英里远的地方。

"梅尔，你能出工吗？"

"碰到什么问题了？"

"蒸汽循环的时候，蒸汽泵出现噪声。暖气倒是还有，只是有杂音。"

"这可能仅仅是负载过高所致，让我看一下窗外。"我走进前室，该死的铲雪车根本没有来过，这是我以前从来没有见过的事。在马路当中有一样东西，像是一块扁平的大卵石，"宝贝，"我喊道，"这路上是什么鬼东西？"

她在厨房里说："是卡纳拜老太太的别克，它在那里动不了了。"

"她人在哪里？"

"和特德一起睡在后卧室。她四点半左右来敲门，我让她进来住下了。"

"我一点都没听到。"

"你在打鼾呢。"

我回到电话上，告诉帕德尔太太路上积雪有三至四英尺厚，

修炉人的哀歌 | 101

我无法出门，除非等铲雪车来了之后，如果它会来的话。她在这里住了一辈子，对此她完全能够接受。

所以我们整天玩拼字游戏，电视里的女气象预报员告诉我们：暴风雪没有过去，这是一个暴戾无常的天气，会有更猛烈的风雪来袭。卡纳拜太太精神抖擞，把全家发动起来，投入到马拉松式的克里比奇纸牌游戏中，我们玩点小钱，直到十一点左右大家才都上了床。我睡着了，梦见抓到一手七点和八点的好牌，电话铃在凌晨三点钟响了，是杰克·斯温森打来的，他的声音非常烦躁不安。

"托德先生，大概中午的时候炉子停止了工作，整整一天我自己试着让它重新启动，但就是不成。"

"哦，我们被堵死在这里了，孩子。"我没有办法出去，这真是一场要命的暴风雪。

"外公醒不了。我根本无法让他动一动。"他开始喊叫，恳求我来启动他的炉子，"我想给他喝点茶，可是水结冰了。"

我看着地面发愣，也许，是因为害怕出去。但是我妻子，她绝不会容忍我拒绝帮助一个困境中的孩子。让我想想，他在六英里远的地方，路被堵死了，风像喷射发动机似的狂吹。也许我能试着坐我的割草机去镇上。不行！那么，还有我弟弟的雪地摩托。"听着，"我说，"我会试一试，但是我不能保证我到得了。同时，别忘了打电话给消防队和911。"

"我打过电话了，"这时候他开始哭泣，他尽可能地克制住自己，"因为暴风雪，没有人能够过来。急救人员说，他们正在疏散离这里十英里的一家养老院。"

"坚持住。我只能试试。"

我打电话给布切,我的弟弟毫不犹豫地说他用雪地摩托带我去,就像我在晴天要求他带我去那家五金店一样。去年他买那套装备时我还取笑过他,说他是在糟蹋钱财。但是他很享受冬天穿一袭白色迷彩服和身佩弓箭的猎鹿生涯。他喜欢在夜里去冰上钓鱼。我觉得他的大脑里掺有防冻剂。反正,穿好衣服之后,我听到了后门的喧闹声,于是我推开厨房的窗子,然后走进雪里,身后拖着我的工具箱。他不得不喊着说话,因为风是如此的喧嚣。他说我们必须横穿田野。

"为什么?"我叫喊。

"如果我们在路上把别人家的车顶压烂了,我们得赔偿损失。再说,这样路程会短些。"

于是我们出发了,飞速越过一堆积雪,从后篱笆上方冲了出去。他戴着卤素帽灯,它们把空中的冰雪世界照得通明剔透,那感觉就像是在一个雪花飘飞的玻璃球里行驶。我们径直从他的屋子后面穿过,沿着隔开帕德卢斯基家族乳牛场的倒刺铁丝栅栏前行。我们进入了乳牛场的后场地,那里没有巨大的砾石和机械,在黑暗中向西疾驰。我不知道布切怎样,但是我周身每个地方都感觉到寒冷的侵袭。在特拉斯克农场,我们砰的撞上了一个硕大的隆起物,我被甩到雪里,他将摩托车恢复平稳之后,过来帮我,他脚上穿着雪鞋。

"我们撞上了什么鬼东西?"我问。

"我恐怕知道。"他说,一边将那东西上面的雪拨开,直到碰触到一层覆着冰的毛皮。此刻进入眼帘的,是一头冻死的壮实奶牛。

修炉人的哀歌 | 103

我们开始继续前进，上了一个小丘，摩托引擎发出呜呜的哀鸣，寒风几乎扯掉了我的鼻子，接着我们被卡在一道铁丝网的篱笆之间。这一路，我们从各种物体的轮廓上面飞越而过，我们搜寻篱笆的缺口，我们从防风林里跻身而出，我们还一度从大雪掩埋的干草压捆机上擦过。最后我们经过铁路，一辆大型楔入式铲雪车刚刚在那里推过雪，就这样我们骑在雪脊上，一路来到镇上。我们冲上男孩住的街道，绕开一棵倒下的杨树，然后停在他家的草坪上。

让我告诉你们，这屋冷得简直像个地狱。杰克忙着拖我上楼，我叫布切去用力敲击炉子。我走到老人的床边，单靠触摸我是什么也感觉不出的，因为我自己的手已经冻僵了。我掀开被子移动他的手臂。或者说，至少我试了。

我不想转过身来面对男孩，你怎么忍心告诉他，这世上能够照顾他的最后一个人已经死了？当我用被子蒙上他的外祖父时，我不由得想到，现在杰克是多么的孤独，他来自某个连历史都不知道的地方——也不知道将要去哪里。我用一只手臂搂住他的肩膀，告诉他我不得不说的事实。杰克向老人走过去，拉下被子，给他一个久久的拥抱。然后走到门口，把头靠在门的窄边上，闭上眼睛。

"坚强些。"我对他说，让他下楼，然后他自己打电话给地方治安官，在那夜发生的所有不幸事件中，这一灾难是个尾声了。

布切已经在地库里把加热器拆开了，男孩坐在一只木箱上看着我们干活。他一度开始哭泣。我想现实对他有如晴天霹雳。

我埋头干活，因为我不想在无所事事中面对他的痛苦。但他哭个不停，虽然我浑身被烟熏得乌黑，我还是决定走过去，在他面前蹲下，抚摸着他的肩膀。"嘿，一切都会好起来的。"

"他是个了不起的老人,"男孩说,"外婆也很了不起。我经常和邮递员谈到他们,他说他们不再惹人爱了。"

"我知道。"

"她四十一岁时生我妈妈,"杰克说,"她经常告诉我她有了孩子是多么快乐。他们已经尝试了很多年,但她说我妈妈从不快乐,没人知道因为什么。"这时男孩注视着我的眼睛。"究竟是什么使她这样不开心?"

天哪!我该怎么说呢?我不是精神病医生或测心术者。我开始对他陈词滥调地胡说了一通,比如,生活是一个谜,或者,谁知道呢,但是在这个时候,在这种情况下,我想我会尝试给出一个真正的解释。所以我说:"你知道吗,有一次我买了一批火炉用的变压器。第一个仅维持了一星期,因为这,顾客在电话里痛斥我。我安装第二个,接线的时候它在我手中着火烧毁了。供货给我的海外公司对我说他们爱莫能助。我不得不接受这二十四件烂货,于是我将其中一个放在工作台上拆开。发现它的接线有错,有个部位的金属绕线几乎没做过绝缘涂覆,整个变压器处于一个大短路之中,它永远不会正常工作。"

杰克已经停止哭泣,凝视着我,张着嘴呼吸。"你是说我妈妈是接线错误?"

我觉得他的反应很灵敏,现在我更为确信了。我瞥了他一眼,压低声音。"也许这不是她的错。每个婴儿都来自不同的工厂。有不同的电路,不同的电线。"

"但是为什么她不像外婆?"他呜咽着。

"我不知道,伙伴。基因并不决定所有的一切。我们无从知道人们为什么这样或为什么不这样。"

修炉人的哀歌 | 105

他似乎在考虑我说的。他点点头,挺直了身子,用他的衬衣袖子擦着眼睛。"现在我会怎样?"

我只好告诉他一些情况。"会有社会工作者和法官来照顾你。除非你有亲戚或亲近的家庭能帮你。"

他朝炉子那边看。"那么,就只有法官了。"

最后我们点了火,让热气通过管道和通风设备散发出去,至少让屋子恢复了几分活力。然后,我们听到我们上方的门廊里有警察皮靴踏出的嘎嘎声。

那天上午晚些时候,验尸官正式宣布了老人的死亡。布切善于四处闲逛消磨时间,他在摆弄一个个气阀。每个人都来和我交谈,好像我是这里的责任人。我一直在说:"我只是个修炉人。"可是我越是这样说,我越是觉得我有点莫名其妙地成了这孩子的一个家庭成员。最后,布切走过来给我一个眼神,意思是:"就这样了吧?"于是我收拾工具离开,留下警官、消防队员和一个老邻居作善后处理。布切和我登上雪地摩托,匆匆往家里奔。这时风渐渐平息,雪还在懒懒地飘着,温度回升到了零度左右,虽然乘雪地摩托回家并不是一件乐事,但却让人觉得像是逃出了一个可怕的深渊。

葬礼在下个星期举行,我和妻子去参加了。有一群好邻居,以及一些曾经和他外祖父一起在马口铁冲压厂工作的老人。男孩端坐在靠近灵柩的座位上,他的眼睛通红,表现得很勇敢,尽他所能地应酬着前来向他外祖父表示敬意的人们。通常这应该是由妻子或女儿做的,而不是让一个十几岁的男孩来做。牧师做了一个虔诚的祷告,我们步行穿过马路到路德教会的墓地去,置身于那些灰色的、饱经风雨侵蚀的、倾斜的墓碑中间。土地非常坚实,必须用高性能的大型挖沟机来挖墓穴。我们站在挖掘现场旁边,我问托勒警官,杰克是否交给儿童服务处或由其他什么机构来安顿。

"是的,"他说,"镇西边缘上的马克西家要他,另外还有几家。"

"很凄惨,"我妻子说,"我是说,就此家破人亡了。"

托勒靠近我们说:"明尼苏达的法律规定,有时候一个孩子如果有能力,得到法官同意,可以独自生活。但是这男孩不想留在他的屋里。"

"我不知道该怎么想。"我说。

警官耸耸肩。"儿童服务处说他已经自己照顾他本人和那位老人两年了。但是他要出来。在我看来,他想要继续向前,这孩子。"

想到如果是自己该怎么办,我不禁打了个寒颤,什么亲人都没有,独自一人在这个需要全面维修的杂乱之所。"有遗产吗?"

"对,有一份遗嘱,县治安官早上对我说。男孩将会得到一份相当不错的银行存款,外加房产和某项人寿保险。也许还有一些其他的东西,比如镇上的一块土地,或是阁楼上的一些古董。所有的会计工作都没有完成。老人早在五十年代就参加工作,那时赚钱易如反掌。"

琳达踮起脚尖看着他们把棺材放下墓穴,在其余的祷告期间,她看着男孩,然后向我投出一个难以想象的目光。她到底在想什么?当牧师递给杰克一小铲泥土让他甩下墓穴时,我飞快地扫视了他一眼。他把土掷下,然后凝视着墓穴,好像希望老人会活着爬出来。

当葬礼的聚会三三两两散开的时候,他向我走来。"你好,托德先生。"

我想捏捏他的肩膀,但是我缩回了手。"我们很为你难过,杰克,"我对他说,"失去了外公总是件很困难的事。"

"如果有什么我们可以帮忙的事情,请告诉我们。"琳达说。

他回头看着坟墓,扣紧他外套顶端的纽扣。"谢谢。牧师带我来的。我想,他会带我回马克西家。"

"哦,我们会载你一程。"我妻子说。她是那种千方百计想帮助别人的人。有时候我想,她这样做只是让我觉得我很自私。"去告诉牧师,你和我们一同去那里。"

于是,我不得不把车子驶入过去是磨坊区的镇西,上了那条老农场路,它上面布满了车辙和半岩盐。然后我们转弯朝北开了几英里,马克西的住所就在那座没有护栏的单车道小桥后面。当我滑进私人车道的时候,我倍加注意。这座四四方方的房子建于四十年代,装有石棉披迭板,该油漆了。有一块很大的地,用树篱作栅栏,我敢说在二十年里没有作过修剪。我转身对着男孩,他坐在后座。"你来过这里吧?什么,上周就来过了?还顺利吗?"

"一切都好,马克西太太很好,就是有点老,像我外婆。"

"有别的孩子吗?"

"有两个,他们只在乎自己的事。"

前门是打开的,一个看起来忍饥挨饿的老绅士——我猜是马克西先生——站在阶梯上看着我们。"谢谢捎我过来。"杰克说,他砰的打开车门,走在车道上时把雪踢开。

"我们能做那件事。"我妻子说,声音中带着几分梦幻。

"做什么?"

"做孩子的养父母。"

"喂,我连自己的都应付不过来了。"我用开玩笑的口吻说,它就是个玩笑,因为我的孩子从来没有让我烦心,这不用说,加上我赚得还不错。在驱车回家的途中,她再也没有对此事说过任何话。我有点期待她说,可是她不开口。也许她认为如果她什么话都不说,我就会认真考虑,她猜对了。在这一带,养父养母们都是穷人,因此,他们可以从州政府领到钱,我并不完全符合这类条件。我是个修炉人,我没有必要去接受流浪者,或者说,孤儿。虽然可怜的杰克就是一个流浪者,假如非要选择的话。啊,见鬼!

大约一个月之后,我的女儿,我们叫她兔女郎,从那所远隔两个镇的小型学院回来了。早餐时她在读报纸,她习惯浏览"警方报告",想知道是否有高中时的老室友因酒后驾车和超速被拘留。"哎哟。"她说,把报纸拉得贴近她的脸。

"你哎哟什么呀?"她妈妈问。

"爸爸的小男孩杰克因未成年人私藏酒而被捕。"

"你这是什么意思,我的小男孩?"兔女郎有朝一日会是个虐待狂妻子,"是哪里在说?"

"就在报纸上。"

我从她手中接过报纸,找到右边一栏。"该死!"

那么,我为什么要在乎呢?那天下午,为镇长装完新的蒸汽供热系统之后,我迫不及待地赶往马克西家。我回到寒冷之中,镇长大人在他的阁楼上装了四英尺的保温层,他把他的屋子变成了一个汗蒸室。

到了马克西家之后,我要杰克穿上外套和我一起到卡车里坐一会。

他爬进卡车之后,我说:"我看见你的名字上了报纸。"

他把他的连帽衫向后推了推。"是的,我去为马尔夫买啤酒的时候,收到了一张传票。"

"马尔夫和马克西夫妇同住在这里?"

"是的。"

"说吧,为什么这样做?"

他把目光转向那座简单而朴素的房子,望了很久。"我想和他友好相处。"

我轻拍他的肩膀,他转身看着我。"他威胁你?"

"这样说吧,我必须住在这里,是住到十七岁还是十八岁,取决于法官怎样办理我的案子。"

北风开始一阵阵劲吹,我的卡车摇晃起来,好像正在启动,要去一个比我们所在之处更好的地方。"然后怎样?"

"我考虑过。首先,我能把老屋子修好,让它可以舒适地住人,然后把它卖掉,再去读大学。"

"我不知道是不是真的。在这里的乡村地区,一幢屋子如果没人居住会很快倒塌的。"

杰克没有看我。"县治安官带我走之前,我做的最后一件事,就是排空管路和抽干马桶的水。"他突然转过头,偷偷笑了一下,"供热器又停止工作了,我检查过保险丝盒,二号保险丝烧断了。"

我猜是因为鼓风机马达短路。"

我的目光穿过玻璃落在发动机罩盖上,一些像肥皂粉一样的干雪在那里弹跳。我们在谈话中度过了一段好时光,实际上,那确是一段非常长的时间,直到天色差不多暗了下来。他告诉我他怀念在学校篮球队打球的日子,但是马克西夫妇不想载他去比赛。"我希望一切重新来过。"他说,语调带着深切的悲哀,这是我唯一一次从他说话中感受到的。然后他笑了。"我希望我和你住在一起,而不是和那些人。"

"是的,"我说,我假装同意,但是转头移开目光,我知道他看出了我的态度,"我希望我能负担得起。"我讨厌对他说这些。这不是真的,但是接手一个人的生活可不是一件随随便便的事情。

"你什么也不用说,"男孩说,"什么是好的,什么是会发生的,往往是两回事。"

"我也这样认为。"我说。我无法正眼看他。

然后,他砰地推开卡车的门,但是在他离开座位之前,我的手臂伸出去抓住了他的肘。这不是我的意志,是我手臂的自身运动。滑稽的是,这个小小的动作没有通过我的大脑就发生了。

"什么?"杰克说,他有点吃惊。

"你什么时候放学?"

"两点四十五分。"

"有时候我需要一个勤杂工什么的,帮我抬管子或排线。你有时间来做这份小工吗?如果做得好,星期六你可以整天工作。"

于是,在那几个寒冷的月份里,我们就那样做了。我列出工作时间表,安排他三点左右来工作,一直工作到六点或六点三十

修炉人的哀歌 | 111

分。我去接他,或者我妻子,或者马克西夫妇中的一个。我首先注意到的是,作为工人他没有浪费时间。他学会了怎样为自动调温器接线、怎样检查氟利昂气体的指标,他用自己所得买了一些电子和供热系统的书籍。星期六他像我一样全天工作,安装管道系统,调换火炉。我支付他的是一般成年帮手的薪酬。

转眼又到了夏天,他全天参与工作,然后在秋天开学的时候削减了工作时间。我能够看到杰克身上的一个变化,他对工作更加专注了,看上去总像是在思考。有时我问他脑中在想什么,但他从不回答,仅仅投我一个淡淡的微笑,并转动着他那双栗色的眼睛。我所知道的是,他没有把钱花在掌上游戏机和毒品上,不过他买了一只老人手机,买了一只万用表——比我随身带着的那只还要好。他的体重增加了一些,个子突然拔高了,下巴的轮廓比一般男孩子显得更加强而有力。

第二年,他以仅次于毕业代表的成绩毕了业。我没有去参加仪式,但是几天后,我给他打电话,让他和我一起去一个新小区工作。我到马克西家接他时,立刻看出他的一只眼睛被打青了,脸颊上有几道伤痕。我手捏着他的头,把他的脸转向我,他头在我手里的感觉真好。

"你这是怎么了?"

他慢慢地眨了眨眼,对我扮了个鬼脸,那样子却有点好笑。他只说了一句话:"马尔夫日子不好过。"

"好吧,一到十八岁你就能离开他了。"

他开怀地笑了,然后转过脸,透过挡风玻璃向外凝视,看着屋子旁边的农场,好像那是他的,还有几英里视野中的一切。

杰克的生日是七月二十三日，星期三。他要我放他两天假，所以直到星期五我才见到他，我问，生日那天下午马克西太太是否为他烤了一个蛋糕，他只是暗笑，把管子向我这边推。在整个工作中他没说太多的话。星期一，因为要安装一台自动调温器，我打电话给他，但是他没接手机。所以我打给马克西老人，他说杰克不在家。我就去现场自己把工作做了，忙到七点三十分才回家。晚餐和淋浴之后，我再打电话给他，马克西还是说没有看到杰克。我再试着打他的手机，也没有回应，所以我有一点儿担忧了。第二天我们将开始在弗罗斯特瀑布附近的一栋公寓楼工作，我对马克西说要杰克打电话给我，但是在我入睡之前，我没有听到电话的铃声。我想他可能和马尔夫去外面做了什么疯狂的事情，一如我十八岁生日那天，也许是攀爬一座水塔或一座建筑。第二天我不再打电话给他。我去阿贝管道制品商店购买一个部件，当我经过孩子的老屋子时，我看到前面有一块售屋牌。咦！我打电话给索尔维尔房产公司的奥斯卡，问他情况。

"是的。"奥斯卡说，他像往常一样上气不接下气。我想象他正挤在那张教师用的二手书桌后面，用肥腴的手指夹着一根卷烟，"是在上周三成交的，你不会是对它感兴趣吧？"

"不，不是。我只是认识继承它的孩子，他在为我打工。"

"杰克？是，是个孩子，循规蹈矩，是吗？很有礼貌。"

"他得到多少？"

"他净得八万九千美元，考虑到屋子外表还不错，估价是十一万九千美元，但他想快点卖掉。"

"我倒不觉得它值这么多。"

"听我说,他安装了一套新的暖气设备和空调系统,更换了所有的管子和大量的电线。我曾见他上课之前很早就去到那里,工作个不停,还看见他在街上用阿贝的手推车运送零部件。"

听到这个消息,我的嘴巴禁不住微微张开。"他用这些钱做什么?"

"我不知道。我们给了他一张现金支票。"

我觉得事情可疑,所以跑到阿贝的店里,问他情况。老人告诉我杰克以我的承包商折扣价买过大量的材料。

我不得不问:"他把费用记在我的账上?"

"没有,"阿贝说,"他买所有的东西都付现金。我以为你想偷偷做一份现金工程来省掉一点税金。他没有麻烦吧,是吗?"

"应该没有。我猜他只是修理自己的老屋子而已。"

"拓展业务,嗯?抓住机会。好,如果他自己创业,我会给那年轻人打个折扣。他是个工人,那个人呀,有时会让我想到你。"

我正要转身出门,听到他这样说,来了个一百八十度大转弯。"你说什么?"

"我喜欢他这样做,他非常得心应手。"

"那是件好事情,不是吗!"

阿贝在沉思中噘起嘴。"但是看上去他会抓住一个机会,那可不像你。"

我开着车回到街上,这时,一辆卡车倒在杰克老屋子的门廊前,车上已经装满了家具。我把车停在路边,看见一个高大的老年男子走出屋来,手中拿着一盒银餐具。"嗨!杰克·斯温森在吗?他是我的雇员。"

这家伙没有说话。他来自弗罗斯特瀑布的"古金矿和地产公司"。他买下了这幢屋子从地下室到阁楼的所有东西。

我瞥了他一眼："你给了他一个好价钱？"

这个人放下盒子，低声说："他有几件非常好的东西混在废物中。他的外祖父有一小笔钱币收藏，有几把很棒的威切斯特来复枪。这些枪我必须支付全部的零售费用，但是在拍卖中它们是很有吸引力的。"这个人皱起眉，好像意识到我怀疑他怀有鬼胎。"这么说吧，他可不是一个傻小子。他非常清楚每件东西值多少钱。全是该死的网络，现今，每个人都是专家。"

接下来，我在银行停下，获悉了确切的消息：他清空了他的账户。银行柜员莎蒂是我的近亲，低声说杰克告诉她，他准备把他的钱存在一个网络银行里。我无需去找处理地产事务的律师，因为那时，我知道杰克一定已经拿到了所有的一切。他外祖父的股票、一座砖结构的老仓库、一块城镇边缘的贫困区土地、一辆家用轿车以及其他所有东西，都已经被转换成电子形式，存入一个他在国内任何地方都可以提款的互联网银行。

过了一个又一个月，我试着用我知道的各种方法寻找杰克，这成了我的嗜好。警察看上去也在寻找，还有马克西夫妇，但是他消失了，变得无影无踪。工作之余我会在互联网上搜寻线索，秋天我的儿子离家去亚利桑那州上大学的时候，带走了我的便携式电脑，我就泡在图书馆里，埋头于那些运转快速的电脑，只是为了搜索。我不知道我为什么这样，也许是为了解开谜底。到哪里去联系一个杳无音讯的人呢？

我对男孩那位受过创伤的表亲保持关注，就是他说住在法戈一家养老院里的那人。我需要知道她的名字。一天我打电话给我的朋友托勒警官，询问斯温森先生的邻里中最年长的女士是谁。

"老兄，你为什么想知道这个？"他的声音带有几分不满，不过我觉得是我的话我也会这样的。整天提心吊胆，害怕中弹，刚下班又被缠上。

"你是干哪一行的？是警察还是什么？"

"嘿，闭上臭嘴。"

"我还在找杰克。"

"知道，祝你走运。只要老太太们愿意搭理你，试试去找查尔斯街九十号的萨门太太吧。是街角那座黄色的大屋子，离斯温森夫妇家只有一条街。"

"谢谢。"

"喂。"

"什么？"

"为什么你如此急于找到这个孩子？他欠你东西了？"

"我也不知道。我在想他究竟还会不会回来，我需要帮手。"

电话线路那头停顿了一下。"是这样，我认识萨门太太，一年级的时候她教过我。下一次碰到机会，我会去她家，看看她是否知道斯温森一家都跟哪些人来往。如果你突然出现在她家门廊，她可能会认为你来自政府部门或其他什么地方，会三缄其口的。"

"你是个好人。"我说。

我忙了起来，于是有一段时间杰克在我的脑中有些淡化了。我想大概有人在替我担心他吧。两个星期就这样不知不觉地过去了。然后又过了一个月，我和琳达开始想念我们的孩子。没错，我们有亲戚,但是晚上我们走进屋子用晚餐的时候,就只有我们俩。

就这样几年过去了,一天下午,在一家正在升级供暖系统的老机械修理铺里,我在一条二百二十伏电压的线路上遭到了电击。我把一个二手大插头推进连着他们电焊机的电源插座,那插座旁边闪出一道长长的蓝色电弧,如消防龙头似的喷射出电流。我被甩出一条走道,背部折了两节椎骨。差不多有三个月我陷于万难之境。恢复工作后,我常常是在浑身酸痛中把事情做完的。我的手损坏了,我的背也是。我需要一个帮手,但是却找不到,碰到的不是那些认为他们比我懂得更多的老家伙,就是抽鸦片的孩子。试下来没有合意的,结果,这场事故使我收入减半。

有一天我在厨房里,坐在桌边,由于服用止痛片而有点头晕目眩,整个人僵硬得像是一根拨火棍。我妻子还没有回家,我想起了杰克。我记起我们在马克西家屋外的那场谈话,那天我们谈了那么长时间。我记起泪水在他眼中打转,他要我做他的监护人,这样他就可以和我们在一起生活一年,我让他失望了。可是,我给了他一份工作。还想让我怎么样?那毕竟是份工作,我不明白为什么他利用它来筹集逃离这个城镇的资金。我也不清楚我内心对此的确切感受,我想,该是有几分被欺骗的感觉吧。

我站起来,走出屋子来到院中,吸进一些新鲜空气来淘洗双肺。天气不是太冷,只有少许雪的飞沫轻轻落在车库的铁皮顶上。我听到一架喷气式飞机凌空而来,在云层上面发出一阵轻轻的隆隆声,我想,是否杰克就住在很近的地方,就在航线下的某处,他也能听到这同一架飞机的声音。

我开始想到杰克的母亲。我和多丽丝·伊夫琳·斯温森的唯一接触，是我在中学高年级的时候，一个朋友介绍我和这个模样可人的金发美女约会，他说她在弗罗斯特瀑布的一所私立学校读书。我记得我开车来到斯温森家的街前，一切准备就绪，就要进去见她的家人，但她在门外信箱旁边，两肩耸起像是一个要搭便车的旅行者，急切地想要上车沿街兜风。她是个高大的、说话声音响亮的金发女孩，很漂亮，完美无缺，问我的第一件事是我能不能请她喝一杯。她喋喋不休地谈论索尔维尔是多么令人讨厌，而她的老师们又是多么的愚蠢。在弗罗斯特瀑布看了一场电影之后，她指使我把车停到一个地方，然后我们便开始亲热。立刻，她给了我两个鲨鱼扑食般的热吻，我感觉这更像是一顿饭，而不是个约会。正当她开始往下推我的时候，一个当地警官来了，把车停在我们后面，车头灯亮着。弄得我只好带她去吃汉堡包解围，大约四口她就吃掉了，似乎这就是生活本身。我带她回家，一路上，她的车窗都是摇下的，好像她希望被吹到黑暗中去。她是个骇人的姑娘，所以我再也没有打电话给她。问题的关键是，这件事若以不同的方式发展，我可能会是杰克的爸爸。我可能会逃跑，去海军服役四年，而杰克的生活和他现在的会完全相同。此刻，要我说出我假想中的孩子和杰克之间的差异，倒是有点难。我交叉双臂，仰望已是空漠寥寂的天际，我是说，孩子都是一样的。突然间，像是有一根细线，把我的孩子和别人的孩子联系起来。

我想到了托勒警官，转身回屋打电话，他的妻子给了我他的手机号码。他在值班，但是他接了手机，我问起他曾经告诉我的那位老女士，起初，他的反应就像是我发疯了。

"对，对，现在我记起你问我萨门太太这件事。我非常肯定我打了电话给你,还在你的电话中留了言,但是你一直没有回电给我。那是很久以前的事了,伙计。"

"那好,她知道法戈的表亲吗?"

"我想不起她说了些什么。"

"你能再打电话给她吗?"

"我可不会有这种想法,她去年就死了。"

"啊,见鬼,你一点也记不得了?"

"我自己还有些事情要做,伙计。不过,我记得我和唐纳谈过这件事。你打给她吧,她的脑子像'维可牢'尼龙搭扣。到手了!那个家伙没停车。我得走了。"在电话挂断之前,我听到一声尖锐的警笛声。

我打电话给他妻子,她是南方人,所以在切入正题之前,我必须讲几句客套话,询问询问孩子们和所有人的情况。

"哦,是的,我记得吉米告诉过我萨门太太的事。她是杰克外祖母的朋友。那位表亲是老哈里·斯温森家族的。她的婚后名是舍恩,和我曾祖母做姑娘时的名字相同。埃尔莎·舍恩。"

所以第二天我让吉米·托勒打了一些警务形式的官方电话,三天后他发现埃尔莎·舍恩还在人世,但不是在养老院,而是在普洛特金的一个名叫"受限人"的高档村庄里,在法戈这一边。那个机构的经理告诉他,因为埃尔莎从来没有客人,她很乐意见我。不过,基于她的听力,她不可能在电话里交谈。

那个星期五,妻子回到家里后,我跟着她走进厨房,告诉她明天一早我会开车去法戈,并解释了去那里的原因。

她的嘴角上出现小小的、警告性的抽搐。"她又能告诉你什么呢?"

"我不知道。也许杰克和她有接触,他在哪里,她会有一些思路。我有点儿怀疑,但是也许她知道另一个人,杰克的叔公。"

"天气看来要转坏了。"

"我就喜欢坏天气,这是修炉人赚钱的时候。"我对她咧着嘴笑,她没有回答。

琳达把她的臀部靠在炉灶上,双臂交叉。"宝贝,这样怕是会触犯法律吧?"

"触犯法律?去它的。你胡说什么?我只是想知道这家伙到底怎样了,到底有没有出什么事。他和我在一起工作有相当长的时间了。"

"好吧,别对我恼火。"她的表情就像还有什么话要说,但是忍住了。

"怎么啦?"

这时,她看了我一眼,好像能够透过我看到后面那个县城似的。"问你自己怎么啦!"她说着跨进走廊,消失在我的视线中。

于是,第二天我开她的别克车去了北达科他州,大约两个半小时的车程。我起得很早,所以外面还是漆黑一片,但天气看来不是太坏。冷得像是冰块,不过没有下雪。我有点儿激动,好像终于发现了引导我找到杰克的线索。我并不是想见他或非要做什么,无论他在哪里,也许花一点时间和他通个电话就满足了。看看他是否需要一些忠告或其他什么建议。问问他是否回来。

拂晓的时候,天空阴郁多云,大约一小时之后,就在我入境之前,下起了雪,如此的大雪让我意识到我没开卡车出来是个错误。风从北方猛刮过来,天色阴暗无光,就像太阳被卡在地平线上了。

我差不多在八时三十分到达"受限人"村庄,它看上去不赖,有几棵耐寒的大树,老式的芝加哥砖面墙。到了里面,前台的服务生告诉我,见到埃尔莎·舍恩的时候说话要大声,现在她醒了,能精神饱满地和我见面。我沿着走廊找到了她住的房间。埃尔莎大约只有四十五岁,但是,她告诉我,她患有一种罕见的癫痫病,饱受病痛的折磨。她开玩笑说,她现在被储藏起来了,等待治愈。她甚至不知道杰克的存在,但是她给了我杰克叔公的电话号码和电子邮箱地址,他叫埃维·布罗特·斯温森,住在德国。我颇感失望,但还是觉得应该和这位女士闲聊一番。在我到访二十分钟之后,风开始咆哮,就像一群狼在嗥叫,于是,我谢谢她为我花了时间,握住她颤抖的手停了一会,然后走向走廊。

外面,风像铲车一样推着我,把我顶到车边,在琳达这辆老轿车上,我必须把冻住的邋遢雨刷弄活,把冰擦掉。公路上,风好像逐渐消失了,但是雪花开始卷曲着飘然而下,像是一群正在迁徙的稠密飞蛾。我越过平坦地区,朝明尼苏达的州界行驶,很快,路上的交通就稀薄到只剩我一个人还在游动,以每小时二十五英里的速度爬行,经过两辆抛锚的车子,它们的紧急灯在沾雪的光亮表层下闪动。然后,风又卷土重来,我能够感觉到我的后轮胎向侧面滑动了一点点,我太愚蠢了,出门时没有为这辆两轮驱动的轿车装上防滑链。现在身处暴风雪之中,我对自己的综合判断力产生了怀疑,或许,甚至是对我的整个生活!

当我碰到一段轻微的下坡路时,我觉得四个车轮都失去了控制。我记住不要去踩刹车,而是试图用加速来避免打滑。我继续这样做,就像一只猫在光滑的冰上,直到我穿过州界之后。雪突然下得非常大，副驾座那边的雨刷啪的折断了而且被吹走。我看见一头奶牛站在路边的手机信号塔边，活像是一块洒了糖粉的甜点，看不出腿，唯有那根顶着大脑袋的像管子一样的脖子，插在白雪皑皑之中。过了一会儿，一阵狂风旋转着向我袭来，把我连人带车卷入一条沟里，那是一片又深又宽的沼泽，里面全是大块大块的冰。我知道我最好还是待在车里，铲雪车或警察会发现我，我有温暖的衣服和大量汽油。大约十一点钟，我打电话到家里，但是琳达不在家。我打电话给高速公路巡警，他们说他们最终会找到我的。然后我坐着，大雪把我覆盖，我的窗子成了乳白色的玻璃。

我讨厌像这样无所事事地闲着，因为我会开始想事情。记忆在冲撞我，半小时之后，我意识到我极少像现在这样重温我自己的过去，重温我做过的值得骄傲的事情和那些或许不怎么光彩的事情。我从来都是在忙着做什么事情，而现在我掉进了自省的激流之中，如同外面的暴风雪一样可怕。我打电话给布切，显然，他的手机关着。我希望能够打电话给我父亲，他在去年过世了。总之，他是不会接电话的，因为此刻正是他午睡的时间。我开始想到所有我希望与之说话的死者。

我急切地想要做点什么，所以我开始检查车上的杂物箱，把所有过期的保险证明理到一起。然后我打开皮夹子，把所有不带照片的汽车路保旧卡、钓鱼执照、电话号码扔掉，还有类似的东西。这时我看到了埃维·斯温森的电话号码，读高中时我做过一个时区的科技项目，所以我知道德国现在差不多是晚上八点钟，有事情可以做了，于是我通过繁琐的程序打了一个电话到欧洲。很快一个男子来接电话，说了一通我听不懂的话。

"嗯，嗨，我是美国的梅尔·托德。"我说。

"你说，"那个声音说，"我擅长英语。"

"太好了。请听我说，我有一个青年朋友，名叫杰克·斯温森，出于某种原因，我想知道，他是否和你联系过？我想他是你的侄孙或其他什么亲戚。"

"哦，没有，"他说，我的心沉了下来，"今天早上没有，出了什么事吗？"

我一时语塞。他说的不可能是同一个孩子。"不，没事。但是我想确定一下，这个年轻人是不是以前在明尼苏达住过？"

"是的，他住过。现在我想起来，他提到过曾经为你工作，托德先生。"

"不错，肯定对了。他在家吗？我能和他说会儿话吗？"

"哎，很抱歉，不行，杰克还在旁边一个城镇估算一项工程。"

"他在那里找到了工作，是吗？他一直是个聪明的孩子。"

斯温森先生因为这句话而笑了起来："确切地说他不再是个孩子了，他已二十三岁，拥有自己的暖气设备公司。"

我看着我的膝盖。"他是个能干的人。"我说，我的声音有气无力，感觉就像是我丢失了某种彩票。

"我很遗憾他不能在这里和你通话，"埃维·斯温森说，"他提到过你好多次，说从你这里学到了本事。我让他随时给你回电，也许星期日吧。"

我开始感到呼吸急促，但是我必须问。"是你帮助他摆脱了困难？"

"嗯，我收留了他。我是个建筑师，所以我能够帮助他找工作。他学德语课程，同时进技术学院读了两年。他开始步入正轨，做得很好。杰克和他的新婚妻子就住在街那头。我们只是为他出了一点点力，而他对我和我妻子帮助很大。

我感觉车内氧气越来越少了。"你是如此大度，我是说，你接纳像这样的一个陌生人。"

"嗯，"斯温森先生说，"有时候你必须赌一把。"

我们又聊了一会儿，然后我挂了电话，我看着车子里面变得越来越暗。为了节省汽油我把发动机关掉，我把我的夹克衫扣子一直扣到颈上，双臂贴在胸前，跺着双腿。大约到了四点钟，我开始担忧，开始想到所有碰上这场暴风雪的人，那些像我一样陷于孤立无援困境的人，思绪慢慢流淌，回顾所有的事情。我想，如果杰克还在这里的话，生活会是怎样。我试图发动车子，但是发动不了。天完全黑下来之后，我开始睡意缠身并深感不适。为什么我的妻子不试着联系我？这时，电话铃响了，是警察打来的。

"是托德先生？"

"是我。"

"你还困在那里，是吗？"

"一直困到现在。"

"嗨，我们正在从北达科他州的州界往东赶，在十号公路上，你在哪里？"

"也许在右边五英里，陷在一条沟里。在一群牛靠着栅栏乱转的地方再过去一英里。"

"你完全被雪盖住了？"

"被埋掉了。"我能够想象他在缓慢前行，伸长脖子张望着，跟在一辆铲雪车或拖车后面。过了半个小时，我听到引擎经过的声音，接下来又归于沉寂。就在那个时候，我特别希望能见到我的弟弟，没有人会像家人那样关心你，即使是那些过去你曾经挂在心头和经常施惠的人。而今，甚至连风也销声匿迹，似乎也把我给忘了。

我的电话铃又响了。"我找不到你，伙伴。"那个警察说。

第一次，我心中感觉到一种绝望的寒意。"噢，别，请千万别放弃！"

"你说你在沟底？"

"很低、很低的沟底。"我说。

"是有人和你在一起，还是只有你一个人？"

我的手指冻僵了，脚趾也是。我没有气力说出那个词。

悔

我要告诉你上一次我做告解的情形。我是在教区的老人院遇见这位牧师的，老人院是我上班的地方，在那里，我的职责是用汤匙为衰弱的老人喂食。他注意到我缺失一根手指，所以他知道我曾经是个油田职工，他很奇怪我为什么会接手这份在户内照顾老人的工作。这位牧师长着一头金发，他还有一双清澈见底的眼睛，在路易斯安那州大克拉波特地区这方圆二百英里的地方，他看上去可不像是个无足轻重的人物。他哪里知道当可爱的原油价格滑落到一桶十二美元以下的时候，大多数石油公司都像胀破肚子散发恶臭的鲑鱼，而像我这样的油田工人就不得不离职去寻找其他工作。我告诉他我参加过一个夜间课程，学习照顾那些老孩子，学习怎样为他们擦洗和喂食，他称赞我有一副好心肠，饶有兴趣地和我闲聊了一番，还邀请我在需要的时候拜访他的教区长住宅。

是的，终有一天我会需要见他。人们往往会在日常的谈话中获得一些有益的教诲。一个星期六的早晨，我去了勒布朗街那座砖砌的老教堂，我在牧师住宅的小厨房里找到他，他一个人待在那里，我们挨着桌子坐下，桌上正煮着一大壶咖啡。

于是，我告诉他我的心事，我曾经有一辆1962年出产的雪佛兰轻型货车，我一直把它停放在户外的路边，所以锈蚀得很严重。我难得使用它，只是将它作为备用的运输工具，用以运送垃圾和废品。它非常破旧，我平时也羞于驾驶它招摇过市，除非去垃圾场之类的肮脏地方。圣诞节后一天，我妻子莫内特要我把圣诞树和节日期间的废旧杂物运走，我手中拿着车钥匙来到路边，我注视那块长满浅色杂草的长条草坪，我的卡车通常总是停在那里，可是此刻那里却空荡荡的，除了杂草什么也没有。我心中思忖，我的卡车可能是一小时之前被盗的，但也可能已经失踪一个星期了。事情差不多就是如此，有些东西在你不需要的时候你往往会把它视为敝屣，甚至压根儿无视它的存在，只有当你要用的时候才会觉得它是个宝。

于是我跑到克劳德那间四英尺见方像牢房般狭小的办公室求助，他说要再过一天他才能抽身为我寻车，因为此刻他正为一件昂贵物品的盗窃案绞尽脑汁。言下之意，我的报失是无足轻重的。然后我跑到县治安官办公室求助，但当他们听到我说我的卡车有三十年车龄的时候，表情变得异常冷漠，好像我是在央求他们寻找一张丢失的报纸或其他什么不值钱的东西。要知道，那可是我的卡车，我当然想找回它。

牧师听了以后仅仅点了点头，他从硕大的铝制咖啡滴煮壶里为我们各倒了第一杯咖啡。倒完咖啡，他将咖啡壶放到他椅子后面煤气灶上的一只盛水浅底锅里，然后，他凝视自己的鞋子，好像正在听取我的告解，我猜他听告解时就是这种神情。他的脖子上甚至还围着一块紫色的小破布，那是牧师听忏悔时必有的装束。

我告诉牧师警察怎样大动干戈地进行搜寻，我又是如何期待和关注搜索的结果。但是最终我那辆老卡车仍然毫无消息，就像雨水洒在滚烫的路面，被蒸发得无影无踪。莫内特则庆幸自家院子里从此再也不会出现那辆看了令人心烦的破车，可你知道吗，我需要用它来拖运一些东西。所以过了没多久，当我看到一辆78

型旧福特卡车,标价一千美元,成色还不错,就买下来,将它停在老地方。

有一天,我和我年幼的女儿莉泽特一同去老人院上班,因为她学校有一个考察家长工作的课程。在老人院里,她任那些老人搂着她的肩膀,轻拍她的黑发。你知道,看见孩子他们是多么兴奋,好像快要消失的活力又回到了他们身上。在我当班结束的时候,一个来访者的卡车发生故障,他来是探望他瘦弱干瘪的妻子。我记得他名叫卡努勒特,所以我和莉泽特决定让他搭乘我们的车回家。我穿着烟色的带有小水果图案的工作服,莉泽特穿着带格子图案的校服,我们坐在我那辆闪亮的三手别克车里,驶离了老人院,老人卡努勒特坐在我和莉泽特中间,就像是一根栅栏的柱子。我们上了公路,转弯进入夹在稻田中的小路,然后进入通往椰树湾的林荫道。我们经过位于通加河湾另一头的贫民区,这时莉泽特把头伸到窗外,让自己的辫子在风里飘拂。突然我听见她叫喊起来,爸爸,那是你的卡车,它在树林里。我把车子转入一条碎石铺就的小路,千真万确!大约一百五十码远的地方,我那辆老旧的雪佛兰就停在一片茂盛的橡树林里,如果不是她那双幼小敏锐的眼睛,我是休想发现它的。

我们走过去,车边的野蓟已经长得高过卡车的保险杠,据此可以判断这车停在这里差不多有三个月了。我踌躇着,问卡努勒特先生这附近有什么人居住,他注视卡车,说:贝朱。这是离开镇区后他说的第一个词。他说贝朱以这片树林为家,这些流浪汉不务正业、游手好闲,满脑都是邪念。我说我才不管他是不是贝朱,谁偷了我的卡车我就让他进监狱。卡努勒特不说话,只是用他那双银灰色的眼睛盯着我看,这眼光让我感到发冷。我把这老人送到他住的农庄,然后回到通加河湾商店打电话给县副警长,警察一般能在一个小时内赶到现场。

他们派来的是锡德·图沙尔,是个黑人,一个难打交道的恶魔。他蓬乱的鬈发一直拖到衣领上,上面搽了润发油。他的巡逻车里正在播放录音带,是路易斯安那州南方流行的黑人舞曲。他手拿一个带夹子的书写板,无非是为了显示他懂得怎样写字,他还戴顶牛仔帽。他问我是不是打电话报警的博比·西莫诺,甚至还问站在林子里的莉泽特是不是我的女儿,我只是对着他点点头。他看了看卡车,看了看卡车上面的树叶和树枝,问我是否想让它物归原主。是的,我毫不犹疑地回答。然后锡德走到车边,用一只手小心地触弄车门把手,仿佛那是什么肮脏的东西,我想他心里肯定是这样认为的。他把车门打开,我们愣住了,车里有许多废纸、破毯子和旧衣服。我走近身仔细察看,而莉泽特却向后退缩,用她的两只小手掩住嘴巴。空气中弥漫着霉味和酸臭味,更令人吃惊的是,我们看见一只尘絮蒙蒙的脑袋伏在方向盘上。

他住在车里,锡德警官说。他说话的时候眉毛竖起。尽管他在这个穷人的教区工作,许多事情令他司空见惯,但他还是有些感到意外。他再次问我是否执意要收回这辆车。对,是的,我用不容置疑的口气坚持。他吐了口痰,他的个子特高,所以他吐出的痰要过很长时间才落到地上。然后他伸手进去,推醒那个男子,那人坐直身子呆呆地看着我们。他是个黑人,一个土生土长的黑人。他并不老,但是脸上有很深的皱纹。老人们把这称之为悲哀的车辙。他的眼睛就像是浮在辣酱汁里的黑橄榄。当锡德试图让他走出卡车的时候,他深深地吸了口气,朝车头方向的小路看去,然后目光又落在卡车生锈的引擎盖上。

终于，他开始说话：我叫费内斯特，费内斯特·贝朱。沿那条路走下去就是我妈妈住的地方。他指了指方向。我看得出这家伙已经醉如烂泥，他那副模样让人觉得他至少有连续六年的酗酒历史。他身上的旧棉布夹克已经被电池的盐酸腐蚀得破烂不堪，他的脚踝裸露。锡德把目光投向我，他看我的那副样子像是戴着一副远近双视眼镜，其实他并没有。喂，不要这样看我，我对他说，我要拿回我的车，他偷了它，你该将他送进监狱。于是锡德对他说，你偷了这辆车是吗？费内斯特的目光依然落在小路上，仿佛那里有什么不许他看而他偏要看的秘密。他说车本来就在这里，只是被他发现后用来睡觉而已。他这样说的时候，我气得脸膛一阵发烫。

　　锡德拖起费内斯特，让他慢吞吞地走到车外的阳光里，就像从纷乱的栅栏里拉出一头衰老的奶牛。锡德把他推进警车，要我和莉泽特坐在前排座位上。他说费内斯特母亲住的地方我的别克车是没法开进去的。我们在卵石路上大约行驶了一英里，然后转入一条狭小的道路，两旁茂密的灌木将它们的枝叶伸向路心，阻挡逆着它们而来的警车，把车子光亮的漆面擦出印痕。莉泽特坐在我的膝盖上，她一会儿注视锡德扔在车底的糖果纸，一会儿打量一只放在座位上的蜜橘，一会儿又玩味那串绕在后视镜上的念珠。路在一簇荆棘跟前到头了，我们左转进入一条河谷，河谷紧靠椰树湾，河谷里还有不少雨水，谷底尽是坚实的卵石。水流不断地冲上警车的罩壳，莉泽特扭动身子，对锡德说我们好像是在乘摆渡船。

　　我们看见那里有一座勉强凑合起来的简陋棚屋，匍匐在砖块砌成的堤道上。上面的柏油纸已经破败不堪，一段火炉烟道的残管伸出墙外，门外没有台阶，齐膝的柏类植物东倒西歪地杂生在院子里。到处都是丢弃在煤渣上的硬纸板、鸡蛋盒和水瓶。锡德按响喇叭，让它大约鸣响了十五秒之久，直到前门打开，一个衣着寒酸、瘦得像甘草秆一样的妇人来到门口。锡德摇下车窗玻璃，问她那个坐在后座上的人可是她儿子。她俯下身，眯起眼睛看了很久。是费内斯特，她面向河谷说。显然这话她不是对我们说的。锡德走下车，站在一条木板步道上，他要我跟上他，我抬起腿从车底上的废纸上滑过去，顺手将那只蜜橘带出来，不能把它留在车里，我对他说，莉泽特就爱吃这类东西。锡德从我手中拿过蜜橘，把它抛给莉泽特，她用一只手就接住了它。

他和那妇人谈话的时候，我乘隙探视屋内的陈设。第一间屋里除了着地放的一张床垫、一盏煤油灯以及零落在周围的几只碗钵外，什么也没有。墙上糊了报纸用以挡风。在第二个房间和最末一个房间里，地板全都朝下塌陷。因为白蚁将托梁和边梁都蛀空了，所以整座屋子向下凹陷。我绝非危言耸听，那屋顶的椽子要不了一年就会彻底坍塌。我想这样的地方连野兽也不会乐意安家，宁可待在地下的洞穴里。

锡德问妇人是不是知道有一辆卡车，她说她儿子就住在那车里。锡德把脸转向我说，你看这情景，你真的想让我把他关进监狱？

对，是的，我对他说。锡德用那双没有光泽的深红色眼睛死死地盯着我，试图揣测我脑中的想法。他说如果我提出指控把他投进监狱，那会让教区花更多的钱。而我纳的税也将用于支付他的食品和衣物的费用。他说还是让他留在他妈妈身边为好。那老妇人再次俯下身，而费内斯特面无表情，仿佛她只是田间的一台拖拉机或是天上的一片浮云，与他毫无关系。我再次环顾四周，眼前的一切使我相信，如果把他投进监狱反倒能提升他的生活质量，是的。

锡德为费内斯特打开手铐，放他走进屋子，老妇人答应让他留下。然后我们开车离开，院子里尽是一条条被挖到黏土层的泥土明沟。警车摆动着车尾从沟底开了出来。回到我那辆被窃卡车停泊的地方，我把费内斯特放在里面的所有东西扔出来，堆成一堆。它们有被香烟灰烫出一个个洞眼的外套，有来自镇区免费诊所的药瓶，有肮脏的女人内裤，我用树枝把它们挑出来，还有炸鸡的皮和骨头，还有一只电池漏酸的小收音机。我插进车钥匙，但引擎没有丝毫声响。我掀开引擎盖，看到的是无以计数的枯枝，三只模样长得像水獭的小动物从里面蹿出，逃入树林。最后，县治安官的拖车将卡车拖回我家。我妻子打量着它，闻了闻里面的气味，然后对我说必须处理掉它。其实它对我确实是多余的，我已经有了一辆卡车。

多雨季节来临，我的卡车陷在后院里已经好几个星期，周围冒出了很多小龙虾窟，后来遇上一个好天，我把它里里外外擦洗了一遍。我想抽空去五金店买一块橙色的"出售"标牌，但令人气恼的是我们老人院新近从政府那里接收了五个贫穷无助的家伙，我因此忙得不可开交，一个星期就这样白白过去了。

我说到这里的时候，牧师的身子微微后仰，靠着窗框，脸上露出心不在焉的微笑。他在注视外面的玫瑰园，那是他的前任舒伊特牧师调任内华达州之前辟建的。我发现，当你倾诉的时候，牧师总是避免用目光直视你，也许是怕引起你的紧张和不安，怕你在顾忌中无法坦率地将所有的细节全盘托出。接下来，我毫无保留地告诉他，在我把车停到街上挂牌出售的第二天夜晚，它又被偷了。我立刻打电话给锡德报失。他说你想要我再去找回那辆车？我说是的。他说你不是已经有了一辆卡车吗？我想这家伙的脑子准是在犯病，我对他说这么多年来你搽的润发油大概全渗进脑袋了，脑子被搞出毛病了。他说你有一幢挺好的砖屋，有一个妻子，有两辆轿车，你就放弃那辆破车吧。他说烧掉五十美元汽油去寻找一辆仅值四十五美元的烂卡车，这样的傻事他不想去做。我告诉他我会去找县治安长官投诉，他说那好，请便吧。

为了帮助老人院筹备一个名为"音乐日"的活动，我忙忙碌碌，被繁多的事务搞得头昏脑涨。这天洛特里格先生携带他的吉他和扩音器来演奏广受老人喜爱的歌曲。老兄，他们就是爱听那些早就过时的东西，比如《时光流逝》《钓虾小舟》之类的歌曲，他们爱跟着那些1978年流行的曲子用脚打拍子。我觉得他们这些人也真是有趣，一只脚已经踩进坟墓，可还如此热衷于爵士音乐。洛特里格先生披着一头飘逸的银发，他的眼睛带点烟灰色。他神采飞扬，看上去就像巨星弗兰克·西纳特拉在为一些老女孩献唱。

"音乐日"的活动终于结束，我来到老人院后面的停车场，我的车在那里。令我甚感意外的是，锡德正坐在他那辆警车的引擎盖上，引擎盖被污泥溅得肮脏不堪。我走过去，只见他双臂交叠。他说，他找到了它。我问在哪里找到的？他说还是先前的地方。我说，你的意思是费内斯特·贝朱又把它偷去，停在贫民区的草地上？老兄，这可真让我怒火中烧！嘿，我放他一马，让他免受牢狱之灾，他倒好，这样来回报我。我愤怒地咒骂，然后吐出两口痰。锡德用双眼紧盯着我，好像我倒是个贼儿似的。我问为什

悔 | 133

么不将费内斯特投入监狱,他的目光从我脸上移开,最后他说费内斯特是个病入膏肓的酗酒者。这更让我激愤起来。那我是不是可以喝得烂醉,到"大方的戈代"的二手车场,也偷一辆车,然后也可以平安无事?锡德点点头,不过他说,西莫诺先生,我看见你陪那些老人玩耍取乐,你像对待自己的祖父祖母①一样对待他们,你不在乎他们在自己的人生中曾经做过什么错事。他说这些话的时候我在他旁边坐下,这时金属引擎盖软软地凹陷下去,吓了我一跳。我想,他们是我在老人院的服务对象,也许,我对他们好是因为我能得到薪金。可是没有人会因为我善待一个普雷里埃默热的酒鬼而付给我报酬。我朝人行道吐了一口口水,心想锡德是不是真像他外表看上去那样愚蠢。突然,我想起橡树林里的那幕情景,想起了费内斯特·贝朱被拖出卡车时眼睛定定地看着小路的神情。于是,我说算了,我不追究,就叫拖车把我的卡车拖回家吧。可是锡德却说,不,我不能再打这样的报告,因为他们打算把他关起来。

这是什么道理?我得自己去把被盗的车拖回来!难道我纳税就是为了得到如此结果?

炉灶上的咖啡壶在微微地颤动,汽化的咖啡冷凝成液体后流落到底部的容器里。牧师转身为他自己和我倒了第二杯咖啡。此刻,他微笑的脸上皱起了眉头,仿佛他的臀部被硬座椅子弄痛似的。他不说话,也不看我。

我继续叙述我怎样做我认为正确的事情,叙述我和莫内特怎

---

① 原文为法语。

样在砾石路上驾车朝贫民区进发,海湾的一场强烈风暴就要来临。当我们到达卡车停泊地的时候,在狂风的吹刮下,一大片橡树像柔软的橡胶一样弯了下来。莫内特留在别克车里,我下车向那辆红色的旧卡车走去,只见费内斯特坐在车斗里,两腿中间夹着一桶一加仑装的葡萄酒,正飘飘然陶醉在他的酒精世界里。你又偷走我的车,我狠狠地对他说。他说他必须要有个地方容身。他说这就好比他住在霍利海滩空置的屋子里一样。他仰头注视浓黑浓黑的云团,似乎在等待隆隆的雷鸣。我想,有多少人像这样醉生梦死地生活,直到他们彻底崩溃?我在心中询问,这一切为什么会发生在他们身上?我注视他滚圆的脑袋,他的头发粘满绒毛状的尘埃,他准备离开,但是,他占用我的车,却没有为此付出任何代价。我认为不收报酬白白给他一些东西,无疑是助长他的邪气。我说如果他能出二百美元,这辆车就归他了。我不知道开这个价钱的依据是什么,但就是脱口而出了。他说要是他身上有二百美元的话,他也不会坐在林子里喝五美元一加仑的葡萄酒。我想问他要去哪里,但瞬息之间我打消了这个念头。我不想让自己在他的脑中留下什么印象。于是我随意地看了一下卡车驾驶室,引擎的点火开关被他用线接通,我发动引擎试了试。我把他的毯子和一些食品纸袋堆成一堆。然后我跳进车斗,放下尾门。我不得不像对待老人院里那些真正失去自理能力的老人那样把他弄下车,他醉得烂如稀泥,即使在风里也能闻到他身上散发出来的一股股酸臭味,仿佛这卡车装载的是一堆发霉的湿抹布。我推上卡车的离合器,把他留在橡树下面那块小空地上。这便宜他了,他既没有付钱,也没有受到惩罚。当我把卡车开到莫内特驾驶的别克前面为她引道时,大雨倾盆而下,仿佛一根凌空而过的巨大水管突然爆裂。我回头看费内斯特·贝朱,他站在他那堆破烂的废品旁边,一只手指塞进靠在腿上的酒桶里,他仰起头就像是在洗淋浴。一个雷电横过马路劈下来,雨水像碎玻璃一样被狂风吹刮到一边,在回家的路上,我加足马力朝镇子直奔。

那天,我像一段圆木在床上翻来翻去,整晚不能入眠。我以为这恶劣的天气很快就会过去,但是暴风雨使格兰德克拉波德地区变得像一块凄冷的铁板,能熔化铁石的强烈闪电在彻夜不停地闪动,直到天明方才停息。在上班的途中我曾经闪过一个念头,想返回贫民区去看看费内斯特怎么样了,但最后我还是没去。在老人院我整天心不在焉,不是忘了更换床单就是在给老人喂食时让食物漏到地上。足足花了一个星期我才松弛下来,于是才有心思清洁卡车,不像前些日子那样老是仰望天空,出神地想着费内斯特,心里像在期待什么。我把车清理妥当,将它停在草地上,然后卸下卡车的蓄电池,把它放到车棚里。大约有一个星期,家里谁都没有关注它。一天早晨,莉泽特和我吻别后去车站等巴士。过了一会儿我听到纱门打开的声音,是莉泽特跑回来,她说有人试图开走那辆旧卡车,她说她听到车子里有声音。我赶紧跑出去,透过玻璃朝车里望,只见费内斯特·贝朱在里面仰面打着呼噜,发出的响声就像一台正在工作的锯木机。当莉泽特发现里面是个不省人事的酒鬼时,吓得发出惊叫跑回家去。是的,她的确是非常惊恐,我却显得较为平静,我打开驾驶座旁边的车门,对他打量足足有五分钟之久。我可不是爱做慈善事业的普鲁多姆先生,那是个经营了十年甘蔗园的农场主。费内斯特直起身时,他的左眼还闭着,然后才慢慢睁开。他的眼神极度黯淡虚弱,就像是旭日下的一豆烛火。他的目光透过挡风玻璃落在一个我看不到的地方。

我对费内斯特说，我应该拖他下车，用水龙头浇醒他的脑子，因为他让我年幼的女儿受到惊吓。他张开嘴，含糊不清地说了些我听不懂的话，我叫他马上离开，但是他仍然坐在长凳形弹簧座椅的中间，仿佛在期望我进去载他上什么地方吃点东西。最后，他对我说，他家的屋子整个儿向下塌陷，他母亲离家去了别处，但是没告诉他到底去哪儿了。老兄，他倒好，想要霸占我的车。我对他说赶快戒酒，去找一份工。他说他嗜酒如命是一种疾病，我说是啊，好吃懒做的病。他说假如他能控制自己，他会那样做的，还说他父亲也是以同样的方式自我毁灭。我说他现在正处在那条缓慢下沉、即将覆灭的破船上。我回头张望，看到住宅窗子下面凋谢的茶花，那是莫内特栽种的。我说如果他能保持一个星期不沾酒，我可以帮他在老人院谋求一份擦地的工作，这样他就可以攒钱买下我的卡车。这时，他低头笑起来，我改不了的，老兄，他对我说。这话让我十分生气，我走回家打电话报警。很快，克劳德率领他的一班人马驾着镇警署的巡逻车来到，他先朝费内斯特看了看，然后将审视的目光投向我站立的地方，我旁边有一棵日本李树。他们虽然腰束武装带，显得挺威风，但个个瘦骨嶙峋，我不知道他们怎么对付那个酒鬼。克劳德问我，你想让我们怎样处置他？克劳德是个地地道道的本地人，讲一口标准的美式英语。他说他可以逮捕费内斯特，这样那辆卡车就不会再受到侵害，但他又说如果费内斯特再一次偷掉我的卡车，市长想必会授予他"城镇美容师"的称号以作褒奖。我说该逮捕他，但是从克劳德的眼神里我能够看出他根本不会拘捕这个酒鬼，他才不会为此人而去消耗资源，夜间还得派人当班看守囚室。你务必尽职，我对他说，你知道吗，费内斯特住在我的车里，把莉泽特给

悔 | 137

吓坏了。

克劳德对他所作的处置是先把他带上警车，然后在巴格餐厅外停下，为他买了块火腿三明治，最后在城乡的交界处放他下车，那里有很多废弃的制冰厂建筑物。这些情况是后来我打电话到警署询问时他们告诉我的。

这时，牧师站起来，伸了伸懒腰。他指着我的杯子问我要不要加点咖啡，我摇摇头。他为自己调制了一杯加了许多奶脂的咖啡，从龙头里为我装了一杯水，在落座的时候飞快地瞥我一眼。

他的表情无疑是在鼓励我继续说下去，我告诉他那天夜里以及之后的两个夜晚我都难以入眠，要不就是在昏睡中梦见那个不幸的酒徒。我想很多人都需要帮助，我的独腿叔叔需要有人帮他割草，我去帮他，但他说他不想让我来管这种闲事，他说我可以用这些时间去做更有益的事情。我想，既然别人应该得到我的帮助，为什么费内斯特不能呢？当我上床睡觉的时候，他的影子还在我脑中晃动。后来我在一份报纸上读到对他的报道，我还在报纸上刊登的一组照片中认出他来。得知他真正好起来我才宽下心。可是你知道，没有多久他就故态复萌，沉沦不堪。我在老人院兢兢业业地工作，为秃顶的男子涂敷治疗头部患处的油膏，为老年妇女的大脚趾关节裹上创可贴，让她们可以穿得上鞋，虽然在老人院里她们并不需要走多少路。

后来，在一天早晨，费内斯特的母亲被送到我们老人院来，她是和另外三个由政府负担费用的穷人一起被送进来的。她消瘦干瘪，皮色如同牛肉干一般。她是在普鲁多姆先生的农场里中的风，在那里免费住了三天活动房。现在半身不遂。我有三天没有见到她,直到洛特里格先生出场表演的"音乐日",这天,所有的人都聚集在一个大房间里,我从她旁边走过,要去为布罗德拿他放在浴衣口袋里的假牙。她伸出一只没瘫痪的好手,抓着我水果图案的工作服。虽然我不想直视她的眼睛,但是我还是这样做了,她伸出舌头湿润一下嘴唇,她对我说她的屋子塌了,家里唯一安然无恙的是那只信箱。我说这真令人遗憾,然后想要走开。但是她不松手,我的衣服在她的拳头里被捏成一团。

她说她儿子从信箱里拿到政府寄来的支票,然后就步行五英里去购买葡萄酒。她对我说他将会死于他的酒瘾,而我却见死不救。我看着她,觉得自己就像条冷血的蜥蜴。我问她为什么对我说这些,她说你是个怪人。我对她说不要怨天尤人,所有的人都帮助过他,是他不自爱,他毁在嗜酒如命的恶习上。我挣脱她走开,我拿好老翁布罗德的假牙,当我走回来的时候,我用眼光扫视房间,看见她还在用一只手指指着我。你是个怪人,那手指仿佛在对我说。我笑了起来,我对自己说我没有错。虽然如此,但我在照顾老人院里的老人时总觉得有点心神恍惚,老是想到那个黝黑的喝得醉醺醺的偷车贼。

牧师举起一只手,准备对叮在他另一只手臂上的蚊子重重拍下去,但是,最终他改变主意,只是吹一口气把它赶走。我不知道他是否在认真听。又有谁会知道一个牧师是否在意你的告解呢?我想,反正自己假想是在和上帝讲话就行了,那个脖子上围着紫布的人只不过如同一个电话接线员罢了。不管怎样,我得继续讲下去。

我告诉他,下班以后我在停车场打电话给锡德,要求他帮我寻找费内斯特。是的,我确实非常内疚。我不知道如果锡德找到他我会为他做些什么。但那老妇人用手怒指我,我必须做些事情以减轻心中的不安。我回到家,大约在太阳落山前一个小时,锡德的警车开进我家前院,我赶紧跑出去和他会面。我带着莉泽特,她有点感冒,像所有的小孩一样,她在不舒服的时候特爱缠住大人。锡德已经忙碌了一整天,他那搽了润发油的头发披落下来,像是一簇干渴的杜鹃花。他说我们到贫民区去吧,于是我放下莉泽特,钻进我的旧卡车,跟在他的车后开出去。

我们经过松林地带,经过蒂博德兄弟的稻田,经过他们在通加河湾的破败农舍,然后进入贫民区,这里大部分土地都被荒草和野花覆盖,偶尔可以看见一些橡树林,但是没有庄稼。据老农说,种植在那里的任何植物都带有苦味。锡德突然把警车开进路边的三叶草丛,于是我在他后面停下。周围一片荒凉,我走过去,锡德说看见这派荒凉的景象简直令人心酸。他伸了伸腰,我听见他的枪套在嘎吱作响,我问为什么我们停在这里,他伸手指向前面。在那片被野草侵占的田野里,大约一百码远的地方有一座小小的牲口棚,它的大小差不多可以供十几头奶牛天黑后栖息休养。我们跳过小沟,穿过矮小的灌木丛,踩踏着遍地皆是的牛舌草。锡德停下他的脚步,打起喷嚏来。他说我要他寻找费内斯特,他义无反顾,这可不是件容易的事,但他绝不推辞。他问我想为费内斯特做些什么,我说他的母亲希望我制止他酗酒。但这不是原因,不,因为我是老人院的工作人员,责任感驱使我这样做。我悉心照料他们可以得到报酬,而我想做一些没有回报的事情,我没有给那个偷卡车的黑人盗贼任何东西,现在我想帮助他,想到以前我的冷漠,我真是难以启齿把这些想法告诉锡德。

我们走到用锡板作屋顶的牲口棚，伸头探了探，但我们不可能一下子看清里面，因为太阳差不多已经西下。我们走进去，先站一会让我们的眼睛适应这灰暗的环境，我能够嗅到一股柏树散发的胡椒味，那味道非常柔和诱人。用柏树作材料搭建的房屋可以存留一百年，你一走进去就会闻到这种气味。沿墙有一排木头的饲草架，离开地面有五英尺。费内斯特正睡在那上面，他的脸朝着木纹清晰的板墙。锡德压低喉咙，像女人似的轻声细语起来，他说费内斯特学乖了，现在他知道要离地腾空而睡，这样可以避免被蚂蚁叮咬。他告诉我两年前有一次费内斯特睡在地上，在火烤般的疼痛中醒来，发现成千上万只火蚁爬满周身，那感觉就像一只只红辣椒塞在伤口里。他病了三个星期，浑身上下是带脓的疱粒。他的高烧退掉后，眼睛便处于半失明状态，一只耳朵也几乎丧失听力。

我走到喂食槽旁边，伸出手来摇他。他身上的气味很刺鼻，足足过了五分钟他才睁开眼睛。即使在黑暗中，也能够看出这双眼睛带有病态的红色。我问他一切可好，他醉醺醺地反问我是不是他的妈妈，我无可奈何地在旁僵立，看他慢慢直起身来。锡德走近，捡起一只空酒瓶闻了闻。我伸手掠过费内斯特的肋骨，敲打他的手臂，问他明明知道酒精会杀死他，可为什么偏要喝得这样酩酊大醉。他抬起眼睛看着我，那神情仿佛是说在他眼里我简直就是个不明事理的傻瓜。他说酒对他就像空气一样必不可少。我对他说也许我能够设法让他在老人院和他母亲一起生活。他眼睛定定地朝锡板屋顶看了看，然后摇摇头。我问锡德，是否可以让他母亲将他领走，然后把他送进疯人院去。锡德说不行，因为他并没有疯，他只是没日没夜地喝酒，州政府认为两者不能等同

悔 | 141

而言。费内斯特在喂食槽里坐起,头上沾满干草,他开始重重地咳嗽,并且禁不住遗出尿水。这让我想起老人院的老人,他们在深夜时常出现这样的状况。值夜班是很可怕的事,因为那些老孩子有时会梦游,在黑暗中游走。再说回来吧,费内斯特的脸在抽搐,他问我想要怎样,我无言以对,张开我这张不善言辞的嘴巴,不知道该说些什么,最后我说,锡德把我的卡车带来送给他,以后必要的时候他可以住在卡车里。我拿出车钥匙交到他手中。他平静地点点头,仿佛这正在他预料之中,仿佛人们经常像这样把他叫醒,然后送他一辆车。我注视锡德,发现他的一只牙齿镶了金,他沉默不语。然后我对费内斯特说,我知道他不可能驾车,所以把车子的保险撤销了,但是他可以在坏天气里用它过夜,就像以前那样。他越过我看看锡德,然后像跳机械舞一样走过去和他握手。我赶快过去把卡车开到牲口棚旁边的草地上。以防万一,我将蓄电池卸了下来。然后锡德载着我和蓄电池在回家的路上疾驰。我们离开那片荒凉的低洼地,大约开了五英里之后,锡德问我为什么对费内斯特说是他把车给他。我看着路边被龙卷风掀翻的活动房屋说,做这种微不足道的小事何必宣扬。警车咔嗒咔嗒地经过通加河湾的贫民区,锡德把收音机调到一个爵士音乐台,克林顿·里多和埃博妮·克罗菲什的歌声飞扬而出:"阳光不能毁灭我的风暴。"但是我丝毫没有用脚和着音乐打节拍的冲动。

我一回到家就想睡觉,但是我没能睡着。我想,我做了件了不起的事。但是到凌晨两点钟的时候,我越想越觉得不是那么回事,我意识到自己只不过是扔掉一辆毫无价值可言的破烂卡车,它的底盘已经锈烂,所有的窗玻璃都是坏的。我放弃这辆卡车主要是为了让自己的良心得到安慰,而不是为了帮助费内斯特。这就是我为什么要来这里,为什么要对牧师讲这些的原因。

牧师看着我,从他的眼里我仿佛看见有什么东西正在驶来,像是一辆大卡车或是一列火车。然后他靠过身子,这时我能够闻到他身上散发出的肥皂味。他告诉我只有一件事会比我所做的更为糟糕。我问他那是什么?他说,假如你没有把车送给他,那才是最糟的。

刹时,我感到一阵眩晕,像是马上要从椅子里跌出来。

大约一个月后的一个夜里,费内斯特的母亲逝世了,天亮的时候我打电话给锡德。他立刻出去寻找费内斯特,但是跑遍所有的地方都不见他的踪影。高大黝黑的锡德来到我家,我看见他蹦蹦跳跳地走在车道上,好像他血管流动的不是血液而是音乐旋律。他穿的是一件黄卡其的新制服,像鼓面一样紧绷在身上,到处都是清晰的折痕。他告诉我椰树湾的那家酒店说他们没有看见费内斯特。老地方的信箱已被白蚁蛀塌。也没有农夫看见他。我说真是遗憾,他母亲去世了,我们却无法通知他。锡德歪着头看着我,双唇紧闭,好像在掩饰自己的微笑。我请他进屋,莫内特为我们冲好咖啡,我们在厨房里坐下,开始咒骂政府。

夏季来临,气候转热,就像推门进入另一个难以忍受的世界。老人院的老孩子们由于酷热不能外出活动,所以我们陪伴他们在那间大娱乐室里玩纸牌游戏消磨时间。我和六个老妇人一起用两副扑克牌玩凯纳斯纸牌游戏。在游戏中她们老是记不清游戏规则,所以一天之中我要花三个小时来向她们解释这个我们永远也结束不了的游戏的规则。

悔

我记得大概是费内斯特母亲死后两个月，一天我下班回到家里，坐在靠近空调机的一张舒适的椅子上，莉泽特走过来给我送了个轻轻的吻，然后说锡德打电话找我。于是我跑到厨房接电话，他告诉我他驾驶警车到教区北端巡逻，在马木的西边发现了费内斯特，那个地方属于迪博先生所有。

我沉默了半分钟，然后问他费内斯特是不是又醉成一团。他说不是，他说费内斯特已经死了，我问什么时候，他说大约是昨天，死在卡车里。我的脑中慢慢浮现一幅画面，在一条僻静的路上，费内斯特·贝朱开着那辆破烂的卡车，他眯起眼睛朝挡风玻璃外面张望，想寻找一个过夜的地方。我对锡德说我感到很难过。他说别这样。他说我们本就帮不了他什么，但是不管怎样，我们尽力了。

水上魂影

黎明时的景象似乎更像太阳下山，地平线上是一抹明亮的桃红色，天上是一小朵一小朵的灰云，像是一座座小城镇，底部呈金铜色。老人拿着一杯咖啡来到后门廊，注视东面的海湾，他的曾孙，一个瘦弱的九龄男童，双手插在口袋里，悠哉悠哉地跟在后面。克劳德·雷德八十八岁，皮肤像一块被太阳晒褪色的布，上面布满凹坑和暗紫红色的斑点。他低头审视他的小码头，这码头紧紧依偎着小岛。

"今天我们去钓鱼，到河口去。"老人说。

"河？"男孩升高的声音中带着疑问。

"密西西比河，"他的曾祖父不耐烦地打断他说，"你什么也不知道！"

男孩咧着嘴笑了，傻傻的样子非常可爱。"我知道坐你的小船去很远，克劳德老爹。"

老人把脸转向西边，观察天气。有时候他会看到一些实际存在的东西，而有些时候，他的思想会离开现实进入深层的记忆中，他会想到去年发生了什么，十年前发生了什么，或者会想起六十年前他在桩基上建造小屋的情景。前一天，他看见采集牡蛎的"双子号"大木帆船驶过，里面装得满满的，他向他的堂兄弟亨利和雷内挥手致意，他们坐在甲板上，整理从租赁的船上打捞上来的战利品。尽管亨利和雷内已经老死多年，"双子号"也已沉没在博恩湖里，早就化作了腐泥。有时候，他还会同时看到几十年内不同时期的东西：蒸汽拖船、沿海漂游的帆船、崭新的红褐色克里斯-克劳夫特游艇、载着追风的孩子在海浪上飞驰的摩托艇。一幕幕随时光而去的影像交晃叠合在一起，犹如一碗剥了壳的牡蛎。

克劳德低头看着男孩。"你怎么在这里？"

"布伦达阿姨今天不能来陪你，她感冒去看医生了。"

"那个最大的女孩不能来吗？"

"你是说苏西？"

"没错。那么多人来和我聊天，我都排不过来。"

男孩的眼睛盯着他。"苏西姑婆是你的女儿。"

老人面向西边点着头。"去门廊里拿两根钓鱼竿来，还有我的盒子，我去解开小船。"

"大概三星期前，她朋友的老公死了，是因为钻井平台出事，海湾乱成一团。"

"我的收音机烧坏了，那该死的电视机对我毫无用处。"

"人人都在说这件事，你没听到？"

克劳德用一只手摸着他又短又阔的下巴。"我们要带一些饼干、罐头肉，还有一壶水。"

男孩的鬈发上戴着一顶棒球帽。"我不知道我们是去钓鱼。"

很快，他们两人跻身在一艘厚木板做的小艇里，克劳德的"冠军"有五马力功率，推动着小艇向东驰去，它是一台陈旧的、被烟熏得乌黑乌黑的艇外推进机，必须连续拉动十次，才会砰砰发声，最初几次拉动绳子的时候，发出的只是母鸡受惊的嚷嚷声。十二英尺长的小船嘎嘎地响着，开始在水中慢慢游荡，但是，过了一会，当它从大虾公司的码头和一艘将要靠港的拖网渔船之间穿过的时候,达到了每小时十英里的速度。

那艘船上的舵手从驾驶室探出身,看着他们把他在水面留下的尾迹搅乱,小孩也回过头去对它张望。"克劳德老爹,你肯定要直奔那条河吗?"

老人没有回答,因为他在留意通往海湾的路径,一分钟之后他看到了河道,进入其中,然而在两分钟后又折回来了,因为一个三英尺高的巨浪引起小艇剧烈的颠簸和摇摆。他们开始沿着那座没有房屋、长满草的岛屿的后背行驶,方向依然朝东,这是一条路程较长但水势较平静的航线。

前行了几英里之后,他们开始经过夹在左右沼泽中的石油公司的水道,发动机撞上了一根树桩,很硬的树桩,船蹦了起来,然后缓缓从空中落下,直到克劳德摸到紧急制动按钮才平稳下来。当他在给螺旋桨重新换上安全销时,男孩问他,树桩怎么会在这片咸水里。

"噢,杰基,以前这里不是水。"

男孩轻轻摸了一下帽子下面的黑发。"那么是什么?"

"哈,是陆地,你这个小傻瓜。你看我们现在这个地方,看上去多像是一个浅湖?好多年以前,它只是一条又长又窄的切口,远没有一百英尺宽。"他从操作中抬起头来,"这里全是陆地,那边是兵营,但是它们统统被水淹了。一个农夫还在那边一块不错的农田种过甘蔗。我想起了一条路。"他眯起眼睛沉浸在记忆之中。"由于这些钻井水道,整个世界都在融化。"

"也许你应该离岸远一些,避开那些树桩。"男孩轻声说。

"是啊,"老人让发动机落回水中,"我要走远一点,走那条老路。"

在此后的五分钟里，岛屿被撇到了右后方，他们在一个开阔的海峡停下。"这片水域不算太坏。"克劳德指着一长条低凹的海岸，在一英里远的东北方向，有五条水道切入其中，"我们能往那里去，然后沿着南边那条长长的海岸线，在河口附近越过防波堤，我们可以泊在岩石中的钩状小湾里，那里水很平静，是鲑鱼藏身的地方。"他的目光再次越过这片水域。"这里，过去长满柏树，曾经是一块小高地。"

当发动机停息下来，他们打量着一条开阔的、浪尖泛着白沫的水道，他们必须穿过它。空气中除了沼泽的苦涩味，还弥漫着另一种气味。曾祖父推动发动机的杠杆，小艇向东边滑去。他们颠簸地经过了一段深浅变化不定的水路，只漫进了几加仑水，因为老人依然熟悉怎样在河床隆起的水中行舟。

他们靠近了那片新月形的沼泽地，在巨流的推动下，小舟滑入铁锈色的水中，水面蒙着蒸汽冶炼厂散发的臭气，让人窒息。"究竟怎么回事？"在发动机的喧闹声中老人喊道。

"克劳德老爹，那是什么气味？"男孩弯下身子，看见一片有光泽的糊状物。

"我不知道，宝贝。我猜，我们到了一个小油潭上。"

但是当小艇向前滑动的时候，他们看到前面是一片又阔又深的淡红色原油水塘，已经扩展到了岸边，使沼泽中的水草变成涂了焦油的椒盐卷饼。他们看见鹈鹕在岸边哆嗦，像是一些铜色的幽灵。蜿蜒滑行的小艇，像是在一个浓胶状原油的巨大贮存槽里迷失了方向。船外，克劳德看见电动水泵正在抽取纯油，一边冒出恶臭的黑烟，一边把油喷出。他关停了艇外推进机，担心会引发一场海上大火。

"这里肯定就是那个爆炸的钻井平台。"男孩说。

"什么？什么钻井平台？是靠近北帕斯的蒸汽工厂？"老人感到头晕、恐惧，他的思绪突然偏离，回到好多年之前。在东边他看到了比他记忆中更为浩瀚的水域，开阔的海湾延展到一个被侵蚀而成的呈橙色三角形的河口。他想知道陆地上究竟发生了什么，那鱼群穿梭的入口、游虾产卵的沼泽、橡树成荫的树林、白鹭聚集的山岗，一个对所有过往的人们如此慷慨的地方，它的历史、教堂、墓地和住宅怎么会化为乌有！

他们等着，等到太阳当空；现在是五月，当小艇止步不前的时候，路易斯安那州的高温把油烤得冒出了烟雾。一个小时过后，男孩开始对着船外呕吐。克劳德把他的手臂伸进水里，立刻，他的半条胳膊就覆盖了一层黑红相混的糊状物。男孩再次反胃呕吐，老人自己也感到头在旋转，不堪忍受。他拉动发动机的绳子，寻思应该奋力驶向南边的开阔水域。小艇在摇摇摆摆中提升了速度，吃力地通过油区，直到船头突然拱起。怎么啦！是撞到了一根千年的老柏树桩？是撞到无数废弃油管中的一根？船体蹿了上去，向右颠簸着落下，把克劳德·雷德掀入到可怕的污水中。当他下沉的时候，他的思绪又断断续续地回到了现实，他意识到他必须立刻回到水面，因为男孩，他认定男孩会在他后面落水。一条三十年前读到的新闻漫上心来，一位祖父带着孙子去钓鱼，在指定的时间他们没有回来，第二天上午，当县治安官的救援人员在运河里仔细搜索的时候，吊钩把这位祖父和他四岁的孙儿双双捞出水面，祖父用双臂紧紧抱着孩子。克劳德想，仁慈的耶稣啊，帮帮我们吧！

水上魂影 | 149

他扭曲着身子，想弄清楚他所处的方位，但是他无法从水下辨认，直到他感觉到有十根狭小的手指抓着他的手臂，在一阵剧痛中他知道杰基和他一同落水了。此刻，在那种没人能解释的血脉之情的驱使下，老人明白应该怎样做了，于是他张开双臂，两手成杯状，向着水面奋力划动。当他的脸冲出水面时，他还记得不要过猛地呼吸。他知道他曾孙不太会游泳，男孩已经喝了大量的油，所以咳嗽和呕吐时，油液从鼻孔里喷了出来。老人抓住他的衣领，挣扎着朝岸边游了五十码，速度慢得像是一只巨大的水蟒。到了浅水中，他坚持着让两人走了最后一程，他们跌倒在一层薄薄的贝壳礁上，他们咳嗽，呕出一注注红油，直到在这种折腾下几乎失去知觉。他们坐着，像是两只在油里浸过的鸟，他们牵挂自己的小艇，只见它远远地搁浅在开阔水域的另一边。又过了一个小时，男孩开始哭泣，因为他全身皮肤像烧灼一样疼痛，连呼吸都感到困难。克劳德抽出手绢，把男孩脸上和眼上最厚的污泥擦掉，但是皮肤无法清洁，回不了原先的白皙，依然蒙着一层脏脏的柏油色。老人站起来，从贝壳礁边上离开，走到草地上，但他只能看到大片朝北延展的平坦沼泽地。几英里之外，一艘船沿着河朝海湾航行，看起来像是在陆地上运动。一架直升机在二千英尺的高空突然转弯，他们能做的只有等待。

克劳德坐在杰基旁边，但是抚摸会增加男孩的疼痛感，所以老人只好守望和睡觉，他时时打着瞌睡，又会突然从恐惧中醒来，忘记发生了什么，不知道旁边哭泣的人是谁，不明白自己的颈和背为什么会火辣辣的，还鼓起了泡。四点钟左右，他们看见一个捕鱼运动爱好者，克劳德站起来，挥动他瘦骨嶙峋的双臂。他们被送到一艘肮脏的新船里,被带到岛上的码头,一辆救护车把他们载上一号公路送往医院。老人在医院待了一个夜晚,护士花了很长时间才把他清洗干净,还一次次为他验血。他不顾所有的禁令,穿过大厅,从牧师身边走过,经过一大群亲戚、朋友,或者那些他猜是来看杰基的人,杰基在用呼吸机呼吸,他的眼睑发青,豆粒般的指尖冰凉冰凉。克劳德久久地等着,想看男孩是否会醒来,至少张开一只眼睛,看到他的克劳德老爹身体和精神都好。但是没有。护士已经把杰基清洗干净,然而油的气味像是个不受欢迎的幽灵,还在病房里飘浮不散。

一个星期之后,亲戚们拿走了克劳德的船,然后拿走了他的车,不管怎样,他已有三年没开车了。在一个星期二,他醒来,穿好衣服,要去已经倒闭二十年的鱼厂工作,他女儿不得不叫他坐到小门廊里喝咖啡。而他却走进他的码头,站在最前端,自言自语地说起他周围的土地是如何渐渐消失的,仿佛一切只发生在昨日;如此宽广的水域,却无处可去。他转过身子,呆呆看着头发灰白的女儿,她在门廊里,坐在一把灯芯草椅子上,把头埋在两只手中。

发动机的声音在他耳中颤动,他再度注视那片水域,看见了他的老伯父,阿巴迪先生,在一艘舷内单缸发动机的长艇里,从老虎岛驶来。伯父的北边,新油漆过的"阿芝特克号"帆船在全速前进,从船群中穿过,船主是以河为家的捷克人,而正在进港的是"双子号",甲板上一袋袋牡蛎高高地堆着,杰基站在船头的最前端,举起双臂,挥动着被太阳照亮的双手。

灭虫人

下午五点钟的时候，以灭虫为职业的费利克斯·罗比绍在一条用石块铺筑的长车道上驾车行驶，顺着这条车道，到达"美皇后"的住宅后，他把车停在一片郁郁葱葱的橡树下面。他从白色的小卡车上拖出一个容积为三加仑的药桶，在喷雾器的手泵把手上足足按了五次。通常，熟悉的老主顾若是不在家，会给费利克斯留着门，让他自行入屋给房子喷洒杀虫剂，他们信得过他，完事之后，他会把账单留在他们的桌柜上。费利克斯看见马隆女士那辆光亮可鉴的大轿车停在车道上，故而在厨房门口停住步子，透过玻璃朝里张望。他看见水边，一只盛满咖啡的宽口瓶正冒着热气，由此，他知道马隆女士已经从办公室下班回到家了。他用喷雾管顶端闪亮的铜喷嘴轻轻地敲打玻璃，马隆女士现身了，她是个金发美人，穿着海蓝色的西装。

"罗比绍先生，我想，该不是一个月又到了吧？见到你很高兴。"五年前，在他三十一岁之际，他成了路易斯安那州拉斐特地区最为成功的独立灭虫人，每当听到马隆女士称他先生的时候，他总有一种滑稽的感觉。

"你一切可好？"他向她投去一个笑容。

"你是知道我的，好坏对我都无所谓。"她转身将几只盘子放进水槽。他想起他和马隆女士曾经有过的一次接触，当时，谈话的气氛甚为凄凉，她告诉他近年来生活中的一些琐琐碎碎的事情，包括她丈夫的死。那声音总在他脑中萦绕不散，他真的忘不了她告诉他的每一件事。可灭虫人并不明白为什么她要告诉他这些事情。他只是注意到他的大多数顾主最终都乐意对他讲述他们的人生故事。他开始穿梭于屋内各处进行灭虫作业,沿着护壁板喷洒药水,他的操作熟练准确,一条条药水的溪流依着墙脚流淌。他还喷洒窗台、钢琴后面的黑色裂缝,散发着香水味的盥洗室,挂着开司米织品和丝绸服饰的壁橱。很快,他又回到厨房,弯起腰在冰箱后面和水槽下面喷洒药水。

"你要喝杯咖啡吗?"她问道。然后,像五年来经常发生的那样,他在那张胡桃木早餐桌旁坐下,一边和她一起喝咖啡,一边欣赏她那优美的后院。看得出,院中的植物得到主人精心的养护,长势比别家都要好。一个个花坛圈着一棵棵浓密的橡树,花坛里盛开着长春花。步行道用砖块铺就,显得明丽、平坦,它通往奥古斯汀街。院子中央还有一座空的游泳池,用帐篷盖着。"美皇后"已经守寡四年了,她没有孩子。他之所以称她为"美皇后",是因为她曾经告诉他她在一次选美活动中夺魁,他记不清那次竞赛的准确名称,也许叫"新奥尔良小姐选美大赛"吧。他背地里给他的每一个主顾都取了绰号,当然,这些绰号只有他和他妻子克拉丽丝知道,克拉丽丝是个长着深棕色头发的女人,矮小但漂亮。她从事教师助理的职业,因为自己不能生育,所以特别喜欢和孩子们亲近。

"喂,"他开始说话,"自从上次喷洒后,你有没有再看到过虫子?"

她舀了三匙糖放入他的杯里,再为他倒了些奶脂,他搅动咖啡。"只是在橱柜周围看见两只。"

"小的还是大的?是不是红颜色的?"

灭虫人

"我想，颜色是红的吧，它们肯定是木蟑螂，对吗？"她用那双明净如水、像矢车菊一样的蓝眼睛看着他。

"它们是从屋外爬进来的，待会我再沿外墙的墙基喷一喷。"他将一只毛茸茸的手臂伸到桌上，端起杯子送到嘴边，慢慢地呷了一口，把水汽也吸了进去，"你家里有没有报纸？你把它们搁在哪儿？"

她喝了口咖啡，在象牙色的杯缘留下一个红色的唇膏印迹。"我现在不再看报纸了，所有的坏新闻都会使我倍加烦恼。"

费利克斯低头注视他的咖啡，心想，一个优雅的妇女过着如此空洞的生活，简直是对人生的虚度。而他的妻子克拉丽丝却是把日子过得太忙忙碌碌，以致根本就没有时间去为什么犯愁。她一旦捧起报纸，就不会遗漏里面的任何一个字，她甚至还十分关注警方的报道和法律方面的信息。

"与其闲得无聊，我宁可读一些令人生悲的东西。"他说。

透过宽大的凸窗，她看着外面的橡树。当她转过头的时候，她头发的自然色彩便映入他的眼中。"我看电视，每个人都这样消磨日子。休息的时候我便去购物，这更是让人醉心的消遣。"她瞥了他一眼，"你不是看过我的壁橱吗？"

他点点头。那么多的鞋子和衣服委实让他感到吃惊，他想她是很少外出交际的，因此想问她备着这么多服饰作何用途，但最终还是忍住了。他毕竟不是她的朋友，他只不过是个灭虫人，这就是他的位置。

很快，他把咖啡喝完，道了谢便到屋外去工作，喷洒后院木制平台的底座、外墙墙基，以及泳池的四沿。在泳池深水端的一个水洼里，他看见了自己的倒影，水里映出他深色的头发和眼睛，映出那件遮着他宽大浑圆肩膀的素白衬衫。他还在水中看见自己凸起的大肚腩，想起妻子的丰盛晚餐，不禁笑了起来。他回到屋里时，"美皇后"已在喝第二杯咖啡，正用漠然的眼神看着他，仿佛他是她步道边上的一尊大理石雕像。他从来不介意对方用这样的神情看他，作为生活在现实世界里的灭虫人，阅历告诉他，世上大多数人都是这样。置身于与自己不同的人当中，他们总会有距离感和拘束感。他有理由相信，在生活中，像马隆这样的人能对他敞开大门，这就说明她有倾诉的渴望，他们之间存在沟通的可能。他是个行事认真务实的人，做每件事都有目的，即使他还没有什么进一步的想法。总之，"美皇后"的言语和举动对他是一个信号，是一个为他未来人生指引方向的路标。

等马隆女士喝完咖啡后，费利克斯就告辞去斯卡尔逊家，去干他这天的最后一家活儿。他给斯卡尔逊一家子人取了个绰号，管他们叫"鼻涕虫"。作为一个走家串户的灭虫人，他具有相当的阅历，各种各样的人他都领教过，各种各样的场面他都见识过。因为大多数主顾都会任由他在没人陪同的情况下把屋里一个个房间走遍，包括阁楼和地库，他们毫不忌讳自己的隐私被窥探，仿佛他不长眼睛似的。所以，他看到过污秽不堪的水槽，看到肮脏得吓人的卫生间，看到过十几岁的孩子吸毒，他还在躺着醉酒老人的地板上喷洒药水。他还曾经不合时宜地闯入一个老妇人和一个年轻男孩的情色现场，他们面无愧色地看着他，仿佛他只不过是一只在房间里徘徊的流浪狗。他是一个灭虫人。他不是一个窥视别人秘密的跟踪者。

尽管不愿意，但是他还得每月一次造访斯卡尔逊家租住的那幢屋子，去面对它斑驳破败的墙壁，为它喷洒灭虫药剂。在门口

灭虫人

他遇见"鼻涕虫父亲",他红着脸膛,手中拿着一只一夸脱的啤酒瓶。"进来吧,费利克斯。你最好在药桶里再加些DDT,你上次喷洒过后,才一个星期,那狗日的虫子又回来了。"

"我会加大剂量。"费利克斯回答他。但是心中在想,这屋子没虫才怪呢!厨房炉灶周围堆满了油腻的垃圾纸袋,里面正是虫子最好的藏身之所,要想灭尽它们,除非将整座屋子浸在一个巨型的药水罐里。当他打开水槽底下的柜门,一群德国蟑螂正蠕动着它们黑色的身体。

他喷洒好厨房后便走进用廉价镶板隔成的起居室,正好撞见斯卡尔逊先生和他十几岁的儿子布鲁斯争吵。

"那不是我的错。"儿子喊道。

斯卡尔逊先生的两只大手就像是粗糙的橡胶工具,他一只手捏住男孩的脖颈,另一只手狠命地甩过一个巴掌,他儿子的鼻子顿时淌下血来。"怎么会生下你这个孽种,简直是狗屎一堆。"他对着儿子咆哮。

费利克斯·罗比绍继续在他们父子两人的身边喷洒,只当他们是两把椅子而已。他朝窗外望去,斯卡尔逊太太正在后院焚烧一大堆肮脏的一次性尿片,用一根树枝在火堆里搅动它们。他上了楼,在一间卧室里,他看见了斯卡尔逊的女儿,她是个肩膀圆溜溜的女孩,正津津有味地在一个旧电视机上玩杀人游戏。电视机周围堆积着一些吃剩的三明治以及几碗发馊的谷类食物。在另一间房间,身上散发着酸臭的祖父正一边大喝超市买来的波旁威士忌,一边对着电视机观赏色情电影。

斯卡尔逊家族的悲剧在于他们满足现状,不求进取。祖父和父亲在油田拥有一份相当不错的工作,他们骄傲地把高中毕业文凭挂在书房里，而灭虫人看到他们所做的唯一事情就是争吵，然后便是躲进房间生闷气，就像蜷缩在花园里的鼻涕虫，仅有的能耐就是损害花卉，甚至连做梦都在想怎么损害花卉。

费利克斯·罗比绍住在拉斐特城外的自家宅地上，他的住宅离公路有一百码之遥，是座白色的建筑，屋前耸立着一棵高大的山核桃树，而屋后，在住宅和谷仓之间，长了棵枝叶茂盛的橡树。一片低洼的青草地像是一个绿色的湖泊，一簇簇修剪过的杜鹃花仿佛在湖面漂浮。一株株生气勃勃的灌木丛，在费利克斯的眼中就像课间休息时孩子们在叽叽喳喳中围成的圆圈。他坐下享用妻子烹饪的晚餐，那是一份热气腾腾的烟熏炖鸡。餐后帮妻子收拾餐桌上的盘碟刀叉，他的餐桌表面贴了一层富美家塑料贴面。当妻子在热水的雾气和嘈杂声中冲刷餐具的时候，他把铺了瓷砖的地面扫干净，顺手把调味品放回原处。一切清理完毕，他们便来到前面的门廊，各自在一把带弹簧的铁椅上坐下，这两把椅子还是他父亲留下来的。

生活对于克拉丽丝和费利克斯而言，似乎少有乐趣，他们的状况正如一对被成年后的孩子"抛弃"的夫妇。由于没有孩子解闷，由于一个个无所事事、闲得令人发慌的下午，他们有一种羞于见人的负罪感。这种时候，他们便觉得应该通过家务和为社区戏剧活动提供帮助来缓解这种负罪感。在他们婚后的整整十年中，他们也做了不懈的努力，尝试着改变这种状态，他们曾经跑到像休斯敦那样远的地方去求医。但是，他们家主卧室之外的卧室依然空置着，他们的夜晚依然没有婴儿的啼哭声来加以充实，在他们想象中，那哭声虽然可能令人烦躁，却不失为一种心灵的安慰。

他们拥有一辆大轿车，在百无聊赖的周末，他们驾着它在乡间兜风，可车里显得空空荡荡，令他们意兴阑珊。他们两人都是矮个子，小骨架，以至于那天，当他们把新买的汽艇停在一条水草繁茂的小河里，一边钓鲷鱼，一边谈论他们的生活将何去何从时，这小船显得是那样巨大与空旷。几只幼小的白鹭在他们头顶上的柏树秃枝上栖息。米诺鱼在深色的河水中闪动它们的粼光，仿佛时间悄然无声地从小船边上滑过。

克拉丽丝的目光从门廊渐渐移到前院，最后锁定在山核桃树枝头的累累果实上。她用白皙的手指慢慢梳理颈后的深色鬈发。费利克斯注视着她那双漂亮的眼睛，即便在黄昏的光线下，它们也完全呈蓝紫色。他在心中猜测接下来妻子会对他说些什么。克拉丽丝问他今天最先到哪家去灭虫，他笑了起来。

"我是从'船夫'家开始的。"

"是梅尔文·劳伦特。新主顾吗？"

他点点头。"然后是'鱼''小内格''铁路先生''白蚁双胞胎'。"他的视线落定在山核桃树的梢头，每提到一个名字他的指头就轻轻地弹动一下，"最后是'美皇后'和'鼻涕虫'。"

她把手放到他的臂上，"你应该称他们为'美皇后和野兽'。"

"明天我还要到'野兽'家喷药。"

"这样说就对了。"克拉丽丝叠起她修长的双腿，脱下一只鞋子来察看她的脚趾。

"马隆女士不找个人结婚，太糟糕了。我下班后在银行看到她两次，可以说，我给了她很多提议。"

费利克斯噘起嘴唇。"是啊，她真的需要很多很多的帮助，你可能听说了，所有的支票开票员都在议论，说那天下午她遭受意外打击昏倒了。每一件事情都让她悲伤,每一件事情都让她萎靡不振。她丈夫的死,让她一下子失去太多。"他边说边想起"美皇后"的那双眼睛,想起他在那双眼睛里窥探到的信息。

"你觉得'美皇后'依然漂亮吗?"

"废话。"

她的目光落到公路上,一辆装满干草的卡车隆隆地向西驶去。

"真遗憾,我们不能为她介绍个人,好让她振作起来。"

他对着妻子转动双眸,把手按在她的手上。"我们不知道她喜欢哪一类人。你该不是想让她和特德表兄约会吧?"

"去你的,别自以为是了,特德的心气很高,有金融公司撑腰,他购买了一艘钓虾艇,还准备去拿会计学准学士学位。"她挪开自己的手,"小心我也提起你家那边的人。"

草坪逐渐被绿荫淹没,他们相互打趣、争辩,直到蚊子把他们逼进屋里。没多久,他们快乐的声音在空荡荡的屋子里平息下来。

这个月的最后几天,费利克斯如常在教区走家串户,完成他的喷药作业,力求把恼人的害虫从人们的生活中驱除,尽管这些人视他为可有可无,他的存在,还不如他们家中的一只苍蝇那样惹人注意。三十一日他去"美皇后"家附近的地区造访一个新主顾,那是位离了婚的律师,名叫麦考尔,他个子高高的,看上去健壮敏捷。虽然费利克斯是第一次来这儿喷洒药水,但是这位律师对他毫无戒心,任由他一个人在这幢租赁下来的大屋里随意游走。费利克斯故意在起居室久作逗留,这样能有机会和麦考尔接触,观察他的性情和为人。他把喷嘴的喷洒量调到很小,还几次停下加药水。律师面露微笑，问他是否对橄榄球感兴趣。

"哦，是的，"灭虫人回答，"从第一天起，我就支持圣人队。"

律师放声笑了起来。"我也是，你知道，我曾经承接过一宗圣人队球员向球迷索赔的案件，该球迷在比赛结束后闯入运动场的地下通道，把一个球员的臂膀打伤。"

"不是开玩笑吧？"这个故事强烈地吸引了费利克斯，且令他愤慨，一个向球员施暴的球迷，这不是人渣吗？和他要灭掉的害虫简直如出一辙。他待了半个小时，陪戴夫·麦考尔喝了一点啤酒，闲谈中探知他来自何处并对他的好恶有所了解，但是，对方始终没有谈及个人私事，费利克斯不知道这是为什么。也许因为自己只不过是个灭虫人，一个今后未必再有交集的灭虫人。矮小结实的灭虫人装出不在意的样子倾听律师说到的每一件事，他想，也许这里面会包含什么重要的信息。

"你不妨去会会马隆女士。"话音刚落，他就对自己感到吃惊，他也弄不明白，这句话怎么会脱口而出。他只是觉得眼睛里有些蓝色的小火花在跳动，这句话就自动跑出来了，突兀得像是一封没有写回信地址的信。"她以前是一个选美皇后，是一个非常优雅得体的女士。"律师微笑着，灭虫人担心他是不是在想：这真是一个友善而毫无意义的建议。律师的笑容满满地堆在脸上，持久地保持着它的新鲜，这让费利克斯感到欣慰，他终于明白自己做了件非同凡响的事，或许，他已经播下了一颗种子呢。

十五日那天，和马隆女士一起喝咖啡的时候，他开始不失时机地为他的种子浇水灌溉。马隆女士看来有些无精打采，眼圈灰暗，仅仅给他倒了一小杯咖啡，似乎在催他早些离开，尽管她并没有流露任何逐客的言辞，也没有其他冷淡的表示。其实，对灭虫人,是根本不用顾忌言语上的冒犯和表情上的漠视的。

"你知道,"他开腔了,挤出在心中反复斟酌过的话,"你应该多到外面去走走。"

他呷了口咖啡。"有个年龄和你相仿的单身汉刚搬到这街上来,前几天我见到他,他给我的印象真不赖,是个文雅又有教养的人,还是个律师呢。"

"难道律师就文雅又有教养,罗比绍先生?"

这反问一下子把费利克斯清理好的思路全给打乱了,他嗫嚅着:"当然,他们并不都是如此。但是你知道……呵,对了,我刚才正和你讲什么来着?"

"一个新邻居。"

"对,一个单身男子。"他喝光了咖啡,斜起杯子注视着里面,然后又抬头看了看那只宽口饮料瓶。她帮他加满咖啡。"今天早晨,我在'水牛'——不,我的意思是——我在布德罗女士家喷洒,她告诉我,明天在让松内家有一个小区派对,此人说不定也会参加。"

"所以你认为我应该去约他出来?"她一边说一边扭动她的肩膀。费利克斯心想她莫不是在嘲笑自己。

"他是个非常有教养的人。我还能肯定地说,他长得很帅。"

"你的妻子克拉丽丝会认为他英俊吗?"

他咬了咬嘴唇。"当然,克拉丽丝认为我是最帅的。"最后,他憋出这句话,把"美皇后"逗得笑了起来。

那天晚上,克拉丽丝和费利克斯坐在自家的门廊里,听树蛙争相发出刺耳的呱噪声。串门的邻居刚带着他们两个幼小的孩子回家去了，费利克斯用手摸了摸衣领旁边一个湿漉漉的地方，那是被婴儿的口水弄的。他用手指捏着那块布，久久没有把手移开，好像那地方对他有什么特别的含意。克拉丽丝坐着，左手搁在胸前，右手握成拳状放在嘴唇上。"我倒是想知道，如果我们有一个小女孩，她会长得怎样？"

"深色的鬈发，还有一双像井一样深沉的眼睛。"他说。恰在此时，院中的树蛙蓦地安静下来，它们常常这样诡秘莫测，仿佛想偷听费利克斯夫妇的谈话。

一阵长长的静默之后，克拉丽丝说："太糟糕了。"这句话空泛而不着边际，没有点明指的是什么，因此对它可以有无数不同的猜测和解读。蛙群开始骚动，一个接着一个鼓噪起来，月亮从云层里露出明丽的脸蛋。对街的住户大门开着，一个母亲扯着嗓子呼唤，她的声音在银色的月光中穿越，泻落在深浅不一的草地上。"凯——文，"这声音既带有戏谑的成分，又十分坚决强硬，"从暗处出来，你立刻给我从黑暗中出来。"

下一个星期，费利克斯来到马隆女士家，这是他作业计划之外的一次造访，时间比通常晚一点，他发现马隆女士正在后院对着空空的泳池出神。

"天气如此潮湿，我正好在附近喷药，所以就乘便过来给你再喷些药。"

她对他点了点头。当他从她身边走过，开始喷洒泳池四周凸缘的裂缝时，她说："很感谢你的服务。"她的嘴角滞留着一种喜悦的暗示。

"噢，你可曾出去走走？你知道的，驱散驱散忧郁？"他在空中比画了一个圆圈,好像是要把忧郁圈在里面。

"正在想这个问题呢。"她一边说,一边用一只白皙的没戴戒指的手掩在嘴上。

"这就对了,但是千万不要考虑太久,"他说,"该是告别忧郁的时候了。"他摆动肩膀,涨红了脸膛。"美皇后"咬了一下指甲,慢慢转过身去。

然后他去律师家喷药,在那里和主人相处了一个小时,喝了两瓶令他非常惬意的进口啤酒,闲谈中,麦考尔先生所展现的魅力更是让他惊叹不已。

三个星期过去了,一天晚饭后,灭虫人去拉巴特俱乐部喝啤酒。他的车驶入佩里劳克斯街,经过一家名叫"马车夫"的餐馆,这家餐馆供应价格不菲的美味牛排。这时,他看见一辆宝马轿车停在路边,他在不经意中发现,缓缓从里面跨出修长美腿的正是马隆女士,律师麦考尔先生为她拉着门,那模样煞像从男性时尚杂志上剪下来的照片。在这短暂的瞬间,费利克斯竭力注视马隆女士的面部表情,"美皇后"容光焕发,面带微笑。看得出来,至少,因为今晚的约会,她把生活中所有的不顺心都暂抛脑后了。她的金发披落下来,被深色的上衣衬托得非常显眼。她的颈上挂着一串贵重的项链。灭虫人把车开过去,从后视镜里看见他们经过一道铜门迈入餐馆。费利克斯抵达拉巴特俱乐部,进入那个具有怀旧风味的酒吧,但他没有喝啤酒,他喝的是汤姆·柯林斯鸡尾酒,他在扑克游戏机里输掉了三美元,但在和两个从大克拉波特来的表兄弟玩桌球游戏时赢了四美元。整个夜晚,他沉浸在成功的喜悦中。

第二天正是十五号，是他到马隆家喷洒的约定日子，马隆用咖啡款待他，言语不再像先前那样哀愁，但是也丝毫没有吐露她和律师之间的进展。当然，灭虫人不便询问，但他确是从马隆女士为他准备的一大杯浓咖啡中得到了满足，从她卧室里的变化，比如梳妆台上新的化妆用品，获得了令他欣慰的信息。他细心认真地做完他的工作便离开前往"鼻涕虫"家。虽然他们家的卫生间臭气熏天，但是也不能减弱他内心深处不可言传的兴奋。这兴奋几乎可以说是一种期待和希望，正如农夫在插秧之后，对它们的绿色长势执着地怀抱热望。

费利克斯走进厨房喷药的时候，斯卡尔逊太太正在和丈夫吵架。她把丈夫推倒在地，用一只平跟鞋抽打他。她的嘴唇张开，额头和脸颊肿胀得像凝固了似的。斯卡尔逊先生从太太手里逃脱，从炉灶上抓起一罐正在炖煮的青叶芥菜猛地扔过去，击中他太太的腿部。这时候，尖声的叫喊比堆放在炉灶边的变质食物更令人受不了。费利克斯看着青叶菜飞散到地板上，柜子下面四处都溅上了汤水，一大块咸肉弹落在桌子底下，他知道，它准会在那里留上一个星期。他们年幼的女儿跑进厨房，头上的乱发和那副头戴式耳机纠缠在一起。她从冰柜里取出冰块，敷在她母亲烫伤的皮肤上。费利克斯觉得再等下去也是徒然，眼下的境况是，不可能有人出来为他结账。他沿着车道慢慢向自己那辆白色卡车走去，它就停在那里，刚被擦洗得干净明亮。让每一样东西保持清洁整齐，是他久有的习惯。

进入八月，费利克斯·罗比绍调配了一种性质温和但更有效能的药水，用它为整个教区服务，到各种类型的家庭去作业，和任何他接触到的人交谈，喝无论是谁递给他的咖啡，他像是上帝那双无形的带着道德审判的眼睛,对他们生活中的隐私洞察无余。他开始使用新的药剂,它没有气味,也不像老的喷剂那样,会留下模糊的斑点和滴痕。他的存在感更低了,这让他有些烦恼,因为每个人都渴望在身后留下些东西,比空空如也的咖啡杯和账单更有意义的东西。

他对马隆女士的关心和好奇与日俱增,他们之间的关系也日趋密切,他会直截了当地向她问及麦考尔先生,这时她的眼睛便会扫来轻柔的一瞥。毫无疑问,几个星期以来,她成了一个快乐的女人,她询问克拉丽丝的近况,她告诉他她准备重新启用院中的游泳池,因为她发现律师爱好游泳。

但想不到的是,后来事情竟起了变化,八月十五那天,费利克斯照例上门去灭虫,但马隆女士没和他作任何交谈,她独自走到水槽边,清洗前一天留下来的餐具。当他在客厅喷药水的时候,突然听到她喘着粗气,费利克斯站在厨房门口向里探望,看见一只精致的盘子从她手中滑落到铺了瓷砖的地上。

"让我来帮你清扫吧,"他说,"我知道畚箕放在哪里。"

"谢谢,今天我觉得有些虚弱。"他注意到,她的脸色尚好,但那双原本直率清澈的眼睛中隐含着一种焦虑。他跪在地上,细心地将瓷器碎片扫入畚箕,然后弄湿一块纸巾,将地面上的瓷屑清除干净。

"要不要帮你煮些咖啡?"他问。

她微微地低下头,避开他的目光。"好的。"她说。

灭虫人设置好煮咖啡壶,然后去其他房间喷洒,其间,煮咖啡壶滴下了满满一壶咖啡。当他返回厨房的时候,她呆坐着没动,他有数以百计的主顾,他对他们的家居了如指掌,知道他们的杯子和糖匙放在哪里。他只是打开第一扇厨门，就看见了他所要的餐具。

"是不是出了什么问题？"他一边说一边为她倒了杯咖啡。

"噢，没什么，我只是有些心神不定。"她慢慢叠起她的腿，扯了扯深蓝色的裙子。

"还和麦考尔先生在一起吗？"

"不再和麦考尔先生碰头了，"她淡淡地说，"他告诉我不要再见面了。"马隆女士和律师对费利克斯来说，就像他母亲爱看的肥皂剧里的角色，举止高雅，罩着一圈圈迷人的光环，但那也是他永远看不透、永远理解不了的人物，他是个没受过什么教育的人，从不踏足乡村俱乐部，除非那里出现蟑螂之类的虫害。他想，有许多富有的人，他们内心世界过于丰富复杂，感情生活过于细腻脆弱，也许正是这些秉性使得他们总是郁郁寡欢，不易得到快乐。但是，对于事情怎么会变得这样，他依然是一头雾水，弄不明白。他突然想到克拉丽丝，觉得自己是幸运的。"我很遗憾听到这个消息，"这是他想了很久唯一能说的话，"我觉得你们两个真的是很相配的一对。"

她从桌上抓过一张餐巾纸，开始抽泣起来。这使得费利克斯不知所措，他环顾厨房，一会儿抬起他的双手，一会儿又无可奈何地放了下来。"是的。"她说，情绪异常激烈地看着他，费利克斯避开她的目光，他能够肯定，她真的是在盯着他看。"我们确实相处得很好，我觉得戴维有点像我的丈夫。"她朝后院看去，但目光显得游移不定，"我想，他该是个做事有始有终的人。"

"哎，马隆女士，事情总是有办法解决的，你说呢？"

"我怀孕了，"她终于告诉他，"但戴维并不想娶我。"

费利克斯·罗比绍喝下一大口滚烫的咖啡,张开嘴巴想说些什么,然而,马隆女士的话就像一个惊雷,使他的思维顿时清晰起来,他觉得有一束光照在他的脑后。"你作何打算呢?"最后他这样问。

"我还确定不了,"她收拢目光,打量着费利克斯,"为什么?"他迅速坐回到椅子上,左手从白色的工作服上移了下来,他的手指下意识地摸了摸绣在衣上的绿色姓氏。"我的意思,你是打算自己抚养这孩子,还是让别人领养,或是还有什么其他的想法?"他把眼睛睁得大大的,圆滚滚的臀部滑到椅子边缘。

这时,她的声音带有几分不信任,这令费利克斯甚为沮丧。"我不应该和你讨论这些。"她的目光落在粗糙的瓷砖地面上。

"让我来说吧,马隆女士,克拉丽丝和我,我们这么多年来一直想要个孩子。如果你打算放弃这孩子的话,我们倒是很乐意收养。"当灭虫人说出这番话的时候,他的脸涨得通红,仿佛是一个手足无措的求爱者。

"美皇后"从椅子上直起身。"又不是丢弃一只沙发,我们不要在这儿讨论这类问题,罗比绍先生。"

"马隆女士,你别生气。你知道,我不过是个灭虫人,不可能有律师和生意人那样得体的谈吐。"他说着向她摊开一双粗厚的手掌,"我只是心里怎么想就怎么说而已。"

她站起来,把门拉开,一副逐客的架势。灭虫人赶紧收拾药桶和喷具,走了出去。"一个月以后我们再见面。"她说。当她把门关上时,她那优雅的香水气味飘游在门廊里,一会儿功夫,就把费利克斯衣服上散发出来的药水味淹没了。

灭虫人 | 167

费利克斯心怀一种朦朦胧胧而似有似无的希望,焦虑地等候下月中旬的到来。他什么也没有告诉克拉丽丝,尽管这些天他显得有些异常,他会比往常更热切地拉住她的手,他会突然蹦跳起来,走到门廊边口察看庭院,考虑哪个地方适合安置一副秋千……他对这一切不作解释,这令克拉丽丝感到纳闷。日子一天一天过去,这个月的十五号越来越近了,他心中的希望越燃越旺,然而他的忧虑也在随之增添。当他到律师的住所去喷洒时,麦考尔没有露面,躲在他楼上那间小办公室里,让他自个儿在这幢奢华而空荡荡的住宅里喷洒药水。灭虫人决定送他一个雅号——"犹大"。

终于等来这天,十五日下午五时不到,"美皇后"让他进了屋,他以飞快的速度完成灭虫作业,最后,像往常一样到厨房喷洒水槽下面的地方。他注意到,她没有为他准备咖啡。他到门厅和客厅去找她,他折回走过的地方,为掩饰尴尬,他朝角落里又喷了一些药水,似乎在检查自己工作中的疏漏。最后,他在卧室里找到她,她的背靠在床背上,正在读一本书。

"我的支票留在柜子上了。"她说。

"我看到了,你还好吗?马隆女士。"

"我很好。"但是,她僵持的嘴巴和深陷的眼睛告诉他并非如此。她把书放在她的衣服上面,书的封面是百合花图案,后面用黑色的背景衬托,"是不是有哪里你忘了喷药水?"

"是,夫人,我有时会喷洒你的床下,特别是你在床边放了糕点盘和茶杯的时候。"他弯下双膝,调节好喷管端头的喷嘴,开始喷洒起来,"关于孩子的事,你决定了吗?"他问道,心中在琢磨,对这个问题,她是否会像先前那样情绪大大反弹。她不假思索地回答:"明天我就去做人工流产。"她好像不是在回答他的话,而是在背诵书中的一个句子,那本书正搁在她的膝盖上。

他像是受到致命的一击,他的拇指从喷具的杠杆上滑落,他的双膝仿佛被冰凝结在她床边的地板上。"那会是个多好的宝宝啊,"他说着直起背,目光越过松软的床罩,直向她射去,"你是选美皇后,他是个英俊的律师,生下的孩子怎么样,这是可想而知的。"他开始嗫嚅地吐出一连串的话,窘迫得脸颊发烫。此时他的感受恰如一个渴望得到心爱之物但愿望无从实现的孩子,因为他被冷酷地告知,他永远也不可能得到他想要的。"如果你答应,克拉丽丝会很高兴的。"他一边说一边尽力露出笑容。

马隆女士缩起腿,注视着他。"罗比绍先生,你能为这样一个孩子做些什么呢?事情并不如你和克拉丽丝想得那样简单。"

他膝盖着地,一动不动地看着她,心想,接下来她是否会有什么长篇大论要说。

"这对我们非常重要。"这是他能够对她说的全部。

"把孩子交给你,这是残忍的。你为什么就不能明白呢?"有好一会儿,她脸上的表情就像她后院的大理石雕像,带着冷漠和蔑视,"请你马上离开。"她说,目光定在她的书上,捏起一只白皙的拳头撑在自己的前额上。

灭虫人离开马隆的住宅,他忘了替她关上门,他觉得心中空空洞洞,什么都没有了,就像是一根被白蚁蛀空的木梁。二十分钟之后,他驱车进入斯卡尔逊家那条垃圾堆积的肮脏车道,这时他还没有缓过神来。他比约定的时候晚了些,"鼻涕虫"一家围着一张破败不堪的桌子,正在为了一盘炸鸡块而争吵。费利克斯站在门口,将他的药桶泵满药水,他注视泛黄的天花板和墙壁,它

灭虫人 | 169

们上面满是水的印迹和溅痕。他注视铺在地面的油毡,它们开了裂且沾满污泥。他注视斯卡尔逊一家人,他们一个个睡眼惺忪,像是没有梳洗过,正扯开嗓子尖声叫喊。祖父一边在一盘堆得高高的炸鸡块里挖找,一边责骂孩子们把鸡肝全吃掉了。母亲一块一块地把鸡肉上的皮扯掉,然后把它们堆在自己的盘子里,孩子们则用油腻的手掌相互拍来打去地戏闹。所有的人都争先恐后地吃着,就像一群在院子里觅食的动物,把面包屑和卷心菜色拉撒得到处都是。"快给我一块鸡翅膀,你这小杂种。"斯卡尔逊先生对儿子嚷道。

"你们不要这样闹了。"费利克斯说,他实在是受不了了。所有的人顿时转过身来,把目光聚焦在他身上,受到如此的关注,这对灭虫人来说还是头一遭。

"哦,我真该死,法国人今天来。管好你自己的药水桶吧,上个月虫子又在我家造反,我付你钱难道就是为了这个?矮鬼!"

当斯卡尔逊打开门准备逐客的时候,灭虫人按动他药桶的手泵,五下、十下、二十下。他调节喷嘴,使喷出的药液成为一条针状的细线,然后按动杠杆,让药水向斯卡尔逊先生的左眼窝射去。痛得这个彪形大汉哇哇叫了起来。费利克斯一不做二不休,开始对着所有人的脸部、胸部狂射起来,杀蟑螂的药水像利钻一样钻进祖父的嘴巴之中。所有的斯卡尔逊家庭成员一时反应不过来,像傻子一样呆坐着,当他们的眼睛再度被药水喷击的时候,才慌慌张张地叫出声来。斯卡尔逊们一个接一个惊惶地蹦跳起来。父亲摇摇摆摆地扑向灭虫人,他急忙躲开,挥动手中的喷管,在对方的脸上划开一道横过鼻梁的裂口。祖父操起一把椅子朝他砸来,灭虫人挡在头顶的铜喷管立刻被折成两段,他脑壳上的皮肉绽开，留下一道鲜红的裂缝。

　　第二天，天气是暖和的，黄昏时分，费利克斯和克拉丽丝坐在黄色的弹簧铁椅上，椅背有平面的金属花卉作装饰。他把所有的一切都告诉了她，他们一起默默注视几只在草丛里一闪一闪的萤火虫，那就像失败者间歇而不灭的希望。路对面，一位母亲在第二次呼叫她的孩子，接着，他们看见那孩子飞快地从田野里跑出来。

　　屋子里电话铃响了，费利克斯懒懒地起身去接电话，是马隆女士的，她的声音显得有些不安。

　　"我能为你做些什么呢？"他问，他让电线绕过他的拳头，闭上眼睛。

　　"今天下午我在诊所候诊室，"她开始说，"我在本地报纸上看到关于攻击事件的报道。"

　　当他听到"攻击"这个字眼时，脸部的肌肉抽搐起来，他低下头注视客厅一尘不染的硬木地板。"对那件事我真的很抱歉。"他立刻想起那天妻子带着钱把他保释出来时脸上的表情。

　　"你离开我家之后做了这事，这我可以理解。"她说，她提高自己的嗓门，"我不知道自己对此应该有什么想法。"

　　"是的，夫人。"从电话里他能听出她的呼吸声，这不均匀的呼吸声至少持续了半分钟之久。他不知道再说些什么。他自己也说不准到底为什么去伤害斯卡尔逊一家人。在那个时候，他只是想阻止他们那种腐臭的生活状态罢了。

　　"我不想让你再为我服务了。我不能让你再进我的住宅。"

　　"我不会再打扰你，马隆女士。"

灭虫人 | 171

"不，"她的话像是颗飞出枪膛的子弹，"你还是别来了。"
事情就这样结束了。

从那天开始，在以后的十年里，每个工作日费利克斯都是天一亮就早早出门工作，在这种走家串户的勤奋工作中阅尽了人世百态。他的业务日益扩展，以致不得不雇用三个当地的男工来协同他的喷洒作业。他盖了一栋小楼，以作仓库和办公室之用。还雇用了一位年轻妇女，处理灭虫预约事务和财务管理。克拉丽丝去地区学院进修，当上了一年级的教师，还在幼儿园兼职。费利克斯加入当地一个锻炼俱乐部，很快就把自己的大肚腩减掉了，尽管他的头发稀少了很多。

在费利克斯三十七岁之际，镇上另一个独立灭虫人决定将自己的生意转让给他。这些新的业务是很有经济效益的。费利克斯手下最得力的喷药手乔·布拉瑟对主顾认真尽职，两年里从没失约过一次，直到这天因为生病，不得不打电话通知费利克斯。费利克斯察看地址，了解了布拉瑟下午的工作行程，然后决定自己去喷洒这些住宅。

大约四点钟的时候，他驾车经过一条长长的车道来到"美皇后"的住所。他从卡车里出来，抬头注视旁边的橡树和周围的环境，这里有了一点变化，后院的游泳池里晃动着闪亮的水光。植物长得葱茏茂盛，形成一道齐肩的绿色边界。私家车道上没有车辆，只见门锁上插着一把钥匙，钥匙上吊着一副小小的塑料骰子。他按响门铃，然后弯下腰为药桶抽满药水。他抬起头的时候，门开了，站在他面前的是个小男孩，棕色头发，蓝眼睛，下巴微凹，有着一张纯净无邪的聪明脸庞。费利克斯还注意到他的脚很大。

"有什么事,先生?"孩子问道,他穿着类似足球衫的套装,此时拉了拉腰上的裤带。

费利克斯沉默了片刻,他不知该怎么回答。他想伸手抚摸男孩的头顶,但是他没有,他的手最后指向他的药桶。"我是来喷洒杀虫剂的。"

"乔在哪里?是乔为我们喷药的。"

灭虫人怀着希冀朝门里望去。"你妈妈马隆女士在家吗?"

"她不在家,很抱歉,她不让我带陌生人进屋。"男孩想必是注意到费利克斯正盯着他看,警惕地后退了一步。

"别害怕,"费利克斯向他投以和善的微笑,目光仍在端详他,"我是灭虫人。"

男孩眯起明亮的双眸。"不,先生,别走近我,你最好还是离开。"

他像是受到当头的猛击,顿时泄下气来,浑身感到难受,仿佛成了一只遭到药水喷射的昆虫。费利克斯思忖,是否应该告诉这男孩,自己认识他母亲,也知道他是谁。然而现在,费利克斯已经是一个善于处理业务失约的老手,他甚至可以推诿于没有准时赶上出站的列车。他再一次把不舍的目光向男孩投去,然后转身走开。

他把车驶离车道,在反光镜里,他瞥见这个皮肤白嫩的小孩站在门前的台阶上,看着他的车尾,但是他知道,那孩子并不是在为他送行。他允许自己投去这最后一瞥,这一瞥是他应得的。

灭虫人 | 173

翅　膀

　　玛丽萨在一家小会计事务所工作，矮个子，乌黑的直发垂到下巴，有一双黑色而机敏的眼睛。时值星期六，她丈夫下葬已经一周了，她只花了少许时间检查他的工作台，然后把上面的所有东西掠到一只废物桶里。那是几件对她毫无用处的工具，还有一些生锈的小玩意儿，他发心脏病的那天还在摆弄它们，他拥有这么多东西，但没几件能进入她的财产状况表。

　　随后，她走进后院，环顾着长势过好的草坪和蓬乱得有待修剪的白杨树，这就是那个夸夸其谈的园丁所做的工作！她弯下腰，拔起一根草，却想不出该拿它怎么办。

　　玛丽萨的手机响了，是艾丽丝打来的，她是一个身有残疾的退休空姐，就住在街对面。她说听到布拉德去世非常难过，然后，似乎再没有什么可说，于是提醒玛丽萨她的车库门开着，以此来结束短暂的谈话。艾丽丝并非真正残疾，但是玛丽萨喜欢那样想她。她的跛脚几乎看不出来。

　　"车库？"

　　"我不想做个唠叨鬼，但是如果你把宽大的门关上，你的整座屋子看上去就太棒了。这就是为什么小区要制定规则，玛丽萨。"

　　"大概是我把车开进去时忘了关门。"她通常总和对街的那个妇女保持礼貌的距离，那是个与她毫无共同点的苗条美人，特别是她的修长柔美与她格格不入。

　　艾丽丝住在那里至少有二十年了，她是一个依然独居的寡妇，模样可人，虽然她的发际从黑变成了灰白。每当有人问起，她会说她曾经是位女乘务员，她用过时的措辞表述，好像是要把自己定格在她的年轻时代。每年，她会小心翼翼地开着她的梅赛德斯小红车，在街区炫耀一番。玛丽萨和她丈夫刚搬来绿橡树小区的那年夏天，在一个欢迎新人的派对上，玛丽萨觉得艾丽丝和她丈夫有调情之嫌，那种感觉就像是把她的血腥玛丽浇在了自己腿上。

"哦，我想告诉你，因为不能来参加葬礼，我深感遗憾。"

玛丽萨的小嘴巴收得更小了。"但我知道，你主要是想让我把车库里的塑料垃圾藏好，是吗？那比一个死了的丈夫更重要。"

电话线的那头有一点点喘气。"很抱歉。我不该提起这事。你知道——"

玛丽萨挂了电话，为自己没有控制好情绪而生气。毕竟，艾丽丝像小区里的大多数邻居一样，会适时寄来一封私人便笺，倒不是为了某个婚礼或葬礼，而是为了她屋子侧面一块剥落的木板。她和艾丽丝不甚熟悉，所以不管什么时候，凡是艾丽丝过来询问布拉德什么事情时，她总是选择避开，她要避开对方美丽的身影。

她扔下从草地上拔起的杂草，对每个人都感到厌烦意味着什么？有一天她可能需要帮助，因为现在她是一个人了；她女儿在读研究生，一小时前刚离开，急急地赶回学院图书馆的小阅览室。

她走进屋去，打电话给办公室，说星期一上午她会来公司处理报税业务，但已经是五月了，报税不再是燃眉之急。她坐在厨房里，看着早餐桌对面她丈夫的椅子。它旁边的一把椅子掉了一只螺丝，她眼前出现布拉德拿着螺丝刀俯下身子的幻影，于是她

翅　膀　｜　175

站起来，抓起她的手提袋，飞快穿过屋子，经由他挂在墙上的工程学位证书，经由她女儿的毕业照，来到车库。

她发现艾丽丝在等她，就站在敞开的车库门下面，就在这一刻，玛丽萨很希望自己手里拿着关门的遥控器。

艾丽丝叠起双臂，她说："你看，关于这门的事，我知道我似乎很惹人厌烦。我明白。"

玛丽萨朝后退步。那个女人很少过街直接找她说话。当然，对她丈夫另当别论，艾丽丝总是定期来问他一些草坪植物和空调维护的问题。"我正要把门关下来。"

"我知道我应该来参加葬礼，但我真的受不了那种气氛。去年我出席我父亲的葬礼，差点儿就要了我的命。"

玛丽萨知道艾丽丝还参加过另一个葬礼，她丈夫的葬礼。他是航空公司的飞行员，玛丽萨从不认识，他在艾奥瓦州某地因空气乱流而坠机，同时遇难的还有四十七名旅客，她想她会喜欢他，即使什么原因也没有，单单为了他最后的遗言也会，那是驾驶舱的语音记录器录下的："哦，好吧……"

她绕过艾丽丝，确信她的雷克萨斯车是清洁的，然后注意到她丈夫那辆油漆光亮的小卡车没有完全开进车库。她从手提袋里掏出钥匙，走过去，坐到卡车的皮座位上，她自己也搞不清为什么，也许是他的一丝气息，也许是他手指留下的一些触觉。她的一只手掌在驾驶盘的圆弧上慢慢滑动。艾丽丝走过来，站在窗边，车窗是开着的。"你应该开着它去远处转转。"听起来，这句话好像是她的经验之谈。

"你这样认为？"她的目光直直地落在引擎盖上。

"是的，"她吸了吸鼻子，"悲哀就像沾在你衣服上的香烟烟雾,去吹吹风,去掉它。"

玛丽萨打量着这个身穿时髦桃红背心裙的高挑女人。在路易斯安那州这样潮湿的中午,她凭什么这样耀眼?"该失去的多着呢!"

"我知道。"

"他对我没有什么关注。他心里只有他的工具和玩具。"

艾丽丝咬着嘴唇停了一会。"他有很多这样的东西,是吧?"

"是的,唉,现在我要走了。"

艾丽丝没有从窗边后退,她似乎正在等待什么。"你去哪里?"

"我不知道。也许只是开到路上,十分钟后就回来。"她把一只手放在变速杆上。

"噢,我可以和你一起去吗?"

说"不"虽然是不礼貌的,但应该可以理解,玛丽萨张开嘴巴想要这样表示,不过从她嘴里蹦出的词却是"好吧",这使她们两人都为之吃惊。她不知道这个词从何而来,倒是让她想起了一段相似的往事:那时她的英语老师布置她写一首诗,这是一件她之前从没做过、以后也不会再做的事情。她记得坐在那台老旧的苹果文字处理器前,两眼盯着屏幕上像蚂蚁那样排成行的文字。那是一首诗,描写她校园空邮箱里的光束。当她写完,却全然不知道那些字句是从哪里蹦出来的。

艾丽丝睁开眼睛,甩了一下她的长发。"我去拿一下手提袋,你把车开到我的车道上。"

玛丽萨倒着车上了街,想从杂物箱里摸出遥控器来关上车库门,但是她没有这样做。她最终把车开到马路对面,载上艾丽丝。她瞥了一眼对方冰蓝色的眼睛,琢磨她的邻居在想些什么,但是,

翅膀

就像面对在一个雷雨天走过飞机通道的空姐,你无法解读她的内心。

玛丽萨朝爬满紫藤的小区警卫室右转,在前面驶上了闹腾而开阔的公路。她会朝西开一小段路,她要做的仅此而已,她心里在想着怎样处理布拉德那些没用的宝贝。他是一个收藏爱好者,在阁楼的陈列室里,有一排排具有百年历史的金属玩具、古董枪械、瓷器店招牌,更不用说挂满工具的墙了——那是他一生淘宝的历史。布拉德曾经受过有关收藏物品的知识培训,在他们的整个婚后生活中,他总是拖着她一起去逛古玩店和跳蚤市场。她从来就不明白他在所有那些东西里看到的内涵,尽管他竭力解释为什么他选择这辆卡车或那块招牌,为什么保存它们很重要。他曾经告诉她,即便玩具也是艺术形式。现在,谁能告诉她如何摆脱这一切?她突然向艾丽丝投去一个问询的眼光。"我丈夫和你谈到过他的收藏吗?"

艾丽丝低头看着太阳暴晒下的路面,在回答之前想了一会儿。"他曾经在车库里摆弄一辆油罐车小玩具,他说他还有很多。他带我上楼,给我看了大约二十辆德士古石油公司不同时代的卡车。"

玛丽萨想象着阁楼上那个满是彩色钢车的小车轮城,想象着那些微型脚踏板和粘着灰尘的散热器罩。"我不知道怎么处理它们,如果我说了算的话,我会把它们全都扔掉。但是我女儿给一个评估师打了电话,让他来评估它们。"

"她也对那些东西不感兴趣,这我不吃惊。这是男人的所好,收集起来的一堆堆废铜烂铁。多半是硬东西,钱币、古董带刺铁丝网;锋利的物件。他们为收藏这些东西互争高低。"

玛丽萨加快车速,和一辆小卡车几乎并排而行,它的车斗里用链条锁着两辆昂贵的摩托车,她看着坐在驾驶室里的一男一女,两人向她挥手。"你那亲爱的另一半,他收集什么呢?"

艾丽丝对这个问题似乎有点意外。"没有,"她把脸转开,"他从不涉及那个领域。我大概花了九十分钟,就把他的所有东西都清理干净了。"

这辆有着双排座驾驶室的新卡车,开起来像一辆老妇人的轿车,平稳地载着玛丽萨渐渐开朗起来的心情向前行驶,让她隐约有种逃避现实的感觉。路边的风景也给她带来了某种提示,仿佛向她解释为什么她丈夫五十来岁就离开了尘世。她把车开到了第一个小镇,上了桥,一下子就进入远处的树林,如此快速,以至于对刚才经过的地方完全没有印象。"你还有多少空闲的时间?"她问,"这种感觉比我想象的好。"

艾丽丝抖开她的头发,戴上白框架太阳眼镜。她看上去精神饱满。"不管怎样,我是个退了休的人,我有学龄前儿童的闲暇。布拉德曾经对我说他很羡慕。"

当玛丽萨驶上那个斜坡弯道、进入向西而去的州际公路时,她紧紧捏着方向盘,一言不发。直到开了二十英里之后,在穿过一个名叫松树油的小村庄时,才打破沉默。她问,她应该怎样处理布拉德的西装。

"我把我丈夫的衣服给了慈善超市。这感觉很奇怪,但我就是这样做了。"

玛丽萨点点头。"今天早上我拿出布拉德的一件衣服。我在一只衣袖里感觉到了他。这是不是很可悲?"

艾丽丝焦虑地看了她一眼。"我们走了多远?"

翅　膀

"只要再开四十分钟就能到巴吞鲁日。新开的购物商场里有一家店,有非常舒服的老式鞋,有点像彼得-福克斯无带轻便舞鞋。"

艾丽丝保持沉默,于是玛丽萨继续驾车前行,不情愿地对艾丽丝的陪伴表示感谢。她已经注意到艾丽丝是个知道何时该说话,何时不该说话的人。

但是当她看到州际公路南面商场的灯标时,却被平稳的交通车流诱惑着继续前行,她记得那个混乱而耀眼的停车点。她快速通过公路出口,卡车在四叶苜蓿形的立体交叉公路上转着弯,宛如一只卷入漩涡的虫子。

艾丽丝看了一下手表。"你在绑架我。"

"我不知道我要去哪里,"她喊道,"我想我是要买一双鞋子。"

"没关系。冷静点。你知道吗,在航空公司高速公路过去几英里的大跳蚤市场里,他们廉价出售同样的鞋子。是二等品,但是你看不出的。"她侧过脑袋看着玛丽萨,"有时,只卖到四分之一的价格。"

"噢,我不知道。"

"那好,我们得有个目的地。"

她们驶过一座天桥,在那下方,一辆油罐卡车排出滚烫的烟气,玛丽萨感到胃里一阵轻快,仿佛她正在逃离自己整整四十六年的生活。她希望,假如明天有哪个好奇悲哀是怎么回事的人来按响她的门铃,只会吃闭门羹。

她按照艾丽丝说的方向一路前行。到了巴吞鲁日南面五英里的地方,她宛如置身于一个新国度。"那句话怎么说?只要我们能坚持下去,我们就成功?"

艾丽丝朝她欠身,打量着她的眼睛,足有好一会儿。"你还好吧?"

"没事。"

她交叠起双臂。"好啦,没人会屏住呼吸等待我们回家。"

玛丽萨想了一想艾丽丝的话,然后开足马力,她庆幸她让自己的车库门大开着,她的那些废纸篓、软管架、其他质朴的和亮丽的塑料废物,将展现在她的邻居面前,让他们在失望中目瞪口呆。小区没有太多的规定,布拉德恪守其中的每一条,例如清扫屋顶上的松树针叶,不放置超过四十八英寸高的圣诞节装饰物,只买颜色是苹果绿的垃圾桶。

她偷偷瞥了艾丽丝一眼,那张漂亮的脸正露出一种难以捉摸的空姐表情,这表情,一定是她用习惯动作打开一间满是旅客的机舱时有的,而旅客,则一心想从她的表情上看出飞机在高空突然下降意味着什么,在这惊心动魄的险境!

她们最后来到不规则延展的跳蚤市场,那是一系列长长的、侧面敞开、在太阳下闪动着光亮的小棚。停车场是一块用蛤壳铺成的长条形平地,当不戴颈圈的狗在卡车后面飞扬的尘土中打转时,玛丽萨向灰蒙蒙的光亮中冲了过去。

她们在一个摊贩旁边停了停,那里销售古董、工具,还有疑似是偷来的公路标牌。她们前面放着一块带凹痕的六英尺绿色标牌,上面的字是:什里夫波特①。

艾丽丝发出一声短促的苦笑,她说:"我曾经在那里坠机。"

"什么?"

"在机场里。那是我的第一次飞行。我在为中南航空公司工

---

① 什里夫波特,路易斯安那州西北部城市。

作,我们在起落架失效的情况下降落,是在全球最后一架商用DC-6飞机上。"她把一只手放到喉咙上。

"你们受伤了吗?"

"这是一次坠机,玛丽萨。我们滑进一个飞机库,把它撞塌,引起了爆炸,冲击波杀死了副驾驶员和十名旅客。我确实是受了伤。我的骨盆碎了,所有的内脏受损。"

玛丽萨把卡车停到停车场,她注视着那块路牌。"天啊,你后来是怎么坚持飞行的?"

艾丽丝看着她的眼睛。"那个飞行员和我同在一家小医院住了一个月,他就是和我结婚的男人。他说,我们中任何一个,都不可能在飞机坠毁事故中丧命,这是基于老天一罪不二罚的原则。这就是他说的。好像我们得到了免于灾难的保证。"她砰的把她旁边的车门打开。"他是一个极好的男人,但不是个合格的算命先生。"

"很遗憾,我没有机会认识你丈夫,"她很想知道他和布拉德是否会成为朋友,一起谈论汽车和飞机,结伴去游泳,"你失去他有多久了?"

"二十年,九个月,"艾丽丝站在蛤壳上,拉直她的背心裙,"两个星期,两天,"她看了看她的表,声音平静地继续说,"十四小时,十五分,九秒。"

她们发现每一个平坦的场地都被各种各样的商品占据着,旧女装、新扳手、纳瓦霍人的毛毯、吉他、麋鹿头标本、金链条、香水、戒指、熏香、报废的电池、活鸭。

"就是这地方,"艾丽丝说,"这些商贩来自遥远的科罗拉多。

我们开始逛吧,那个鞋商就在这附近。"

"我不知道。天气真热。"玛丽萨举起一只手为眼睛遮挡阳光。

艾丽丝拉着她的手臂,指着前面说:"我想鞋子就在这座小棚的那一头。我看见另一头有些东西,我想先去找找,我会赶上你的。"她们分手反向而行。玛丽萨经过一大堆猎枪、手动工具、亮丽的桌灯、车轮、卡车挡泥板和锈蚀的摇摇摆摆的电扇。艾丽丝一拐一拐,向挂着正规服装的闪亮架子走去,那些吊在衣袖上的价格标签,在热风中旋转和飘舞,就像一些被扯碎翅膀的蝴蝶。

玛丽萨走近一张桌子,拿起一辆金属玩具轿车,一时之间她突然有一种强烈的冲动,要想和丈夫谈论它,她思忖着,如果他还活着,她为他买下这辆车,对他会有什么意义?桌子下面,一张军用毛毯上放着一只脏兮兮的金属钟,那形状就像是一匹用一双铜色眼睛仰视她的马,她记得在她故去舅舅的壁炉架上有与它完全相同的一件,另外还有几件闪闪发光的小摆饰——一个形状像帝国大厦的铜质压纸器,一个很小的、穿着真草裙的瓷器舞女。在她六七岁的时候,他把它给了她,但玛丽萨只是耸耸肩,神情茫然地看着他,也没有说一声谢谢。她记不得他是什么时候死的。他的名字叫乔治,他的那些小摆饰被卖到天涯海角。她突然觉得,这个老人就像是她的一本心爱之书,被她母亲扔掉了。多年之后,她怀着一种亵渎和偷盗东西的感觉想念起它。她继续向前走,一边思考着保存已故者物品的意义。也许有些东西是她自身和它们的前主人——以或大或小的方式影响她的人——之间的纽带,是她人生履历的重要环节。她看着前面无以计数的被遗弃之物。"好家伙!"她叹了一口气。

她寻找自己的目标,走近一张又矮又阔的桌子,上面是一些做工考究的鞋子，新出的货，还放在原包装盒里。她把鞋子拿在手中，感觉很柔软、很结实，于是匆匆试穿了一双无鞋带的浅口皮鞋，颜色是海军蓝中略带米黄。她立刻明白，穿着这双鞋她能够站立好多天，能够在办公室的长廊里飘然地走来走去。她付了鞋款离开，走进一块草地，把放着鞋子的盒子挟在腋下，她认出一把和布拉德藏在阁楼上的完全一样的吉布森吉他，更远处，一件圣餐礼服宛如她祖母的，一台阿利斯-查尔默斯拖拉机就像她祖父的。她在千姿百态、大大小小的商品前走过，它们是美国各地房屋销售和阁楼清理的产物，最后进入遍布美国的零售集市。这是老式物品的汇集地，展示了那些逝去的人们的审美：他们的绿玻璃茶杯、黑色陶瓷美洲豹、球茎状铝咖啡壶、带镶饰的木钟。他们的珍宝和品味被拖到了路易斯安那州，就像在展开一大本语无伦次的长篇小说，嘲讽着人们珍爱和需要的东西。玛丽萨继续走下去，在如此多的货物前面走过，她迷失了方向，不得不在一个销售领带的货摊前停下来问路。

她回头去找她的卡车，经过一个展示浅柜，上面的树脂覆面已磨损，她看见里面有一对图案是金属翅膀的空中乘务员徽章，所属艾丽丝工作过的那家航空公司，很可能就是她第一次飞上天空时佩戴的那种。它们蒙着灰尘，标价五十美分。也许，她想，如果把它送给艾丽丝，她会停止对车库门的唠叨。也许，就像她写的那首诗，这对翅膀也可能为自己的生活带来一些新意。她甚至可以和艾丽丝更随意地交谈，弄清楚她为什么一直关注布拉德的举动，从他身上她又看到了什么。她可以过去喝杯咖啡，消磨现今的空闲时间。她买下了这对银色翅膀，环顾四周，几乎有点局促不安。然后，她开始感到疲倦，意识到这个跳蚤市场是多么的大，这里的所有宝藏，会让她阁楼上那个精于修补的亡灵何等惊异！

玛丽萨发现艾丽丝就在一百码之外，于是朝她走去，热得直冒汗。艾丽丝的脚边放了几个袋子，手里拿着什么东西在翻来翻去。她把它放到柜台上，然后又拿起、用手指抚摸它，像是在检验一台仪器。玛丽萨竭力想看清楚那是什么。玛丽萨在五十英尺外看出那是一件黄色的玩具，一辆生锈的金属卡车。

两点钟她们回到州际公路上，巴吞鲁日开始在卡车的超大后视镜里缩小，就像是东西被渐渐煮过了头。玛丽萨有一点轻微头痛，她的肚子咕噜着。艾丽丝则默默无言，她眯着眼睛，好像购物使她筋疲力尽。到了德纳姆普林斯，她们在一家餐馆停下，为了避开人群，她们坐在户外，无惧风的骚扰和西晒的骄阳。她们点了三明治，看着州际公路上来来往往的车辆。

艾丽丝慢慢架起了她的腿，俯下身子搓弄她的小腿。"我简直难以相信，布拉德的心脏怎么会衰竭。他在俱乐部游泳总是胜过我。"

玛丽萨警觉地瞥了她一眼，想起自己也是小区的乡村俱乐部成员，那地方是个时髦而迷幻的休闲之所，她仅仅去过两次。俱乐部顾客那种乏味的、带着酒意的客套，让她很不舒服。"也许是因为压力。卡车厂关闭之后，他就不一样了。我们必须削减开支。他为他的退休忧心。"她打量她同伴光滑的皮肤和玉米穗色的头发。"你花在头发上的时间很多，是吗？"

"到我这样的年龄，大多数钱都用在保健上了。我比我的屋子更需要养护。"

翅膀

"我看你为院子也花费了不少。你的杜鹃花,你的篱笆。知道你油漆过多少次篱笆吗?"

艾丽丝耸了耸肩。"我不能比邻居们逊色。"

玛丽萨的目光移开。"是的,布拉德就是我家院子的奴隶。"

"他喜欢。"

"他什么都喜欢。他爱和邻居们一起游泳。"这评断更像是一种谴责。对他们穿梭在乡村俱乐部宝石般耀眼的水域,她想知道艾丽丝是怎样看的。她在椅子里挪动,低头看着自己的白色平底运动鞋,把手中的餐巾纸捏成一团。"和布拉德在一起,我会更年轻,因为,你知道,和他在一起我曾经很年轻。可今天我不这么想。"

布雨篷在微风中砰砰作响,一个十多岁的女招待出来为她们添加饮料。艾丽丝喝下一口,然后凝视着杯子。"你失去他,我很难过。至少,你和一个好丈夫相伴的时间,要比我长得多。"

她为自己的话感到吃惊和尴尬。玛丽萨转过身去假装朝餐厅里面看。"你常常在俱乐部碰到他吗?"

"他一个人来,找人到游泳池里和他比速度。"

玛丽萨感觉到一种微妙的轻度头晕,她知道,这是一种被人取代的惊慌。"我始终学不会游泳,水总是朝我鼻子里灌。"

"有时候他告诉我,你晚上从公司回家,甚至累得没有精神和他说话。你不想去学打高尔夫球。"

玛丽萨突然想象艾丽丝身穿连体泳装,从游泳池里跃出,修长的身体上挂着闪亮的水珠,她转向艾丽丝,脸上带着疑问。

当艾丽丝碰触到玛丽萨的目光时,她的表情立刻起了变化,好像一道闪电在尖啸声中劈过她的飞机窗口。"我们两人会游上几圈,直到我的脚开始疼痛,而他可能会坚持一个小时。"

"我知道他和你打过几次高尔夫球,有一大群人。"玛丽萨说,她仍然把注意力集中在艾丽丝身上,她没有忘记,艾丽丝对她来说还是个陌生人。

"我想,你可以说我们是朋友。"艾丽丝说,她的声音越来越小,好像咬到了自己的脸颊内侧。

"朋友,"玛丽萨重复说着,拖长这个词的读音,"朋友,还有什么?"她粗鲁地问。

艾丽丝在她的椅子上挺直了身子。"实话对你说吧,你从来就没有和他一起做过什么。每天下午你工作到很晚,他下班回来,像一条流浪狗在街区闲逛,然后在他的工作台前安定下来。星期六在俱乐部,当大多数男人去打高尔夫或在酒吧赌博的时候,他只是锻炼。他把这称作为打发时间。"

玛丽萨涨红了脸,把两只脚放在混凝土的地面上。"你瞧,也许有时我在会计业务上耗去太多时间,"她说,"可是我拿钱回家,他才可以更随意地购买那些无价值的小玩具。"她盯着艾丽丝的眼睛,试图读出一些真相的蛛丝马迹。"也许有时候他对我也不怎么好。"

艾丽丝不想再表示什么,于是说:"他对你比你想象的好。"

这时候,女招待出来,看了她俩一眼,说道:"啊呀,外面很热吧?"

上了东 I-12 号公路,她开始沿着车道拼命加速,在沃克郊区,一名州巡警追上她,给她开出一张罚单,她用一个点头的动作接过。在她把车速升回九十迈之上前,她的卡车和巡警的雷达仅仅相隔一座立交桥。她像平时那样生着闷气,对失去丈夫,对在这趟旅行中浪费的时间,但是,最主要的是对艾丽丝,因为她说的那些话。直到半个小时过去,玛丽萨才忍不住发问:"你究竟是怎样认识布拉德的?"

艾丽丝在座位上转过身。"你有什么好烦恼的呢?"

"我也不知道。也许因为我不了解你,而布拉德不一样,他早认识你。"她做了一个鬼脸,"我知道,这是我的缺点。我没有一个知心的邻居,但是天啊,你竟和他在一起做了所有这些!而这么多年来,我几乎都没有看你一眼。"

"玛丽萨,我们之间什么也没发生,如果你烦恼的是这个。"艾丽丝的声音非常沮丧,这整个一天好像就归结成这样一个陈词滥调的故事。

玛丽萨为自己的妒忌而心烦意乱。随着英里数的不断减少,她在脑海里玩味她能够记得的有关空姐的每一个笑话,但是这丝毫不能给她带来安宁。最后她把车子开进小区,直接驶进敞开的车库。艾丽丝收拾好她购买的东西,一句话也没说就穿越马路而去,她的背由于乘车的缘故依然弯着。玛丽萨没有关上她的车库门。

夜深之后,她拿出一个放有布拉德照片的镜框,仔细端详他傻乎乎的笑容,想通了很多她不明白的事情。她对他皱起眉头,用指尖在玻璃上抚弄着,她想象这是寡妇们经常做的事情,希望读懂失去的盲文。但是这张照片没有给她任何暗示,然后,她脑中惊现四十年之后这个镜框的结局:在千里之外的一个路边跳蚤市场中,它放在一张灰尘蒙蒙的桌子上,一个年轻的家庭主妇用二十五美分买下它,然后把镜框里的陌生人扔掉。她砰地把照片扔进梳妆台底部。"哦,废物,"她说,"如果你对它什么也不知道,那它就是废物一个。"

第二天早晨，床边的电话响起铃声，是艾丽丝。"我能想象你在经历怎样的煎熬，"她说，"总之，你还好吗？"

"我过得很好，"她急急地说，"你怎么样啦？"

"听好，我要你现在马上过来。"

在梳妆台的镜子里，玛丽萨看着自己的嘴部线条。"为什么我们不把事情放一放呢？"

"一刻钟左右好吗？"

"不。"

电话线路里传来一声叹息："你从没来过这里，如果你不来，我就过来拖你，我会又踢门又喊叫。"

她头往后仰，望着天花板，又生起气来："噢，好吧。这就开始了。"

"我说玛丽萨，昨天我们回来时，想必你是真的倦了，因为你忘了关车库门。"

她没有说话，但这一刻她真想喊出声来："母狗！""麻木不仁，卑鄙的流浪乞丐！"不过，马上她就意识到艾丽丝是在开玩笑，"该死的，一分钟之前我还以为你是认真的，我真不知道怎样接受你。"

"你已经碰到这个问题了。"艾丽丝说着挂上电话。

她在卧室里走来走去做准备，把睡衣扔在梳妆台上，翻来覆去地把短发梳直，仿佛是要把它们扯落。她经由车库离开家，穿过马路，没有敲门就进入艾丽丝的厨房。这是个明亮的空间，光线透过好几扇窗射入。

翅膀

艾丽丝走进来,看上去精神饱满,短浴衣下面的大腿上闪动着棕褐色的光亮。她的笑容是紧张不安的,有点儿勉强。玛丽萨在早餐桌旁边的一张椅子上坐下,但是她无法把目光从艾丽丝身上移开,她猜测着布拉德对这皮肤和姿态的所有想法。

最后,艾丽丝坐下,把一只手放在桌子上,摊开手掌。"你好吗,亲爱的?"

她的声音好像是在安抚一个晕机的旅客,玛丽萨沉静地回答:"不,我很不好。"

艾丽丝收回她的手。"我不知说些什么能让你感觉好些。但是,我要你从我的窗口看对街。"

"什么?"

"转过身子,看你的屋子。"

她转身,对着迎面而来的光线眯起眼睛,打量着三扇窗子,然后透过玻璃注视对街的景致。她看到了她家门户大开的车库内部,突然生出一阵羞愧和惊慌,那里,布拉德沾满灰尘的摩托车斜靠在后墙上,他的钓鱼竿在屋檐下摆动。他放在一只防水皮袋里的高尔夫球竿,上端在闪动着光亮。他的扳手和整形钳,在挂物板上反射银光。她看到消磨了他无数时间的工作台,打开车库门可以使他处于光亮之中。他焊补他一碰就坏的马口铁玩具车,修理她的搅拌机,为她的公文包拉链上油。玛丽萨想象着艾丽丝所观察到的一切:对街自家所展现的生活。布拉德竖起梯子清扫排水槽,冲洗车辆,带他们的女儿去上音乐课——稳健的布拉德,头脑清醒,压低嗓子唱着他们青年时代用自动唱机播放的歌曲,向邻居们挥着手。总之,这种前景,艾丽丝在很早以前就失去了。

"哇!我竟没意识到。"这是她唯一能说的,"这就像是看一部电影，难道不是吗？一部长达多年的电影。"

"这是我的风景，"艾丽丝说，"早晨、中午，还有晚上。"

外面，一辆满是灰尘的邮车尖叫着停了下来，玛丽萨看见邮递员把一些短信封装的慰问卡塞进她的信箱。一只大肚子猫摇摇摆摆走过敞开的车库，朝里面看了看，又继续前行。艾丽丝给了她一杯咖啡和一个面包卷，她们两人默默地吃着。谈话是简短和小心翼翼的，选择每一个词都像从灌木丛里采摘浆果一样。稍后，她穿过马路，按动按钮，把车库门紧紧关上。

在这一周的剩余日子里，玛丽萨下班后就清洁屋子，为地板打蜡，拂去照片镜框顶上的灰尘，擦洗厕所，把她丈夫的衣服装箱送去慈善超市，这是一种狂热的清洁工作，起决定因素的，不是她用的清洁剂，而是她的强劲动作。

星期六这天门铃响了，是她女儿请来评估她父亲收藏品的鉴定员，一位高大的前业余棒球运动员，名叫克林特，他的身躯几乎把她的门框挤满。

"嗨，你是玛丽萨太太？是你女儿把我从新奥尔良叫来的。"

"嗯，是的。她和我说过你。请进。大多数东西都在楼上，虽然车库里也有。"他从她身边走过，一股古龙香水的味道让她几近窒息。她从没看到过一个人露出如此多的牙齿，头发像狼獾毛一样向后倒着。

克林特带着一台笔记本电脑，一只硕大的皮夹子鼓在卡其裤的后口袋里。她引着他上楼，把灯打开。"好了，都交给你了，务必检查好陈列柜下面的橱柜，还有大量的古董枪，就在后面那个壁橱里。"

克林特用一只粗大的手指指着橡木。"所有的老标牌都包括在内？"

"每一件东西，"她环顾四周，在一辆玩具农场马车上，她看见布拉德画的一个细线条幽灵，"倒不是我讨厌这些东西，我只是对它们知之甚少。"

克林特举起一只手，摊开手掌。"我明白，处理丈夫们的财产是我的业务。通常，我会留下一件最好的东西，作为家庭的纪念品。这你知道？"

她在楼下听到他走来走去地倒腾了三个多小时。当他下来的时候，他的针织衬衫上落满了灰尘。

他提出去车库看看有些什么，十五分钟后返回了，她给他一杯咖啡和一只甜甜圈。克林特在她的小餐桌上敲击他的笔记本电脑键盘，眉头紧锁。然后往后背靠椅子，她真有些担心她的旧椅子会不堪重负而垮塌。

"我是一个评估师，但是我还有一个收藏品公司和拍卖行。我可以向你收取鉴定费，一切就此了结。但是如果你乐意的话，我倒是倾向于对所有的东西报个一揽子解决的总价。"

会计师振作起精神。好，关键时刻来了，她想。他试图在这个复杂的交易中剥我一层皮。这全部家当可能还换不到几千美元呢，但那又能怎样？它们只是一些没用的东西，她对自己说。她拿起餐巾，把它给拧皱了，那可是布拉德的东西。"你有什么好主意？"

"我可以开一张支票给你，支付那些玩具、枪支，以及车库里的哈雷摩托车和体育设备，两天内把它们全部运走。我只能付一个批发价。但是你还有一个选择，那就是在网上一件一件出售它们，花上一年又一年的时间。"他在他的笔记本电脑屏幕上作了最后一次敲击。"共计十八万六千多一点。"

她慢慢地咽下一口咖啡，大脑理不出一个头绪，她对这个数字深为震惊，心想这肯定是她女儿想出来的一个玩笑。

克林特看到她为难的样子，误解了她的意思。"当然，"他又开口，"那只是一个底价。如果扯平一下，我再加到二十万，你会觉得好些吗？"

她吸了一口气。"那当然很好。"她平静地说，感到有点儿羞愧。

克林特点着头，抽出他的支票簿。"你丈夫对珍稀和优质的东西绝对有一流的眼光。但是楼上有一样东西我不会买下来。"

"是什么？"

"我把它留在中间桌上的一只大盒子里，是一辆大的金属玩具火车，成色几乎是新的。"

她一边眨眼一边摇头。"我真的不记得它了。"

"你知道盒子里有一张手写的字条吗？上面说它是你丈夫九岁过圣诞节时得到的礼物。我可以说，即使那么小的时候，他就懂得如何爱惜东西。它真的很干净，所有的小零件都完好无损，甚至硬纸板的原包装盒。爱惜像这样的东西取决于他的性格，他一定是个很不错的人。"克林特喝了一大口咖啡，注视着她的脸。

玛丽萨移开视线。"不知其他遗孀是什么感觉，当你买下她们丈夫拥有的东西时？"

克林特把支票递给她，站起身来。"大多数人，她们能有什么感觉就是什么感觉。"

翅　膀 | 193

那天她做的最后一件事是清洗卡车。她几乎把车子倒到街上，她脱下鞋子，用手来洗刷珍珠色的车面，然后用布擦干。在清洁内部的时候，她发现了那双柔软的新鞋，还有她买的空姐徽章。她站在车道上，高高举起一只手，使得那对翅膀在阳光的映射下栩栩如生，她想象着年轻的艾丽丝在隆隆作响的 DC-9 型飞机的走道里敏捷而过，体重要轻上二十磅，眼窝没有一丝皱纹，也丝毫不忧虑生活会不如一次飞向她心之所往的高空飞行。可能是这样的，对她们俩人都是。玛丽萨思量着要穿过马路，把这对翅膀送给艾丽丝。她知道它们属于艾丽丝，因为那是她历史的一部分。然而，她却把这个徽章推到她宽松长裤的口袋深处，一只手握成拳头捏着它，直到金属的羽毛刺痛她的掌心。布拉德死后这些天的记忆被深深铭刻于她心中，蓦地，她开始理解物品的价值所在。它们全都是联系物。她需要这对翅膀，但同时，她更需要与艾丽丝结为伙伴。

她突然冒出一个想法，她应该穿上那双美妙的新鞋。她把脚滑入如嘴唇般柔软的皮革中，然后，她觉得自己正站在一个全新的、无比舒坦的世界里。她跨出三个大步走下路缘，当她仰起头来迈向空荡荡的街心时，她似乎成了一朵飘动的轻云。

钢琴调音师

星期一早晨，钢琴调音师正在修脸，电话铃响了，忙乱中他把脸给划破了。电话线上的奇怪女士是一个几乎从不出家门的人，寄身在镇南一所背靠甘蔗田的大屋子里。调音师说他就过来，然后擦去话筒上的修面膏和血迹。他回到盥洗室继续刮他发白的胡须，他想起来，她是一位相当漂亮的女人，比他年轻得多，三十五岁左右。她还有点钱，调音师名叫克劳德，奇怪她为什么不到印度赌场去挥霍一番，或者，至少可以到巴宾诺餐馆去消费，吃一碗烩饭让自己乐上一乐。他知道，她整天就是守着她那座有一百五十年之久的屋子，在一台虫蛀的立式乔治-斯特克钢琴上练习流行音乐。

克劳德收拾好他的调音工具，和妻子一起喝了咖啡，然后坐进他的白色厢式小货车，朝着乡村直奔。他转了十多个弯，驶上那条经过她家的蛤壳路。米歇尔·普拉塞文特的屋子没有油漆过，是一座方形的老宅子，高高地矗立在颓败的砖柱上。它后面是一些灰色的外屋，远处的甘蔗长得比人还高，绵延好几英里，平整得像是一块巨大的草坪。

当他拿着工具箱下车的时候，他记起米歇尔是普拉塞文特家族的最后一人，该家族是克里奥尔人①种植园主，在贫困的社区，他们总是因为自己的钱财和势力惹人讨厌。她母亲死于十年前，米歇尔获得音乐学位从学院毕业之后，就回家照料她。在走廊里，

---

① 克里奥尔人是指出生在美洲而双亲是西班牙人的白种人。

他抬头看了看，停了一下步子，因为他记起了她的父亲——一个白皮肤的重磅巨无霸，头发油腻，直挺挺地坐在一把摇椅里，对着在公路尘雾中穿梭的车辆叫骂，仿佛用一句脏话他就可以制衡整个世界。

钢琴调音师记得普拉塞文特先生在妻子死后开始酗酒，米歇尔不得不把他当作婴儿来照料，直到他在后院倒毙，当时他正在对着邮递员吼叫，因为他收到太多来自凯马特公司的广告。这以后，就只有她和一个黑人女管家住在家里——这座附带上千英亩土地、由银行托管的老宅。后来女管家也死了。

她打电话要他为她的钢琴调音已有一年，他在门廊边的一棵紫薇树下停步，注意到这院子怕是有一个月没修剪了，草地正在爆出新芽。门廊凹陷破败，像是一条皱着的长眉。有十二个台阶通往门廊，当他拾级而上时，它们像弹簧垫似的蹦跳起来。他敲门，米歇尔拧动门把手打开了门，然后退到走廊里，用一个含糊的招手和淡淡的微笑示意他进来。这就是二百年来，普拉塞文特家族对身份低下者的待客礼仪，当然，克劳德对她不抱成见，因为他知道她是怎样被养育大的。米歇尔让他想起迪弗雷纳面包房橱柜里的一种酥皮甜点，模样非常诱人，但是当你试图拿起它的时候，便会碎落，而你的手指会直戳到里面黏黏的馅料。她的脚掌一颠一颠，好像时时都在想要飘浮起来。他觉得她重了几磅，她的肩膀不甚美观，但是她臀部和胸部的曲线倒是有一种优雅、古典的风韵。她的头发黑而卷曲，两眼的颜色如陈旧立式钢琴上磨成了棕色的升音键。钢琴调音师想，一个男人只要不去看这双眼睛，会对她产生兴趣的。他环顾这屋子，觉得它正在日益颓败。

"很高兴你这么快就来了，"她说，"中央的C音被卡住了。"

她指着那台胡桃木外壳的华丽立式钢琴，他想起它那生锈的弦腔和发声沉闷的共鸣板，把琴音调回到准确的高度，需要花上三个小时。他看见一张漂亮的旧式椅子，它的丝绒面上有她久坐留下的印痕，他明白，她会坐在那里，直到他把活干完。通常，克劳德会在常规作业时说说话，所以在他旋出后板的螺钉、卸下面板、合上琴盖的过程中，他与米歇尔闲聊着。过了不大一会儿，他发现有一颗椭圆形的药丸卡在两个琴键之间，他用静音器把它挑了出来。当她看清楚那是什么的时候，她的脸涨红了。"这是你吃的药？"他问，把它放到桌子边上。她的眼睛随着他的手转动。"你还记得克洛蒂尔德吗？"他点点头。"我听说她很会做饭。"

"她称它为'快乐药丸'，她告诉我，如果我有太多穷于应付的烦恼，便可以服用它。"她抬起头，好像无意中说出了一个秘密。她的眼睛睁得圆圆。"但我从没吃，因为只有这一片。"

克劳德偷偷看了她一眼，她就坐在鼓泡的灰泥墙前面，墙上挂着泛黄的普拉塞文特家族亡灵的照片。他突然意识到，米歇尔没有进过职场，除了照顾生活不能自理的母亲和那个爱咆哮的老头，她从没工作过。他记得总是在镇上的商店里看到她，有时候她看上去很疲惫，脸色苍白；有时候她在买食品、老年人药品、成年人尿布时会偶尔说说话，她匆匆地进来，又匆匆地出去，带着一股茉莉花香水的气息。

"你知道，"他说，"也许，你可以去看医生，再配一两粒药片。"

她挥动两根手指示意他别说下去。"我受不了看医生，他们的候诊室简直让我昏倒。"

"你瞧，"他边说边在松开的象牙色琴键上奏出一个颤音，"一个问题解决了。"

钢琴调音师 | 197

"很好，至少排除了一项。"她说，双手交叠放在膝盖上，上身前倾。

"还有什么问题，米歇尔？"他把一只调音扳手放在弦轴上，敲击一下音叉来测定 A 音。他的调音机被送到工厂去修理了，所以他采用老方法，通过耳朵来听，来调节。

"哎哟，一点问题都没有了！"她说，因过于兴奋而喘不过气。克劳德觉得她说话很像 1940 年代电影里的女演员，一只像洛丽泰·扬① 那样的花瓶，从两个琴键之间捞出的一片药丸拯救不了她的灵魂。

他再敲击一下音叉，放在耳朵上，以 A440 为标准②，然后调整上面的一个 A 音，再把中间的每个音作为参照，调好五音阶，校直琴弦，直到琴弦的震动声和他脑中的声音匹配。接着他调整基准音的八度音，如此花去了他一个小时。米歇尔坐在那里，双手放在膝盖上，仿佛买了一张观摩票似的看着。钢琴的琴锤很坚硬，所以他用电动工具快速地作了研磨。然后他搓揉那些制音器，它们落下碰到琴弦的时候，开始发出嗡嗡的响声。他再次转动弦轴。"我不知道这次能否保持稳定的音高，但是米歇尔，如果有一两个音落回去，打电话给我，我会马上赶到。"

她点点头。"你不管什么时候出门经过这里，不妨进来看看。如果钢琴有什么问题，我很乐意为它的修理支付酬金。"她笑得有些情不自禁，调音师想，她是那种渴望有人做伴的人。他坐下，演

---

① 洛丽泰·扬（1903—2000），美国童星出身的电影女演员、电视节目主持人、慈善家、奥斯卡影后。
② A440，标准频率，钢琴调音时首先将自左第49个琴键的音高定在标准频率440，然后以它为基准调整其他的音。

奏了一支用来测试乐器的小曲子,不过,半分钟之后就停住了。

调音师想起他从没听过米歇尔弹琴。根据琴锤的磨损程度来判断,她肯定经常练琴,所以他要求她弹奏一曲。她站起来,把裙子抖松,踏着笨拙的步子走来。克劳德本以为像大多数演奏者那样,她多少会弹错几个音,但《时光流逝》刚过十个小节,他便能听出她指尖与琴键极其自然的触碰,音锤敲打在弦上,像是落下大滴大滴感人的眼泪,随音符飞扬而起,在屋中振荡和扩展开来。克劳德深深地感动了,为她在自己刚调好的琴上的演奏,这曲子是她演奏的,但声音的品质是由他决定的,当她开始弹巴赫的时候,一切更为明显了。

克劳德与演奏会结缘已有够长的历史,所以对古典音乐有一些了解,尽管在甘蔗田里他难得听到这种音乐。他靠在丝绒椅子上,看着她细长的手指在琴键上滚动和奔驰。

当她开始以慢速和飘忽的指法弹奏《星团》的序曲时,他不得不坐下。每个人,甚至他们的宠物狗都能弹这首曲子,但是她弹的和那些都不一样,就像纳特·金·科尔的声音,由钢琴声和回音组成,朦朦胧胧的。她用老旧的低音踏板,从刚调好音的钢琴中挤出泛音,让乐谱上的每一个音符长上翅膀飞翔,克劳德闭上眼睛,想象着旋律在房间里慢慢地飘来飘去。

调音师是那种讨厌浪费任何东西的人,他觉得世上最凄惨的事情,莫过于一件好乐器没有被人碰过,所以,一个演奏如此精湛的人孤独和沮丧地困在一座噩梦似的老屋子里,离最近的、能听懂她指尖情感的耳朵竟有十英里之遥,这令他不安。她弹完后,他问:"米歇尔,你平时怎样消磨你的时间?"

她合上乐谱,用一只眼睛的眼角瞥了他一眼。"自从我父亲死后，我就没有太多的事做，"她说，在琴凳上转过身来面对着他，"有时候租地的人会过来聊聊天。我有电视。"她向一个落地式的箱形物示意，它的顶端有一副精致的室内天线。

"天啊，你为什么不装一个圆盘式卫星天线？"

她把放在膝盖上的手翻过来。"我真的什么东西也不看。它只是在我睡不着觉的夜里陪伴我。"她投给他一个傻傻的、带有歉意的笑容。

他开始把工具一一塞进它们所属的毡袋。"你弹得这样好，你应该买一架像样的钢琴。"

她的小嘴撇了撇。"我试图让拉尼奥乐器店送一架新的立式钢琴来，但是他们说那老旧的台阶承受不了钢琴和它的搬运人马。"她把翻过来的手放到"乔治牌"泛黄的琴键上，"他们对我说，他们从没做过这种事，把如此一个大家伙搬下门廊。我们这里高出地面七英尺。"

"不能从后面把它搬出去吗？"

"那里的阶梯更糟，都烂到根了。"她砰的一声，把琴盖合在琴键上面，"如果我能有一架新琴，我会把这一架从后门推下，让它落到院子里，等废品商来收购。"她一只手飞快地在她的黑发上搔了一下，好像是驱赶一只黄蜂。

他抬头看着墙上被雨水弄污的灰泥。"你考虑过搬家吗？"

"每天都想。我负担不起。不管怎样，这屋子……我觉得它就像是亲人。"

克劳德收起一把螺丝刀。"你应该多出去走走。像你这样年龄的妇女需要……"他开始想说她需要一个男朋友，然而，他环顾了一下发脆的破窗帘，环顾十二英尺高的天花板，它四周的石膏镶边布满了灰尘,之后他的目光回到她打颤的肩膀上,意识到她是如此的离群索居,在生活上异常迟钝闭塞,她唯一应该见的男人就是一个精神科医生,于是他说,"一个职业。"因为他必须结束那个句子。

"哦。"她说,几乎要哭出来。

"喂,这并不是坏事,我每天工作,忙得没时间去忧愁。"

她低头看着他那只装弱音器和毡布的小盒子。"我想不出一件我会做的事。"她说。

晚餐的时候,克劳德的妻子从她小而简陋的保险公司办公室回到家里,他问她是否认识米歇尔·普拉塞文特。

"我们没有做她的生意。"她说,拿过一盘红豆,一边读着一本定期人寿保险的小册子。

"我不是问你这个。"

她抬起头,灯光照在她深棕色的头发上。"她还住在城外那个阴森森的小城堡里?"

"是的,只要你在里面一走动,整座房子都会震动。"

"他们为什么把屋子造在这样高的墩子上?难道在他们筑堤之前水涨得那么高?"

"我不知道,你听说过她的什么事吗?"他把辣椒酱递给她,看着她若有所思的表情。

"我能告诉你的是,我听说她非常抑郁。博内·勒布朗说,她在他的餐厅里发作过惊恐症,就在女招待为她送来虾仁蔬菜辣汤的时候,后来她只好离开了。"埃维蒂摇摇头,"博内做的蔬菜海鲜辣汤棒极了。"

"她能弹一手好钢琴。"他说。

"好像听说过,"埃维蒂翻过小册子的一页,"还有唱歌。"

"她需要有份工作。"

"是啊,她知道怎样开拖拉机。"

"什么?"

"我听说她还是个孩子时,她父亲就逼她学开。我不知道究竟为什么,也许,生下一个不是男孩的她,让他疯了。"埃维蒂喝了一大口冰茶,"我听说,如果农场工人把拖拉机停在大门旁,天又下起雨来,他会叫米歇尔出去把它开到棚子下面。甚至不准她换衣服,只是让她爬到那个油腻腻的东西上,把它开走。"

"见鬼,我还以为她连门铃都不会按呢。"克劳德说。

他妻子把目光转向他。"有些人能做的事可能会使你惊讶。"她对他说。

两个星期以后,当克劳德的电话铃响起的时候,他正坐在摇椅上,脑中除了一场橄榄球赛,一片空白。电话是米歇尔·普拉塞文特打来的。她的声音就像一个溺水水手的求救声,声声扎在他的耳中。她几乎是在对着话筒喊叫,诉说她琴键上的三个音变得不准了,另有一个键被卡住了。她越是解释她的钢琴出了什么问题,她就越是喊得凶,直到她开始哭泣,克劳德觉得,仿佛她的整个家庭在一起空难中死了,阿姨叔叔婶婶、堂兄弟堂姐妹、所有的女孩子。

"米歇尔,"他打断她,"这只是一架钢琴。下次我经过你家,我会去检查的。也许星期一的什么时候?"

"不,"她喊道,"我要你现在就来。"

唉，麻烦事，他想。挂上电话，他去找妻子。见埃维蒂在水斗边削洋葱头，便把米歇尔的事告诉了她。她把一片洋葱皮从刀上抹下来。"你最好去修她的钢琴，"她说，"如果需要修理的话。"她抬头看着他的灰色头发，好像想要知道是不是米歇尔·普拉塞文特发现了他的魅力。

"你想和我一起跑一趟吗？"他问。

她摇摇头，轻轻吻了一下他的下巴。"我得把晚餐做好。等着查德练好橄榄球回家，他准是又饿坏了。"她拿起另一个洋葱头，把绿色的嫩芽切掉，用目光扫了他一下，"如果她真的病了，打电话给梅尔蒂尔医生。"

克劳德以他最快的速度驱车前行，他后悔当初不该为这架破旧的钢琴调音。为一个优秀的音乐家做精准的钢琴调音，永远是个风险，因为当第一根弦的音高开始漂动，她就会不满，会打电话来，仿佛一个有点儿失常的小音符会毁了整个键盘和整首歌。

她穿着褪色的弹力牛仔裤和绿色的T恤衫，她的头发没有梳理，油滑滑的。屋子也乱得像她未经梳理和修饰的头发。克劳德看着她发抖打颤的手指和神情狂乱的眼睛，然后问她在镇上是否有亲戚和朋友。"所有的人，不是死了就是远远搬走了。"她告诉他，她的目光在流动，她的脸红得很不自然。

他看着她，突然有一种疲惫和无奈。他设想如果埃维蒂在，会为她做些什么，然后他走进厨房想冲些热茶，橱柜看上去像是有人从厨房另一头把盆盆罐罐扔到里面，老旧的煤气灶早就该进博物馆了，而且还是倾斜的，它下面的地板也塌陷了。冰箱里塞满了冷冻快餐，食品贮藏柜里放着几罐维也纳香肠和茄汁黄豆。

钢琴调音师 | 203

克劳德心想,如果让他每天以这些东西果腹,他会沮丧万分。

当他拿着茶回来,她坐在一把翼状靠背椅里,身子斜向一边,肩膀收拢。他坐到琴凳上,用八度音和五度音仔细检查了键盘,没发现音高有什么问题,也没有键被卡住。在这一刻,他明白当他转回身的时候有两个选择:一是说钢琴没有问题,然后坐进他的厢式货车,回去过自己的日子;要不就是和她周旋,安定她的情绪。他久久注视这架乔治-斯特克钢琴皴裂的漆面,检查两侧的升音键。一直到他在光滑的琴凳上转身时,心里还拿不定该说什么。然后,他看着她的眼睛,那是一双因为对诊断结果深抱恐惧而睁得大大的眼睛。当克劳德张开嘴巴的时候,觉得自己好像正在滑进一个险境。

"米歇尔,你的医生是谁?"

她的目光投向深色的、结了蜡块的地板。"我不去看医生。"

"你必须去,你看看自己的样子,比脱衣舞场里的盲人更可悲。"

"我只是需要一些时间来调整,我父亲刚过世六个月。"她把一只手放在前额,遮住他向她眼睛射来的目光。

"你是需要一些东西,没错,但不是时间,你有的是时间。"然后他告诉她医生能够为她做些什么;说她的沮丧只不过是个化学物,服用一些药就可以好转。

他不假思索地和她说了很多事情,说服她跟梅尔蒂尔医生预约,就这样他和她在冰冷的客厅里谈了很久。这时一个雷电把院子照得透亮,一场暴风雨从西边袭来,他帮她拿出盆盆罐罐接漏水。在门口,他握着她的手让她平静下来,这样,几个小时后,她才不至于打电话把他从温暖的床上叫起,告诉他她的钢琴走了音或是自己会发出声音来。

大约一个月之后,一天下午克劳德正在割草,他看见米歇尔那辆老旧的黑色林肯冲上了车道。她从车里出来,脸上笑容可掬,身穿一件松松垮垮皱巴巴的海军蓝棉衣。他请她进来喝咖啡,听她喋喋不休地诉说。医生给了一些药物让她试用两个月,她的眼睛熠熠发光。其实,她的眼睛显得如此快乐倒很令他吃惊。她问他,能否帮她找一份弹奏钢琴的工作。

"当你准备好了,我会帮忙的。"多年米,克劳德为那些聘用钢琴演奏者的休闲场所调试钢琴,他认识所有的经理。

她伸出一只手,沉着坚定地往自己咖啡里加了四匙糖。"此刻我就准备好了,"她说,"我得让音乐为我工作。"

钢琴调音师听到这句话笑了,心想这可怜的人竟能如此心情开朗、精神振奋了,他应该打电话给锡德·方特诺德,此人在拉斐特一家新开的大汽车旅馆里经营酒吧。"锡德一直在物色钢琴演奏者,"他告诉她,"我这就为你打个电话给他。"

当他放下电话,她问:"在酒吧里该怎样演奏?"克劳德试图保持脸上的严肃。

"那不是什么难事,"他说,和她一起坐下,对着他的咖啡杯皱起眉头,"你必须会弹许许多多流行曲调和歌谣。"

她点点头。"好的。那我根据他们的要求演奏,无论他们要我弹什么。"她调节她的细表带,然后看着他的眼睛。

克劳德站起来,把他们的杯子放进水槽。"锡德问我你能否唱歌。你不一定得唱,但他说这会对你有益。在一个上等汽车旅馆的酒吧里,会有许多要你唱老歌的请求。"

"我的声音很好。"她说着扣紧双手,直到它们发白。这时他觉得他看到她眼中一掠而过的软弱神态,如同一阵惊心的微电刺

钢琴调音师 | 205

激。"我穿什么衣服好呢?"

他在一块抹布上涂上肥皂泡沫,打量着她咖啡色的头发、干性的皮肤、眼睛周围的细鱼尾纹。"你为什么不去希尔斯买一件黑色的连衣裙和一些假珠宝?演奏的时候稍稍打扮一下,你会是酒吧里最好看的女孩。锡德说,明天晚上九点他在酒吧面试你。这是一家新的大型汽车旅馆在州界附近。"

克劳德的妻子经常说他花言巧语、编造事实,当他与坐在他厨房里服了药的女隐士说话时,他正想着这件事。他还在想,晚上九点钟的拉斐特汽车旅馆钢琴酒吧,是这个世界上他最不愿去的地方。接着,很自然地,从米歇尔·普拉塞文特一口整齐的白牙齿中间蹦出了一句询问:"第一次能不能请你陪我去?"

克劳德深深吸了一口气。"我很乐意。"她拍着她的双手,就像一个街头风琴手的顽猴。他很想知道她在服什么药,多大的用量。

他几乎说服了埃维蒂一起去,但是他们十七岁的男孩染上了流感,她要留在家里看护他。她让克劳德穿上运动衫,但是他拒绝打领带。"为了你的约会对象,你要让自己看上去帅一些。"她得意地对他说。

"去你的。"他的脸刷地红了,他走到门廊里,在夜色中等着。

米歇尔开车来接他,他不得不承认她看上去贵族气十足。他猜她准是在买黑天鹅绒连衣裙时配了根腰带。在去拉斐特的路上,当林肯车在狭窄而平坦的公路上漂流般地经过甘蔗田时,克劳德听她谈起了她自己。她告诉他,她曾经订过两次婚,但是普拉塞文特老人对年轻人的脾气是如此暴躁,使得他们退避三舍。她祖父曾经想拆掉这幢毁于"蝙蝠和白蚁"的老宅,建造一所新的,但是她父亲不听。她说，他为这座屋子除虫，像是把它当作一个证明他比其他任何人都优秀的标志。"唯一的证明，"米歇尔说，"现在我被困在里面了。"钢琴调音师不知道讲什么才好，除了说她总是可以期待飓风季节的降临，但他最后还是忍着没说。

酒吧是个长条形的房间，一边是一些玻璃墙，另一边有一个长长的吧台和一个面带笑容的女侍者。他把米歇尔介绍给经理锡德，这是一个精神抖擞、精明老练的人，身穿一套昂贵的西装。锡德对她笑了笑，对着钢琴打手势，接下来克劳德看到的是，她坐在那台重新组装过的亮黑色斯坦威钢琴后面弹奏《摆出一脸快乐》。她穿高跟鞋的脚踩在柔软的踏板上。过了一会儿，酒吧里开始挤满当地的石油工人和他们带来的妖艳女人，加上通常散布在四处桌子上的销售员，甚至还有几个在吧台上像蜻蜓一样招摇的牛仔。一个苗条的、醉了酒的女人，穿着紧身的白色牛仔裤和细高跟鞋，走近钢琴，把一张纸币丢入钢琴盖上的玻璃杯里。米歇尔看了一下钱，开始演奏《明天》，这支歌足足弹了六分钟之久。

克劳德坐在玻璃墙边一张很小的桌子旁，眺望着游泳池，点了一瓶德国啤酒。他从来没有来过这种地方，觉得颇不自在。他曾经频繁问津的酒吧，是一个用自动唱机播放凯金音乐的地方，柜台上放着一加仑装的罐头猪脚。米歇尔弹完曲子，向他投来目光，他回以一个赞许的示意。她含笑奏起另一支曲子，然后在接下来的四十五分钟里，愉悦地弹完了六首曲子。其间，她一度走到克劳德的桌边，问他她弹得怎样。即使是在幽暗的灯光下，他也能看出蕴含在她眼中的强烈情绪，那是一个人在玩得非常忘情时的眼神。

钢琴调音师想要说：在弹琶音时放松些，把你的速度放慢一点。但是他觉得她是那样脆弱易碎，犹如一个在眼前飘浮的肥皂泡，所以他对她竖起拇指，说："完美无瑕，锡德告诉我，你弹四小时能获一百美元，外加小费。"

"钱。"她尖叫着，迅速回到钢琴边，开始弹奏《宾夕法尼亚波尔卡》，在演奏中大量使用延音踏板。几个石油工人狠狠地瞄了瞄她，可能有些恼火，但大多数人只是在交头接耳地谈话，或者轻轻蹬着脚。克劳德示意她弹得轻柔一些。

他看着米歇尔演奏，看着米歇尔对走向小费杯的人们露齿而笑，就这样，一个半小时过去了。她对着钢琴键盘上方的麦克风唱了一首歌，引来一阵有节制的掌声。她是一个美貌的女人，但是从未学会怎样和人们接触和周旋，克劳德觉得那些默默打量她的人会认为她有点儿傻乎乎。他坐在那里，他希望她的脑后能有一个调整按钮，如此他可以适时提醒她转弯。

最终，在酒吧昏黄的灯光下，钢琴调音师感到有些昏昏欲睡和饥肠辘辘，于是他穿过大厅来到餐厅，给自己点了一份精美的汉堡包篮，另加一瓶冷啤酒。他坐在满是塑料花的花箱旁边，为米歇尔担忧，心想，让一个克里奥尔女王变成汽车旅馆的酒吧钢琴师，自己做的难道是正确的事情？

一走出餐厅，他就能够断言自己所为并非是一件好事。他看见一对年轻人快步从酒吧走出，然后听见她在演奏《第二号匈牙利狂想曲》。锡德站在酒吧门口向他挥手。"米歇尔真的让我的斯坦威钢琴冒烟了。"他说，他的大声喊叫压过了音乐声，"你知道，这群家伙认为古典音乐就像《弗洛伊德·克莱默精选集》[①]一样。"克劳德朝酒吧里看去，在音符的阵雨下，顾客们看上去像是躲避

[①] 弗洛伊德·克莱默（1933—1997），美国著名钢琴乐手。

暴风雨的牛群，一个个都弯着腰。一些喧哗的推销员已经停止了推销泥浆泵和化学品，开始听；两个醉酒的牛仔拖起女人，试着跳吉特巴舞。

经理伸出一只手搭在克劳德的肩膀上。"这是怎么回事？她该知道，那种音乐不适合这个地方。"

"我会告诉她。"

锡德看着米歇尔。"她一直在笑。她究竟是什么状况？"锡德深谙音乐人的内心动向。

"在服用抑郁症药物。"

他嗅了一下鼻子。"嗯，我想那音乐会把你推下深渊，是吧。"

在奏出一大段低沉的尾声之后，酩酊大醉的牛仔发出捣乱的吼叫，但是没有人喝彩。克劳德走过去，弯下身，一只手按在她的背上。"弹得真好，米歇尔。"他还能对她说什么别的？

她抬头看他，眼睛湿润润的，发红的脸上汗涔涔。"你别骗我，我知道你在想什么。但我憋不住，我真的很愤懑，我必须发泄出来。"

"你生什么气？"他感觉到她的肩膀在颤抖。

起初她什么也不说，然后她耸耸肩。"坐在这里我禁不住想，要修得起我的老宅子，我必须在二十年里每周弹五夜钢琴。"她直起腰来，目光越过长长的钢琴，落到酒吧女侍身上，那女侍双手放在吧台上，看着她。"我在这里做什么？"她用一只手掌往下抚摸自己松软的喉咙，"我是普拉塞文特家族的一个成员。"

克劳德把她的麦克风推到旁边。"你的服药量可能少了点，"他低声说，尴尬得有些无地自容。他匆匆看了一眼锡德。"不过，你应该弹完这套曲目。"

钢琴调音师 | 209

"为什么？没有钱我也能活下来。我的意思是，我感激你给了我这个工作，但是我觉得我准备回家了。"她似乎神志不清，情绪失去控制，但是她坐着没动。

他清楚自己脸上显露出了不安。她低下头注视琴键，直到最后一个牛仔——实际上只是一个法国农场的男孩，来自南边的卡梅隆教区，身穿一件俗艳的衬衫，戴着一顶沃尔玛出产的帽子——走过来，把一张五美元的纸币投入她的小费杯里。"喂，女士，你能演奏佩茜·克莱恩①吗？"

一抹受伤的淡淡微笑掠过她的嘴唇。她挺直背，对他说了些什么，但是眼睛却看着克劳德，看着克劳德那张尴尬和充满希望的脸。她的嘴闭成了一条线，右手落下，开始奏出一段引子。然后，在他的惊异中，她开始唱，人们纷纷抬起头来看，仿佛佩茜·克莱恩莫名其妙地返回了人间，但是那不是她的乡村口音，整个屋里的人都安静下来聆听。"疯狂，"米歇尔唱着，轻柔得像是午夜里卧室窗外的迷雾，"为感到如此孤独而疯狂。"

很长时间他没有再见到她。在锡德的酒吧里，有人把一杯掺了苏打水的威士忌倒入斯坦威钢琴里，当克劳德去那里清理修整时，经理告诉他，周末她还来这里演奏，其他时候常常在喜来登酒店弹琴，偶尔会在乡村俱乐部为石油公司的派对助兴。他说她的用药剂量控制得很好，她的演奏很棒，除了到夜晚将尽之际，她会唱起蓝调歌曲，在中途放声大笑，仿佛她脑中想起什么笑话。那笑声非常响亮。调音师想知道，她是否能够保持一个平稳的状

---

① 佩茜·克莱恩（1932—1963），美国著名的乡村流行歌手。

态。像米歇尔这样的人，他想，有时候他们的才能能帮助他们控制好自己，有时候却不能，谁也预料不到。

大约在十二月中旬，米歇尔打电话叫他去为她新购的钢琴调音。她最终请一个木匠在前门阶梯下面装了撑柱，所以拉尼奥乐器店得以把钢琴搬进屋里，不过，他们对她说，他们不想要那架乔治-斯特克作为价格上的抵扣，而且不会为了哪怕是巨额报酬去把这个大家伙搬进院中。它造得像是一艘木头的战舰，几乎有八百磅重。

克劳德到达那里时，大门是开着的，于是在通往后门廊的长廊头上，他绕过一架深色的巨型钢琴走进去。他注意到客厅里的那架新钢琴，既小家子气又极难看，犹如一个浅色的木头模型，他难以相信这是她挑选的。

米歇尔在走廊的远端出现，看上去眼球充血，卷曲的长发在摇晃中松散地披下。那件黄雨衣的下面，穿的是一条被铁锈弄脏的棕褐色便裤，戴着园丁棉手套的手上拖着一根半英寸粗的缆绳。

"克劳德，"她一边说一边摇着头，"你不会相信今天早上我有多烦恼。我要拉尼奥的员工把旧钢琴推到走廊里，但是它底下的轮子卡死了。你只需看他们把地板搞得怎样就知道了。"她用一只手朝地上拂动。地板表面覆盖着有两百年历史的云状蜡层，克劳德认不出哪些是新的损伤。"他们设法把它弄到这条旧的编织小地毯上，我想我可以把它从后门廊拖出来，让它落到院子里。"

他看着她的眼睛，想知道到底发生了什么。"你想把这东西放在小地毯上推下走廊？我们不能自己推吗？"

"试一试吧。"

他把身子靠在钢琴上,但是钢琴调音师并不是一个肌肉发达的人,这乐器纹丝不动。"我明白你的意思。"他看着走廊那头敞开的后门,"我想你说过它会从后台阶上掉下去?"

"不管怎样,需要换掉它们。阿塞门特先生说,下个星期他会用车把那糟东西运走。"她把缆绳拖到键盘下面,通过把手绕过钢琴背,形成了一个环,再安上钩子。当她从调音师身边经过的时候,他闻到她衣服上有股汽油味。他走到后门,想看看她是要把缆绳钩到什么上面。只见后院里有一辆约翰-迪尔720型拖拉机在隆隆地空转,冒出一环一环的烟气,这是一辆大型的双缸拖拉机。

"天哪!米歇尔,那辆拖拉机大得像个火车头。"

"这是谷仓里唯一能够发动开出来的。"她说着把缆绳甩到院子里。

他看着那屋顶生锈的外屋,灰色柏木在细雨中变黑了。她开始小心翼翼地走下千疮百孔的阶梯,看上去它们承受不了他的重量,所以他从前门出去,再绕回到后院。他看见米歇尔把缆绳的钩子搭在拖拉机的牵引挂钩孔里,然后踏着右边的后轮轴壳爬上去。当机械的废气像低音鼓似的砰砰冒出时,她面向后面,看着走廊里的钢琴。他记起这种老式的约翰-迪尔有一根长的离合器杠杆,而不是一个脚踏开关。当一个前胎滑到化粪池盖上引起拖拉机急剧转向时,她正在慢速一点点收紧缆绳。克劳德不知道她到底想做什么,但提出要帮她忙。

"我已经全部计划好了,你只要站在那里看着。"她坐在座位上,找到了倒车挡,使拖拉机倒退着离开化粪池的盖子,用一根橡胶带把方向盘绑住,如此它就不会再晃荡了,然后在最低一挡速度下小心地向前移动，直到缆绳被拉紧。接下来她一直保持杠杆朝前推送，拖拉机咆哮着向前爬行。克劳德走到院子的出口，踮起脚尖，看到那台乔治钢琴在沿着走廊滑动，虽然是左右摇摆着前移，但看起来它像是真会跌跌撞撞地跑出屋子、进入后门廊。然而，大约在离门三英尺的地方，钢琴从小地毯上滑出，侧面转向出口通道。米歇尔停住拖拉机，大声说了些什么，在引擎的喧闹声中他没听清楚，可能是要他进去把钢琴扶直。她从驾驶座出来，又站到了轮壳上，然后探过身子朝地上跳。钢琴调音师屏住呼吸，因为觉得她下来的方式不对。她的雨衣钩在长杠杆上，他听到离合器砰地发出了响声，是啮合时的那种声音。米歇尔腹部朝下平跌在地上，在她上方，巨大的拖拉机在移动。克劳德跑过去，当她从挂钩下面毫发无损地滚出来时，他抓住她的手臂把她拖起来。其间，拖拉机水平地拖着钢琴的共鸣板靠在屋子的入口通道上，卡在那里大约半秒钟时间。当拖拉机的节速器打开，汽油被注入引擎的时候，这台巨大的机器喘起粗气，洽——洽，排气装置爆出响声，硕大的轮胎蹲伏着，滚进了草地，而乔治牌钢琴和屋子的整个后墙一起被拖出来了，三排砖砌的墩子像一叠叠多米诺骨牌倒塌了，厨房、后卧室、后门廊在灰泥粉尘的风暴中土崩瓦解，木板在纷纷爆裂和哀嚎。石板瓦从屋顶泻下格格作响的音乐瀑布，整座屋子在颤抖，几乎每一块窗玻璃都发出叮当的声音。正在克劳德认为崩溃已经停止的时候，走廊一路倒塌过去，一直到前门，前门在摇摆中砰地一声关上。

　　拖拉机以大约每小时四英里的速度继续向北颠簸而去，钢琴调音师想他是否应该去追，但是米歇尔的哀叫声开始从喉咙深处迸发出来，她紧紧抓住他的胳膊，好像就要晕倒似的。他脑中一片空白,想不出该说什么,他们注视着房屋的残骸,仿佛想要用航模黏合胶把它们重新黏合到一起,这时,煤气燃烧起来,喷射出一股巨大的黄色火焰,在一片废墟中那里应该是炉灶的所在地。

"起火了。"她气喘吁吁地说,眼泪夺眶而出。

"最近的邻居在哪里?"他问,觉得至少现在他可以做些什么了。

"阿尔塞曼家,大约一英里远。"当她用白皙而瘦弱的手臂指着东边时,她的声音细微而嘶哑,于是他拖着她一同走到前门,把她推进他的厢式货车,驾着车冲上柏油马路,向可以打电话的最近地点猛冲。

等格兰德克拉波德志愿消防队赶到米歇尔·普拉塞文特的住宅时,这座房子成了一个巨大的橙色星星,烧得非常旺,几乎不见烟雾。消防队员冲到篱笆边,但是一到那里他们就失去了信心。他们开始为路边的山茶花和更远处的活橡树浇水。在米歇尔那辆林肯的漆面鼓泡之前,克劳德把它抢救了出来,她坐在里面,宛如他在历史频道里看到的一个二战难民。消防队队长米诺斯·勒布朗和她谈了一会,问她是否有保险。

她点点头。"唯一庆幸的是这屋子保了险。"然后她把脸埋到手中,克劳德和米诺斯移开目光,等着她放声大哭。

但是她没有。过了一会儿,她要了一杯水,她看着她的林肯,要克劳德带她去镇上。"我有一个可以和我同住的熟人,但是她在上班,要到五点半之后才回家。"

她抬起眼睛,看见一个光秃秃的烟囱从大火中冒出来。"这些年来,只有一个人会让我借宿。"

"回我家和我们一起吃晚饭吧。"他说。

"不。"她察看自己肮脏的宽松长裤,"我不想让你妻子看见我这副狼狈相。"她看上去几乎吓坏了,她看了看他周围的消防队员。

"别担心。她会很乐意借一些衣服让你过夜。"他让自己挡在她和火场之间。

她用手指摆弄着卷曲的头发,点点头。"好吧。"但是一路上,她都从眼角偷偷看他。大约在克劳德进入他家前面一个街区时,她发出了一阵傻笑,他想,她身上的化学物质开始发力了。

埃维蒂指给她电话,她和几个人通了话,然后走进客厅,克劳德在那里看电视。"六点半以后,我能去我的朋友米里娅姆家。"她说着慢慢让自己沉入到沙发里,脸对着电视。

"我们吃过饭后我会带你过去,"他摇摇头,看着她膝盖上的锈迹和污泥,"唉,我真替你难过。"

她继续面对屏幕。"你看,我无家可归了。"但是她甚至没有皱一下眉头。

六点钟,第十频道开始播放当地新闻,第五个故事是关于一辆大型的绿色拖拉机从比利奥德维尔边缘的甘蔗田里出来,用一根缆绳拖着一架泥泞笨重的钢琴。播音员解说拖拉机怎样犁过一个妇女的院子,进入拉蒙尼卡街往闹市而去,在那里它爬上了路肩,开始挣扎着攀上圣马丁天主教堂的台阶,直到罗莎莉·兰德里——一个正在清扫门廊的妇女圣坛会成员——用扫帚柄敲断了拖拉机火花塞的电线。到五点半为止,弗米利恩教区的警长助理尚不知道这辆拖拉机来自何处,它和那台破烂的钢琴属于谁。

克劳德直直地站着。"难以相信它竟然没有在什么地方被绊住。比利奥德维尔离你家至少有四英里。"

钢琴调音师 | 215

米歇尔咯咯笑起来,她的肩膀轻轻地摇晃起来,她努力想控制住。然后她张开嘴巴,爆发出一阵响亮而游动的笑声,持续了很久,它们在翱翔中化为尖叫和狂飙,在某种情绪的冲击下,她的泪水夺眶而出,淌下了脸颊。

埃维蒂手拿一只大勺子走到门口,看着她丈夫,摇摇头。

他走过去,抓住米歇尔的胳膊。"你还好吗?"

她试着在笑声的间隙说话。"你看不出来吗?"她哀哭着,"它也逃走了。"在电视屏幕上,一位牧师对着冒热气的拖拉机摇头。她又开始大笑,这次,笑得克劳德差不多能够看到她的喉咙了。

一年后,有一天,他接到电话去拉斐特调四个音。

对他来说,由于学校开学和钢琴课程起步,九月份就是那样忙碌。尤其是锡德急着要他从酒吧的钢琴里取出一瓶坚果。他大约五时三十分到达那里,在动手工作之前,锡德去餐厅为他买了晚餐。

经理穿着他通常穿的深灰色西装,他的黑发被直直地梳向脑后。"你的朋友,"他说,好像"朋友"这个词对他们有一种特别丰富的含意,"你知道,还在这里工作。"

"是的,上个月我还去她公寓为她的斯坦威新钢琴调音。"克劳德说着挖出一块汉堡牛排。

"你知道,甚至经常有一些陌生人进来,只为听她唱歌。"

克劳德抬起头看着锡德。"她是位出色的音乐家,一个好女人。"他停止咀嚼,说道。

锡德又慢慢喝了一口酒,轻轻地放下杯子。"她看上去还不错。"他说。

钢琴调音师意识到这就是锡德的表述方式，不作解释，只是用他的声音暗示无法解释的东西。经理靠近他。"但有时候，她在唱到一半的时候会开始说话。说些奇怪的话。"他看了看他的手表，"今天晚上她会早些开场，为一些特定的人群——一群四只眼睛的英语教师。"

"什么时候？"

"八点左右，"锡德喝了口酒，看看钢琴调音师，"每晚我都捏着一把汗。"

这个房间很凉爽，很精致。一个新的小舞池就在钢琴旁边。米歇尔现身，她戴着一副金属框眼镜，身穿昂贵的黑色女装。那架豪华的钢琴在房间里侧转过来，如此每个人都能够看到她的手。她立刻开始弹奏，是一支优美的老狐步舞曲，克劳德忘了它的名称。接着她弹了一首圣歌，然后是一支拉格泰姆乐曲。他坐在相距两张桌子的地方，欣赏着钢琴发出的音色，那是他的工作成果，体现了他的调音质量。在曲子的停顿中她发现了他，眼睛立刻像皮球似的膨胀起来。她甩起她的细长手臂，对着麦克风喊道："喂，各位，我看到来自格兰德克拉波德的克劳德，他是行业里最棒的钢琴调音师。让我们给他热烈的掌声。"从酒吧传出一阵掌声。克劳德担心地看了看她，她让自己安静下来，双手放在膝盖上，等着掌声停下，然后把一本厚厚的乐谱放到琴架上。她的手指舒展开来，形成一个个乳白色的拱门，她奏出一支斯科特·乔普林[①]的慢曲，带着隐性的探戈节拍，让忧伤的音符像花蕾一样

[①] 斯科特·乔普林（1868—1917），美国黑人作曲家、钢琴家，以其拉格泰姆作品闻名。

绽开，这就是她采用的演奏方式。克劳德想起了曲名——《安慰》。

"你们可知道，"她在音乐声中问酒吧里的人，"斯科特·乔普林在妓院弹过一段时间钢琴？"

克劳德看着所有聚集在这里的英语教师，看见他们戴着闪光的眼镜，挂着身份标签，仰起一张张惊讶的脸。他明白米歇尔决无可能调整自己去适应一个艺人的身份，但至少她是勇敢的。

"是的，"她继续说，"据说，在1917年4月的愚人节，他死于梅毒引发的疯癫。"她朝着厚厚的乐谱点头，她是在对里面所有的拉格泰姆曲、进行曲、华尔兹舞曲致意。"一支青霉素或许就能挽救他，再为我们留下几百首美妙的音乐，"她对着整个屋子说，"这有点儿滑稽，同时又令人悲哀，不是吗？"

她从麦克风前退回身子，把难弹的音符修饰得更为完美。克劳德听着，紧张得手臂上竖起了汗毛，当她弹完的时候，他向她挥手，站起来，往大厅走去，他在那里站了一会儿，看着那些普通的人们。然后听到她开始弹奏一支慢曲，在三对舞伴和谐起舞之际，他回转身朝酒吧里面看去。

书评的故事

一场午后风暴把一个闪电甩进了锡德尼·兰德里的后院，烧毁了一株紧挨着后篱笆的松树苗，但是锡德尼竟然连眼都不眨，虽然他就在窗边，从那里能够看到冒烟的断桩。他正在查看亚马逊网站对他新小说的评论，上面显露的都是一些三星的评论，有一则四星的是他弟弟写的。他认识每一个写短评的人，甚至还恳请一对夫妇执笔，但这些评论仍然让他感到高兴。他对自己说，他是小碗里的一条小鱼，但至少，他最终上了亚马逊网站。他每天上网两次检索新的评论，希望看到第一个给他五星好评的粉丝。但是今天，伴随雷电而来的是一则可怕的一星评论，评论者留下了自己的姓：泽诺，老家在印第安纳州的斯坦普。

多年以前，锡德尼就梦想着成为一个发表作品的小说家，在五十一岁的时候，他写出了一本关于拐骗的小说，他觉得瞄准这一主题，等同于握住了一个不会错的投资时机。这本书的故事发生在路易斯安那州南部，一个农夫的儿子被人拐走，最终被家人拯救回来——他意识到，这并不是一个热门的或罕见的故事。他发现亚马逊上的许多小说，既不热门，又非罕见，所以他认为他和他们并无二致。他体型高大，秃顶，是一个爱想入非非的人，偶尔很暴躁，对察觉到的轻蔑总是耿耿于怀。他的皮肤实在是薄得有些病态，有一种由情绪引起的带状疱疹，当然这完全不是他的错。他靠写小说来得到放松，使自己从一个低级会计师的工作中解脱出来。但是写作和数字在他手中并没有完美地融合。办公室经理经常抱怨说,锡德尼的会计报告既有文学的酸腐气,又冗长啰嗦,甚至偶尔还会对客户的支出账目作轻蔑的比喻。

他的出版商是海狸鼠出版社,一年前在当地的一家印刷所里成立。他的书在巴吞鲁日和新奥尔良的报纸上引来两篇不冷不热的评论,两家地区书店邀请他去朗读《被拐的农夫之子》的片段,并签名售书。大约在小说出版一个月之后,亚马逊上架了这本书,据出版商说,一个星期差不多售出四本。锡德尼对他的成功沾沾自喜,以非全日制的状态回到本职工作,开始致力第二部长篇小说和一组短篇小说的写作。他的妻子是护士,一个有一张坚毅脸庞的小个子女人,挣到的钱足以支撑家庭经济,他的女儿们不常来走动,她们的职业是房地产经纪人,比他赚的钱更多。

当锡德尼注意到这篇一星亚马逊评论时,浑身上下顿时成了僵硬的石块,唯有双眼还在转动,扫视着第一个句子:"天啊,为了这本书,死了多少树?"他低头看着这又长又宽的评论框,身上开始冒汗。他费力地读完了一半的评论,每一个字都像一把扔过来的刀子,接着往下看:"作者在他不熟悉的主题上虚构了一个世界。我可以断定,他从没经历过任何形式的绑架,因为其中的人物并无遭受过这类创伤的迹象,他们如常地从事自己的职业,不像家里有人被拐走,而且可能是永远回不来了,倒是像他们的农场砖屋被邻里的孩子用厕纸包缠起来。那文字读起来就像一本一九五一年的斯蒂贝克汽车的使用手册,没有条理的句子连篇累牍,令我反胃。我对任何角色都了无兴趣,尤其是明显不真实的被拐男孩,他看上去像一个情景喜剧中的小偷,太自暴自弃,甚至害怕那些愚蠢透顶的绑匪。作者生于河流之州①,他的故事情节蜿蜒曲折,迷失在某些细节的沼泽中,纠缠于父亲的职业历史和母亲怎样涂抹化妆品的细节,但是却不去着墨他们失去孩子的苦恼——多么乏味!这些人就像一条冗长单调的堪萨斯州际公路。在我一生中,我买书从没退过,但是明天我会做一次特殊的城镇之旅,把这本失败之作送回去。从现在开始,我打算只去当地商场里的书店了。对男孩父亲所在农场的场景描写读之味同嚼蜡。根据这本小说可以看出,作者对农场的家畜一无所知,对那里的人们及其感受知之甚少。总的来说,这故事的情感负荷是一张一美元的贺卡。为什么出版商会把油墨浪费在这些迷失在神秘意义上的话语垃圾中?"

锡德尼一动不动地坐着,脸色惨白,他的手指渐渐地捏成拳头。他担心所有认识他的人都会看到这篇评论。他的妻子,他的女儿,他的会计行业朋友,他的上司,他的母亲,他在路易斯安那州的一半熟人。他试图对自己说这无关紧要,有些白痴在互联网上全天候地乱写评论。他记起有一篇评论只给弥尔顿的《失乐园》两颗星,说它实在过于冗长。

那天晚上用餐时,他妻子好像感觉到有些事情不对劲。问他是不是发烧了,他说他觉得没有,这是个不确定的回答,所以她走过去摸他的前额。他想她的爱抚会减轻他的不安,因为他爱他的妻子,但是这次不起作用。此刻,当她触摸他的时候,她的手是冰凉的,感觉就好像她是在探测尘埃。迟早她会发现印第安纳州斯坦普的人们是怎样说他的。他希望她不会赞同。他把青豆推

---

① 河流之州是路易斯安那州的别称。

到他的盘子里，朝着后院看，希望当那个评论者带着高尔夫球杆走近他的时候，会被他的雪松栅栏困住。他的本能是做出反击，就像一个 eBay 上的卖家卖给他一只无法工作的手表时他做的：在和那人交换了一系列针锋相对的电子邮件后，他驱车两百英里，来到得克萨斯州南部的一个城镇，痛斥那位商人，此人打着赤膊站在前门阶梯上，怒视着他，难以置信，竟然一分钱都不肯退还。

第二天上班，当锡德尼走进办公室，巧舌如簧的吉尔曼·雷德一把抓住他的胳膊。"锡德，我想昨晚你查过亚马逊了？"

他咬紧牙关。确实，这是他在很长一段时间里必须面对的。"是。"

"这家伙真是个尤物，对吗？虽然你必须承认，那第一句话很有趣。"

锡德尼轻轻走进门里，把门关上。"是，他是个白痴，"他说，"工作吧。"

他整天避开他的会计师同事。晚餐时，透过他妻子审视的眼光，他能知道她已经看过亚马逊网站了，这是一种他不可能猜透的表情，好像在说：如果你没钱可赚，中西部也没人拿着三根钉子和一把锤子死盯着你你为什么还要写东西？至少这就是那种表情在他眼中的含意。多年以来，他越来越难以猜透她的心思，而有时候，他倒是觉得她能像 X 光机一样把他看得一清二楚。

第二天锡德尼驾车去上班的时候，一个陌生人站在旁边一条巷里向他投来探询的目光，锡德尼猜想这个人知道他是谁，也知道印第安纳州的读者写了什么。在办公室里，他独自为当地一家铸造厂核对数字，他开始觉得自己成了一个重型铸件，一个过热的火车头引擎，那个怀着满腔愤怒的陌生人，完全可以选择宇宙中的所有邪恶来发泄他的蔑视——恐怖分子、独裁者、邪恶诱导者、午夜脱口秀主持人、政客、电话销售员、恋童癖者、饥饿和瘟疫——却决定用双脚踩踏一个崭露头角的小说家，只因他写了一本平淡的侦探小说，已经卖出了四百八十七本，大部分是从他的汽车后备厢流出去的。为什么此人不去挑战格里森姆或安妮·赖斯①？锡德尼想要找到答案。

那天锡德尼花了整个下午，次日又耗了很多时间，在他的高速办公电脑上搜索，试图摸清这个评论者的身份。索检并非难事。他读到了泽诺的另一些评论，它们大体上是正面的；还获得另外一个有关斯坦普的商场书店信息。在斯坦普的城市工商目录中，列有一个商场和两家书店。用泽诺这个奇怪的名字继续查下去，他认为值得打个电话一试。在第一家店里，一个有听力障碍的老人对着话筒喊叫，说他不认识任何名叫泽诺的人，但是他店里正在五折贱卖"丑角"系列的所有二手平装书。不管怎样，锡德尼向他道了谢，再打电话给第二家书店，一个女孩拿起话筒。

"喂，我是布兰德书店的米歇尔。"她尖声地说。

"我在找一位爱书的朋友，他可能常来你们书店。"

电话里有一种黏性的声音，就像有人在咀嚼三块口香糖，然后女孩说："他叫什么名字？"

锡德尼的心重重地跳了一下。"泽诺。"

"我不认识他。布兰德先生在十五分钟之后会回来，你可以再打电话过来。是不是很急？"

"不急，真的不急。也许有其他店员认识他，他今天在这里

---

① 约翰·格里森姆和安妮·赖斯都是美国超级畅销书作家。

书评的故事 | 223

吗？昨天是否来过？"

传来更有黏性的声音，然后是一声喊叫声，让他急忙把听筒从耳边移开。"特——丽莎——莎——莎，你认识一个名叫泽诺的顾客吗？"

锡德尼能听到背景中的一句回应。"就是那个块头特大、在学院教书的人吧？那个买了书又退货的人？"

"我不知道，"拿着电话的女孩说，"这里有个人想知道，他是否在这里。"

"如果是我想到的这位顾客，告诉他此人不在。"

"抱歉，"米歇尔说，"我们没有看见他。"

他咔嗒咔嗒地敲击电脑键盘，很快就找到了斯坦普的詹森·波林斯基社区学院。他扫视一份学校教员的名录，上面显示出泽诺·巴朵尔的名字，教的是语言艺术。这令他颇为沮丧，因为锡德尼希望这个评论者是个狂暴的酒保，或是一个没人雇用的不称职者，但是教英语这个事实给了此人一点可信度。锡德尼觉得阴郁笼罩着他，他起身回家，在过道里快步从同事们的身边走过，仿佛有什么急迫的任务。

下个星期，他巴望网络上会贴出新的评论，会有些东西来缓冲这篇可怕的书评，转移读者的视线。他甚至想到去订购一本自己的书，然后用化名写一篇评论，给出一个四星的打分，说："嗨，它并非像上面那人说的这般糟。"他开始在屋子里无精打采地走来走去，直到他的妻子气冲冲地喊停他："简直不可理喻，如果它使你如此烦恼，干脆打电话给这家伙。你必须把这事给了了。写你的新书，别再垂头丧气地走来走去了。我讨厌你这副模样。我的病人总是死在我跟前，但是我又继续去帮助下一个。我可以写书,如果我想写的话。"

这最后的话让他感到恼怒,因为他妻子作为一个创伤护士,确是生活充满乐趣,而且有一肚子的故事。

尽管她再三告诫,他并没有从中摆脱出来。相反,他下载了一份去印第安纳州斯坦普的行车路线,将他的普瑞斯车灌满了汽油,在一个星期二的早晨,他坐进他的普瑞斯车,神不知鬼不觉就出发了。他决定得去见一见这个评论者,也许在不让对方知道他是谁的情况下同他对话。而事实上,他不知道他想要什么,除了认为应该为受到诋毁做些什么。他曾经很想让事情熄火,但是又不甘心这样了了之。他加速向北而去,经过柏树沼泽地,驱车进入松林带,很快就卷入到密西西比州边界的一阵大雷雨中。雷电的光球在他的视野尽头炸开,路边的一棵树像钨丝一样变亮。他为隐藏在周围森林和牧场里的人们感到难过,他们在遭受这些白炽棘条的鞭笞。他无法阻止自己把这雷电攻击想象成亚马逊网站上的坏评论——随心所欲和毫无意义的抨击。他不能对云层里积累起来的静电生气,但是有人把他的小说挑出来放到文坛上炮打雷轰,这着实令他咬牙切齿。

那天晚上,在开罗郊外一家充满霉味的汽车旅馆里,他打电话给他的妻子。

"你在哪里?"她尖叫着。

"我要去见那个家伙。"

她的声音就像是一颗来复枪子弹飞来。"你是一个白痴。你没回家吃晚餐,我都不知道该怎样办。我正要报警。"此刻她在放声喊叫。

他对她的愤怒感到吃惊,他在床上坐直。"你瞧,放松点。我只不过想弄明白怎样去跟那家伙交涉,完了就回家。"

"是啊,正如你和那人交涉他五年前卖给你的二手车。就因为你对那个推销员做的事,你差点儿被捕。"

"你为什么非得提那件事?"

她让自己的声音平和下来。"锡德,你有没有带着你的手枪?"

"我把它留在楼上了,不瞒你说,我想到过把它带在身边。"

线路上有一段长时间的静默。最后他妻子说:"你不知道跟着你过日子有多累,对吗?"

"我这次没事。为我把灯开着好吗?"

接下来,他听到电话被咔嗒一声挂断了,随之而来的是冷漠的拨号音。锡德尼咬着嘴唇,心想他是否应该喝点酒或其他什么,敲几下墙消消气,然后打道回府——驾车直奔路易斯安那州。可是就这样让事情平复,他实在无法咽下这口气,他意识到这一点,但却把它归咎于他的基因,虽然他父母是性情平和之人,是非常棒的税务会计师。

现在就搜索,他启动他的笔记本电脑,开始寻找和挖掘有关泽诺·巴朵尔的信息。他花了18.75美元买了一个提供很多信息的在线报告,得知泽诺无犯罪记录,没有交通违规,年纪六十岁,住在他三十五年前购置的一幢住宅里,地址是芝麻巷六百七十号。这份报告包括几年前一位加拿大学生玛丽·拉巴特和他做的一个访谈,是有关写作教学的。这个网页承诺,如果它们的网络爬虫发现更多的信息内容,会及时加以更新。锡德尼合上他的笔记本电脑,拧亮生锈的床头灯,再次阅读他一周前写毕并打印出来的一个短篇小说,看看有什么地方可以修改,但是并没有,于是他制订了和泽诺见面的计划。

斯坦普是一个大约有四千人口的城镇，大多数人受雇于一家冲压暨锻造厂，在那里，巨大的压力把钢板压成卡车保险杆，三万磅的重锤在一击之下把灼热的钢坯压成了曲轴，咔——砰的重击声响彻四面八方，一直传到一英里之外，震荡着整个城镇。他在小餐馆里用早餐，吃了未炸透的薯饼和乏味的熏肉，周围都是戴着饲料店帽的老人。虽然他听不到冲压厂的声音，但他能够看到他的咖啡在震动中产生的水纹，每个圆形涟漪都是一台巨型设备锤击的结果。

他驾车去那所社区学院，向一个部门的秘书询问泽诺·巴朵尔的班级在什么地方和什么时候上课，他手中拿着一个马尼拉纸文件夹站在教室门外，直到像消防警报一样的铃声响起。在最后一个学生离开时，他走进教室，脸上堆着笑容。

"是巴朵尔先生吗？"

仰起的脸简直就是牛头犬，那双鸽灰色的眼睛几乎像是瞎的。"你不是从教务长办公室来的，是吗？"

锡德尼的笑容更浓了。"不是，我是鲍勃·卡尼斯基。我认识你以前一个名叫玛丽·拉巴特的学生。"

"谁？"

"她是一个加拿大女孩，几年前曾经访谈过你。"

"哦，是的，那个小法国斗牛犬。"泽诺·巴朵尔在椅子上挺直了身体，在锡德尼眼中，他是个大个子，背略微有些驼，体型超重，但看上去仍然健康。

"是这样，不久前她有一天打电话给我，我问她是否认识什么人，我可以付款请他校阅我写好的一个短篇小说。她说我可以和你协商。"

泽诺拿起一叠一年级学生的手写作文，然后又让它们落回到办公桌上。"我并不缺少要读的东西。我还教另外三个班级，就像这个一样。"

锡德尼俯过身去。"这对我很重要。你知道，要找一个人来为创作润色，这有多难。"

泽诺抬起头看着他，而锡德尼看出对方的眼睛带有某种损伤，也许是源于他几十年如一日批阅一年级学生的作文，读到的是相同的陈词滥调和相同的错误。也许他会乐于读到与此不同的东西。

"听口音你不像是附近的人。"泽诺突然说。

"我过去一直住在得克萨斯州东部，在很久以前。"

他点点头。"我想，要改变老的语言韵律的确是很难的。"他站起来，"好吧，你不是我的学生，那么对你的小说作一个评价，你愿意支付多少呢？"

"五十美元行吗？"

泽诺的眉毛扬起。"倒像一个警察星期六晚上的报酬。去学生活动中心吧，我会让你给我买一杯咖啡。如果去我办公室，孩子们会进来，对世上各种事情问个没完。"

于是，锡德尼和泽诺在一起待了二十分钟。他递过他的小说，说二十年里他一直致力于提高他的写作能力，这是真的。泽诺读到第一个句子，用鼻子吸了口气，把文件夹合上。"跟我说说吧。我试着让自己在这里看起来富有成效，所以我记下那些提醒我语言内涵的单词。我在文学杂志中取得了一些成功，这让我有幸成为一名写作教师。有时他们让我教授先锋小说的写作课程。"

"我还没有发表过任何东西，"锡德尼对他说，"我的妻子说我应该问问别人的意见，看看我是不是在浪费时间。"

泽诺点着头，提到他妻子也对他说过同样的话，是在很久以前。像大多数不得不和陌生人周旋的人一样，他开始叙述他生活的点点滴滴，提到他有两个女儿和一个儿子，多年前他妻子离开了他。他挥挥手，就像在掸去一只大昆虫。"我想，这都是过去的事了。现在，我终于有一本书被出版社接受了。"

锡德尼慢慢地点着头，喝了一口咖啡。他简直不敢相信自己的好运气。亚马逊网站上会有老泽诺的一本书，这是供他用评论武器作炮轰的靶子。"那么这本书，它什么时候问世呢？"他的右手开始颤抖，所以他用左手盖住它。

"很快，也许两个月。由兰登书屋旗下的一家纽约小出版社出版。"泽诺推开他的泡沫聚苯乙烯咖啡杯，"好吧，我得走了。"他把锡德尼的文件夹塞到腋下。"我能在星期五上午对它作出评定。你能在我上完第一节课后来我办公室吗？九点钟左右？"

"当然可以。你要回家吗？"

"我会在一家酒吧停下，喝上三杯冰啤。不是想冒犯你，但我喜欢独处。放松一下，远离那些令人毛骨悚然的同事。"

"我能理解。"

"星期五，对吗？"

"星期五，九点钟。"

锡德尼驱车返回汽车旅馆，这是一个淡出人们视线的所在，它的大门被重新油漆了一遍又一遍，以致表层的油漆看上去仿佛泪迹斑斑。他躺到吱吱嘎嘎的床上，觉得他的使命已经部分完成。然而他还想找到答案，为什么一个像泽诺这样的人会写出如此冷酷的评论，他不像是这种类型的人。无疑这个人对他捅了一刀，但似乎并不是他希望找到的那种恶毒的蠢蛋——一个猥琐、心胸狭窄、懦弱的人。

他有一天半时间可以消磨,所以他想找个像样的地方一饱口福。在一家被卡车包围的美国风味餐厅里,他吃到了他人生中最乏味的汉堡牛排。他能够感觉到冲压机的撞击从地面通过凳子传到他的骨盆。第二天早晨他去看一个老式引擎展,有上百台发动机在场地上空转,它们的砰砰声、噼啪声、嘶嘶声和隆隆巨响,压过了同在这条马路上的冲压厂的雷鸣声。他在一个兜售当地食品的摊位上买了一个油酥点心,它的味道像冷冻猪油。展览会上的参展者是友善而质朴的,他们敞开心扉谈论自己的展品,他在他们中间游来荡去,到了午餐时候,他买了份令人讨厌的东西——当地人称之为松肉三明治。他咬了一口之后,便砰地把它扔进了垃圾桶。他又从当地舍林纳斯公司的食品货车里,买了一块特色肋眼牛排。当他费力地咀嚼着那乏味的白面包时,他想到了牛肉的来源,一头病牛,一种活的牛肉干,一生吃的都是黑莓,某天早晨它靠在栅栏上,看上去奄奄一息,于是主人决定在它自然死亡之前射杀它,随后将它卖给了舍林纳斯公司。这牛排激起了他内心的怒火,他沐浴着阳光,坐在一张开裂的野餐桌边,构思着一篇食品评论,里面充满有关一个戴土耳其毡帽的食尸鬼经营地狱厨房的想象。

星期四晚上,他驾着车在公路上来回行驶,终于找到了那地区唯一的一家墨西哥餐馆。当然,他能够享受一顿令他提神的美餐,至少有带点辛辣味的烧烤、令人惊异的罗特拉珍馐、大蒜味的瓜柯叶。餐厅里唯一的墨西哥装饰是朴素的墨西哥帽,钉在收银台后面的墙上。和炸土豆条一齐上来的洋葱辣调味汁是用纯番茄酱做的,每一道主餐都附带很多薯条。他回到旅馆,在床垫上感觉到了冲压厂的颤动。那天夜里,他们肯定是在用一次次重击生产船锚,因为床头灯在眨眼。他慢慢入睡,入睡时想到的是,所有这些年来泽诺·巴朵尔是否都能感觉到这种"咔——砰"的声音?是不是他心中存有的每一份同情都被锤掉了!

第二天早上,他等在泽诺的办公室门口。这位教师显出余醉未醒的样子,眼睛呈黄色。他从锡德尼身旁擦过,扑通一声落到自己的椅子上,但是锡德尼没有当面给他一个恼怒的眼神。"你知道,"他开始说,"并不是每个人都适合做一个写文学小说的作家。"

锡德尼浑身颤抖,好像收到了一份代价高昂的法庭判决。泽诺·巴朵尔开始告诉他,他的短篇小说如何没有真正的结局。他的声音是谦和的,但是当他指出主要人物平淡无奇、情节像是从电视里搬过来的、背景和纽约如出一辙时,语气是坚定的。他向后靠在椅子上,沉默了一会儿,透过办公室一扇非常小的窗子看着外面,那只能算是煤渣砖墙上的一个玻璃孔。锡德尼仔细考虑他的批评,庆幸自己把枪留在了路易斯安那。但他还懊恼自己简直是在犯傻,竟然驱车八百英里,来见世上这个看来是真正讨厌他写作的人。所以他只是问了一些问题,好像他的兴趣是在答案上,他看着这个人的脸,从中寻找线索。

他们的讨论结束,当泽诺把小说递过去的时候,锡德尼看见每一页上手写的评论竟比原文还要多。"你的批评很有眼光,"他含含糊糊地说,小心控制好自己的声音,"你写过书评吗?"

泽诺猜疑地看着他。"是的,我写书评。大多数是在文学杂志上,惭愧的是,偶尔也在亚马逊网站上。"

锡德尼装出吃惊的样子。"哦,是吗?我敢打赌,你写过一些

书评的故事

失败者。"

泽诺把他的双手叠放在办公桌上，探过身子。"不完全是。"

"好，那么，我很高兴你能待人宽容。"他低下头，看着像公路一样的红线在他小说的字里行间穿越。

"我确实待人宽容。但有时，当我手头有一些小说，或者是当我读到某个人的作品，他对自己笔下写的内容完全不熟悉，我觉得他不真诚，你知道，这时我会变得粗暴。如果他真诚的话，不会去写那些他没有体验过的东西。读者应该得到比这更好的。"说到这里他投过他的目光，"有时一个人写战争或爱一个人，我能看出他是个懦夫或无爱心的人。这只是一种使每个词有感染力的作秀，然后，几乎任何读者都能看出他是个假冒货。"

锡德尼忍着怒气，试图让声音不要颤抖。他问道："你喜欢什么样的书？你知道，你喜欢的？"

泽诺皱起眉头。"大多数我都喜欢，真的，甚至非常坏的，包括拙劣的侦探书、各种各样带有历史错误的小说。我尊重作者的努力。写书是需要做出牺牲的，有时会使一个作者离开他的或她的配偶。"他摇起了头，"你说你有一位妻子？"

"是的。"

"那很好。还有一个妻子是件好事。一直是同一个妻子？"

"是的。"

"我很羡慕你，"泽诺靠回到他的椅背上，"好了，你还有什么问题？"他摊开双手，像是要接受什么东西。

锡德尼想要撕下自己的面具，问泽诺为什么要对他的书写这样一篇可怕的评论。但是他忍住了，因为他感到羞愧，而且他已经知道了原因。所以，他问："冲压厂的振动让你很烦吧？"

泽诺陷入沉默。然后说:"有时晚上我能在我的背上感觉到它,我想,机器没有停下来,我也不能。你必须坚持下去。如果有什么坏的事情发生,不要理睬它,继续创作。当机器砰砰地压出一个次品的冰箱门时,它就不会发出呜呜哀鸣。"

一阵上课的铃声回响在铺了瓷砖的走廊里,泽诺站起来,拿起一叠作文往门口走去。

"等一下,这是给你的钱。"锡德尼跟着他进入走廊,拿出一个信封。

"什么?哦,真见鬼。你自己收着。"他离开了,他的橡胶底鞋子发出含糊不清的声音,向大楼里某个人气沸腾的教室走去。

他驾车回路易斯安那州,他试图让自己沉浸在等候巴朵尔出书的快感中,但是盘桓在脑中的是他那些情况相似的旅行,他一年差不多要做三次。有几次是去探视他的女儿们,一次去佛罗里达州一个电话推销员的家,另一次去密西西比州找卖给他劣质二手便携式电脑的 eBay 售货员,还有一次是去亚特兰大见一个国税局代理人。足够多的访问让他保持清醒,并记住怎样一路回家。这些旅行都是无趣的冒险,但内心的一些冲动让他想要去找这些人。抑或是因为他心中缺少某些东西。当时,他觉得指着国税局代理人的脸辱骂是多么激奋人心,但现在,他记起的是那个人的痛苦和尴尬表情。在密西西比州,那个上了年纪的绅士,不情愿地给了他另一台二手便携式电脑和一点点汽油费,但锡德尼记起那人住在一个小而生锈的拖车活动屋里的苦恼。当州际公路在他的车轮下发出咯咯的声音时,他在想,除了更多的批评,他从泽诺·巴朵尔那里得到了什么!几乎在无意识之中,他开始构思他的评论,把尖刻的词汇锻造成残忍的句子。

书评的故事 | 233

驶入他家的车道，他筋疲力尽，背部像病牙似的疼痛，他感到吃惊的是屋里竟然没有灯光。他走进厨房，摸索开关把灯打开，看见桌子上放着一张纸。是他妻子写的便条，宣言式的语气和提醒他把垃圾拿出去时一模一样，她说她要离开他。他向电话走去，给她拨打电话，但是没有人接，他的几个女儿也不接电话，所以他怀疑她们全都在看来电显示，咬着嘴唇，等着他放弃拨打。他打电话给她的朋友，但是她们不知道她在哪儿。她的妹妹和弟弟对他防范有加，什么也没告诉他。他打电话给她的一个年长的叔叔，对方说她可能在她母亲家里。她的父母已经死了好几年，但是家里从来没有考虑出让这幢陈旧的屋子或它的大部分家具。他试着打电话去那里，但是这条电话线路早就被切断了。

他切切实实感到饿了，从冰箱里拿了些东西吃。二十分钟后他回来寻找餐后甜点，电话铃响了。

"后面第二层架子上有馅饼。"

他用双手紧紧握着电话。"为什么你要离开？"

"锡德，我需要离开你一段时间。也许是永远。"

"究竟为的是什么？我不知道发生了什么。"

"这就是问题所在。"

"你是要伤害我？"

"锡德，没人试图伤害你。你认定每个人都要打击你是你最大的问题。"然后她挂上电话。

她不会见他。他想她离开三天就会回来，但已经很多天了，她也没有回复他的电话留言。一个月过去了，他学会了和空屋子相守。后来有一个星期她打了两次电话来，大约是在早晨八点钟，他试图和她争论。上班时,他的同事会问到他的妻子,但是从不关心他。他们知道这会让他受不了。吉尔曼·雷德在走廊里从他身边走过,回过头说:"在家里有点孤独,是吗?"

每天他至少上亚马逊网站检查四次,随着时间一星期一星期地过去,他的期待感也愈加强烈。终于,在他从印第安纳州回来两个月之后,网上出现一本书名叫《没有回报的夏天》的新小说,著者是詹森·波林斯基社区学院的英语副教授泽诺·巴朵尔。他立刻订购,并额外支付了通宵递送的加急费。第二天下午,书被送到他的侧廊里,他像个激动的孩子急不可耐地撕开包裹,然后进屋把这本精装本放在厨房桌上,手中拿起一支红笔,准备对其中一段段文字作严厉的批评和抨击。他想要成为第一个评论这本小说的人,为其他可能意在向老泽诺开火的人奠定基调。他仔细地阅读开头两个句子,带着那种临床医生在研究活组织切片时可能有的神情。小说这样开始:"在虚幻的曙光中,那男孩出现在农场空地上,他把一只桶放在他的家畜旁边,这是一头长了三个冬季的牛,柔滑的毛皮呈红桃心木的颜色,当男孩拖着它的大脑袋转动,并用软管冲洗掉上面的肥皂时,它顺从地让他细白的手指深深地探入到它的软毛中。过了一会儿,他们还互相偎依站在稀疏的雪中。红色的夏洛莱牛此刻冒着热气,干干净净准备进入市场,它喘着粗气,在孩子头顶上呼出一个个银冠。"

锡德尼读了三十页,却没能为一个词打上标记。他慰劳了自己一块三明治和一瓶啤酒,然后拿着书进入小房间,坐到他的皮躺椅里,又读了五十页,但始终没有动用红笔。大约到了八点钟,他恼怒地扔下书,上楼打开他的笔记本电脑,检查邮件。

收取18.75美元提供泽诺·巴朵尔信息的网站,送来了一份补充报告，一些爬行于档案世界的网络蠕虫把报纸的内容加了进去。锡德尼从中寻找一些能让他攻击这个人的材料，这个人把他写成是个失败者，但是他找到的是有关泽诺·巴朵尔九岁儿子的系列长文。这个金发碧眼的孩子是个童子军、科学项目的优胜者、祭坛侍者，多年前被绑架索要赎金，最后惨遭谋杀。州报上有十篇报道文章。绑匪杀害孩子的描写让人不忍卒读，看着看着，锡德尼突然按下电脑的关机按钮，并且迅速缩回他的手指，好像被烫了似的。他甚为理解为什么泽诺和他妻子决定分手。这是因为他们共同创造的孩子遭受如此可悲的命运，在他们的余生，两人间的每一次对眸，都会勾起他们对这一厄运的追想。

  锡德尼回到躺椅上，继续阅读。这本小说不是很长，刚好三百页，他读得非常仔细，一直读到拂晓，红笔被扔在椅子旁边的桌上，早就被他忘记了。当他合上书的时候，他深为焦虑和困惑。无论在哪里都找不出一个坏句子，里面有黑暗的悲剧，有光明，有只能从丰富的生活经历中学到的理解。他把书放在地板上。是写评论的时候了。

  在楼上的书房里，他开启他的笔记本电脑，登录亚马逊网站，撰写评论。首先，顾客必须在一到五颗星中进行选择。借着手中的鼠标，他感觉到一种力量——向这些年里所有伤害过他的人抛掷流星的力量。他让光标游动到第一颗星上，他绷紧了下巴。就在这一刻，书桌上他左手旁边的电话开始响了，他拿起话筒，听到他妻子问他是否愿意在早餐时和她见面谈一次。

  他昏昏欲睡，完全失去了判断能力。"谈什么？"

  "锡德，求你。"

  他不知道为什么，但是在她的声音里他能确定她急于和他联系，一种始终在那里明摆着的急切。"你想和我谈谈我？"

"是的。"她说，他把光标滑到第二颗星上，想知道是否他妻子真的不是他想象的那种人，有人总是试图挫伤他，让他觉得自己很渺小。

"我非常疲倦，但是……好吧，当然，我很高兴和你共进早餐。"

"那太好了，宝贝。我们必须尝试一些不同的东西。"

"一些不同的东西。"他重复着，突然想起了他妻子的眼睛，想起他们刚结婚时她的回眸。光标滑到了第五颗星上，他的食指在鼠标上面颤抖不定，好像是被他一生的坏决定搞瘫了，并想立刻从它们的阴影中挣脱出来。"不一样挺好。"他最终说。

失 手

他驾驶着偷来的轿车，从得克萨斯州进入了路易斯安那州，他尽抄小路，行驶在有裂缝和有草皮边缘的柏油路上，沿途房屋分布稀疏，差不多一英里才出现一座。土地上长满他不认识的低矮庄稼，地势平坦如砥，这正合他的心意，因为他可以在很远的地方看到警车。他是个矮个儿，身材偏小，头颈和双臂上文了螃蟹和蝎子，这倒是和他攫人钱财的偷盗职业相符。在他的喉管处文有一只蓝色的龙虾，它的一只钳子夹着一支手卷的纸烟。他想起前一天在休斯敦他怎样恐吓一名妇女，闯入她的厨房，拔出博伊猎刀——那是在一个枪展的三K党展桌上打折买来的——抵在她的喉咙上。她吓得又是哭又是打颤，把戒指给他，带他去拿她丈夫藏匿的一小笔打扑克的钱。再前一天，他在维多利亚盯住了一个从杂货店独自回家的老妪，跟着她进屋，在她迟疑不定时亮出刀来，抢劫她的珠宝，还拿走了她钱包里的现金。他仅仅抢劫了两名妇女，但动作娴熟，仿佛他一辈子都在做这种营生，如同走路和呼吸一样平常，虽然他因盗用福利金被囚两年，前一个星期刚刚出狱。他透过挡风玻璃看着贫穷的、水雾雾的乡村。他想，生活在这种地方的人必是单纯和愚笨的，容易扒窃和行抢。

他的名字叫马文，但是他称自己为"大刀刃"，因为这个称呼让他觉得自己和"弱小"、"琐碎"、"迟钝"等形象划清了界线。

在道路的右边，他注意到前方有一座白色的木屋，坐落在一片水田旁边，后面的绳子上晾着衣服。大刀刃在休斯敦一个声名狼藉的地区长大，从来没见过有人在户外晾晒衣物。所以，起初他以为这些衣服是某个庭院卖场的商品，但是当他在路肩上停住，端详了这些了无生气的衣服和围裙之后，他明白了。路对面大约两百码远的地方有一座相同的屋子，是一个带有白铁皮顶、用石棉板壁筑成的长方体。再后面，除了柏油路之外什么建筑都没有。大刀刃注意到晾衣绳上没男人的衣服，他转弯进入住宅的私人车道。

阿西诺太太八十五岁，她对她的小鸡说阿卡迪亚法语，因为懂这种语言的人几乎全都死了。她拿着一只喂鸡的塑料碗走进院里，在后阶梯上撞见了马文，他拔出大猎刀，眼睛冒出凶光。阿西诺太太的视力退化了，看不清那双邪恶的眼睛，但是她看到了文身，看到了那把刀。

"孩子，是谁在你全身乱画乱涂？你想要什么？你带着那么大的甘蔗刀做什么？如果你是饿了，我能给的只有它们，那些小鸡，如果你把鸡头斩下来，请扔到我屋后的灌木丛里，就在那里把鸡毛拔了，因为今天的风是向西吹，而——"

"住嘴，进屋去，"大刀刃咆哮着，使劲把这个老妇朝纱门里推，"我要你的钱！"

阿西诺太太眯起眼睛看着他，然后一拐一拐地走上后阶梯，回到厨房。"好吧，算我该死。难道没有人比我这个老女人更值得你抢劫？我二十九年前就没了丈夫，他是在打布垒①扑克时发心脏病死的，手里还拿着艾斯（A）、老K和王牌王后。牧师告诉我的——"

---

① 布垒：一种起源于法国的纸牌游戏。

失　手　239

大刀刃开始激动起来,他的声音带着磁力而且低沉:"如果你不把珠宝和钱拿出来,我会杀了你。我会像杀你的鸡一样掏出你的内脏。"

老妇停了一会儿没说话,注视着他。"你的喉咙上画了小龙虾,你想用一把破刀吓唬我?好像我没见过死人?我每星期拧断鸡脖子三次;1936年在圣兰德里教区的集市上,我弟弟就在我的身边中弹身亡,和德国人打仗时,我丈夫的所有兄弟都死了;那个叫洛德里古的男孩被拖拉机碾死的时候,他的头在我的围裙里兜着,因为在他把犁安装上去的时候,那该死的拖拉机启动了,连牧师都说被自己的犁碾在底下实在不怎么妙,而且——"

"他们叫我大刀刃。"马文怒不可遏地喝阻她。

"我的名字是多丽丝·阿西诺,我以前叫布德罗,在——"

他掴了老妇人一个耳光,她的上排假牙落在富美家塑料贴面的餐桌上。她毫不犹豫地捡起假牙,走到水斗边把它们冲洗干净,又捏住门牙,把整副假牙推回到本来的位置。"你打我?"她喊道,"你先出手了,想要伤害一个有七个孩子的老妇?瞧,我做过八次大外科手术,刚结婚时还做过一次开膛的阑尾手术,让我犯恶心得都快把肠子呕出来了,牧师曾为我做过九次临终涂油礼。"

"住嘴。"大刀刃大声喊叫,把手举到她蓬松的头发上面。

"嗨,你又要打我,来吧,然后我会倒在地上,然后你还能对我做什么?"

"我能杀了你。"他狂叫起来。

"但是你能把我吃了不成!"阿西诺太太尖叫着反击,伸出一只疙疙瘩瘩的手指,在大刀刃脏兮兮的脸上摇晃。

在这条路前面的另一座屋子里，布鲁老太太喘着气，她意识到她不会在布垒游戏中赢一墩牌，而且必须赔上十八美元的赌注。当布鲁太太用弯曲的食指转动她的助听器时，第三墩牌已经从桌子上耙掉了，她开始祈求："哦，千万不要有人甩出最大的王牌，这样我就得救了。"

"我可不会手软，亲爱的，"萨迪·拉隆德对她说，"我志在必得。这是我的原则。"当拉隆德太太打出一个王牌Ａ时，她的上臂在微微地颤动。

布鲁太太把眼睛眯得很小，跟蝙蝠似的，嘴巴也缩成了一颗葡萄干。"你废了我的杰克（Ｊ），"她喊着，跟了牌，"我输了。"

阿尔文先生叉着双腿，用鼻子使劲吸气。"你打败了你自己，女孩子家。你该知道在牌局中出现干涸杰克意味着什么。"阿尔文先生把一缕白发从红润的脸上甩到一边，小心翼翼地打出一张王牌四，紧接着萨迪打出一张十点，布鲁太太出一张零落的方块，当布鲁太太看着这些钱从桌子上被耙下去的时候，阿尔文染着香烟味的小胡子开始颤动起来。

"你成了！"布鲁太太大声嚷道。她缩回到她的木椅中，在她九十年的坏脾气生涯中搜寻听中过的最恶毒咒语，但没有一个能表达她想要的力度。最后她说："我希望你烂嘴巴！"

另外三个寡妇和一个从未结过婚的男人，因为她的恼怒而大声笑了起来，摆弄着他们小钱堆里的硬币，堆放下一个回合的赌注。吉德罗兹从她的椅背上拿下手杖，起身去盛一杯自来水。

"冰箱里有冰水。"萨迪提醒。

吉德罗兹摇晃着她浓密的蓝色鬈发。"我可不是喝冰水长大的。那东西会伤我嘴巴。"她在音乐般作响的水龙头上接了一杯水，她

失　手

面朝窗子,俯视着道路。"嘿,多丽丝,她找了个伴。"

"如果是辆红卡车,肯定是她儿子纳尔逊,"萨迪说,"今天星期二,是他来的时候。"

"不,是一辆白色小车。"

"也许是电力公司的。"阿尔文先生提示。

"不,若是电气公司,这车就太小了。就这玩意,他们怎么把钳子和电线放在里面?"

萨迪·拉隆德费力地从坐着的两张椅子上起身,摇摇晃晃走到窗边,让自己的脸挨着吉德罗兹的。"要么是辆道奇,要么是辆帕林米特。"

"那有什么不同?"

"我想它们是相同的车,但是,他们把那些油漆丑陋的标上帕林米特字样。"萨迪从她的杯子上面看过去,"多丽丝的熟人中没有开这种车的。"

阿尔文先生走到窗口,挤进女人的行列。"你能肯定它不是丰田?她有两打孙女,有一个开这样的车。"

"是南妮特。不过,我想她已把它卖了。"

阿尔文先生摇摇头。"哦,不,她不会的。你知道,是那些黄皮肤的小手指造了这些丰田,它们经久耐用。"他透过窗子看着外面,"但那是一辆小弗雷昂。"

"是辆雪佛兰?"

"不,是辆有橡皮筋发动机的廉价道奇。只有耶和华见证人会开这样的东西。"

"噢,不。"吉德罗兹太太在油毡上跺着她的手杖,"你不觉得我们应该打个电话过去,看看是否需要帮忙撵走他们?那些耶和华见证人,他们就像是缠在灯芯绒上的芒刺杂草。"

这群人就这样站在水斗旁边,水斗后面的牌桌上响起了贝弗莉·佩里诺克的声音。她点燃一支骆驼牌香烟,正在吞云吐雾。"趁布鲁太太还没有赶上小中风,你们全都回来打牌。"她又深深地吸了一口卷烟,脸上所有的小肉疣都在向中心移动。

"对极了,"布鲁太太抱怨,"我要赢回我的十八美元。"

当萨迪拿起她家的挂壁电话,吉德罗兹太太猛喝了两大口水。

大刀刃环顾阿西诺太太的厨房,环顾四周的胶合板柜子,环顾有漩涡花纹、踩在上面啪啪作响的油毡。他看到一只塑料烤箱,它实际上是一口钟,每十秒钟会有一片塑料烤面包出来。这提醒了他,他正在抢劫这个不正常的女人。

"我要你的结婚戒指。"他挑明了目的。

她把手向他伸去。"当阿瑟要我拿下它的时候,我就不再戴了。"

大刀刃摆动着他的刀。"阿瑟?"

"是的。阿瑟-里迪斯。"

"它在哪里?"

"它算不得是什么东西,只不过是个银圈圈,我把它挂在我的小孙女颈链上了。哦,对了,我还有一颗钻石镶在戒叉上,但是在我为小孙女换尿布的时候,它经常沾上宝宝的屎,所以我就取下了它。"

电话的铃声响了,大刀刃跨步向前。"接电话,装作没事。敢乱说一句话,我立刻让你开膛放血!"

她的双臂垂直缩拢在胸前,拳头抵住下颌,装出惊吓的样子,踮起脚走向墙上的电话。

失 手 | 243

"喂。"她喊道。然后转向大刀刃告诉他,"是这条路前面不远的萨迪·拉隆德。"又回到话筒说:"不,不是圣职人员的纠缠,是某个家伙带着刀要抢劫我,就像政府做的那样。"

大刀刃伸手用力一挥,把电话线割断了。"我应该马上就把你杀了。"他说。

阿西诺抓住摇晃的电话线,狠狠地注视着他。"那么你会得到什么?"

他眨着眼睛。"不管谁打电话来,最好不要惹麻烦。"

她把一只拇指顶在肩上。"萨迪和那伙人在玩布垒游戏。你就是用炸药也不能把他们轰出屋子。"

他打量着四周,也许是想知道,他偷来的那辆车,是否容得下她厨房里这些老旧的东西,它此刻停在前门外。"你这地方肯定有钱,快去拿来!"

她把一只手举到头上,东歪西倒地朝走廊走去。"如果你不再惹恼我,你会得到,是的。"她突然回过身朝炉灶走去,"我几乎忘了我的鸡肉还在灶头上炖。"

"别去管那。"他暴跳如雷。

阿西诺太太对他翻了个白眼。"你饿吗,你?"她揭开盖子,一股充满洋葱、大蒜、灯笼辣椒和栗色乳酪糊味的雾气腾腾而起,就像一股仙气从铸铁罐里逸出。

"那是什么?"大刀刃朝炉灶吸了一口气,他的猎刀晃动着。

"炖鸡。可以放在米饭上,加上土豆色拉和热甜豆来吃。"她看着这个人的眼睛,搅动起香浓的肉汁,很是诱人,"你们这些窃贼是花点时间吃东西呢,还是怎么着?"

"哦，耶稣、马利亚、约瑟。"拉隆德太太唱着，握着紧贴在耳朵上、死一般静默的话筒，她和其他三个忧心忡忡的牌友一起，对着她小厨房的窗子往外看。"我被弄得不知所措了。"

"她也许只是捉弄一下我们，"吉德罗兹太太说，一边用拐杖轻轻敲着阿尔文先生粗大而柔软的腿，"她是想让我们着急。"

"那个女人在说疯话，"贝弗莉表示赞同，"她把大把时间花在做饭上，我想她是脑子进水了。"

在桌子上，布鲁太太用她的芝宝打火机点燃了一支皮卡尤恩牌香烟，"热死人了，我们打牌吧。没有人能为多丽丝·阿西诺做什么。"

"有人闯进了那里。"萨迪反对。

布鲁太太用鼻子用力吸了一口气。"她会把闯入的细节吹得天花乱坠。我肯定。"

"嗨，她不会回电话过来，得有个人过去看看究竟谁和她在一起。"

老妇们转身看着阿尔文先生，这是一个个子高但步履不稳的老头，他的皮肤白皙而细密，体型像根茄子。打皱的裤子吊在他身上，就像是一条修道院学校胖姑娘身上的裙子。"为什么得我去？"

"你是男人。"吉德罗兹太太解释。

阿尔文先生的眼睛睁得大大的，仿佛这个说明是件令人惊异的事情。"但是，你们要我做什么？"

萨迪把他推向纱门。"只是去她厨房窗口张望一下，看看一切可都正常。"

"我不该先敲一敲门吗？"

失手 | 245

吉德罗兹太太摇摇她的小脑袋。"如果有坏人在,难道你想打草惊蛇?"

阿尔文先生迟疑不决。"我不知道。"

"该死的阿尔文,"吉德罗兹太太说,"要不是一直下雨路不好走,我就过去了。上次我从这里走到多丽丝家,我的拐杖竟插进她的草地一英尺深,是的,我无法拔出它,多丽丝又不在家,所以我只好拐着脚一路走回去,打电话叫我儿子过来把拐杖拉出来。"

"去吧,阿尔文。"萨迪说,用肩膀顶着他的背,把他推到门外。

当阿尔文先生走在蛤壳路路肩上的时候,他低下头看着这条通向阿西诺家的道路,试图不引起别人的注意。一辆旧敞篷小货车经过,开车的像是个十二岁的男孩,阿尔文没有回应这孩子的挥手。他来到阿西诺太太满是绿草的车道边上,然后走进松软的草坪,向她的厨房窗口绕去。他弯腰俯身,走到了窗下,这些动作是他在侦探电影里看到的。当他抬起头慢慢贴近窗台的时候,看见一个陌生男子在阿西诺太太的桌子旁边,一边在咀嚼满口的炖鸡,一边对老妇晃动一把凶光闪闪的猎刀。

"你不用朝外张望,否则我会把你扔进炖锅。"那个人说。

阿尔文先生慢慢猫下腰来,像一根时钟的指针,他开始吃力地走过深深的草丛,朝大路而去。当他往前迈步的时候,他听到像是蒸汽机喷气的声音,随后意识到这是自己的呼吸声。他想奔跑,竭力想着怎么跑,但是他的心脏怦怦地跳得如此猛烈,他能做的只有快速摆动他的双臂,划动空气,回到萨迪的屋里。

老妪们在窗子旁边看着他气急败坏地返回。"噢,我的上帝,"吉德罗兹太太唱着,"看阿尔文跑得多么快。这意味着什么?"

布鲁太太咯咯地笑着说:"可能是他的泻药起作用了。"

她们打开门,拉着他松软无力的双臂,把他拖进屋里。

"那里有人拿着刀对着多丽丝。"阿尔文先生喘着粗气。

"唉,嗨,嗨。"萨迪大声喊叫。

"打电话给副警长锡德。"贝弗莉从牌桌上发声,她在那里用一个微型气罐为她的乙烷打火机充气。

萨迪摇着头。"这会给他赢得半小时的时间,让他从这里逃离。"她挺直身子,环顾四周,"也许我们该有一个人带着枪赶往那里。"

阿尔文先生举起他的一双大手。"哦,不,我已经去过了。"他走到电话边,拨警长办公室的电话。

布鲁太太厌恶地扔下一盒扑克牌。"你有什么样的枪?"

萨迪走进隔壁房间,在大型衣橱和墙壁之间的一个小空间里,取出一支带有外露击铁的双管猎枪。"这是莱斯特他爸的枪。"

布鲁太太走过去,搞清楚了怎样打开装弹机关。"这东西里面没有子弹。"

萨迪朝她的梳妆台走去,香水和洗涤剂的瓶子在梳妆台上相互碰撞,发出叮当的响声,她拉出最上一层的抽屉。"这个合适吗?"她递给布鲁太太一个三十八毫米口径的锈弹药筒。布鲁太太把它塞到枪里,但是它在枪管里嘎嘎作响,然后滑出来落到地面的油毡上。

"尺寸不对。"布鲁太太抱怨说,她看着萨迪伸出手,塞进两颗标有两个"0s"记号的优质薄壳铜猎枪子弹。"行了。"她砰地将子弹推了进去，然后把枪合上。

教区的南部只有一个新住宅区，即格兰德克莱泼德，公路延展到它的南端，就是尽头了，公路的中心线引向一座十二英尺见方的胶合板屋的台阶，屋子建在墩柱上面，是住宅区南端的副警长办公室。

副警长锡德是一个高个子黑人，戴了顶有金色徽章的牛仔帽，身穿一套整洁的、刚刚熨烫过的制服。他坐在他的小办公桌上填写一份报告，内容是弥诺斯·布兰查德要使用隔壁的船舶滑道，让他的道奇达特下船。电话铃响了，电话来自教区行政所在地的调度员。

"锡德，你在吗？"

"我在这里，说吧。"

"埃默尔牧场的拉隆德太太打电话来，说此刻有人在多丽丝·阿西诺太太家打劫。"

"就是那些总是玩扑克牌的人？"

"还有一个总是烹饪的人。"

"拉隆德太太是怎么知道有人在里面的？"

"有一辆陌生的车停在院子里。"

"她说了是什么车吗？"

"她说是一辆弗雷昂。"

"他们不会无中生有？"

"这我知道，阿尔文先生朝窗里看，看见了抢劫的人。"

副警长锡德把帽子朝后推了推。"阿尔文先生怎么去张望一个妇女的窗子？"

"你能去那里吗？"

"能。"他挂上电话，一步跨到了门口。

阿西诺太太看着大刀刃吃完满满一盘炖鸡，然后又装满一盘给他，其间不停地供给他加了白兰地的法国滴流咖啡。

"你最好想想把钱藏在哪儿了。"大刀刃含着一口土豆色拉说。

"你还没有吃餐后甜点，"阿西诺太太细声柔气地说，"瞧，我在冰箱里找到一些面包布丁和威士忌调料。"

大刀刃尝了尝甜点的滋味，然后舀了一匙，慢慢吃着，闭上了一只眼睛。到这时，他已经吃遍了桌上的每一样东西，食物让他感到眩晕，他昏昏欲睡，被食物撑得傻傻的。他已经吃了半个小时了。当他看见纱门在动的时候，他一时没有在意，但是当一个穿制服的黑人体形闪入他意识之中时，他跳了起来，一只手捏着刀，另一只手抓住老妇瘦骨嶙峋的手臂。

副警长锡德带着笑跨了进来，动作漫不经心，好像这厨房是他住了一辈子的地方，他只是在自己家里走动。"你怎么样啦，阿西诺太太？"

"请自便，锡德副警长。刚刚煮好的咖啡在炉灶上。"

"别动！"大刀刃吼叫着。

锡德副警长的手在炉灶上停住了。"我不能喝咖啡？"

塑料小面包片从时钟里跳出，出人意料，以致大刀刃惊得喊叫起来："啊——啊啊。"

"什么？"副警长锡德看了看时钟，察看他的手表。

"是那台该死的钟，"阿西诺太太说，"这个疯东西也把我给吓得要死，但这是我妹妹送给我的，我又能怎样？我晚上有时候来

失　手 | 249

这里,那小片烤面包就像一只叼着饼干的耗子探出头来,而——"

"别管它。"大刀刃看到一把雄鹿角柄的镀镍左轮手枪在警察狭窄的臀部斜对着他,"把你的枪给我,否则我切断这老女人的喉咙。"

副警长锡德对他的话考虑了一会儿。"好吧,老兄。但是你可要抓牢多丽丝太太,因为她快要逃脱了。"副警长让他的武装带砰然作响,他用两只手指提起左轮手枪,把它放在桌上。大刀刃用一只手抓住老太太,走到桌边,另一只手依然握着大刀,他意识到必须放下刀才能拿到枪。就在他把手指伸进扳机护环中的瞬间,副警长锡德伸手过去抓起了猎刀。

"嘿。"大刀刃说,用闪动光亮的手枪指着他的头。

"你不再需要这东西了。"副警长锡德把刀扔到冰箱后面。

"我要我的刀。"

"趁你还占着上风,最好离开这里。"

大刀刃匆匆看了一眼纱门。"是的,我敢打赌,你的搭档正等在外面。"

副警长锡德摇摇头。"不,老兄。只有我。但是让我给你一些忠告。你是在教区公路的尽头。能通行的那一头现在设置了路障。这里的南边全是沼泽地和短尾鳄。"

"接下来怎么样?"

副警长锡德眯起一只眼睛想了想:"我想,去古巴。"

"狗屁!去北边怎样?"

"是五英里的稻田。"

"我开的这辆小车会载我越过路障。"

"我不知道。你让引擎一直开着,它空转把汽油耗光了。你可以坐进车里，但是它哪里也去不了。"

大刀刃的眼珠转来转去足足好几秒钟。他挥舞手枪。"用手铐把你自己铐在炉门上，把钥匙给我。"

阿西诺太太指出："小心，你不要擦坏任何东西，我丈夫死前做的最后一件事就是为我买了那炉灶，它得跟着我。他告诉我——"

"我带她一起走。所以，假如你的搭档在外面，你最好是向他们喊个话。"

"来这里的只有我一人。"副警长锡德告诉他，接着把自己铐在炉门上。

"你的巡逻车在空转吗？"大刀刃问，脸上带着邪恶的笑容。

副警长慢慢地点着头。

"哈，你们这些人都是傻蛋。"他拖着老妪退出了厨房。

副警长锡德看着他们走出他的视线。他看着炉子，摸摸咖啡壶的侧面，然后伸手到橱柜为自己拿了一只杯子。

这辆巡逻车已经用了八年，在他的人质坐进前座之前，大刀刃不得不对它作了清理——附有纸夹的笔记板、一只加数器、卷了角的报告撰写指南、苹果、糖果、口香糖、杂志、空的肉豆蔻罐子。她扣紧她的安全带，他在驾驶座那边爬进车。这辆老道奇的传动装置严重打滑，以致费了九牛二虎之力才退回到路上，但是很快他们便沿着公路向西急驰而去。开了五英里之后，他能看清远处一辆警车横着停在平坦的路上，他相信他能够成功逃离。他只需用手枪顶着她的头，并让警察看到这一幕。他们就会让他像旅客一样通过。

失手 | 251

正在这时,阿西诺太太双手交叉地压着她的胸骨,用一种像是被勒住脖子的声音喊道:"我又发心脏病了。"

大刀刃停住车,看着这个老妇的脸变得通红。她咳了一声,然后双臂无力地垂下,而上腭的整块假牙从嘴里脱落下来,在地毯上蹦跳。他朝前看,此刻他能看到的是两辆警车等在那里,强烈的灯光直逼他那从稻田辗转而去的暗淡的亮光。他带着巨大的恐惧触摸老妪颈上的肌肤,察觉不到脉跳的迹象,他突然觉得事情整个儿起了变化。他想象他被绑在路易斯安那州监狱的轮床上,等着致命的电荷通过电线进入他的手臂。他注视着后视镜,然后把车来了个一百八十度转弯,老妇的头在摆动。也许在路的尽头会有一艘船,他能乘船逃走。

道奇发出断断续续的声音,向着反方向前行,在呻吟中逐渐加速到三十英里、四十英里、四十五英里。只一会儿,多丽丝·阿西诺的住宅就在右边显现,他看到左边那个区域中仅有的另一幢屋子,在门前有一个信箱,旁边长着一棵茂盛的雪松。车子一经过信箱,他的视角边缘就捕捉到一幕景象:有五个老人蹲伏成一排,藏匿在雪松后面。立刻,他听到一声巨大的爆裂声,车子开始像醉了酒似的打转,金属发出和柏油路面的摩擦声,轮胎在吼叫,直到这辆巡逻车在路的一侧停下。大刀刃摇着头,弃车而出,手握副警长锡德的左轮手枪。他看见一个瘦小的、身穿印花布裙子的老年妇女走上前来,手持一把对着他的腹部的双筒猎枪。枪上的一个击铁落下了,另一个利齿般地竖在上面,随时准备落下。他停住,举起有镀镍层的左轮手枪,瞄准她的腿,扣动扳机,但是这武器仅仅发出滴——滴——滴——滴——滴——滴的声音。

"躺倒!"布鲁太太用苍老的声音喊道,"否则我就让你断气,就像我放那只轮胎的气一样，看着！"

当大刀刃躺倒在路上的时候，他听到巡逻车前座发出了咯咯的声音，原来是阿西诺太太正在解开她的安全带，手中拿着她上腭的那块假牙，爬下车来。"哈，哈——哈——哈，我让他上了个大当，他以为我死了，他想躲开其他警察。"

锡德副警长沿着路肩把车开了过来，一扇海绿色的炉门悬在他的一条臂下。他弯下身拾起他的左轮手枪，从口袋里掏出六颗子弹装上。"现在我就逮捕他，阿尔文先生。"

阿西诺太太侧身走近他。"你安排了更多的警察来？"

"是的，我用你房间的电话打给他们。然后我又打电话给你的邻居。"

布鲁太太放下猎枪上的击铁。"妙极了。现在我们可以回去打牌了。多丽丝，你想打牌吗？"

她把手举到她的白发上面挥动着，仿佛在逐赶一只苍蝇。"现在，我吗，我得去打扫我的厨房。"

"你呢，锡德副警长？"

他把炉门的底部搁在柏油路面上，打量着他那爆裂的前轮轮胎和挡泥板上的子弹孔。"我要花上一周的时间详细做事件记录，也许下次吧，你们打牌时给我一个电话。"

萨迪笨重地从草丛里站起身来，接着是阿尔文先生。"别带着上了子弹的枪进屋。"她说。

布鲁太太打开装弹机关，拔出没有用过的子弹，把打空的那个子弹壳扔进沟里，然后把武器交给阿尔文先生，他用指尖从她手中接过来，好像它可能还是烫手的。布鲁太太一把揪着他的衬衫，让他拖着她离开马路，穿过软软的草地。突然，她转过身。

失手 | 253

"喂，你。"她对着大刀刃呼喊，他正在锡德副警长的枪口下扭动身子。

"什么？"他不得不透过炉门的窗子看着她。

"如果你从监狱出来，我希望你来和我们打牌。"她向后甩一甩头，大声笑着。

"为什么？"他转过抬起的头，"你是什么意思？"

"只要你带上大把的钱，伙计。"布鲁太太说，她转过身，看着路的前面，这时一束束闪烁的灯光在交织和汇集中渐渐临近，一声警笛的长鸣在朴实无华的稻田上空盘旋翱翔。

信　号

当塔利斯·基米塔教授珍爱的立体声收音机没了声音、从顶端冒出白色的螺旋烟雾时，他在它前面跪下，把双手放在胡桃木的外壳上，就像在安慰一个突然生病的亲属。1974年他在里加的黑市花了不菲的拉特①，买下这台崭新的无线电，甚至把它连接到他那些威力无比的东德扬声器上，使他知识界的朋友羡慕不已，因为它的巨大功率和无远弗届的接收范围，能从整个欧洲汲取非共产主义新闻和古典音乐。它有一个勇敢的名字"拓荒者"，让他想起他孩提时代读到的美国西部移民大车队和辽阔无际的西部大草原。卖方给了他一个颇优惠的价格，因为它不能在拉脱维亚二百二十伏的电流下运行。塔利斯为奥格雷②的一座公共厕所粉刷墙面，赚到了足够买一台高档变压器的钱。

1979年他大学毕业，设法以学生签证离开了拉脱维亚，带着这个七十磅重的音乐盒来到纽约的研究院，把它接到更好的扬声器上，于是这台歪斜的SX-1250型拓荒者，成为早晨和夜晚向他传播莫扎特的伙伴，是一个比他新婚的年轻美国妻子更好的伴侣。马列娜是个雕像般的绝顶美女，一个来自伊利诺伊州的哲学系学生，从一开始就被他吸引，但是后来厌倦了他的溺于沉思和孤僻天性。她开始称他为冷血动物，他们在小公寓的厨房里唇枪舌剑，

---

① 里加是拉脱维亚首都，拉特是该国货币单位。
② 奥格雷是拉脱维亚城市。

她指出，他是个因俄罗斯思想而逻辑世俗化的冰人。他也同样嘲笑了她，在多次争吵中声称，她的时髦美国服装让她显得小家子气十足。她则指责他看惯了穿灰不溜秋颜色毛衣的小胸女人，她们甚至因为害怕生冻疮而穿厚如毛毯的裙子。他告诉她说，她身上有股妓女的味道，不妨去学抽烟。

他在纽约的第一份教职维持了两年。因为学生的差评，他失去了这份工作；他的学生不能接受他那种自以为是的优越感，还有他的缺乏耐心。他又在明尼苏达州的一个小学院找到了工作，他喜欢那里的气候，接下来，在婚姻告吹之后，他先后任教的学校有俄勒冈州的一所半日制学院、康涅狄格州一所教会学校（一座破败、漏风的石头建筑）、遍地风滚草的得克萨斯州西部一所以计算机为特色的大学、密西西比州伊塔巴夏的一所社区学院。他就这样开始了一长列的不续聘履历，直到他一共周游了十所院校，一所不如一所。最后，他来到路易斯安那州格兰德克拉波德的沼泽区专科学院和职业学校，兢兢业业地任教。

在一个星期二的夜里，塔利斯·基米塔在他的宝贝机器上流连忘返，膝头还没打分的大一历史考卷滑落下来，他拧动上面一个个银色的转钮，让那些闪亮的指针嘎嘎地上上下下，却不得其所。他的居所第一次陷入死静，自从他拥有了这台机器，在他醒后的每分钟里它都是开着的，为他播放古典音乐、英国广播公司的播音，以及公共广播电台评论员评述警察暴力的节目。惊慌中，他浏览电话簿寻找修理工，但很快就发现，当地没有能够修理老式高档音像设备的技术人员，即使上互联网，能够找到最近的修理者也在得克萨斯州中部，他们开价七百五十美元，还要外加可笑的运输费。他担心收音机邮寄会不安全，第二天他打电话给得克萨斯州的修理行,一个听上去像假冒牛仔的人兴冲冲地告诉他:"喂,是的,老伙计,我们很快就会让那东西像威利·纳尔逊[①]那样唱起来。"塔利斯不信任嘻嘻哈哈的美国人,怀疑他们是在诓骗他,他们的好心情只不过是用来遮掩他们无能为力的幌子。好心情让他想起他父亲,里加的一个负责润滑油消耗的低层共产党官员。他父亲长着颗圆滚滚的脑袋,一副黑胡子,一小股抹了油的深色头发笔直地横过他的颅顶。每当年幼的塔利斯跑来向他咨询生活的真谛时,他总是说,没有什么是重要的,除非它让你停止呼吸。然后他会笑着点燃一支雪茄。

星期三夜间,他在他那静悄悄的屋子——一座翻修过的柏木小屋,坐落在一块疯长的路易斯安那式草坪的中间——周围散步,为他失去的音乐而哀伤。那台机器是他的心肝,他的念想,是一口永不枯竭的巴赫和西贝柳斯的音乐之井,这音乐支撑着他的痛苦人生。然而随着音乐的消失,他的思想成了草原上迷路的绵羊,塔利斯因自己的精神状态而恼火。他突然想到,那台立体声收音机把他和很多他应该更关注的事情隔离开来。

在这个星期剩余的日子里,他对他的同事脾气暴躁,在教师休息室的咖啡机前甚至比平时更疏远他们。他是个大个子,圆肩,身上的每一根毛发都是银色的,就像拉脱维亚的冰霜。他的教授同事都穿短袖衬衫和网球鞋授课,可是即使处于海湾气候,塔利斯仍然身穿深色毛料西装和光亮的系带皮靴。这个地区令人窒息的潮湿日复一日地令他不解而置若罔闻,就好像高温是一个随时可能消失的气象错误,雪天会紧跟而来。没有人告诉过他,自

---

① 威利·纳尔逊(1933—),美国乡村摇滚乐明星。

从1949年以来，格兰德克拉波德就没有下过雪。星期五下课之后，他坐在家里，在静默中焦急不安，因为他不喜欢美国电视节目，他是依靠无线电广播来了解世界的灾难，他把那些新闻称之为"每日历史"。

星期六早晨，一阵噪音撞入他的耳鼓，这总让他想起俄罗斯直升机在利耶尔瓦尔代他童年小屋上空颤动的声音。是来他家小草坪割草的贾妮丝·勒布朗，她用杠杆控制着她那台咆哮的、带有轮子的机器。他有印象，那机器的名称叫"迪西克伐木者"。贾妮丝每周来一次，因为前院和后院的圣奥古斯丁草天天在疯长，就像在他家屋子周围缓缓升起的绿色火焰。她割好步道边的草，便会走上门廊，这时塔利斯打开门，给她一张支票。

"这是一份很好的工作。"他说，目光从这个光采照人、身穿丁尼布衬衫的中年妇女身上掠过。

"谢谢，教授。你如果有其他活要做，请告诉我。你的门廊可以做压力冲洗。"

塔利斯的目光落在那把他从来没有用过的摇椅上。他不知道坐在门廊里有什么可做，因为在他长大的地方，人们从不坐在外面欣赏大风雪。"没有什么事，谢谢，贾妮丝。"

"对了，如果你需要调整那辆沃尔沃的发动机，这活我也能做。只要我把心思用在上面，没有我不能修好的东西。"她脱下她的皮手套，塔利斯看见她有一双令人惊艳的纤手，看上去比他的更柔嫩。

"沃尔沃从没发生过故障。不过，还是要谢谢你。"

贾妮丝回头看了一眼那辆靠路肩停着的砖红色旧车。"是，这些车就像防守前锋一样坚固。你可以碰撞它们，但是你伤不了它们什么。"

塔利斯注意到,这个草坪女士把她的各种机器拟人化了。那台复杂的、隆隆作响的割草机被取了一个人的名字,以装饰艺术的书写体用漆写在机器的侧面,旁边是一个圣母马利亚的微型贴像。而用来修剪杜鹃花的小电锯,被她称作"白蚁"。在他的想象中她是一个单纯的人,喜欢象征意义,注重物体的内涵。

贾妮丝走了以后,塔利斯开始吃午餐,他看了看手表,正是新奥尔良广播电台播放歌剧的时候,他渴望地注视着这台老"拓荒者"收音机,然后走过去,不下一百次地扭动它的电线、它的天线,担心它闪亮的按钮、旋钮、杠杆调不出好的结果。他让电台指示器的指针在玻璃刻度盘下面前后来回游走,他在箱体的侧面深情地轻轻拍了几下。最后,他停下,呆呆地盯着收音机看。刻度盘里的灯是亮着的,然而这机器就像他的一个大学二年级学生,当被问到中俄战争的起因时一声不发。于是他开始在脑中重放一些过去这台收音机灌输给他的音乐,但是,凭空想象一场普契尼的歌剧,和聆听油亮光滑的胡桃木扬声器的歌唱是不能相比的,那可是一种渗入骨髓的声音。

塔利斯开始对自己没有任何朋友而感到奇怪。在沼泽社区二年制学院,唯一一个熟识的能说得上话的人是位电气工程师,莫德雷德·斯托林斯。所以,当他们又一次坐在教师休息室相邻的桌上却没有交谈的时候,塔利斯探过身去,提到他停摆的立体声收音机。

莫德雷德是位科学家,是一个懂得浪费时间毫无意义的加拿

信 号 | 259

大人。他即使说话的时候也不停止咀嚼。"买一台新的立体声，把旧的扔进垃圾堆。"他对塔利斯说。

"不，不。新的型号没有这样丰富的音色。那黑不溜秋的外壳上覆盖着几乎不起眼的黑色按钮。用这台老的，我能让功率很弱的电台渐渐变得清楚，"他的双手像鸟的翅膀一样弹开，"它带给我世界各地的音乐。"

莫德雷德的喉结在他细而白皙的脖子上上下跳动着。"这东西有三十五年或四十年之久了吧？老旧了！在美国，我们习惯把用旧的东西扔掉。"

塔利斯冷冷地瞥了他一眼。"别这样对我说，好像我刚刚通过埃利斯岛的移民关卡似的。"

莫德雷德又拿了一大块三明治放进嘴里。"似乎那个老匣子对你重要的不得了。你平时就干这个吗？就听它？"他咽下食物，使劲眨着眼睛，"为什么你不参加星期五的教师派对？哪怕只是喝一杯啤酒。"

他摇摇头。"那里面的人我一个也不熟。"

"如果你和他们近距离接触，你是可以熟悉他们的。"

"你是说我很冷漠？"这时，很久以前他妻子的一个影像闪入他的脑中：她在耐着性子责备他，一只细手放在长腿上，乌檀木色的头发朝一边披下来。

莫德雷德似乎要说一些话，但是忍住没有张嘴。

塔利斯倾斜身子靠近，紧紧扣着双手。"听我说，我想知道，你是否能检查一下那台收音机。"

莫德雷德摇摇头。"在你的这个匣子里有上千个老元件，它们每一个都可能失效而导致机器停止运转，修理它是毫无意义的。"

他再次坐直身子。"我可以付费给你。"

"不值得。那个系统早已过时。"

塔利斯的前额抵在丑陋的塑料桌面上。他忘了莫德雷德才三十岁,而他是六十岁。那年轻人从没接触过七十年代那种深沉如在山谷荡漾的声音,也许没有听过比布兰妮·斯皮尔斯①的人声更复杂的音乐。"在巴吞鲁日和新奥尔良,我已经打遍了电话,但是找不到一个我信得过能修复它的人。"

"没人愿在这玩意儿上费功夫,这事实该让你醒悟了。"莫德雷德起身离开,他把午餐袋捏成一团,朝垃圾桶扔去,但扔偏了。

塔利斯独个儿在教师休息室里,怒视着他那冰凉的咖啡,想到他的同事是如此缺少同情心。莫德雷德完全可以自告奋勇前来,喝上一杯茶,对他的收音机至少做一个象征性的检查,但是相反,自己却不得不忍受对方的浅薄嘲弄。在接下来的几天里,他叫住那些他几乎不认识的同事,讨教他的问题,但似乎没人能帮到他。

在接下来的一周里,至少一天一次,他转动那只银色的大旋钮,让闪亮的指针走过玻璃面板后面的电台频道数字。他轻轻摆弄滤波按钮、平衡控制装置、静音开关、立体声杠杆。这台机器曾经播放过梅恩盖利斯的一支歌,是在里加他大学时住的陋室里,在他第一次做爱的那个夜里。离婚之后,它在纽约为他播放格什温,在艾奥瓦州为他播放肖邦,它成了一个比他在生活中认识的大多数人都更亲密的伙伴。它的静默犹如死亡一样可怕!

星期六早晨,贾妮丝把她的小卡车停在德洛纳街的路边,倒

---

① 布兰妮·斯皮尔斯(1981—),美国歌手、舞者和演员。

开着割草机从车斗上下来。当塔利斯靠在水斗上喝黑咖啡的时候，透过厨房窗子，仔细看她。对这个女人，他从来没有给予太多的关注过。那灰色的马尾辫让他觉得她不可能像他希望的那样干练，但是她沉着的眼神宣示了她内在的才能。她虽然不是很有女性的风韵，但还是动人的。其实，她一直很动人。年龄大约在五十岁。割完草地之后，她走进门廊，他把她让进屋来。她走过时，他闻到一股汽油味和肥皂味。

他清了清喉咙。"贾妮丝，你说过你能修理各种东西？"

她眨着眼睛，调节它们以适应室内的幽暗。"是沃尔沃出毛病了？"

"没有，没有。是我的'拓荒者'立体声收音机。"他穿过狭小的客厅，就像走向一具死尸，"也许你认识谁，能来做个检查？"

"这鬼东西，我来看看。"

他惊奇地扬起眉毛。"你有电子方面的经验？"

"我在军队受过培训，检验坦克的线路板。"

"原来如此，但这是收音机，相当陈旧了。"

"我修理过我儿子的电吉他音箱，里面有真空电子管。相信我，我知道这东西，它是由相同类型的部件组成的。"她从后口袋里掏出一把红色的螺丝刀，向立体声收音机走去，"嗨，是一台1250型。我敢打赌，这东西里面有一些砰砰的声音。"

还不到一分钟的时间，她就把木盒子退出来了。她拖来一盏落地灯照着机器，朝里凝视。

"你不打算打开它？"

"再等一等。"

他看着她把灯光拉近，脑袋转来转去。她丝毫没把这工作当作一回事。她轻击电源开关,当她把她的马尾辫从满是灰尘的机体内拿出来的时候,她俯下一只耳朵听。他的目光越过她,看到数百个像药丸一样的电子元件焊在一块绿色的线路板上,如同一列列整齐有序的军人队伍。他注视着,一点也看不出头绪,仿佛他在检查大脑细胞,却没有显微镜作工具。"没有什么结果吧,"他边说边轻蔑地打着手势,"没有人能弄懂这东西的奥秘。"

她抬起头来瞥了他一眼。"有很多办法可以解决奥秘。你看到这些露出两根银线的黑东西了吗?现在,你看这里。那些和花生差不多大小的?它们是电容器,用来贮存和释放电能。它们有的大一点,有的小一点,是在这些旧设备中首先要解决的事情。这是一个大的,它的腿上流下一滴液体,所以,它有渗漏,不能正常发挥它的功能了。你看到那些家伙了吗,大小和形状就像芝兰牌口香糖?这些是激励晶体管。它们在这里起重要作用。有数不清的圆柱体分布在线路板的各处,这些圆柱体有一个平侧面,是一种更小的晶体管。那几排四分之三英寸长、直径差不多和意大利细面条相仿的东西是电阻,它们周围的小色带上标注着它们控制多少电流。"她用螺丝刀的尖端指着,解释电位计、继电器、保险丝和保护电路,当她解说的时候,塔利斯在灯光中朝她靠拢。

"如果一样东西出故障,所有的东西都会停摆?"他问。

"至少事情会起变化,这套装置新的时候,弗兰克·辛纳屈①的声音清晰明丽。"她把螺丝刀放在一个拇指大小的电容器上,"当这家伙变得虚弱,他的声音优势就不见了。如果那边那个灰色晶体管有点失控时,弗兰克的声音就开始掺着沙子,就像罗

---

① 弗兰克·辛纳屈(1915—1998),美国歌手及演员。

德·斯图尔特①。"

贾妮丝停了片刻,她注视着那只箱子。"这里面就像住着一个大家庭。每一个单体会影响其他所有的东西。当一个叔叔死了,整个家庭会郁郁不欢。连星期日的用餐时间都不同了。"她对他凄然一笑。

他的视线越过她的头,凝视了片刻,他想到他的前妻,不知她如今在哪里了。多年以来,他并没有真正想到过她。刚结婚的时候,她就像这个单纯的女人一样对着他微笑,怀着溺爱和耐心。她本可以有深情的微笑,他开始问自己,为什么她没那么做。

贾妮丝继续检查电子元件,用螺丝刀轻轻敲击。"你有家人吗?"她问。

"没有,我只有一个弟弟,他在阿富汗被杀了。"

她抬头看着前窗外面。"没有家人。这让我难以想象。"

塔利斯对着那机器点头。"现在,我可真的成了孤家寡人,因为这台机器第一次出了故障。"

"噢,没有我不能修的东西。"

他挺直身子。"真的?"

"当然,不过我的电脑中了病毒,所以我进不了在线手册。我会写下所有规格的网站地址,你可以把这种特殊机型的电路图下载并打印出来。"

"明天下午我就能交给你。"

她重新装上盖子。"去了教堂后,我会顺道来拿。"她看着他,"你去教堂吗?"

---

① 罗德·斯图尔特(1945—),英国歌手。

他转过头，对着墙看了一会儿。

"我想你不会去，"她说，"大多数历史教授是无神论者。"

他抬起下颏。"你怎么知道的？"

她把螺丝刀滑进牛仔裤："我上了几年大学。时间之长，足以了解你们这些家伙关注的都是些坏东西——战争、饥荒和独裁者。你们被它们搞得一团糟，认为这就是世界的全部。"她环视了一下房间，好像在寻找人类的败绩。

"但这三件事情就是历史。"

她露齿而笑，伸出手来，用一只手指戳了一下胸口。"是的，关于历史你知道什么，连电视机都没有的孤独教授？对我而言，历史还是在饥荒和饥荒之间发生了什么，人们假日里吃什么，他们战斗一天之后唱什么歌。"

他把手放在她碰触过的地方，忍不住皱起眉头，仿佛它受伤了。"好吧，如果你救活了我的立体音响，我会为你唱一支农民之歌。"

星期一，塔利斯在莫德雷德面前展开电路图，好像它们是他家人的照片。

莫德雷德在他的眼镜上吐了一口唾液，用一张餐巾纸擦干它们，低下头，脸凑近图纸。他点着头。"所以。有很多冗长的系统，很有趣，一定是用了十磅焊料来使这东西稳定可靠。"

"我的女园丁说她能修好它。我该相信她吗？"

"哼，如果她受过电子学的培训，她准行。每一件东西都这样大，这种部件连盲人也能更换。"他把一只手指放在纸页上，皱起了眉，"警告她，当心那里的两只大电容器。如果她用螺丝刀去碰那些东西的末端，会遭电击，被抛到房间另一头去的。"

"她是一个很细心的人。"

莫德雷德抬起头看着塔利斯,他的眼睛在厚厚的镜片里面缩小。"她和你差不多大?"

塔利斯直起身子。"要年轻些。我的意思是,不是太年轻。"他的白皙皮肤刷地一直红到了前额。

"她该是对你有兴趣吧?"

"别犯傻。她是个割草人。"

"但是她如果把海顿带回你的生活,你会爱上她吗?"

塔利斯在纸张嘈杂的沙沙声中收起了电路图,开始向后面休息室的门走去。"谢谢你为我看这些图纸。"

"没关系,有事联系我。"他言不由衷地笑着。

那天下午回到安静的家里,他开始回忆往事,这是非常难得的事情,在他的脑中通常没有空间来进行这类活动。备课和阅卷之间的每一分钟都被音乐或睿智的评语所填充。其实他是闭着眼睛,尽量不去想,但是那台机器的缺失,使他的大脑承接了聆听之外的工作。他回想自从认识他妻子以来的二十二个年头,他开始重温他和马列娜共享的亲密无间。他们喜欢相同的食物、相同的作曲家;两人还喜欢在沙发上挺直腰板,听歌剧,附和其中的歌词。然而,在阅读方面,他们的兴趣不尽一致。她爱好美国小说,而他读的大多数是人物传记和历史研究。他们的婚姻维持了六年,他妻子对和解的热忱日渐消退,直到有一天,她在厨房的桌上看着他说:"什么也没有发生。"

他从一本有关纳粹德国的新书上抬起眼来。"你什么意思?"

"我们之间,你读你的,我读我的,我们彼此总结一下我们读的内容。"

他对她挥了挥手。"你累了。"他说。

"我谈不上累,"她用责难的目光看着他,"我什么事也没做。"

"你是一个编辑,你帮助人们出书。"

她嘲讽地吸了一下鼻子。"没有味蕾的人写烹饪书。没有爱情的人写爱情。"他回忆起那时她脸上的模样———一种持续的空虚表情。

马列娜,他的黑发美人,回到印第安纳州北部为圣母大学工作。而塔利斯,至少有一段时间,为自己喜欢独处而感到羞愧,他可以弹奏巴托克的乐曲,直到弹得他的公寓颤抖。他和不同的女人约会,但是没有能和他长久相处的。他是一个不断重复自身历史的历史学家,在这过程中毫无长进。现在,他狭小的家陷于无限的寂静之中,他开始想要知道,他的选择是什么。

大约下午五点钟,贾妮丝顺道过访,他们在咖啡桌上摊开电气原理图和修理指南。她从胸前的口袋里掏出一本卷起的小拍页簿,开始从部件表中写下部件的号码。这是一张很长的表格,当她写的时候,他看着她晒成棕褐色的颈背。他知道她的丈夫在伊拉克殉职,有两个快成年的男孩。他需要某种东西来替代他的音乐,当她写完,她告诉他她会定购很多元件,它们很便宜,他注视着她的眼睛,问她是否愿意和他外出走走。

她从头到脚看了他一眼。"谢谢,但这不是个好主意。"她说。

"哦,只是到某个地方友好地吃顿饭。也许,我已过了求偶的年龄。"

她对他笑着。"还是算了。"

"那好,"他回她一笑,"但为什么呢?"

"无意冒犯,但我不相信我们是从同一匹布上剪下来的。"

"你是拿我的学历开玩笑?"

她环视了一下房间,她的目光从素淡的墙、神龛,一直扫向那台老立体声收音机。"教授,你的学历把你带到了哪里?"

"你完全不了解我。"他对她说。

"我一眼就能看出一列火车是不是出事了。"

塔利斯强装笑颜。"正如学生们所说,那很寒心。"

她合上她的平板电脑。"我会先为这些元件付费,等我给你修理账单的时候,你再统一付钱给我。"

他为她打开前门,对她微微欠身,这时,她把脸转到他旁边。"教授,我喜欢那种要去某个地方、任何地方的人。我觉得你被粘在一个点上。你似乎不想对事情做任何改变。你害怕看电视,"她低头看了看他的黑色皮鞋尖,"不肯穿懒汉鞋。好像你对这个旧世界不抱多大的信任。你甚至不能放弃一台破旧不堪的收音机。"

他后退一步回到他的屋里,拴上纱门,好像是在保护自己免受蚊子的侵害,或阻止某种复杂的疫苗进入体内。"晚安。"

贾妮丝在他的门廊边缘停步。"喂,我敢打赌,在拉脱维亚你肯定没有听到过这句老笑话。"

"什么?"

"你把棺材里的无神论者叫做什么?"

他把鼻子靠在纱门上。"我的前妻对我说过。"

她走下门廊,进入萤火虫隐约闪现的草地。"那么,答案是什么?"

他叹了口气说:"一切收拾妥当,就是无处可去。"

在星期日，通常他至少会听一部完整的歌剧。他刚改完二年级大班的考试卷子，因为这是一个温暖而愉快的日子，便跨步来到前门廊，双手插在口袋中，久久地站立，注视着那把白色的橡木摇椅，用脚上的黑皮鞋推了推它，好像是试验它的功能，然后坐下。他屋子前面的街上排列着朴实的木屋，比他的要好。人们告诉他它们是用柏木造的，他想象着一百年前伐木工人原始和野性的生活，他们在冒着热气的沼泽地里砍伐林木。他家左边过去两条街有一家经营了很久的街角食品店，塔利斯想起食品店老板，凭借高昂的价格，上个世纪从街坊们手中赚到了大把的钱。他家右边一个街区有一座非洲卫理公会的教堂，生锈的塔尖直刺天空，他听到了嘹亮的歌声、有节奏的拍手声、赞美的喊叫声，它们涌出教堂在阳光中飞翔，对此他所能想到的是，这些人是如何在欺人的迷雾中痴心狂欢。也许那些非裔美国人被麻醉了，他们试图使自己相信，他们是快乐的，他们遭受的绑架、迫害和奴役从来就没有发生过。歌声飘到了他的街上，塔利斯开始和着《当我今天早晨起来》的节拍摇摆起来，但他并没有意识到他在做什么。他的手指在轻轻敲击着摇椅臂。中午的时候，他感到饥肠辘辘，他决定去那家老店——马卡卢索开的食品店，它星期日十二点钟开门。在店铺正面的人行道上有一个木头的遮阳篷，他登上三个台阶，推开门，木头门上的凹陷是千千万万次手推的结果。在里面他闻到了苹果的气味，向后面走去，是刚切好的肉。他要卖肉的人为他把已经在切片机里的熏肉切成薄片，和一只克里奥尔西红柿以及一只他已经挑选好的法国小面包放在一起。

"嗨，你自己做三明治？"那人问道。

"是的,我在准备午餐。"

卖肉者操纵着切肉机,然后把熏肉从机器里拿出来,扔进一片瑞士干酪,"让我切一片这个给你做三明治,不收费,你会喜欢的。"

"太好了。"塔利斯不知道该再说些什么。

星期一,他早早回到家里,在他寂静的屋子里,他如今竟然想到要买一台电视机。他的妻子一直想买一台,他竭力反对,但现在他意识到她可能是因为孤独。在最近的日子里,他对他妻子想了很多很多,那天夜里,他第一次梦见她,她睡着了,温柔和安静得像是他床上一只有生命的枕头。他醒来后依然能看见她在黑暗中,他想起当他在早餐中读一本书的时候,她是怎样用关切的眼神看着他。多年来,她一直以让人难以置信的耐心看着他。她究竟在等待和寻找什么?

到黎明的时候,他放弃了入睡的努力,起了床,为自己调了一杯巧克力牛奶,他站在厨房里,用匙在杯子里搅啊搅,领略着两者碰撞所产生的音乐美感。

星期二早晨,他准备有关法国保皇党屠杀胡格诺教派城镇民众的教案时,一阵对熏鳗鱼的渴望让他感到吃惊。在很多年里,他对自己盘中的食物从来没有什么念想,他想,他是不是一个大蠢蛋。所有的静默像一扇扇奇异的窗子,在他脑中豁然而开。就在同一天,他像往常那样,在以各种切成片的冷食和牛奶作晚餐之后,他开启电脑,寻找他前妻的踪迹,一直找到半夜,但没发现一个证明她存在的电子信息。他找出她妹妹的电话号码。

他还记得卡米尔,是他妻子的一个精悍务实和体格强健的变体，以坚忍不拔、运动过度的姿态而吸引人。她接了电话，她的声音是确定无疑的，他犹豫了一会，有点不敢启口。

"喂，我是塔利斯。"他努力使声音显得友好和温和，但是他不知道这个女人会作出什么反应。

在她说话之前，有一个明显的间歇。"啊，伙伴，我得承认，听到你的声音我委实很吃惊。你真是从天上掉下来，让人毫无防备。几年前我们试着联系你来着。"

"真的吗？为了什么事情？"

"早就是陈年往事，不重要了。需要为你做些什么？"

"我想知道你能否把马列娜的电话号码给我。"

线路的那头有一声哼鼻的声音。"你别想和她说话了。很久前她就再婚，有三个孩子。你为什么要搅起这陈年旧事？"

"噢。"

"总之，我不会告诉你如何联系她。在我看来，这对任何人都没好处。"

他和她妹妹又说了几分钟话，尽最大的努力想和她拉拢关系，最终，他大声喊叫起来："她曾经爱我。"

她妹妹回答说："我不知道，伙伴。现在我正站在这里思考这个问题，我不觉得她会爱你以前的样子，但是你本可以选择成为她爱的人。"

"但是，"他坚持，"和她交谈会是很美好的。"

她妹妹喘了一口气。"嗨，塔利斯，船已经启航了。如果你没有票，就休想得到你要的。顺便问一句，你还崇拜天空中那个大零蛋吗？"

这是他们之间的一个老玩笑。"我今晚会看一看，看看上面有

信　号　｜　271

什么。"他对她说。

星期三他去沃尔玛,买了一台便携式立体音响和几张古典音乐激光唱片。他还买了一箱啤酒,他发现这个品牌有一点淡啤酒的味道。在他的想象中,音乐和喝酒会抵消一些寂静。

但是这个音响发出一种细小的声音,把巴赫的音乐变得不连贯和拖泥带水的重复。在他的生活中,这是他第一次认为巴赫可能有点儿疯狂,演奏的不是伟大的音乐,而是一种愚蠢的音阶变体。这啤酒,尤其是第七瓶,让他觉得自己老了,感到明显的颓丧。到了午夜,他已经听了够多的音乐,喝了够多的酒,他关掉立体声,灌下最后一瓶开了的啤酒,穿上羊毛睡衣睡裤。当他盖上被子、关灯之后,他突然又从床上跃起,重新把灯拧亮,注视着床垫,第一次意识到在所有这些年里,他总是睡在床的一边,睡在边缘,睡在一只枕头上。他从来没有游移到另一边,或者伸开手脚侵入到中间。他又爬进被子,但黑暗中他仰面躺着,眼睛盯着天花板。在拂晓之前,他一度伸出他的手臂,探入他身旁的荒漠。

星期五下午,贾妮丝来了,带着一塑料袋发亮的、哗哗作响的电子元件,就像是孩子的糖果;另外还带着一只工具箱。她把收音机放到厨房的桌子上,把老的电容器拆下来,再焊上新的,一直忙到塔利斯出去带回一袋汉堡包和汽水。"你瞧,我们还是一起吃饭了。"他说着,在钳子和卷盘松香心焊丝之间,为食物清出一块地方。

"顺便告诉你,塔利斯,"她说,"这不是个约会。"

他吃着他的汉堡包，什么也没说，她很快就返回工作，效率非常之高，把线路板拆开，完成了电容器的更换。在她研究电路图和做决定的时候，他告诉她他在拉脱维亚的生活，他父亲是一个无足轻重的政工人员，他母亲在一家铸造厂工作，把特殊的、计量后的化学药品加入盛有熔融金属的巨大容器里。他等着她问他问题，但她干活时不说话，她的目光在电阻器那些细细的长腿中间飘游。

　　星期六她一早就露面，在外面为草坪割草。稍后进屋，立刻开始动手更换元件，琢磨继电器，修补她用放大镜发现的焊接裂缝。塔利斯假装不看她，但是在一次穿过厨房的时候他说："真让人惊奇，你怎么什么都知道。"

　　"我真的对它一点也不懂。"她告诉他。

　　"我的意思是，这整个装置是怎样把空中的声音传送到我们耳中的，看不见它如何工作。"他看着她，喝了一口茶，"你说你一点也不懂，什么意思？"

　　"我能够调换元件，让它的声音回来，但是我不是设计它的工程师。"

　　"哦，那么，工程师懂。"

　　"也许并不尽然。他的专业知识相对于一群工程师在多年工作中积累的知识信息，只是很小的一部分。"她抬头瞥了他一眼，"历史，就像你说的。"

　　"肯定有人完全懂它。"

　　"我不知道，"她说，"即使那个创建音频基础理论的人，可能也不明白这一艘'战舰'。这对他来说是非常神秘的。"

　　塔利斯走进厨房，又泡了一杯茶。他开始想到两个日子——

他结婚那天和他拿到离婚文件的那天——以及一直以来他是如何理解这两件大事的。现在想来，连接他生活中那些事件的电路实在太复杂。他想知道，在他们的婚姻机器中，他是否是个错误的元件，一个把音乐从他们爱情中析离出来的小零件。

那天晚上九点钟左右，她清洁了控制触头，把面板重新装配好，但是留下了箱体的后盖没装，她连接好调频天线，把扩音器拖过去，插上电源。当她用力把收音机翻个身倒置在厨房桌面上时，塔利斯在她后面徘徊不定。

"现在你要做什么？"

"我必须在底部取得一些电压读数，来重新检查那些大电容器。"她指着四个番茄酱罐头大小的黑圆柱体。

她按下银色的电源开关，起初是静默无声，然后一只继电器咔答响了，扩音机发出一阵蛇的嘶嘶声。她把刻度盘转到古典音乐台的低波段一端，看着信号强度指针，使静点停在德沃夏克的弦乐四重奏上。塔利斯闭上眼睛听着。听了足足一分钟之后，他郑重地点起了头。"高音部分非常清脆，"他说，"大提琴，我不仅能够听到它的弦鸣，甚至还能听到这乐器体腔的振动。"他眨着眼睛，好像恢复了意识。"让我们通过这套装置来播放光碟机，我想听一下声音。你听歌剧吗？"

"这辈子我只听过一部，"她说，接好光碟播放机的线，"在音乐欣赏课上，我们听普契尼的歌剧《波希米亚人》，伴着歌词译文。"

他伸出一只食指。"我也听过。是由托马斯·比彻姆爵士[①]指

[①] 托马斯·比彻姆爵士（1879—1961），英国著名指挥家，英国交响乐团之父。

挥的老作品。尤西·毕约林①担任男高音,我总是被他的歌声所震撼。"

立刻,装置里冒出了低沉的说话声,它在介绍普契尼的歌剧,塔利斯聚精会神地听着,就像是一只捕猎老鼠的鹰。

贾妮丝开始收拾她的工具和电线。"好了,这声音可以吗?"

他把音乐调轻了一点。"听起来不尽相同,我得听一会儿。"

"是有点儿不同。这声音是通过新的电子元件形成的。"她翘起脸仰视着他,"到最后你说不定会觉得更好听。"

他似乎在几分钟里第一次注意她。"当然。你已经做了一件神奇的工作。音乐终于回到我身边了。"

"嘿,我还没有结束。在这些旧的主电容器上,读数差距很大。有一种小杂音。新的在这边的袋子里,明天午餐之后我会过来换掉。我不想不戴橡胶安全手套来摆弄这些东西。我把工具留下,最后会把后盖装上。然后我们让这些组件通电几个小时,确保我们一切都处理停当。"她把收音机关掉。

"谢谢,贾妮丝。如果明天上午你想来,请随意。"

"嗯,我和我的男孩们准备在沿街的圣本教堂做弥撒。然后,通常我们到巴比博餐厅吃海鲜。"

"你觉得明天能完成吗?晚上有场美妙的歌剧节目。"

"我不知道。你可能必须多等一点时间才能听那位胖夫人的咏唱。"她告诉他,当她向门口转身的时候,对他浅浅一笑。

她离开之后,他打开收音机,但是那杂音的音量增大了,所

---

① 尤西·毕约林(1911—1960),瑞典著名男高音歌唱家。

以他猛地把机械器关掉，开始喝酒。他坐在小房间里，试着为"奥斯特利茨战役"备课，想象伤亡九千名法国人的惨痛状况，好像他们就在他屋子外面的什么地方，躺在街上和院落中。他知道，贾妮丝会指出，军队里有五万八千人没有受伤，作为英雄返回法国，在那里度过他们的余生。又喝了五瓶啤酒之后，他结束了备课。他再次想要弄清楚，他的妻子住在哪里，她是否和她的孩子谈到他。

第二天早晨，他穿好衣服，沿着街走到圣本教堂，想要在贾妮丝和她的男孩们出来时遇见他们。他想过，仪式是十点钟开始，但是要到接近十一点钟人们才陆续到齐。所以他漫不经心地走进去，坐在这个相当拥挤的教堂的最后一排座位上。对一个美国教堂而言，这座建筑非常大，也非常陈旧。在弥撒进行的过程中，他察看描述亚当和夏娃被逐出伊甸园的彩色玻璃、基督受难图、哀伤的圣母马利亚雕像、很多超凡脱俗的彩色图案和灯光。他没有看到贾妮丝，于是推测她坐在前排位子上。虽然在她的教堂里有忍受苦难的描写，他想知道为什么她总是选择事物的光明面。难道在奥斯特利茨被刺刀捅死，或在罗马被喂狮子，真的有令人愉快的一面吗？

塔利斯像他周围的人一样，站立、坐下、走动，享受空调机，以及下跪时背上的轻微张力。

在教堂外面繁多的台阶上，他在和贾妮丝及她高高的儿子们打招呼，问他是否可以和他们一同去餐厅。男孩们并不特别在意他是谁，从这里他猜测她根本没有和他们提到过他。

"我也在里面。我是说，做弥撒。"

"你来做弥撒?"

"是的。"

她直视着他,然后:"噢,你有什么问题?"

他看着她的男孩们走到街面上。"你的丈夫怎么了?"

她耸耸肩,在最后的一个大幅度耸肩中把一切说明了:"他曾在伊拉克一个未爆炸弹处理分队。"

"我很抱歉。"塔利斯说。

"好了,正如我爸爸过去常说的,过多的抱歉将耗尽情感,那才是真正可悲的。你要去吃些小龙虾吗?"

他把双手插在他的西装口袋里。"这算是一个约会吗?"

"不是。"

那天下午,他开了一瓶啤酒来中和海鲜带来的盐味。他这辈子从没见过这样多的小龙虾。他在前门廊的摇椅上摇了很久很久,游目于非洲卫理公会教堂和食品店之间的街道。终于,贾妮丝开着车来了。她梳着两根辫子。这种发式往往会吸引他的眼球,特别是一个成熟的妇女,有悖于她的年龄留着这种辫子。她进屋,换掉了那些大电容器,把机件正面朝上,装进箱体。"过来看看。"她说,背靠厨房的墙站着。

他轻轻按动开关,《波希米亚人》的光盘把音乐扩展到整个空间。他的身子贴近装置,深思起这种小电路的文明历史,这种电路穿梭于它那固定的电子元件之中,经过千锤百炼的改进。相互依存的电子家族产生的热量扑上他的脸膛,这时它们正在消化和释放光盘上看不见的信号。他把旋钮转到调频,这装置从他周围的空气组成中汲取了一首肖邦练习曲,这让他的思绪游动起来,他想起所有的无线电话、电视、收音机、短波和电脑信号，在他丝毫察觉不到的情况下，渗入他身体的每一个细胞。他按下一个按钮让《波希米亚人》回到第一幕，当放到一首动人的咏叹调时，他把音量调大，在这首歌里，鲁道夫向咪咪表达了自己的心志。他再次调大音量，这声音既清澈又无比深沉。

他看着她，露出了笑容。

"教授，"她说，"你又回到马鞍上啦，你可以坐下来，尽情聆听。"

塔利斯再次触动音量旋钮，收音机的乐声响亮地向着第一幕的结尾行进。男高音唱得很用力，他非常吃惊，这样的强度是如何达到的。毕竟，他扮演的角色是在和一个他刚认识的女人说话，在这个世界舞台上没有谁是最重要的，一个受苦的灵魂，在这一幕结束之际，他向他的诉求让步，唱出了"我爱你"，一切都完了，因为他们两人都被迷住了，而男高音，他有一副人人皆知的坏心肠，在女主角以男人能够有的力度和真诚唱出清亮的女高音后，他接着唱，他唱出了最后一个音符，好像决定牺牲他的健康，来歌颂伟大的神秘爱情，"我的爱！我的爱！"

他咔哒一声关了机器，身体转向她。"你做了件完美的工作。让我们庆祝庆祝，这个星期什么时候，我们去一家真正的高雅餐厅吧。"

她的目光射入那间小客厅，落在排满厚厚教科书的书架上。"不。"

她摇摇头。"你还是留在家里，做一个好听众。"

他把手放在收音机上，仔细看了又看。突然他开始扯下连接扩音器的电线。他哼的一声把收音机举起来，走到前门，使劲挤了出去。

"喂，教授，你带着它去哪儿？"她喊道，"那是修好的。"

他不回答，踏着沉重而缓慢的步子走下阶梯，向通到街上的小水泥步道走去。他还没有自信他能否做到，把收音机举过头，脸涨得通红通红。他转过身对着贾妮丝，她双臂交叉，站在门边。

"你要做什么？你在犯傻？"

"你会和我一起出去吗？"

她摇摇头，她的辫子甩着她的肩膀。"别傻了，我们之间的差异太大。"

接下来发生的一幕是，塔利斯把收音机摔到步道上，收音机的一只角撞到地面，在明亮的旋钮、闪烁的玻璃、开裂的木头构成的阵雨中爆裂开来。他抬起眼睛看着门廊，贾妮丝站在那里用一只白皙的手捂着张开的嘴巴。塔利斯用歌剧风格的动作指着收音机的残骸。"那么现在呢？"

当电容器卸荷，一缕弯曲的烟雾幽灵从破碎的收音机里升起，贾妮丝注视着，简直不敢相信。她的手臂落到身体两侧，掌心朝前摊开。"它永远不会再有声音了。"她低着声音说。

"我不在乎。"塔利斯告诉她。

她略略把手抬起了一点。"既然这样，好吧。"

安抚心灵

神父莱德猛地喝下一大口白兰地,他坐在砖砌露台上的一把铁椅上,露台就在牧师住宅的后面,被掺杂着金银花的女贞树树篱所围合。他的胃被妇女圣坛会的晚餐撑得满满的,在那里,教区又可爱又甜美的妇女们给他吃烤猪肉、土豆沙拉、香豌豆,盘子被堆得满满的,她们对他显得过分殷勤和怜惜,仿佛他是一只阉了的、以消除地库鼠患为己任的老公猫。他的体魄大得不同凡响,一头白发,脸色红润,有一对灰色的眼睛,还有一双布满斑点、一下子能让一只高球杯化为碎片的大手。这是星期四的晚上,星期四晚上一般不会有太多的事情发生。秋天第一支凉爽的前奏曲,通过教堂院落里的山核桃树飒飒而来,在路易斯安那州,第一次从潮湿、乖张、闷热的空气所造成的压抑中释放出来,这是件比什么都重要的事情。莱德神父在圣弗朗西斯雕像的阴影下深深吸了口气,又喝了一大口酒,很高兴牧师助理正在访问艾奥瓦州的家,而且在明天下午之前,教堂执事不会露面。两只鸽子停落在圣弗朗西斯的手上,似乎它们知道他是谁。莱德神父看着光线暗淡下来,树篱一片漆黑,他久久凝视着粉红色的白兰地酒,然后,决定再为自己倒上一杯。

牧师住所的电话铃响了,他小心地站起来,在深色的木家具和暗淡的圣灯中间移步过去。是教区居民克莱德·阿西诺太太,她的丈夫患肺气肿时日不多了。

"我们需要你为病人涂油,神父。"

"嗯,是的。"他试图说一些其他的,但是他的话被卡在喉咙里,这有点儿像管式捐款箱里揉成一团的纸币,有时他打开底盖却落不下来。

"神父?"

"当然,会过去的。"

"我知道上个星期你为他涂过,但这一次他可能是真的要走了,你知道的。"阿西诺太太的声音听起来像是在竭力忍住眼泪,"他希望你听他的忏悔。"

"嗯。"神父认识克莱德·阿西诺有十五年了。那个老人在星期日穿得整整齐齐,来到教堂,但是一直待在外面的阶梯上,和跟他一样"虔诚的"三个男人一起抽烟。莱德神父知道,他从来不做忏悔。

莱德神父锁上牧师住宅的门,进入车库,发动那辆教区的车子,它是一辆庄重的黑色林肯。他倒着车上了马路,当车停下的时候,他依然醉眼蒙眬,像是在一轮飘浮的新月里摇荡,他意识到他可能喝了一盎司多白兰地。他突然想到应该打电话给女管家,让她开车送他去医院。她只需花五分钟就能赶来这里,不过,这个浸信会的老妇总是要刨根问底,他又得忍受斯科特太太许多迂回曲折的问题,她还会闻到汽车里的空气。莱德神父觉得自己鬼魅的一面占了上风,他开始驾车在小镇街上行驶,车子远远地在杰克曼大道的十字路口停下,因为在转弯去布儒瓦街时擦到了路沿。车子有它的运转逻辑,可他的脑袋却在天马行空。

巡警维克·格拉佛拉把车停在邮局前面,和调度员谈起当他听到身后的十字路口有一声碰撞时,一头奶牛正在勒布朗太太家的园子外面吃青豆。在后视镜里,他看见一辆加长型黑色轿车撞在一辆浅蓝福特的侧面,他将警车倒退了大约五十英尺,开亮车灯。当他走下车的时候,看到自己教区的神父睁大眼睛坐在驾驶盘后面,他跑到窗口。

"你还好吗,神父?"

神父高高的额头上有一道红色的细浅伤痕,但是他微笑着不说话,只是朝他点头。巡警格拉佛拉在察看那辆光泽黯然的维多利亚皇冠,副驾驶座一侧的车门被撞碎。一位颇年迈的妇女坐在长条座椅的中间,握着肘部。他打开车门,看见玛米·巴里莱奥太太的右臂明显是断了,她的嘴在痛苦地抽搐。维克的脸刷地变红了,因为目睹没有过失的好人受到伤害,他深深为之愤怒。

"玛米太太,你伤得不轻吧?"他问。在他后面,神父走过来伸手搭在他的肩上。这位妇女看见神父时,她的脸立马变了个样。

"噢,没关系的,只是一个小肿块。神父,是我引起了这起事故吗?"

巡警看着神父,等待着答案。

"玛米,你的手臂。"他放下手朝后退,维克能断定神父是受到了惊吓。他知道莱德神父总是被叫出来,为悲惨车祸中的陌生人做最后的仪式,但是这个妇女是妇女圣坛会的副会长,她们为老教堂清扫尘埃,在祭台上摆放鲜花;还为他编织阿富汗毛毯,牧师住的木屋四处透风,他用来盖在膝盖上御寒。

"神父,玛米太太有先行权。"维克指着神父那辆冒着热气的车子后上方的标志。

"我甚为抱歉,"莱德神父说,"我正赶去医院为病人做涂油礼,我想我的脑子在想着那件事。"

"噢,"巴里莱奥太太喊道,"谁病了?"

"阿西诺太太的丈夫。"

另一辆警车开来,它的灯光把黑夜照得通明。玛米太太向它点头示意。"维克,你可否让神父先去医院,让另一个警察来写报告?我认识阿西诺太太的丈夫,他真的需要一个神父。"

维克低头看着自己的鞋子。他不打算以这种方式行事。"你想继续去医院,那么我可以带你去那里,神父你看呢?"

"玛米倒是该去医院。"

"嘘。"她向他挥动着那只好手,"现在我能听见救护车在过来。走吧,我死不了的。"

维克能够在玛米铁灰色的鬓发中看出她的轻微颤抖。他用一只手拉着牧师的手臂。"就这样吧,神父?"

"是的,这样会好一些。"

他们坐进警车,维克立刻闻到了牧师的呼吸。他驾着车子在橡树树冠形成的隧道里行驶,这是纳丁大道,此刻他咬紧舌头,力阻自己问出必须问的问题。但当医院出现在他们视线中时,他再也无法抑制自己:"神父,你今天喝过酒吗?"

牧师看看他,脸色变白。"你为什么这样问?"

"是因为你的呼吸有威士忌的气味。"

"白兰地,"牧师纠正他,"是的,晚餐后我喝了点白兰地。"

"喝了多少?"

"不太多。好吧,我们到了。"巡逻车还没有完全停稳,莱德神父就下了车。维克用无线电报告了自己的位置,停好车,走进现代风格的大厅,去找一把柔软的座椅。

牧师对怎样去克莱德·阿西诺的病房非常熟悉。当他推开病房的门时，看见老人躺在床上，几缕烟灰色的头发朝后梳理着，他没戴假牙，被烟草烤焦的舌头在嘴里摆动着，像鹦鹉的舌头一样。走近之后，莱德神父能够听到氧气经过鼻子套管时的嘶嘶声，鼻套管被固定在他脸上。对呼吸如此艰难的病人，他内心泛起深深的悲哀。

"克莱德？"

阿西诺先生睁开一只眼睛，看着神父的衬衫。"秃鹰在打圈子。"他粗着嗓子说。

"你感觉怎样？"

"啊，神父，我觉得一只大象站在我的胸口上。"他慢慢地说，与其说是声音，更像是泄露出来的空气。"多丽丝，她出去一会，吃点东西。"克莱德朝房间四周转动他的眼睛，莱德神父看着他的手，那些凸起的深色静脉，蔓延在卷烟纸一样薄的皮肤下面。

"你有什么事情想说？"神父听到救护车软软无力的汽笛声，很想知道是否优雅的巴里莱奥太太正在医院固定手臂。

"我不再想涂圣油了。你给我涂上油也不能让我就此滑进天堂。"克莱德吸了一口空气，"我得去忏悔。"

神父点点头，从口袋里拿出一条阔阔的、像缎带一样的织物，吻了吻它，把它绕在脖子上挂着。阿西诺先生告诉神父，他已不记得上一次的忏悔了，但他知道当时的总统是肯尼迪，因为是在古巴导弹危机时期，那时他认为毫无疑问，一场核战争正在降临。他开始坦诉他的罪恶，从缺席弥撒"接近该死的七百五十次"开始。莱德神父很高兴克莱德·阿西诺为了求得宽恕而来到上帝面前，并且以一种非常详尽的方式忏悔，毕竟，这表明他的良知还没有泯灭。老人一度停下来，在体内贮存空气，为了继续忏悔神父期待他吐出来的新错误，但是当他再度说话的时候，却是问一个问题。

"果真这样，你认为有地狱？"

莱德神父意识到自己必须倍加小心。拯救一个灵魂有时候就像去捕捉一只蜻蜓。你不可能轻而易举地成功，仅仅用手一拍就可以使之就范。"在《圣经》里有许多关于它的讨论。"他说。

"是为了惩罚？"

"那正是它的目的。"

"但是惩罚能有什么好处呢？"

神父坐了下来。转身之际视角向左转了九十度，随即停了下来。"我不认为地狱是为改造身心而设。它是某些人应该得到的报应。"他把一只手举到眼睛上，对它们轻轻揉了一会儿，"但是你不该担心，克莱德，因为你正在得到你想要的宽恕。"

阿西诺先生看着天花板，他嘴巴松弛，嘴角向下垂着。"我不知道。有一件事情我还没有告诉你。"

"那好，机会瞬间即逝。"神父立刻后悔说了这句话，克莱德给了他一个怀疑的目光，然后瞥了一眼他威严的双脚。

"我连一件事都不能隐瞒吗？我特别讨厌把这告诉别人。"

"克莱德，是上帝在听，不是我。"

"我能把这看作是对上帝说吗？我的意思是，我告诉你其他事情。甚至关于女侏儒。"

"如果是严重的罪恶，你必须把它告诉我，你可以概括得简练一些。"

安抚心灵

"这是我们先前讨论过的一些惩罚。它是我应得的。"

"让我们来面对它。"

"我偷了纳尔逊·洛德里格的车。"

一些旧事在神父的脑中搅动起来。他记起了这件事情的一些传闻,纳尔逊·洛德里格有一辆旧托罗纳多①,就停在家门前的水沟边。这辆具有一个大型八缸发动机的汽车没有装消音器,每天早晨六点整,纳尔逊会启动这个大家伙,转动引擎,把他的大多数邻居和附近街区所有的狗都吵醒。他这样做了足足一年,他说是为了保持蓄电池充电。车子失踪的时候,纳尔逊在当地报纸上登了一则大广告,对提供信息者提供五十美元的奖励,但是没有人前来领赏。哥伦布骑士会②的人对此谈论了好几个星期。

"那大约是十年前的事了,是吗?纳尔逊不是你的一个朋友吗?"纳尔逊是星期日早上另一个徘徊在教堂阶梯上的人。

阿西诺先生艰难地吞了吞口水,停了一会儿,以积聚足够的氧气。"神父,本着对上帝的忠诚,以前我从没偷过东西。我爸爸告诉我,偷窃是一个人最糟糕的行为。我讨厌去拿纳尔逊的改装车,但我正在治疗因缺少睡眠引起的神经衰弱。"

神父点点头。"把这些事情从你心里倒出来会得到解脱。还有没有其他事情?"

阿西诺先生摇摇头。"我想我们已经达到了极限,哎,我真为最后一件事而羞愧。"

神父宽恕了他,给他一个小小的赎罪苦行。

克莱德试着露出笑容,他的黑舌头在品尝空气。"十遍《圣母

---

① 托罗纳多是美国通用汽车公司旗下的汽车品牌奥兹摩比的一款车型。
② 哥伦布骑士会,美国天主教的一个慈善组织。

经》祷文？就这样定了，神父。"

"如果你想做更多的，你可以打电话给纳尔逊，告诉他你做了什么。"

老人仅仅想了一秒钟。"我暂时还是只做小祈祷吧。"莱德神父拿出他的祈祷书，为阿西诺先生读祷文，直到他的话被一阵轻柔的鼾声打断。

维克坐在大厅里等着神父下来。已经有二十分钟了，他知道神父的血液酒精含量将要达到峰值。他脱下警帽，在面前转着，他想知道指控神父酒后驾车有什么好处。神父们每天非喝葡萄酒不可，他们太喜欢夜里的这种雅趣。一张罚单改变不了他长期形成的饮酒观念。另一方面，莱德神父毁掉了巴里莱奥太太的轿车，她像对待孩子一样服侍了它二十年。

几分钟之前，维克走到走廊里，探听那间治疗室的情况，她正在里面接受治疗。他没有让她看到他，他打量她的脸。此刻他坐在这里，转着他的警帽，思考着。对神父来说，把他的名字登在报纸上，加上一个酒后驾车的指控，是一件很痛苦的事情，但这会使他明白他做了多么严重的事情。巡警格拉佛拉处理过太多太多的人，他们从没意识到他们所做的是多么严重。

神父来到大厅，这位年轻的警察站了起来。"神父，我们必须去一下警察局。"

"什么？"

"我想对你做一个体内酒精含量测定。"

莱德神父挺直身子，走近他，用一条胳膊绕着他的肩膀。"噢，说吧，那会有什么好处呢？"

安抚心灵 | 287

维克开始说话，然后示意神父跟着他。"让我给你看样东西。"
"我们去哪里？"
"我想让你看看这个。"他们进入走廊，经过两道门到了医院急诊区。在一道墙上有一个狭小的窗子，警察要神父朝里面看。一个氧气瓶和计量器挡住了部分视线。里面，巴里莱奥太太坐在一个检查台上，在她的上臂有一个紫色的肿块。当一个医生拧着她的肘时，另一个医生把她的肩膀往回拉。桌子上有一个大得吓人的注射器，巴里莱奥太太正在哭喊，没有表情，只有止不住的泪水。"你再看看吧，"维克说，"看够之后，就跟我来吧。"神父转身离开玻璃窗，跟着他走。

"你用不着让我看这个。"
"真的不用吗？"
"那是个最好的女人，最好的烹饪高手，最好的——"
"来吧，神父，"维克说，推开通往停车场的门，"我有很多东西要写。"

莱德神父的血液酒精浓度是标准的两倍，巡警需要写一份报告，指控他酒后驾车，闯越停车标志，以致引发人身伤害的交通事故。交通法庭吊销了他的驾驶执照，此前，因为他撞坏了林肯，他的保险公司在电脑上一查出他的过失，就中止了他的投保合同。

事故发生一星期之后，他走进牧师住宅的大厅喝了一杯自来水，滚动在他舌头上的水珠就像是恶心的油滴。电话铃响了，他差点失手打碎了杯子。又是阿西诺太太，她告诉他，她和她丈夫发生了争吵，他竟然要告诉她兄弟——纳尔逊·洛德里格，十年前偷了他的车。"为什么你让他去告诉纳尔逊他的偷窃勾当？这简直搅得他心烦意乱。"

神父不明白。"告诉纳尔逊真相，这对他有什么损害？"

"哦，不，神父。克莱德的脑中只有少得可怜的氧气，他的思维不清楚。他不能告诉纳尔逊他做了什么。我不想他这样死去，顶着一个所有街坊都称他为贼的骂名。再说，我爱我的兄弟纳尔逊，但是如果他发现我丈夫偷了他的'老炸弹'，他会让克莱德最后的日子如同地狱。他就是这个样子，你知道吗？"

"我明白了，有什么事情我能做？"他把装水的杯子放在电话桌上，旁边是一尊白色的圣母小雕像。

"如果你和克莱德说，让他知道，不告诉纳尔逊偷车的事情，死后不会遭恶报，我会感激不尽。总之，他已经什么都忏悔了，对吗？"

神父低头看着大厅朝着露台的那头，他渴望户外的开阔视野。

"我不能讨论忏悔涉及的具体内容。"

"我知道。这就是我为什么又给了你所有的细节。"

"好吧，我会来拜访。他现在醒着吗？"

"他现在在家里，我们为他准备了一张可以上下调节的床、一台氧气机，请了个护士夜里照顾他。我让他听电话。"

莱德神父斜靠在墙上，凝视着施洗者约翰的肖像，想知道他做了什么应该受到惩罚的事。当他听到克莱德氧气罩的嘶嘶声从电话里传来时，他告诉他，他应该知道在上帝的眼中他已被宽恕了，如果他想偿还，可以拿一些东西给穷人，或者考虑怎样留一些东西给他内弟。他挂上电话，闻到牧师住宅地板上蜡的气味，这令他想到厨房碗柜里芳香而甜美的白兰地，他赶紧走上楼去，找到那位年轻牧师，相互商讨新的弥撒日程表。

安抚心灵 | 289

星期六下午，当莱德神父正在忏悔室打盹的时候，一个妇女进来，在她提到一两件轻微的罪行之后，她隔着屏风对他说："神父，我是多丽丝·阿西诺，克莱德的妻子。"

神父打着呵欠。"克莱德怎么样了？"

"你可记得那车的事情？嗯，新的事情又来了，"她低声说，"克莱德一直对我说，他和那个唤作斯卡洛克的孩子用绳子把车子拖走，当他们把它拖到海堤后面的市中心时，把它从码头推入海湾了。"

"真的吗？"

"是一个新的罪过。"

他拿下他的眼镜揉着眼睛。"什么意思？"

"克莱德刚刚告诉我，他把车子藏起来了。在过去十年里，每月付三十五美元把它藏在一个封闭的小室里，在犹-豪尔搬家公司。"她的声音稍稍大了一点，"我不知道他是怎样瞒着我的。这让我想要知道一些其他事情。"

神父的眉毛向上扬起。"现在他能够把它还回来，或者在你丈夫弃世的时候你能让它物归原主。"他一说到这里他就知道这是不可能实现的。太理想化了，如果没有其他途径，单单忏悔室这么些年的经历也教会了他，很多时候，人们并不是出于理性来经营他们的生活，而是通过一些精神上的微小低劣动作，用某种自尊心、某些欲望，来对抗简单的理性之美。

阿西诺太太申明必须保守这个秘密。"只有一个办法把车子还给纳尔逊，像克莱德想的那样。"

神父叹了口气。"什么办法？"

阿西诺太太在那个暗盒般的忏悔分隔区里不胜其烦了。"嗨，我只告诉你一个人,我知道究竟怎么回事,克莱德说车子还能开。他每三个星期启动它一次,这样就让车子的电池一直保持热度。"

神父垂下头。"然后呢?"

"你可以起个早,把这辆车开回纳尔逊家,就停在那天夜里克莱德偷走它的地方。"

"不,不,"神父说,"千万不能!"

"神父!"

"如果我驾驶这玩意的时候被抓,怎么办?那时这个秘密会被公开。"

"神父,这是忏悔的一个内容,你可不能说出来啊。"

神父突然感觉到这是一个阴谋。"很抱歉,我不能帮你,阿西诺太太。现在,我要给你二十个天父的惩罚。"

"就因为对我儿媳妇撒了个小谎?"

"你想为自己的不诚实讨价还价?"

"好吧,"她用桀骜不驯的声调说,"在我做苦行时我会为你祈祷。"

星期六这天,做完五点钟的弥撒之后,莱德神父感到他的灵魂在他的体内东撞西撞地砰砰作响,就像一只在鞋盒里的高尔夫球,坚硬而紧实。他渴望吞咽烈性酒时那种火辣辣的快感,渴望白兰地在他鼻孔中产生的后续刺激。他回到空荡荡的教堂,这是一座穹顶高耸、超过一百年历史的哥特式建筑,他在靠背长椅上坐下,让自己浸润在家具油、焚香、热蜡烛的气味中。他看看从上方窗子泻下来的梦幻色彩,一会儿之后,这些阴影和气味开始填满他虚空的内心。他闭上眼睛,想象着女管家的晚餐,把要喝一杯的念头推到脑外,用好的念想来取代不该有的。在五点钟到六点钟之间,他走进牧师住宅,用食物来救赎他的思想。

第二天晚上,访问过一个病中的教区居民之后,他在楼上自己的房里看报纸,这时女管家来敲房门。女管家说,玛米·巴里莱奥太太在楼下,想要和他谈话。

当神父走进书房,他首先注意到的就是裹着那个女人手臂的白色石膏。

"玛米,"他说,在沙发上她的旁边落座,"对你的手臂,我必须再次表示我的歉意。"

这个女人脸上一亮,好像被人道歉是一种特权。"噢,别为此担心,神父。事故是难免的。"她是一个皮肤白皙、头发铁灰的妇女,一个因快乐而使自己变得可爱的女人,还是这个崇尚烹饪的城镇技艺最高超的厨师,她义务为每一个慈善机构的公益活动效力,在火炉和烤箱之间奔忙不歇,她的时间属于任何需要它们的人,从她那个被喂胖的、脸上露着得意笑容的丈夫到寄身于教区收容所的吸毒者。他们谈话的时候,神父的目光反反复复地在她臂上丑陋的石膏上打转,它几乎就要裹到她的肩膀。在这五分钟里,他一直想知道,为什么今天她事先没打招呼就贸然来访。然后,她道出了原委。

"神父,我不知道你是否清楚,克莱德·阿西诺的妻子和我是多么好的朋友。我们是十二年的老同学了。"

"是啊,可叹的是她丈夫病得这样重。"

巴里莱奥太太烦躁不安地坐到沙发的角上,把她的石膏夹模搁在沙发扶手上。那里暖暖的,上面有一盏灯。"这就是我来这里的原因。多丽丝告诉我,她求你为她和克莱德做一些事,而你对她说不行。我说不出什么具体的细节,因为我知道这是有关忏悔的事情。"

"她对你吐露了多少?"神父希望她千万别问他害怕的事,因为他知道自己无法拒绝她。

"我甚至什么细节都不知道,神父。但是我想告诉你,如果多丽丝希望做,那这事就必须得做。她是一个好人,我请求你帮助她。"

"但你不知道她要我做什么。"

巴里莱奥太太把一只好手放在石膏上。"我知道它不会是什么坏事。"

"不,不,它是……"他正想说出他的驾驶执照被吊销了,但还是忍住,决定不告诉她。

玛米低下头,把脸转向他。"神父?"

"嗯,好吧。"

他在星期三访问了阿西诺太太,拿到了车钥匙,那天深夜,他久久坐在黑暗的牧师住宅露台上,浸染在金银花的幽香中,直到年轻的牧师走过来,坚持要他进屋,免得遭受蚊子和潮气的侵袭。到了楼上,他换上休闲便服,躺在床上,像是在等待死刑射击队的到来。在午夜时分,他的双腿开始剧痛,下一件他知道的事是它们支撑着他下了楼,来到放有阿司匹林的厨房,当他的手摇摇摆摆伸向右边的橱门,它却执行了潜意识中的习惯性动作,去开左边的橱门,一夸脱的白兰地在里面等着,就像是药的幻影在召唤着他。当感性的肉身拖着它去向左边时,理智的心灵拉着他的手去向右边。他听到头顶天空中的某个地方,一架飞机在嗡嗡作响，他突然想到一个老的说教，说人就像是架双引擎飞机，一个引擎是理性的逻辑精神，另一个引擎是感性的血肉之躯，如果它们没有和谐运转，飞机就会偏离航线造成灾难。神父认为他能够以某种方法加快他的精神转速，但是当他想到要驾驶偷来的汽车，他却宁愿选择加速肉体。他想，就喝一杯，一杯会使他镇静下来，给他勇气去做这件善事。一杯下肚后，他试着去想象纳尔逊·洛德里格看见他的旧车回来会多么高兴。当他再喝一杯后，他想到阿西诺先生能够带着干净的良心咽下最后一口气，进入另一个世界。几分钟之后，当莱德神父斜着身子，跌跌撞撞在黑暗的屋子寻找他的车钥匙时，右边的引擎啪地响了响就熄火了。

凌晨一点钟的时候，他坐进了教堂的轿车，驾着它抵达城镇边上的一排仓库建筑。他叫醒管理员，一个住在大门边拖车屋里的邋遢老头。进入围栏后，莱德神父沿着仓库区编有号码的卷帘门往前走，直到找到了他要去的那扇门。他很难把钥匙插进锁里，但最终还是设法打开了门，开亮了灯。那辆奥兹摩比显露着生锈的外壳，灰尘扑扑，就像博物馆里一个有一百万年历史的恐龙蛋。当他打开驾驶员一侧的车门时，吱吱嘎嘎地发出刺耳的叫声，里面的气味让人想到教区墓地封闭式的陵墓。他插入钥匙，马达呻吟着，然后结结巴巴地显现出生气，喃喃地发出如怨如诉的声音。神父摇着头，心中想，要在神不知鬼不觉中把这辆车开到纳尔逊居住的安静社区，那是决不可能的。他在让引擎空转和升温之后，使之减速，发出一种较低的噪声，他让车倒退，开始它十年中第一次旅行。

计划是把车停在纳尔逊屋前靠街的一块草地上，那是它被偷的地点。然后神父步行前往隔壁街区的阿西诺太太家,她会把他的车还给他。他离开仓库出租地,抄小路,在白铁皮顶的盒式房屋和一些废弃的车辆旁边经过,从外表上看,那些废弃的车辆比此刻这辆穿行在它们中间的脏车更好一些。他进入破败的铁路地下通道,来到城镇的高级地区,那里月色如洗,万物沉睡。他觉得如果他的脚不踩踏油门,让车子仅以每小时十英里的慢速前行,就不会产生太大的噪音,但是当他在经过停车标志之后给车子送入一点点汽油的时候,那排气的声音像一只狮子在为交配而热身。神父感到欣慰,至少那几杯白兰地提供了血液的某种浮力,使精神处于麻木状态,帮助他忍受他正在做的一切。虽然,他也紧张不安,而且很难掌握好过于灵敏的油门,尽管他竭尽全力,但感觉总像这车在试图挣脱他的控制。终于,他转弯开上纳尔逊那块小地所处的大街,让车子轻声嘟囔着慢慢前行,直到他远远看见柏油路旁边那块他可以停车的草坪。他熄掉车灯。

镇上六名警察中,有一人患了胆囊炎,于是巡警维克·格拉佛拉顶了他朋友的班,把车停在麋鹿俱乐部旁边的一条小巷里,当一辆颤抖的、肮脏不堪的托罗纳多从他面前爬行而过时,他正呆呆地坐着,表情木然。他原本会认为是某个鲁莽的人从那边经由鱼厂而来,但是他看了一眼汽车牌照,看到它的设计至少在近五年里没有在任何车上出现。维克推上警车的排挡,关掉车灯,滚动车轮,开到空空的路上,跟着那辆托罗纳多,但和它保持一条街的距离,经过了家具店,又穿越了公路,进入树荫小区。他用无线电联系几分钟前见过的一位教区警员,要他把车横拦在进出这个街区的唯一通道上。

即使是在黑暗中，维克也看得出那辆车的轮胎是瘪的，而且车子脏得很反常，蒙了一层灰白的尘埃——简直就是一辆鬼车！当它摇摇摆摆进入柏树街，他向它逼近，在那个驾车人关掉车灯的时候，他想，瞧，要搞鬼了，他启动他的车头灯、闪光装置和发出吼叫声的汽笛。托罗纳多突然在一个急骤的推进中向前猛冲，当它使得这个巡警停在两股轮胎烟雾的漩涡中时，大量红色灰尘和火花从车底向后飞出。面对这幕情景，不论谁在驾车都会惊恐万分，维克开始追逐，紧紧跟着它，但没有过于逼近它乌黑的尾灯。树荫小区只有一条绕成一个椭圆形的长街，就像是赛马场的跑道。在第一个弯道上，那辆咆哮的车子摆动着后尾向右转弯，维克使出浑身解数紧跟，当那辆车甩开了他、然后在远处又向右转的时候，他紧盯着前面，他们向着小区的出口而去。当他绕着弯道驰车的时候，他看见一辆白色巡逻车堵住了这辆飞车的去路。逃跑中的汽车随后慢下来，再次进入了柏树街。当维克看见这辆喃喃鸣叫的车子慢下来、最后停在纳尔逊·洛德里格的牧场式砖屋前面的时候，他睁大带着疑问的眼睛。巡警维克停下来，打开车门，举起手枪对着前面那辆车。

"开车人，出来。"他厉声喊着。

慢慢地，一个灰白头发、模样温和的男子从托罗纳多中滑了出来，身穿一件深色衬衫，纽扣从上到下全都紧扣着，颤抖的双手高高举起。

"能请你别大声喊叫吗？"老者环视了一下这座沉睡中的屋子。

维克注视着他，走近他，盯着他的眼睛看，然后把武器放进手枪皮套。"你为什么这样超速逃跑，神父？"

神父喘着粗气。"你那些闪光灯把我吓到了，唉，大概是我踩油门用力过猛，这东西就像火箭一样飞了起来。"

维克看了看这辆车，然后转向神父。"牌照已经过期，也没贴车检标签。"他走向他的巡逻车，伸手进去拿罚款簿。

"你能关掉这些闪光灯吗？"

"必须让它们亮着，这是法规，你该知道，"维克没好气地说，"你想让我看你的保险证明、驾驶执照、解雇通知书吗？"他嘲弄地伸出一只手来。

"你知道我这些都没有。"

"神父，你在这破车里面做什么？"

神父把双手放在他的前面，恳求着。"我什么也不能说，它关系到一个忏悔。"

"噢，这是一件好事还是什么？"

神父的脸因充满希望而变得明朗起来，觉得巡警仿佛明白了这是怎么回事。"是的，是的。"

维克凑过脸来，用鼻子使劲嗅了嗅。"你觉得这是件好事，喝得如同一只煮熟的猫头鹰，然后夜里在镇上超速乱闯？"他大声叫嚷。

"哦，请轻点。"莱德神父恳求。

维克摸着他的枪带。"转过身去，这样我能把你铐上。"

"发发慈悲吧。"

"值得怜悯的，自会得到宽恕。"

"上帝会怜悯我的。"神父说，他转过身，在背后伸出他的双手。

"那么，他是个比我还好的人。分开你的双腿。"

"这对任何人都没有好处。"

"它会给我带来一些好处。"就在这时，一盏门廊灯亮了，裸

安抚心灵 | 297

着上身的纳尔逊·洛德里格轻轻从台阶上下来，走向步道，脚上没有穿鞋，他那弯月形的肚子撑开了他睡裤腰上的松紧带。

"喂，发生了什么事？"

对面街上和隔壁的其他门廊灯也陆续亮了，人们出来站在他们的私家车道上看着。

"是莱德神父，"维克喊道，"他吃了一两张罚单。"

纳尔逊惺忪的睡眼还没有完全睁开，他站在那辆车的旁边，脑袋对着那个鬼魂一样的脏东西左右摆动着。"这鬼东西是什么？是我那辆被人偷走的旧车！"

维克狠狠地看了神父一眼。"这会儿才认领未免久了点，神父？"

"我不是胡扯，我确实是来还车给纳尔逊的。"

"你知道谁偷了我的车？"纳尔逊拖着笨重的身子，在落满灰尘的引擎盖旁边走来走去，"你最好现在就告诉我，这东西被偷之后我一年没睡过安稳觉。我一直有一种感觉，是我认识的人偷了它。"

"我什么都不能说。"

"它关系到一个忏悔。"维克解释。

纳尔逊用手在车顶白垩般的漆面上摸着。"哼，以盗窃汽车罪指控他，我敢说他会告诉我们。"

两个戴着假发夹的女士、一个穿着长睡袍和拖鞋的高个子中年男子，从街对面走过来。"发生了什么事，维克？"那名男子问，"你好，神父。"

神父点点头，藏起他身后的手铐。"晚上好，梅厄。事情不是看上去那样。"

"但愿不是。"一个妇女说。

其他邻居开始过来，走进警车闪光装置噼噼啪啪投掷出来的光圈中。然后教区副警长也挤了进来,他自己的车灯也在那里亮着。当神父试图向每个人解释他正在做一件他们不可能知道所有细节的善事时,维克在旁边看着。这位巡警感到很抱歉,确实这样,当他填好罚单,当他在车顶轮廓线下面把老人的头推进车内,以及后来,当他在那双柔弱的手上取指纹,推着老人神圣的身体进入囚室,拿走他的皮带、鞋带和《玫瑰经》,这些时候,维克的感觉真的很坏很坏。

莱德神父必须去一趟巴吞鲁日,去忍受主教的苛责和训诫。他的教区被撤消两个月,他被纳入他自身社区嗜酒者互诚协会的一个项目之中,在那里,他要在生锈的折椅上坐很久,和那些身为汽车修理厂机修工的原教旨主义者、脱衣舞娘及情绪低落沮丧的妇女一起,听没完没了的感言、警诫、忏悔。他乘出租车前去参加这些聚会,而晚上再没有人邀请他参加妇女圣坛会的晚餐,或邀请他去其他地方。阿西诺太太从没打电话来表示慰问,至于可人的巴里莱奥太太,她驾着她的新二手车经过牧师住宅,当他向她挥手时,她甚至看都不看他一眼。

他被允许再次穿上法衣的第一天是个星期天,他进教堂做十一点钟的弥撒。教堂里坐满会众,太阳射出的金色光缕透过祭坛上方的窗子落下。《荣耀颂》由来访的儿童唱诗班咏唱,他们的歌声敏捷轻快,稍后,神父站在布道坛上读福音书,从耶稣把水变成酒的故事中,汲取些许安慰。然后,全体信徒在一阵搬动长椅和跪垫被踢来踢去的噪声中坐下。莱德神父开始讲述基督的第一个奇迹,这是一个他熟透的讲过几十遍的布道。而坐在前排的老年教区居民似乎把他当作是陌生人,儿童更是兴趣索然,当他讲的时候，连他自己也觉得杂乱无章而为之悲哀，他怀疑他是否为自己做的受了足够的惩罚。当他说教的时候，他扫视着会众们的脸，寻找对他任何形式的宽恕。布道进行十五分钟的时候，在第五排靠墙的地方，他看见令他怦然心动的一幕，这比宽恕更好，比他应该得到的更珍贵，这景象，使他呆滞的声音突然有了表现力，让人们纷纷抬起头，仔细聆听那清新生动的布道。坐在那里的是克莱德·阿西诺，只见一根塑料管从他的鼻子上挂了下来，被胶带固定在满是皱褶的脖子上。他睡着了，脸色苍白，离死亡仅两步之遥，他的头靠在墙上，但至少，他最终还是进来了。

"一本万利号"赌船

韦恩被卡车厂解雇后不久,他的新车被银行收去,女友和他分手,从巴吞鲁日搬到亚特兰大去了。他不得不从合租公寓搬出,迁入一个车库式公寓,这里,地板上布满裂缝,热水器夜间发出的声音就像煮沸的鸡蛋在罐子里撞来撞去。在当地报纸的招工广告上,他看不到有属于他专长的职位,但镇上有一家名叫"一本万利流动游乐场"的新企业,登了一则大大的布告,说这艘船正在招聘"某职位"。他叫了一辆出租车来到河边,由一位头发后梳、身材魁梧、穿一件浅色条纹西装的绅士面试。

"你擅长游泳吗?"这个人问,他读着一份问卷。

韦恩告诉他自己曾经是中学里一名有证书的救生员。面试者听到这里的时候,笑了,他的目光越过办公桌的前方落到韦恩的膝盖上。"你是三十四英寸的腰围?"

"差不多吧。"

"嗨,我懂腰围,在市区的罗勃服装店关门之前,我在里面卖过西装。改行的并非你一人。"他打开办公室的抽屉,抽出一张单子,"让我来量一下你的内裆缝,这样如果你通过游泳测试,我就能为你预订制服。"

"你们雇我做哪种工作?"

面试者的钢笔嚓嚓地响着,他开始写。"你将,啊,检查。主要是在岸边。"他说着打开另一个抽屉,抽出一条棕色的游泳裤。"那里是洗手间。"他说,手从韦恩的肩膀上面指过去。

他们沿着斜坡上了船，然后走到船头靠河心的一边。

"你要我游到哪里？"韦恩看着一架铁梯子，向下一直伸入到阴暗的、表面被风吹皱的水中。

"这里有一个很险恶的漩涡，如果你认为你能行，跳下去，直接穿过涡流游一百英尺左右，然后游回铁梯这儿。"

韦恩跃身砰的一声跳进水里，顶着逆流向西游去。这河是多沙的，他辨出一种松节油和杏仁的味道。当他游回来的时候，他的手一碰到铁梯，那个身穿浅色条纹西装的人就朝下喊道："你被录用了。"

韦恩坐在停车场边上的警卫室里，闻着他身上灰色新制服的气味。密西西比河的河岸下面，"一本万利号"停泊在油腻的水流中，就像是一个由疯子装裱的结婚蛋糕。每一层甲板的屋顶轮廓线都布满了粗制的、弯弯曲曲的俗丽装饰，这种蓝绿色和淡紫色的图案在四四方方的码头大楼上重复出现，在停车场围栏顶端延展。韦恩觉得这整个地方俗不可耐，他痛惜失去了早先每小时37.81美元的工作，在那家又大又整洁的工厂里，样样事情都合乎情理。卡车里真皮装饰上的油漆光亮如镜，有它严密的工作条理，一如它们从生产流水线上下来，被有条不紊地运到全美各地的农民和木匠手中。这家厂莫名其妙地关闭了，当他问领班这是为什么的时候，对方告知："我们只能说，这家工厂去另一个州运作更有意义。"

赌场的经理安排他做乔伊先生的助手，这是一个瘦长的、习惯沉思冥想的人，四十五岁左右。在韦恩上班的第一天，他带他来到河边的警卫室,指着一艘用绳子系着的靠在岸边的铝合金小艇。"也许今天晚些时候,我要你上那艘小艇,驾着它绕赌船转几圈。你很快就会轻松自如的,你知道吗?"

他仔细琢磨着这艘小艇。"好的。但是我们为什么需要小艇?"

乔伊先生低头看着他擦得光亮的黑色工作鞋。"总部办公室什么也没告诉你吗?"

韦恩搔弄他的一只手臂,因为衬衫的布料把那地方弄得痒痒的。"他们只是一次次问我是否会游泳,这是怎么回事?"

乔伊先生把两手伸到他的前面,好像是在显示一条鱼的长度。"事情是这样的。这艘船会有噩运发生,你知道吗?有时我们会捞上一个真正疯了的顾客。他可能情绪压抑,也可能输得太惨。"

韦恩又回头看了一眼这艘小艇,因为清晨的一场风暴,里面积了两英寸雨水。一只卢乔安纳商标的食品空罐头浮在座位边上。"我希望事情不至于像我想象的那样。"

"喂,你是一个成年人,什么,二十六岁了,是登记表上显示的。"他从后裤袋里拿出一把短梳子,把头发直直朝后梳去,"有的顾客输得太惨时,往往不想下船去面对太太和孩子。"

韦恩转身面对着密西西比河,看见艾克森石油公司一艘满载石油的油轮驶来,把一堆米黄色的河水推上船头。"然后发生什么?"

"那些走路回家的人,我不知道会发生什么。但是在这艘船上,也许平均每两个月一次,会有人跳水。"

"噢,见鬼!"

乔伊先生把一只手放在他的肩上。"嗨,其他赌船也有这类问题,只是不像我们这样严重。"

"一本万利号"赌船 | 303

韦恩看着"一本万利"和它一层层狭长的露天甲板。一个妇女在第三层上走出来,没有把门关上,她看了一眼巴吞鲁日,似乎想证实一下,在赌场昏暗的紫罗兰色的梦幻之外确实存在着一个真实的世界。她凝视白色的甲板、天花板和舱壁,过了一会儿,她被灯光灼得重又回到老虎机的黑色闹腾中。"天啊,"韦恩说,"我们这是自杀快艇!"

乔伊先生用拇指在梳子上刮出音乐般的声音,他说:"不,我们是救生员。"

韦恩坐在淡紫色的椅子上,回想当初在社区游泳池工作时,他可是把那些九岁儿童从困境中营救出来的老手。他阻止孩子们奔跑,甚至抑制那些被荷尔蒙冲昏头脑的男孩,阻止他们为那些在阳光和泳池的辉映下光彩夺目、初露头角的女孩发生争斗。

他在游泳池工作的第二年里,一天,一个名叫瓦莱丽的十四岁女孩多次在深水区跳水,尽管她冒上来后要费很大劲才游到池边。她很瘦,跳水时像一根矛似的扎进水里,然后,在她的女伴两次把她拖出来之后,在她沉在池底像是忘记哪里是天空,以致他不得不下水帮她之后,他把她赶到水深八英尺的缆绳另一侧。他看见她靠着绳子踩水,向他投来恶意的眼光,两次对着他叫喊,说她完全能够在深水区施展自如,但是他摇着头,不行!

然后,两车三年级学生到达,顿时,泳池里面尽是又喊又闹的孩子,成了一锅上下翻腾的炖汤,周围是跑步者和穿着衣服、只会在无奈中尖叫的老师。当一个男孩在六英尺深的水下冒出气泡,几个发出尖叫声的女孩像追逐面包的鸭子一样向他拍翅而去,韦恩跳下水去营救,托着他的颈,提着他的头发。他把这个男孩带出水面,在喧哗中,他没有听到一个声音在说"先生",哪怕只是隐隐约约听到也没有，当时他正在把一大群叫喊着的孩子赶回浅水区。在他救起的男孩喃喃地说"先生，先生"的同时，他看见一个番茄色头发的男孩在游泳池边上奔跑，喊着要他停下。稍后，韦恩把男孩交给老师，并说应该让他坐到巴士里去，这时那个红头发的孩子走近，恳求说："先生。"韦恩甩掉耳朵里的水，看着男孩身上像红蚂蚁一样的雀斑，只听他在说："先生，有一个大女孩在深水区。"然后韦恩像海豚一样蹿入水中，在多如牛毛的白腿中穿行，在八英尺水深的绳下，他睁开眼睛，在四十英尺远的地方，他看见一件和游泳池油漆一样的浅绿色游泳衣，从里面伸出的手臂和腿是灰白色的，在软弱无力地漂动着。

当他把她带出水面，她的嘴张开，肚子像个充满了水的大罐子。他把这个女孩放在一块热垫上，试着救活她，他俯下身来对她做心脏按压，然后，嘴巴对着嘴巴，做人工呼吸，直到救护车的急救人员到达，但是回天无力，她再也听不到这所有的一切，她留在了那个属于她的静默世界。

而最难堪的是去参加她的丧礼，向每一个对他瞪着眼的亲属解释，为什么他没能把瓦莱丽带回给她的亲人。

韦恩和乔伊先生在他们的小屋子里坐了三天，这座建筑是对游船操舵室的一个拙劣的模仿，华丽的塑料色带绕着它的屋顶轮廓线，有一个半圆形的屋顶，上面顶着一只带有羽毛条纹的金球。不论什么时候，只要有一个顾客走到靠河的甲板上，保安摄像机会对他进行监视，监控室里的雇员会作出决定，有时候夹在韦恩制服肩膀上的扬声器会吼出一个代码，他和乔伊先生就驾驶小艇绕着赌船缓慢巡游，检查船体，在滚动和充满泥浆刺鼻味的水流中磨蹭时间，对着船体上的锈斑和绿藻指指点点，直到那位顾客回到叮叮咚咚的老虎机旁。

每当韦恩肩上的扬声器发出声音，他的心便开始惊跳。他盯着那些在警卫室附近走过的顾客的眼睛，试图判断他们是否沮丧和绝望，试图预测他们以后的动向。

早晨是最危险的时候，乔伊先生告诉他。管理部门希望在日出之前能有一名游泳高手驻守现场，因为如果一个可怜的灵魂在夜晚失去一切之后，可以预见会万念俱灰，那么，黎明的第一道曙光将是激发悲剧发生的扳机。"没有什么比日出更能毁灭一个糟糕的幻想。"乔伊先生说。

一天，当韦恩在黎明前走到警卫室的时候，他想，它后面的密西西比河水就像是一个时刻在变化的石碳酸和柴油燃料的湖泊。当太阳升起，跨过河流，把热能注入蒙蒙薄雾中去的时候，他用玻璃清洁剂擦洗西边的窗子，整个七月的早晨，像荧光灯中的气体一样开始发光发热了。透过擦亮的窗玻璃，他看着云朵升起，在一英里高处，那乌黑的"软体动物"渐渐扩展为雷雨云。乔伊先生无精打采地坐在椅子上，戴着墨镜闭眼睡着了。空调机在嗡嗡地运转着，当韦恩向窗子伸出手去，他已经能感觉到滤过窗玻璃的热量。他开始担心那些通宵豪赌的赌徒，他们可能会通过几扇窗中的一扇朝外看，知道阳光出来了，一切都无可隐瞒。

无线电哼哼地发出声音，乔伊先生扭动着鼻子。

"四B，"无线电里说。乔伊先生挺直身子。"四"的意思是第四层甲板，"B"的意思是一个喝醉了酒的顾客。在安全手册中，"C"是指甲板上发生一场争执。手册里还有一个"D"，但是它后面只是一个空格，没有说明。

突然间，无线电结结巴巴地发出了一声令人吃惊的叫喊："四D，真见鬼！"乔伊先生弯身从椅子上站起来。在十秒钟之内，他们上了小艇，乔伊先生用弯曲成匙形的手指紧扣着起动绳，船上的韦恩同时把缆绳松开。

"注意。"乔伊先生开大引擎的油门，韦恩侧身离开仿桨轮的淡紫色木架，仿桨轮的尖叫声在他脑中搅动。小艇打着弧线在赌船后面绕过去，爬上一个巨浪的峰顶，是一艘顺流而去的油轮掀起的，然后冲下波谷。他们听到上方的喊叫声。在第五层甲板上，一个身穿白衬衫的保安人员向下指着一个满脸愁容的男子，他大腹便便，秃着头顶，坐在围栏上，消瘦的双腿摇摇晃晃地悬挂在水面上方，像是两根拆断的电缆。"喂，伙伴，"乔伊先生喊着，"现在可是你赢钱翻本的时候。"

就在这一刻，那个人松开了他的手，打了一个横翻筋斗栽入河中。韦恩一个转身跃到船外，奋力向一个冒着气泡的漩涡划去，他希望探入其中，把这个人从激流中拖出来，就像魔术师从帽子里变出一只兔子那样。当他搏击波浪的时候，他想象这个在水下静静漂浮的绝望赌徒会开始产生求生的意愿。

那名上层甲板上的大个子保安开始打手势，大声叫喊："这边！喂，在这边！"韦恩逆流游了几码，他的膝盖碰到了一个软软的东西，于是他潜下水去。他伸出双臂，甚至手指，盲目地抓着，想象他的手很快就会抓起某样东西——从明尼苏达州冲过来的污泥，一根浸饱水的手杖——当他抓住一件普通棉布衬衫的一角时，他的吃惊的确超过了预期。他用力抓着布，用脚踢着水面，在那里他摇着头抖落头发上的水，从身旁拉出一个吐着水和喘着气的脑袋，在那张颜色发青的脸上，嘴巴是张开的，那双眼睛立刻看见了周围的一切,但脑子是一片空白。"放开我。"那张脸用嘶哑的声音嚷着。

那个人开始挣扎,韦恩对自己爆发的愤怒感到惊讶,这个人不想从水中离开。"走吧,你这个老混蛋。和我一起上岸去。"

"让我淹死吧。"这位老兄举起肥肥的双臂拍打着河水。很明显,他根本不会游泳。

韦恩用右臂夹住这个人的胸部,用左臂划水向小艇游去。"别动。我不会松开你的。"

乔伊先生驾着小艇靠近他们,伸出手,抓住跳水者的腰带,把他像一条筋疲力尽的鱼一样拖上来,甩到艇底,以免滚回水中。当他帮助韦恩上艇的时候,用一只脚踩着这个人的前臂,韦恩摔倒在他们旁边,接着又打起了颤,嘴里满是河水的恶臭。"你为什么要往地狱里跳?"他喊道。

老头斜靠在一个座位上,擦去河水留在他秃头上的水珠,惊愕地看着天空,仿佛是在期望能有什么东西落下把他压碎。"我一直在玩十美元的老虎机。"他粗声粗气地说。

韦恩看着他,好像那是一条流浪在州际公路上的猎犬。小艇摆动着靠向警卫室旁边一段损坏的河堤。"你输了多少?"

这个人低下头。"银行存款。"

"啊,那不是——"

"活期存款、定期存款、薪水。我刷爆了所有的信用卡。"他的声音提高了,他抬起头,"在上帝的绿色世界里,不会再有比这台机器更狠的,置我于这样的绝境。它吸干了我。"

"所以,你把自己也扔掉了。"乔伊先生说。

这人突然眯起眼睛。"为什么不,狗崽子?我差不多扔掉了我所有的一切。"

"我们到了。"韦恩急急地说,跨过船头,把小艇拖着靠岸。他伸出一只手给跳水者,不知道说什么好。"看好你的脚下。"他最终说。小艇的后面,乔伊先生在转动着眼睛。

赌场的经理多米尼克先生站在警卫室旁边,身穿一件深灰色的西装——翻领的滚边无可挑剔,裤褶就像剃须刀片一样挺直。他身边站着一个彪形大汉,是韦恩在赌场里见过多次的,人们叫他帕克。他拿着一只手机贴在耳朵上听着,好像一些优秀的智囊会告诉他每一件事。帕克点着头将手机放入衣袋,向小艇走来,帮着这个人上了岸,好像这是他的一位在超市走廊里失足的老亲戚。

"喂,布拉德拉夫,你还好吗?住在政府大街?"帕克的表情温和、友好,声音犹如单调的电梯音乐,下巴上有两条又细又长的疤痕,像线一样。

布拉德拉夫挣扎着来到停车场,当他开始哭泣的时候,帕克伸出一条大胳膊,把他搂紧。"嗨,没关系的,你知道,在桌边谁都免不了有糟糕的一天。"他用双臂轻轻摇着这个人。韦恩担心他快把面颊贴到布拉德拉夫光滑的头顶上了。

一辆黑色的凯迪拉克开到警卫室前面,车门打开,帕克扶着布拉德拉夫向它走去,他们缩小的身影映在染色车窗上。当帕克从这个小个子身边后退时,他的西装因被河水打湿而呈深色,布拉德拉夫的影子叠在帕克的影子上,似乎什么东西从他们中间流过,不过不是水。帕克朝着后座柔软的皮质皱褶打着手势,那老人摇晃着进了车里,帕克跟在后面爬入。他对着他的手机说了一

"一本万利号"赌船 | 309

句话,门关上了,凯迪拉克像一只光滑的爬行动物,蛇行着上了河堤。

多米尼克先生,这位凌驾于所有员工之上的老板,穿着擦得像镜子一样光亮的皮鞋,来回晃动身体,目不转睛地看着远去的汽车。

韦恩清了清喉咙:"这家伙,难道不该让他坐救护车,或其他什么车吗?"

多米尼克先生向他转过身,韦恩在那副墨镜的镜片上看到自己身穿制服的微小缩影,他那颗长着金发的脑袋只有火柴头那么大。"如果有人来,你懂的,新闻记者之类,"他说,"带他们来见我,知道吗?"

韦恩虽然年轻,但是并不愚蠢。"好的。"他说。

他的老板给了他一片绿薄荷口香糖,一只手搭在他湿透了的肩膀上。"别担心,我们会给这位先生他需要的帮助。"

乔伊先生走到经理后面,对他的搭档使了个眼色。韦恩慢慢剥去口香糖的包装纸,把它丢进嘴里,津津有味地咀嚼起来,尽力忍住不再去问什么。他看着多米尼克先生转身,走回他的仿木办公室和特权区,那里有云彩般柔软的地毯和令人愉快的秘书。

韦恩走进警卫室,从锁柜里拿出一套干的制服。在狭小的洗手间里,他一闭上眼睛,脑中就会出现河中的一幕,看见布拉德拉夫那张淌着细流的脸出现在他旁边,浑身湿透、哭哭闹闹的。

一个小时后,乔伊从总部回来,站在窗式空调机前面,张开手掌贴在出风口上。"我在向我们的人核实情况。"

"你知道他投河的原因?他是不是有点儿疯了,或别的什么?"

"大约凌晨两点钟,他输得一败涂地、惨不忍睹。值班经理,就是纳尔逊,那个卑劣的家伙,过来对他说,也许他应该去休息,改日再玩。但这并非纳尔逊的本意。那是赌场学校的老师传授的一套说辞,因为赌博使心理素质差的赌徒丧失理智,赌场越是提议他们该离开老虎机了,他们越是发疯要回来。"

韦恩停下扣衬衫纽扣的手。"输光之后他怎么还继续赌?"

"帕克说,他跑进小丘通宵营业的典当铺,卖掉了他的手表、戒指和车。"他双手捏成拳头,在冷空气中转动着,"当他把这些输光,纳尔逊开始放贷给他,然后他真的跌进了无底深渊。我意思是不断下沉,下沉,下沉。大约到日出的时候,他受不了下船去面对他的家人,或面对任何他必须对他的破产作解释的人。"

韦恩把毛巾的角挤入耳中。"这些人,好像原本就是意志软弱的人,对吗?"

乔伊先生耸耸肩。"我想,这些意外事故总得找个地方来发生。"他朝着"一本万利"上的紫色和蓝绿色装饰物看,"那一定就是这地方了。"

韦恩又想起布拉德拉夫,想起他的脸怎样重新恢复血色,面颊上破了的小血管像灯丝一样发红。"他看上去不愚蠢。为什么不明白泡在那里会有什么后果?"

乔伊先生坐在一只摇摆不稳的苹果绿凳子上。"当一只马蝇飞到一盏捕蚊灯里,它会知道发生什么?"

韦恩试着想象,当一只虫子看见充满魔力的蓝光——那团神秘的鲜艳色彩时,它的脑中会产生怎样的反应。他想到一只飞蛾如果错误颤动翅膀,就会导致自身死亡,然后他转身看着一辆辆开往停车场的汽车,它们在赌场的巨大标牌下驶过,那里,带有磁力的、颜色俗丽的霓虹灯光轮在转动着。

一个月飞掠而过,就像那奔流不息的巧克力色河水,其间,有两个跳水者因为看见了下面的银色小艇和警觉的目光,决定留在生者之中。那天早晨,他从水中救出一个三百磅重的妇女,她赌掉了她的拖车屋,他开始感觉到自己的力量,像是一个真正的水难救生员,一个艇上天使,他再也不会让谁在他怀中有气无力或停止呼吸。他开始喜欢上这份工作。

八月份的一天下午,帕克用他的大手掌推开警卫室的门,他抬起头看。

"有什么事吗?"韦恩问。

"嗨,到里面去穿上白衬衫,戴好徽章,我们在底层甲板缺少一个人。"帕克有一个习惯,就是用他的左手握住他的右拳,放在身体前面。韦恩意识到他的手臂太粗,弯曲它们难以保证不把他的西装撑爆。帕克看上去好像就是用马提尼酒和肋眼牛排做成的,他的颈脖如此粗大,以致他的领带只好短短地吊在腰带上方八英寸高的地方。

"我没有受过保安培训。"

帕克挥手让他走到外面的阳光中。"只是顶一个班,你不用带枪,什么也不用带。只是沿着机器走动,确保那些老女人不要疯狂。"

韦恩上了赌船,找到了需负责的保安区域,拿出他的衬衫、徽章和帽子。他经过一道特殊的门,跨到令人眩晕的橙色、紫红色和青色地毯上。这巨大的空间是一个由上千台鸣响着的老虎机组成的躁动不安的迷宫,每台机器前面有一名顾客,像是贴着的一张标签。

空气中交织着铃声、硬币落在托盘上的敲击声、杠杆的摩擦声和扳下时的扑通响声、小额结算时的电器鸣叫声。韦恩巡视这个空间，知道所有这些动作和声响组合成了让顾客慌乱的恐惧。他们担心接下来的钟鸣不会落在他们身上。即将产生的大笔奖金也许没有他们的份——大额头奖马上就要出炉，他们会措手不及地发现，口袋里仅剩一个硬币，无法再使那台仁慈机器的内部发生旋转。夹杂在这闹腾声中的，是不断被吸进呼出的卷烟烟味。

韦恩从一张玩二十一点扑克游戏的赌桌边走过，看见一个衣着讲究的高雅妇女赢了一堆一百美元纸币，然后，她推出她的所有战利品作为下一局的赌注，好像赌上两千美元只是小菜一碟。他想知道这个金发美女是否接近五十岁了？也许还想知道当她福星高照时，会赢五千美元吗？那又会为她带来什么呢？是否她会利用这些赌金，把战果扩大到二万五千美元？那又能买些什么？除了买一辆不起眼的美国轿车，或者充作在普通住宅区买一间寓所的首付款？在他的想象中，赌场里大多数人都是靠薪水生活，所以他们才来赌场一搏。而电子化的赌场雇用了电脑天才来为机器编制程序，并计算出转盘赌的最小赔率。他环顾四周，目光透过烟雾缭绕和噪声沸腾的空气，觉得在每一个人血本无归的败北中，自己就像是一个同谋者。

然后他看到了他，秃顶的布拉德拉夫先生回来了，被"粘"在一只塑料凳上，将二十五美分的硬币滚入老虎机中，一只塑料桶夹在他左臂的弯曲处。韦恩看了一眼通往露天甲板的那扇门，然后抬头，看着天花板上监视他所在九十度范围的摄像头，伸出一只手指。他退回去，在那些叮当作响的扑克老虎机后面来回走动，他等了二十秒钟，直到加利亚诺，这层甲板的保安领班，在通过耳机听到他的报告之后,挺着溜圆的肚子向他走来。

"有什么情况?"加利亚诺戴着一枚饰有珠宝的徽章,帽子上有金色缘饰。他已年迈,走起路来有点摇摇晃晃,步履不稳,他掌心朝后。韦恩听说他曾经是一个主机械师。

"在第二排,四号机上的那位先生,就是跳水投河的那个人。"

加利亚诺的眼睛被烟熏得睁不太开,韦恩猜想他的当班时间快要结束了。

"哪一个家伙投河?是这个月?一月份?还是去年?到底什么时候?"

韦恩开始想要呕吐,他的胃察觉到了船的运动,好像它离开了停泊处。他想问总共有多少投河者。"是布拉德拉夫先生。"

加利亚诺在下一个通道里走来走去,对着他的无线电说话,然后停下一会儿等着对方的回答,假装没有注意布拉德拉夫先生,他始终如一地喂着他的老虎机,好像那是他心爱的宠物。加利亚诺调整他的无线电旋钮,把它贴近他那只毛茸茸的耳朵,然后回音来了:"他一切都好。"

"一切都好,见鬼去吧!他要自杀。"

"帕克说现在他没事了。"他回头看了一眼布拉德拉夫,"他在乐呵呵地花费他的二十五美分硬币。"这位保安耸耸肩。他得看着这些人,还得数钱。"如果担心他,只需一只眼睛盯着那道去外面甲板的门就行了。"他说,轻轻拍着韦恩的肩膀。加利亚诺对着他的无线电说了一句话,然后离开走向掷骰子的赌桌。

在下一次巡视中,韦恩踱到布拉德拉夫附近,注意到他身穿便宜的针织衬衫,然后继续游走,碰撞着空气中卵石般铿锵作响的声音,他希望不会有声音召唤他,让他从这层甲板纵身跃入水中。在他作了第二次巡视之后,他又从布拉德拉夫的老虎机边上走过,这时候这个人抬起眼来看他,眼神显得病态和阴郁,在把脸转回去之前,由于认出了韦恩而射出一道惊骇的闪光。韦恩轻轻地碰了一下他的前臂,布拉德拉夫向走道探过身子,而他的手还在装硬币的桶里笨拙地抓拿。

"运气怎样?"韦恩问。

布拉德拉夫朝那扇门看了看。"你就是把我拖出水的人。"

"正是我。你现在还好吗?"

他转回身对着老虎机。"拜托你管好自己的事。我在这里只冒几美元的风险。"他的目光在老虎机和韦恩的徽章之间晃来晃去,"你们不必为我担心。"

韦恩禁不住又想起湿透的布拉德拉夫在他双臂中是那样的沉重,想起他的脸怎样重新恢复血色。他走近一步。"你自己来这里的?"

"我儿子用他的摩托车载我来的,等会他来接我。"

韦恩看了他一眼。"你的车没了?"

"我来这个世界的时候也没有车。"

"嗯,如果有什么需要帮的,我马上就到。我在这里到处走走。"

布拉德拉夫把一只手放在杠杆上,他的指尖因为捏拿硬币而变黑。"我对你们的管理层很满意,他们都是些好人。"

"是吗?"

"他们还去了我家。我是说,所有其他东西都没有了,但我还有一个屋顶,我妻子和儿子还与我住在一起。"他把手指伸进桶里,拿起一枚二十五美分的硬币,塞进投币口,再拉动杠杆,熟

"一本万利号"赌船 | 315

练到全然不看机器。"一切都很好。"三十个二十五美分的硬币开始落进接盘，布拉德拉夫凝视着它们，神色超然。"看，事情正在好转。"

第二天晚上，韦恩无法入眠，他听见他的热水器有敲击声和隆隆声。快天亮时，他开始想象，如果他有孩子，情况一定会是这样，每时每刻都在担心他们会做些什么。他去上班，在看电视和听扬声器中度过他的轮班。那只塑料扬声器夹在他的肩膀上，就像是一只扰人的宠物鸟，有一只危险的嘴巴。当他下了班，他查看巴吞鲁日的姓名地址目录，找到了罗伊·布拉德拉夫的地址，然后乘坐巴士，找到鲇鱼镇南边沙地上一座油漆剥落的木屋。一辆黄色的、挡风玻璃反面粘有一大张红色张贴纸的莱特卡洛，停在积了雨水的车辙上。他从街上走到屋前敲门，布拉德拉夫赤着疙疙瘩瘩的脚来到千疮百孔的门廊里，身穿一件褪色的涡纹图案衬衫，上面一只只奶油色的草履虫在深紫红色的背景中游泳。"喂。"他说。

韦恩看出他的衬衫并不是褪了色，而是蒙着一层锯屑。"我只是想来看看你。"

布拉德拉夫似乎很疲惫，或者是喝得半醉了。他在里面无精打采地向他示意："你想坐一会？我刚从橱柜店下班。"

"不，我这样担心你是不是有点傻？"

布拉德拉夫从胸部发出低沉的声音，像是被痰堵住了。"你当然不欠我什么。"

"老虎机给你带来什么好处？"

布拉德拉夫悲伤地环顾他的门廊。"你想说什么？"

"你还要继续去船上?"韦恩盯着一条体态臃肿的狗看,它在缓慢费力地走上台阶。

"我只要抓住一次机会。"

"嗨,这可真是个冒大风险的赌注。"

"总比什么都不做好。"

韦恩露出牙齿,他试图显出高兴的样子,他上身后仰,紧跟在后面。"我听说得大奖的概率连七百万分之一都不到。"

布拉德拉夫把他的手表表面从手腕另一面转过来,看着表盘说道:"总有人会赢到的。"

任何进一步的表述听起来都会像是一场争论,所以韦恩点着头转身,准备走下台阶。"我刚刚下班,所以要回家去了。"

"那好,"布拉德拉夫说,声音听起来像是松了一口气,"现在不用为我担心,那次落到河里是因为我喝得烂醉。"

韦恩抬起脚碰到了那条狗,它后退着走开,发出一声类似咳嗽的声音。"你多保重。"

"谢谢你来看我。"布拉德拉夫对他说,压低了嗓音。

韦恩看着他走进屋去。至少他还活着,还在打工和赚钱,他的家人也还在他的身边。他身上肯定起了些变化——韦恩希望他已经看到了光明,不再沉沦了。

十天之后,韦恩和乔伊先生值夜班,正在他们玩双人纸牌游戏驱赶瞌睡的时候,肩上的微型扬声器开始含含糊糊发出一连串狂乱的音节,中间出现几次断断续续的"四D"叫喊声,他们一同起身,跌跌撞撞赶到漆黑的岸边。摩托艇戳向河心,船头朝着没有月光的天空翘起。立刻,通过桨轮,小艇在一根漂浮在水中的圆木上越过，随着一声砰然的重击，马达跳了起来，并且停止转动。看着赌船旁边的上游水域，韦恩看到了他知道会看到的东西。在他的孩提时代，他曾和母亲等在一个乡村火车站里，要赶一列横穿乡间的火车，他们两人知道火车会在一小时后到站。他耐心注视着铁轨之间空旷的间距，他知道，空虚会被填满，因为火车必然会来的，它就在轨道上，它一定会来到镇上。而现在，罗伊·布拉德拉夫正在过来，在赌场的铁轨上爬，在按照他的时刻表行进。每次他移动他的臀部半英寸，移了半个臀部，然后再移另外半个，在照亮船侧的上百盏甲板灯中眯着眼睛看。

韦恩试着解答营救上的数学运算，如果布拉德拉夫溺水的话，他应该怎么做。甲板上的保安在畏缩不前，他们张开双臂，只是在等待时机，但是布拉德拉夫红着脸，神情飘忽，醉醺醺的，用一种尖酸刻薄的声音喊道：所有狗娘养的机器都坏了！他把他的屋子喂了老虎机，只剩下身上的衣服，他扯开衬衫，纽扣像弹片一样四处飞散，他把衣服扔进漆黑的夜色中，然后跌倒，光秃秃的脑袋向下倒栽。

乔伊先生让引擎落回到水中发动起来。快艇在满是浮渣的船体旁边逆流颠簸，驶入到跳水人的下方，他猛然落下，跌到两人身上，骨骼产生剧烈的冲撞。乔伊先生率先飞到船外，布拉德拉夫落下时一条腿戳在韦恩的胸上，两人朝后栽入水中，韦恩一到水下马上游离光亮区，因为担心被螺旋桨搅着，当河水黑到像糖浆的颜色时，他上来换气。河水从他耳中淌下，他听到甲板上的叫喊声，瞥见乔伊先生在奋力游向赌船。他作为救生员的本能复活过来，他要救罗伊·布拉德拉夫，这正如他需要空气一样自然。吐出一大口河水，他对着赌船喊叫，希望有人能够向他指出，在这碎波粼粼之中,他应该游向何处搜索,但是每个人都在忙着把乔伊先生从水中拉出。他听到身后有人叫喊,是一种湿淋淋的尖叫声,惊得他颈上的汗毛都竖起来了,然后他向下游划去,进入张开黑嘴的水流之中,游到赌船的船尾,这里的河水从闪亮的深褐色褪成幽暗的、带油彩花边的神秘颜色,映着岸上的灯光,它们闪动着,宛如一群潜入水中的萤火虫。他沿着暗下来的河道游了五十码,什么也没看到。然后他停止踩水,用耳朵听。韦恩希望布拉德拉夫不要在他下面的某个地方,吸着水,游向一个新的、无论他在船上做了什么都不会受到责备的地方。他听到水的打旋声,像是一条被抓到的鱼在挣扎,他双手划开向它游去,然后双手在水中往回抓,似乎他的每一次划水都可能会碰到一只手或一条手臂,它们正渐渐地离开生命的最后一息。他游着,直到他想到布拉德拉夫的身体像是一堆灰色的灰烬,仅仅它的中心有一点火星,但仍然有可能复燃起来。他游着,直到他的手臂发麻,一个漆黑的巨大卷浪将他压在下面。河水的一波冲击直灌他的鼻子,水沫四溅,他迷失在一片新的天鹅绒般的黑暗中。他想象自己年轻的四肢像灰烬一样灰白,冰凉冰凉的,在向死亡行进。

  他停止搜索,因为他前探的力量已经丧失殆尽,他挣扎着朝河岸游去。他能够看到的就是前面漆黑的墙壁,划了很多次之后,他划到一艘驳船的满是水藻的侧面,驳船停泊着,他使尽力气,沿着它的侧面朝南游去,他发现一根缆绳悬在两艘驳船之间,他用一只手抓住它不放,让身体在水流上面一颠一颠地移动,好似一面飘在微风中的旗帜。他贪婪地吸着黑色的气流,想知道布拉德拉夫是否已经出水,或者正在返回原处,一场赌博失败了,一切都又回到商人手中。

在十五分钟里，海岸警备队的探照灯把他周围的漩涡镀上了一层银色，从遥远的地方，他听到，乔伊先生在焦急地呼喊着他。

第二天下午他回来上班，被召唤到多米尼克先生那间凉爽的绿色办公室里。帕克礼貌地引着他进去，经理脸上堆着笑容。他绕着他的办公桌走出来，用两只手打着手势，让韦恩坐到一把深绿色的皮革扶手椅中。多米尼克脸上的皮肤光滑得就像椅子上的兽皮，"我听说，你想离开我们。"

"是的，先生。"韦恩觉得自己情绪很低落。

"如你所知，我们是允许员工调换岗位的。想必你也许希望离开这个小玻璃温室，到船上去工作。"他的臀部落在清洁无瑕的办公室桌前缘。

韦恩摊开一只手，看着掌心，然后捏成拳头。"我正在考虑回到工厂工作。也许找另一家卡车厂，然后搬家。"

多米尼克先生看着他。"什里夫波特卡车厂是最近的一家，它倒闭了。你还是留在我们这里吧。"他用手做出一把枪对着韦恩，"查查广告。我们差不多是镇上唯一的行当了，除非你想在艾克森石油公司晒成人干，或者选择立法机关。"

韦恩在地毯上碾动他的鞋底。"我想这是真的。在船上我能做什么呢？"

"少量安全工作。只要一根带有手铐和狼牙棒的皮带。加利亚诺会培训你几天，教你无线电代码、怎样控制醉汉，怎样看老虎机是不是快要空了。极平常的事务。每小时再额外加你两美元。"多米尼克先生合拢双手放在一条大腿上，等着他的回答，那神情就像一个人捏着一手好牌。

韦恩扫视这间屋子，想找一个窗口，他有一种想看外面的强烈欲望，但这房间像是一个豪华的密室。"行。"他说。

"非常好，非常好。"他们两人都站起来了，多米尼克先生举起一只手，捏着韦恩的后颈，亲切地摇动，"你知道，今天早晨他们发现了那个可怜鬼的尸体，被冲到那座低桥后面的一个码头下面。"

韦恩的大脑一片空白，就像缺少燃料的引擎突然停止运行，他呆呆地站在这间安静的办公室里，等着它重新动。"啊。"他说。

"葬礼是在明天下午，只是一件守灵之类的事情。你觉得你能够出席吗？你明白吗，代表这艘船对他家人的致哀？"

他想到自己身份的变换，"一本万利"的代表。"我不明白。"

多米尼克先生捏着他的脖子，紧紧捏着。"你可以休息一整天，"他体贴地说，"作为加班补偿。"

殡仪馆是一座又长又矮的建筑，坐落在一家炼油厂的对面。韦恩的出租车开进沙砾铺就的停车场，停了下来，他看见尘土鬼影般地填在坑坑洼洼的街上。走到里面，他在来客留名簿上签名，遇见了罗伊·布拉德拉夫的妻子，她的个头比她丈夫大得多，梳着一根摇摆不定的灰色长辫，她向韦恩探过身，握着他的手，想要加倍热烈地摇动它。

"我们知道你尽了最大努力。"她说，口中带着啤酒的气息。

他说出了他事先想好的话："我们赌场所有的人都对此深感歉意。"他必须拉高声调，才能让人听到，因为前厅一位瘦得像手杖般的老妇正在演奏一台哈蒙德牌电子琴，音调模糊不清，这个手风琴演奏者根本没有控制好节奏。

他妻子的眼睛难以读懂。"唉,我们试着让他离开那个地方,我们一遍又一遍地谈论这件事,但是我们都知道,有些事情会发生。我想,我们都不希望接受这样的结果。"她把目光转向侧面。

"你觉得这不是一个意外?"

她抬起头。"是的。你知道,他一直好赌,小打小闹的。但是在他们把那该死的赌船停在镇边之后,他便失去了控制。"

"这艘船,"他说到一半时仿佛被自己的话呛住了,"它只是不希望带来任何悲伤的感觉。"

这位妇女的目光聚焦在他脸上。"嗯,我丈夫现在根本没有感觉了,所以我想快乐的是这艘船。"她抓着他的手,"让我把你介绍给小罗伊吧。"

在殡仪馆的小教堂后面,靠着一堵轻微弯曲的镶板墙,一个年龄大约四十来岁、瘦瘦的、被太阳晒得黝黑的人斜靠在一把折椅上,椅子的前面两条腿腾空在地毯上面。韦恩伸出手,这位嘴角叼着烟的红发儿子,伸出一只让人感觉像是树根一样的手。他母亲发出一阵咯咯的咳嗽声,然后说:"这就是报纸上登的想救他的男孩。"她转过身,向演奏手风琴的人走去。

这儿子抬起充血的眼睛看了看。他穿着一条正装长裤、一双从七十年代婚礼上留下来的新潮皮鞋、一件带着银色领尖的白衬衫。上面三个纽扣是解开的,露出一根金链,底端吊着一个"菲利普斯66"①的徽章。"你的动作非常灵活。"小罗伊说。

韦恩在他旁边坐下。在卡车厂他认识许多像他一类的人。"我试着在黑暗中寻找他,但是我没能做到,我就是没有能够做到。"

---

① 菲利普斯66(Philips 66)是美国一家跨国石油公司。

小罗伊点点头。"嗨，你能在半圈的时间退回去。"他朝他母亲那边看，她正在挑选赞美诗，"老人就是不想待在家里和我们在一起。你知道，他当掉了我的摩托车，去玩十美元一次的老虎机，他就这样做，昨天晚上当铺来拿走了它。我工作了四年才攒够钱买下这玩意，别看着我，好像它是一辆没有消音器的嬉皮摩托车。这是一辆'金翅膀'，是银行家和他妻子可能在周末骑的那种车。"小罗伊把他的万宝路卷烟塞到嘴唇中间，用力长长地吸了一口，从侧面看着韦恩。"爸爸什么都好，但是他摆脱不了那些王八蛋的老虎机。我最小的弟弟用叔叔留给他的钱开了一个小额的大学账户，爸爸在玩视频扑克游戏时一开始就把它输掉了。"他通过浓密的眉毛往上瞥了一眼，"噢，见鬼，我不是有意用我们所有的琐事来折磨你的耳朵。"

韦恩听着纤细无力的管风琴音乐，试着想象小罗伊的生活，但是他想象不出。他把眼睛久久闭上，好像对着房间看会伤了它们。当他睁开眼睛的时候，他说："你认为他为什么要投河？"

那儿子想了一会儿，目光越过教堂落在了棺木上。"我估计他是受够了我们所有的人，"他说着摇摇头，"这是一个很长很长的故事。他一直在追逐一个大奖。"

"如果他赢了大奖，他会做什么？"

小罗伊摆动着他的脑袋。"你是疯了，老兄？没有人能够赢到这东西。得到它只有几十亿分之一的概率。"

"但是，如果他得到会怎么样？"他在香烟屁股上又吸了一口，韦恩想，这烟一定热得足以把他的嘴唇焊住。"他会尽力偿还，他拿走的东西，"小罗伊说，"但那是不可能的。一旦有些东西被拿走了，即使你让它回来，它仍然是从你身上被夺走的。你拿回来

"一本万利号"赌船 | 323

的并不是同样的东西。"这儿子在折椅上挺直身体,把烟灰掸落在地毯上。

韦恩看着小罗伊的手指,它们曾被数百台机器灼伤过,夹伤过。"但是他该给你们一些。"

"我已经有了我想要的。"小罗伊说,说话时烟气从他嘴中逸出。

韦恩朝着锡制的小棺材看,能够看到罗伊·布拉德拉夫的侧面,和名叫瓦莱丽的十四岁女孩有同样苍白的肤色。"我不能相信。"

"相信什么?"小罗伊说。

韦恩把双手合在一起,把前臂搁在膝盖上。"我竟不能救起他。"

那儿子又猛吸了一口烟,烟叶烧到了滤嘴上,他转向韦恩,脸上混合着嘲笑和持久的同情。他用熄了的烟头指着棺材,对韦恩说:"现在听我说,伙计,唯一能拯救他的,正是那个两腿一伸躺在木匣子里的人。"

电阻起风波

阿尔文·布德罗比他的邻居们都要活得长久。他的石棉小屋是这个 1950 年代兴建的小区的一部分，那时候家家都有孩子，都有一条单车道的私人车道、一个旋转天线，以及一张放在后院的露天野餐桌。如今他坐在自己的小门廊里，观察着下一波家庭入迁社区的热潮。一对对夫妇搬入老屋，双双开着他们甲壳虫形状的车子来到这里，每对配偶都得各自开一辆车去上班。隔壁的梅尔维尔·蒂洛特已经死了，他的妻子卖掉了屋子搬到北方和女儿同住。布德罗先生已经习惯看到她剪玫瑰时在院子里飘然而过的蓬松白发。现在她走了，他的街上再没有什么动静是和他有关的。今天他坐着，看着那些楔入天空的飞鸟，或一片排列有序的鲭鱼云，或源于海湾高炉热状态的雷雨闪电。有时候他会想到他的妻子，她去世已有八年。当昔日的时光重回他的身边，像是在召唤他，他仿佛又置身在那时的生活里。最近他想到他的父亲，一个甘蔗种植主，以前常教他怎样使用拖拉机和蒸汽机。

两个月以前，布德罗先生看见他的新邻居搬进来，是一个年轻的金发女人，体形超重，头发稀疏，有一双阴冷、警觉的眼睛。她的丈夫不仅个子小而且人也小气猥琐，每个周末会坐在后院的草坪躺椅上，仿佛是在海滩休闲，喝个不停。他们有一个女儿，是一个相貌平平、动作迟缓的十岁孩子。

看到这些人，布德罗先生有些受不了。他们让蔷薇丛干枯而死，把空垃圾桶扔在路边，直到压在下面的草儿忘记太阳是什么样子并且死掉。他们从不坐在他们的门廊里，也从不见他们有宠物。但一段时间以后，早晨，在那个做妻子的拖着垃圾袋的时候，他试着和她讲话。她的声音又细又轻，小得有点吱吱嘎嘎的。她在某个地方每天工作六个小时，操纵一台电动咖啡研磨机。

在一个风和日丽的下午，布德罗先生准备去墓地，他打开厨房咯咯作响的窗子，出去后好让屋子透透风。他看见隔壁邻居的女儿进了院子，拿着一张纸给她父亲看。她父亲噘起嘴唇，从一个玻璃杯里喝了一口，然后移开目光。她把一只手搭在父亲肩上，他从她手中抓过纸来揉成一团，这时，布德罗先生很为这个小女孩感到难过。她用食指支着眼镜，似乎想把这世界集中到一个焦点上。这动作显得熟练和有耐心。她的形体不怎么样，因为穿着百褶裙和宽松的白衬衫，看上去显得有点胖。胡萝卜色的头发在颈后束成了一个短尾巴。大嘴唇和她的小脸不太相称，灰色的眼睛藏在淡蓝塑料框眼镜的后面，这种眼镜是三十年前的小女孩戴的。她再次走到她父亲的椅子旁边，就像布德罗先生的孙子会说的：进入他的空间。那父亲开始喊叫，好像在说什么这该死的科学项目！他挥动他的双臂，脸涨得通红。要是别的孩子可能会哭。

第二天下午，当布德罗先生听见勒伯夫街上校车的刹车声时，他正跪着拔后院篱笆边的野草。到四点半，当那父亲下班坐在后阶梯边的草坪躺椅上时，他还在拔草。女孩像个影子似的出现在纱门后面。

"星期一必须交。"她说。甚至她的语音很平常，简单明了而不动声色。

父亲把杯子靠在他的前额上。"我对它一点也不懂，"他说，"你知道我有多累吗？"

她的模模糊糊影像在纱门上晃动，然后像烟雾一样消散了。一会儿她母亲出现，慢慢从她丈夫身边走过，没有看他，直到安全地进入草地。"我会帮她，"她说，"不过我也一窍不通。电，那是一个男人必须懂的东西。"

丈夫喝光了酒，把杯里的冰块甩到篱笆上，布德罗先生感觉到他满是斑点的手背碰到了水滴。"为什么她不做女孩子做的事？这种事你可以帮她。"

布德罗先生透过金银花窥视着。那个男人穿着一条牛仔裤和一件敞开的衬衫，衬衫上有一家公司的标志，绣在胸前，是一个灰色的、弯弯曲曲的符号，暗示着保龄球馆或加油站。

母亲低头看着，用左脚在一个半圆范围里拍打着草地。"你也是她的家长。"她说。这种话是软弱无力的，布德罗想。

父亲站起来，单薄的椅子侧面倒在地上。他转过身看了一下，然后把它踢到院子另一头去。

天黑之后，布德罗先生拿着一杯冰茶来到前门廊，他侧耳听着，想知道那女孩的父母亲是否会争吵。以前他从没听到过他们吵架，但是接着他想起来了，自从装了空调机，他几乎听不到别人家里传出的说话声。他刚搬来社区时，在勒伯夫街上走来走去，能够听到无线电里低声的欢呼，孩子们满屋追逐的叫喊声，偶尔有关于钱或亲戚的争吵声。但是现在，只有蒸汽泵嗡嗡的送气声，或汽车轮胎在小区漆黑的街面上发出的嘎嘎摩擦声。他打量着他那辆停在单车道上、有十五年历史的别克。在社区的街道上开着这样一辆又大又旧的车，很让他觉得尴尬。因为人人都站在屋外，冲洗他们日本灯笼盒上的灰尘。也许是时候了，该把它换成一辆适合自己的车子。隔壁，那父亲出了门，僵直着身子走向他的苹果红汽车，驾着它离开，每换一次挡，轮胎就缓慢吃力地在路面摩擦着前进，令人厌烦，令人厌烦。

  第二天早晨，布德罗先生走到他的车道上拿报纸，看到了那个女孩，卡门，坐在前阶梯上等着校车在晨雾中出现。她红着眼睛。他捡起报纸走回门廊，他对自己说：别去看。但是在他的阶梯上，他觉得颈上的肌肉似乎被电猛拽了一下，一时令他茫然无措。
  他转过脸。"早上好，小美女。"他大声喊，举起他的报纸。
  "早上好，布德罗先生。"她的低音在雾气中显得更轻微。
  "你在学校还好吗？"他打开报纸，准备读标题。
  "很好。"
  他脚趾肚的地方跳了一下。他可以走进屋去而不回头看。"是春天了，"他说，"过去，每年到了这个时候，我的孩子就得做他们的科学项目。"
  她看着他，眉毛吃惊地向上扬起。"你有孩子？"
  布德罗先生意识到自己看上去一定老得不可思议。"当然，在很久以前。他们是护士和工程师，还有一个是优秀的弗吉尼亚警察。他们都有他们自己的科学项目。你呢？"
  她低下头看着她深咖啡色的鞋子。"我想做一个，"她说，"但是没人能帮我。"
  在他再次说话之前，他几次用报纸重重拍打自己的腿。"你妈妈在家吗？让我和她说一说。"

  事情就是这样开始的。放学以后，她按响他的门铃，他让她进入厨房，倒一杯浮冰可乐给她。卡门身上满是灰尘和热气，在不到一分钟里就把它喝完了。她把杯子放入水斗，然后在布德罗先生的瓷面桌子边坐下，打开一个螺旋装订夹。她神情茫然，用征询的目光看了他一眼，这是一种她可能用来面对一条陌生狗的表情。

布德罗先生在她对面坐下。"嗨，小姑娘，你对什么样的项目感兴趣？你妈妈说，需要在正确的方向点拨你一下。"

卡门把她眼睛前面的棕色头发推开。"你上班时，做什么工作？"

他眨着眼睛。"我一开始是勒布兰克糖厂的技工，到退休的时候，我成了所有维修人员的领班。"

她皱了皱眉。"你的意思是不是说，你对电一点也不懂？"

他身子后倾着，擦掉眼睛上的一个灰粒。"上班的时候，我接触过很多很多马达。"

卡门移到他右边的一把椅子上，让他看她的笔记本。在里面她画了许多带支线的"O"形，全都连接到一个狭窄的圆柱体上，然后一个接一个从它的另一端出来。"这些是电子。"她说。一些图形穿过一个更大的圆柱体，而更多的似乎从另一端出来。"管状的是电阻器，"她指出，"它们有些让电子快速通过，有些让电子走得缓慢。"她那又短又小的手指引着他的注意力沿着一排排流出的电子走，他们的脸上洋溢着微笑，好像此刻他们来到一个奇妙的地方。她告诉他电阻怎样控制电流，缺少它们谁也不可能造出电视和电脑。

布德罗先生点点头。"那么，你准备把这个项目叫做什么呢？"

"电阻。"她说出的这个词好像还有其他的含义。

电阻起风波 | 329

"我们必须弄清楚怎样演示它,是吗?"他闭上眼睛,回想他的孩子们那些深夜做的项目。他的儿子锡德,一个州巡警,曾经做过关于摩擦力的项目。摩擦力,老人想。那正是锡德的路数。"我们必须陈述一个问题,显示怎样用电阻来解决它。然后我们演示它是怎么工作的。"

卡门点头。"你以前做过这个。"

他们在小房间的地毯上消磨掉了第二天的下午,他们画画,他们讨论。晚餐时间到了,当布德罗先生让女孩回家时,看见她父亲站在前门步道上,对着他怒目而视。次日早晨是星期六,他和卡门坐进他那辆令人尊敬的高龄别克,去商场的电子商店。走在商店通道上,女孩几乎不看她的列表,而是花时间浏览高高的样品挂板,上面挂着二极管、拨动开关和各种电容器,她在那里隔着薄薄的塑料袋抚弄着小晶体管。布德罗先生则关注他要做的事情,买了一包一英尺见方的线路板、红色的小按键开关、18号电线。卡门给他拿来一本卷了角的书,书名是《电对于孩子》,从这本书里,他记住了电阻的条形代码。利用这一知识,他挑选了一类看上去像软心豆粒糖的塑料圆柱体,上面饰有红色、黑色和银色的环,每端露出一截一英寸长的闪亮电线。

他们买的东西被放在一只塑料袋里,走过商场的糖果柜台时,布德罗先生买了四分之一磅酸橙片。卡门从他手中接过一块绿色的楔形物,什么也没说,他们从婴儿的手推车、十几岁的孩子、穿着跑步鞋蹒跚而行的老年市民旁边走过。有一些和卡门相同年龄的孩子,他们在玩视频游戏,在对着商店橱窗的映像打扮,在布德罗眼中,他们非常入时、精神饱满。而卡门则显得呆板、严肃，像一只非常老迈的、喋喋不休的宠物狗。

当他们回到布德罗先生的家，卡门的父亲摇摇晃晃地站在车道中间脊背般的细长草地上。老人从别克车里出来，和他打招呼。

那个男人又喝多了。他用一只被他啃过手指甲的手指指着布德罗先生。"你带这女孩出去之前，应该先问我。"

"我问过你妻子，你还没有醒。"

"那好，让我告诉你，我很担心，所以报了警，让警方去核查你。"卡门从车子里下来，站在他们之间，凝视着街道，好像她能够看到去得克萨斯州的所有路。

布德罗先生用舌头舔着下唇。"警察。你打电话举报我？你为什么这样做？"

"现在你是不会说的。像你这样的老家伙和孩子在一起，你知道这算什么吗？"这父亲把两只苍白的手塞到工作裤的裤袋里。

布德罗先生注视着地面。他感到尴尬，因为他不知道该怎么想，只知道之前从来没人想象过这事，一百年以后也不会。"你认为我要抢劫你的孩子或是做什么？"他最后说，"你瞧，"他拿上塑料袋，"我替她付了她的材料。"

卡门的父亲又用一只手指指着他。"她能够付她的材料。把你的钱留在自己口袋里，"他说，"我不明白为什么你觉得非做这不可。"他用受伤的目光瞥了女孩一眼，然后转身朝台阶走去。

布德罗先生看着卡门。她把她的眼镜往鼻梁上推了推，转身看他。"在你当爸爸的时候，你有过一个小女孩吗？"她问。

他看着他的屋子，然后转向孩子。"是的，我有。她的名字是沙琳。我还有另一个，名字叫莫尼卡。"

一整天下来，这是第一次她的表情变了，变得很是惊讶。"要

电阻起风波 | 331

是有两个女孩，一个人需要有多大能耐？"

那天下午他看着她写报告，帮助她决定把标题放在哪里，以及如何划分信息。晚餐之后，她又回来，他们计划作展示。卡门取出一份用特大号铅笔在横格纸上作的设计。"我希望这些按键小开关能像门铃那样工作，"她说，"在第一个电路中，我想用一根直电线连接我们买来的一个插座上的手电筒灯泡。在第二个电路中，我想把一只二十二欧姆的电阻接到相同大小的灯泡上。这会使灯泡的光变暗。"当她用碳精笔画出带状的电路时，她伸出舌头并咬住它。"第三个按钮将接通一条把两个二十二欧姆的电阻以串联的方式焊在一起的电路，灯泡的光会较暗。"她继续画第四个电路，她说这将是一条用普通铅笔画的线，显示电流如何沿着碳笔线流动。"它说明电阻是怎么组成的。"她告诉他。第五个电路会有一个转动开关来控制一个灯泡。这时候卡门用电气符号画了一只可变电阻，然后她放下铅笔。

"现在怎么做？"布德罗先生问，用顽长的食指揉了揉眼睛。自从他七十多岁之后，他差不多每天八时三十分上床睡觉。就在这一刻，他的膝盖就像大火炙烤似的疼痛起来。

"现在，在穿孔的电路板上，我们必须把这焊接在一起。"

"哦，这我不知道。"

她没有抬眼。"你没有烙铁？"

"有好多年我没看见它了。"他们站起来，卡门扶着他走下后阶梯进入铺着皎洁月光的庭院。在车库的后面建有一个工场间，布德罗先生打开门，上面的镶嵌玻璃发出吱吱嘎嘎的声音。曾经有一段时间，他花很多时间在这里修理屋里的各种设备器具，组装自行车和气动飞机。而如今他一年只进来一两次，为的是寻找一把螺丝刀或贮放一只盒子。卡门摸到了灯的开关。

"一张工作台。"她喊道，向一只台虎钳走去，转动着它的手柄。

布德罗先生寻找他的焊枪，而这时，她用一块碎布擦掉淡棕色工作台上的灰尘、摊开电子元件。"在这里。"他说。但是当他把这件工具插上电源、扳动开关的时候，从插座孔里爆出了火花，一股融化的胶木味充满了工场间。他拖着它的电线，把它甩到了院子里。

女孩伤心地目送着这把电烙铁。"你还有别的吗？"

"没有，宝贝。如果去买一把新的，时间太晚，我们只好明天完成它了。"他看见她看着工作台，噘起嘴唇，"你在想什么？"

"星期日不是个好日子。"她告诉他。

对这个说法他摇摇头。"你会来这里。"

她注视着脚上短而结实的皮鞋。"妈妈和我必须去那里，我们必须保持安静。"她抬头看着他，她的脸显示，她比他任何时候更聪明。"我们得一直在他的视域里。"她低声说。

"你说什么？"他向她弯下一只毛茸茸的耳朵。

"他要我们在他周围，但又总把我们丢在一边。他从来不看主要的事情。"

老人抬起头，看见椽子上伸出一根锈迹斑斑的十六美分的钉子，他取下他的特纳牌汽油喷灯。"嗨，如果这东西还能工作，我们可以试着用老法来做我们的焊接。"

她立刻啪地把双手合到一起。"这是什么？"她伸出一只食指放在那个黄铜罐上。

电阻起风波

"嘿，你在这里打开它，"他告诉她，旋开底部的塞头，抖出几匙陈腐的无臭汽油，"然后放一些新鲜的割草机汽油，把它翻过来，用小拇指在旁边打气。"

"产生压力？"

"是的，然后你点燃这根水平管子的端头，调节这些旋钮。"他在工作台下面的一个深抽屉里摸索，拿出一件箭状工具，在它的一端有一个木柄，一根铁棒伸出来，一直通入一个尖头的黄铜棒中。"你必须把这个重要的点放在火焰上，当它足够热的时候，你让它接触焊料，它会在电线上熔化。这就是把电线连在一起的原因。"

女孩抓住木头柄，像武器一样挥舞这件工具，把它刺向空中。

在几分钟里，喷灯发出噼啪的声音，开始骚动，嗡嗡地喷出了羽毛状的黄色火焰。自从布德罗先生用这样一盏喷灯来作焊接，已经三十年过去了。在第一批金属丝浸在融化了的银色焊料中之前，他们试了几次。他和女孩系好电线，把螺钉旋进一块电路板里，一瞬之间，他觉得自己变成了一个年轻人，在低头看着自己一个女儿的头顶。当他指导卡门短小的手指，当他拿起电路板让她用红色电线穿过它接到开关的接线端时，他感到驾轻就熟。他有一种回去上班的感觉，好像是在工厂里接受了工作任务。

女孩避开他的目光，但是在向他提出一个问题前瞥了他一眼。"为什么你要帮我做？"

当她在电路板下面穿一根电线的时候，他引导着她的手指。"只要去实践。"

"你真的帮你的孩子做过项目？"

"我记不得了，也许是他们的妈妈帮他们。"

她默不作声地把一个短而粗的螺钉拧紧。"你曾经做过科学项目吗?"

他朝工场间的黝黑窗子望去,闭上一只眼睛。"我想科学那时还不曾问世吧。"他注视她的脸,但是她没有笑。然后他想起了什么,"五年级的时候,我不得不读一本名叫《伟大的期待》的小说,老师说我们必须做一些书里写到的东西,比如一座老屋子、哈维沙姆小姐的结婚蛋糕,或一些愚蠢的东西。我把这件事忘得一干二净,直到那天晚上才想起来,我明白,如果第二天我不带着它去学校,我真的过不了这一关。"

卡门从喷灯上拿下烧热的铜焊嘴,自己焊了一个结头。"那你做了什么?"

他擦着下巴。"我想我是哭了,我非常害怕。如果我有一门课程不及格,我母亲会用皮带抽我,而且我英语学得不好。总之,我父亲看出我拉长脸、耷拉着脑袋,就逼我说出遇到了什么麻烦。他问我书里写到什么东西。"布德罗先生说着笑了出来,"我觉得很奇怪,因为他几乎一行字里识不了两个单词。但是我还是和他讲了皮普、皮普的父亲和海盗船。这引起了他的兴趣,他问我有关船的事情,于是我就告诉了他。然后他走到外面去了。那天夜里我上床后几乎没合上一眼。我记得这件事,因为我一直是个好睡的人。你知道吗,每到九十点钟左右,我会像一盏灯一样熄灭的。"女孩点点头,然后把一只灯泡装到插座里。"当我起床去上学的时候,爸爸已经去工厂上班了,在厨房的桌上有一艘一英尺长的帆船,漆了黑颜色,有三根桅杆、用黑色缝纫线制成的所有索具、甲板舱口、炮眼、船首斜桅。整艘船都是用一把小折刀做成的。我感到异常温暖,因为妈妈说,为了让我能准时把它带到学校,他在炉子上把漆烘干。"

女孩像是没有在听他。"我想用电线把电池绑起来。"她说。

"老人就是这样,"布德罗先生告诉她,"他从不问我是否喜欢那艘船,我也从不和他提到它,虽然我把这个项目的好成绩带回了家。"

当他们完成的时候,所有的灯泡以她预知的方式亮了起来。他为两张写有她的报告和画有电路图的布告硬纸板,做了一个铰链式的木框。他们把所有的东西放在工作台上,然后后退。布德罗先生假装是一个评判员,沉思般地用手指捏着他的下巴。"那位就是它的获奖者。"他用一种装出来的严肃的声音说。然后他低头看着卡门。她的嘴唇拉成了一根直线,她的眼睛又黑又圆。

第二天是星期日,布德罗先生去教堂做十一点钟的弥撒,然后和他的那些还能出门的同龄人闲谈。他们坐在圣安东尼教堂喷泉旁边的椰子树树荫下,用西班牙语说一些老生常谈的玩笑,紧跟着的话题是谁又病了,谁又死了。布德罗先生在糖厂工作时的一个下属,兰德里先生,问他和孙女在商场里做什么。

"那是一个邻居的孩子,"布德罗先生告诉他,"我的孙辈没有和我同住。"

"她在做什么?问你恐龙什么的?"他笑着拍着他旁边一个人的肩膀。

"她在做一件学校的作业,我帮帮她。"

兰德里先生的脸上慢慢冒出一个疑团。"她住在你家北边?"

"是的。"

兰德里先生摇着头。"我儿子和她父亲在一起工作。她需要能够得到的所有帮助。"

"他做的是份苦差事，是吗？"

他们聊完了天，挥着手，彼此告辞。布德罗先生长途开车回家，经过学校，沿着公园，从球场的后面驰过。他觉得由于帮助这个科学项目，他完成了一些重要的事情，他和女孩两人都学到了一些东西。到一个十字路口的时候，他那辆老别克有些摇摇摆摆，他看着褪了色的座椅、灰尘蒙蒙的按钮和杠杆，他想他是应该买一辆新车了。他可以从他的人身保险里兑换一些现金，最后还可以动用一点储蓄。

他回到家里，尽管他感到头晕，他开始清理杂物箱，搜索座椅下面，把靴子和旧工具箱清空。在太阳的光照下，他坐在前阶梯上休息，然后决定换上短裤，拿起白铁皮桶洗他的车。他站在一个被马踩出的水坑旁边，低头看着他两条白皙的腿，这时他听到了卡门父母的争吵，他们的喊叫声倾泻在前门的开阔地带，那母亲尖锐的叫喊声，被醉酒父亲的咆哮声所冲淡。女孩跑了出来，好像她在逃离一场火灾，她站在干枯的草坪上，回头看着屋里。布德罗先生看见一个白色的东西在闪动，然后科学项目的布告硬纸板飞出来落在前步道上，随之显现的是电路板，还有他们为它搭建的小平台。父亲跌跌撞撞走下阶梯，他的没扣扣子的衬衫从裤子里拉出来了，他的眼睛眯成了一条线，显得病态。他把布告框踢得散开，卡门跑着躲开那个飞来的铰链。她转过身，立刻看见那电路板在一只黑鞋子下面噼啪作响。

"喂，"布德罗先生喊道，"停住。"

那父亲转身四望，寻找声音的来源，发现了他。"你给我进地狱去！"

电阻起风波 | 337

布德罗挺直他的身子。"正是因为你无法控制你的饮酒量，没有人给你这个权利如此对待你的小女孩。"

父亲步履蹒跚地向他走来。"你这个老混蛋，你想让我难堪！"

布德罗的心脏一度失去控制。步道又是这样的滑，在面对这位步履不稳，以偷袭动作向他逼近的父亲时，他甚至无法迈步逃离。他低头看着这男人捏着的两只拳头。"你待在自家院中，"他正告对方，"如果你给我带来任何麻烦，我会报警。"这父亲猛推了他一下，布德罗先生重重地跌在一个长满青草的泥潭中。"哎哟，你这个喝醉的烂虫，我可是七十八岁的人了。"

"让我们一对一。"这父亲一边喊叫，一边提起一只脚，此刻，老人想到他是要踢自己了。

接着那位母亲出现在他身旁，拉着他的手臂。"回院子去，切特，求你了！"她央求着，她可不是一个小个子女人，她的两只手抓住了他的手臂。

布德罗先生压下软管喷嘴的杠杆，水喷到了那父亲的肚子上，他在跌跌撞撞的后退中撞到了那母亲，他咒骂着。布德罗先生把水喷到他的额头上。"你这个鼻涕鬼，你一个大男人，偏和老人、小孩过不去。"

"去你的，你这个老混蛋。"这父亲把头发上的水甩掉，试图摆脱他妻子。

"哎，你真是个恶魔。"布德罗先生大声喊着，试图站起来。当他最终能够看到他的别克车顶时，那母亲已经拖着她丈夫走上台阶，卡门站在一棵萎靡不振的木兰树下，她的目光凝固在她的科学项目碎片上，它们此刻悲哀地散落在门前的步道上。

布德罗先生的背部下端在疼痛。到八点钟的时候，他不得不忍受巨大的痛苦走动。他愤怒地从客厅的窗口看着隔壁的屋子。他出去，来到他的门廊，看着卡门卧室窗中的灯光。然后他进屋去看电视，调节装置上的室内天线，转动旋钮一个台一个台地浏览，他并没有真正把注意力放在他的旧真力时电视机的影像上。他关掉电视，久久凝视，用手指轻轻敲击它。然后他拿出一把螺丝刀，移下后板，盯着里面看。布德罗先生又把面板上的所有旋钮拔下，把里面的机器从匣子里滑出来，把它拿到餐厅的桌上，放在明亮的吊灯下面。当他把机器翻过来，他对着里面的一窝电阻笑了起来。他读环上的数值，用一把尖头钢丝钳，拿下了几个电阻——两个红的和一个黑的。选择器后面是灯泡的一些插座，他把这些剪断，注意到里面的灯泡用电过度，做了个鬼脸。

在客厅里有他妻子的柜式高保真音响设备，是米罗华公司出产的。他用一只手指在胡桃木的顶面慢慢滑动，然后拔下它的旋钮，用螺丝刀把它打开，剪下几英尺红、黑电线和三个含有正确电压的小灯泡的插座。他现在明白了，音量旋钮是一个可变的电阻，他也把它拆下来。他离开客厅来到他的工场间，从他那些旧的战刀型电动手锯、链锯和电动工具上拆下它们的小钢舌拨动开关。他还差一个，后来在阁楼上找到生锈的曾经是他兄弟的理发工具。另外，在阁楼上还找到了他大女儿的皇家牌手动打字机。布德罗先生会打字，是在军队里学会的，于是他把这个也拿下去。他找出放在床头柜里的手电筒，把里面新换的电池拿出来。他们多买了几张布告硬纸板，以防卡门在画那些大电阻时万一出错，但是她非常仔细。他从垃圾桶里找出她手写报告的第一份草稿，用铅笔把他记得的修改写下来。然后，在仅有的浅黄色纸上，他打出了她的报告，用了适当的标题。

接下来他在布告硬纸板上画图，画带有脸形的圆形电子穿过有颜色编码的大电阻。他书写的文字像是出自儿童之手，这让他担心，但他继续写，用操作说明来结束展示。在两点钟时，他写完了最后一个字母，然后跑去工场间，锯断一根细窄的云杉木，重新为布告硬纸板做了框子。他没有铰链了，所以不得不去打开卧室里的香柏木箱，从一只存放家庭保险单的木盒上拆下它们。他用挂在厨房墙上的一块旧软木板上的图钉来安装布告纸板，图钉的头锈了，于是他用黏性的白色修改液漆了一遍，是在打字机盒子里找到的。

四点钟的时候，由于背痛，他不得不停下来，吃了三颗阿司匹林。在厨房里，他透过蓝色的月光看着隔壁黝黑的屋子，心想，也许镇上所有黑屋子里的孩子都在忍受黑暗的折磨，坐立不安地等待黎明的降临。

在车库里，他找不到老喷灯工作所需要的汽油，在第一次做焊接时汽油就差不多耗尽，发出了飒飒的空响声。他来到前院草坪，把新换的花园浇水软管剪下一段，用来虹吸别克车里的燃料汽油，他的嘴巴吸进一口汽油，整副假牙下面的牙龈像是被火烧烤着。后来，当焊接工具在喷灯的刺耳声中发热的时候，他觉得他都能呕出他火烫的舌头。

他开始接线，像她那样穿进电线，安置开关，安装灯泡插座，在银色的烟雾小旋风中焊接电阻。他找到第一次做时剩余的灯泡，把它们旋进灯座，接通电池，检查所有的东西，然后退后。虽然工场间的窗上现出了黎明的曙光，而布德罗先生的双腿感到像是被人射满了箭，但是他忍不住露出了淡淡的微笑。

他煮了一壶咖啡，出去坐在前门廊的露水中，希望校车到达前女孩的父亲会离开去上班。到七点一刻的时候，他还没有露面，所以布德罗先生把做好的科学项目放到他车子的后座上，发动引擎，坐在那里，当校车开来的时候，它的座位被白色的布告硬纸板点缀着，因为每个人的科学项目都得在这同一天里完成，她看着车门在摇摆中打开，她把眼镜往鼻子上推了推，爬上车去。他跟着校车出了社区，沿着长长的、橡树遮荫的大道行驶，每一站都有三三两两的孩子带着科学项目上车。他越是往下开车，他心中越是担忧，他想也许女孩不会明白，或者也许她会认为他做这个只是为了报复她父亲，他承认，在某种程度上，他是的。有几次他想他最好还是开到校车前面，然后转个弯，回家去。但是然后他怎么处理这个项目？他是不会丢掉它的，如果他留下它，它会一直刺痛他的心。

　　校车开到了学校停车场，他跟着进去，停下车。这时候他来到挤满人群的走道上，孩子涌了出来，带着装有彩色液体的罐子、自制的发电机、泡沫塑料做的分子模型，他的手臂上是对折的电路项目，当她空着手走下校车的台阶时，他把它打开递给她，她走近，拿起订在上面的一页报告，然后检查第二页，以及第三页。

　　"展示在哪里？"她问，没有抬头看他。

　　"它在那边的车子里。"他说着转身去拿。当他返回的时候，他看见她肩上挎着书包，一只手臂中挟着对折的布告硬纸板。

　　"给我。"她说，伸出她空着的手，脸上没有表情。

　　他把东西交给她。"要我帮你拿进去吗？"

　　她摇摇头。"不用，这些开关是怎样工作的？"

电阻起风波

他咔哒一声扳动一个给她看。"向上是开,向下是关。"

她点点头,然后抬起眼睛斜视着他。"我要迟到了。"

"那么,走吧。"他看着她摇摇摆摆从她的同学中间穿过,带着她的所有东西,然后他转身回到自己的车中。他想,她可能会在后面追着喊他,笑着说"谢谢你",但是她没有。

因为他出来这么早,他决定去购物。他考虑他的选择:是去别克车行?设备经销商?还是五金店?他在镇上慢慢开了半小时车后,进入一家百货商店,买了两个插满塑料花的石头小罐。它们看上去就像是长寿花,它们以前在春天经常开在他母亲的柏树树篱上。他驾车来到城区公墓,在砖砌的墓穴和精心雕刻的大理石天使之间漫步之后,他把色彩鲜艳的花罐放在他父亲墓前沐着阳光的石板上。当他放下花的时候,他的背痛得受不了,他挺直背的时候,骨白色的坟墓刺痛了他的眼睛,但他还是把身子完全转过去看了看,在这地方,没人会说那些本来能说的话,这对他再好不过。

休·皮斯托拉酒后历险

那天当休踌躇着跨入一家哈利特许经销店，点了一份多层汉堡包，她就怀疑自己遇上了麻烦。柜台后面的售货员是个高个子，一头黑发像瀑布似的落到他后背半高处。他盯着她的眼睛看了一会。"你喝酒了？"他用本地人问话的腔调问她，意思是说："你为什么要这样？"

她是个身材高大的姑娘，三十岁，不胖，只是长得高，说话的音调像是一个在套牛环境中长大的女人。她注视着这个售货员颈上的一团火焰文身，开始明白，她并非是要买她的汉堡包。"我没喝酒。"她对他说，一只手放在柜台上，支撑着自己。

他抬眼看着特许经销店像墙壁一样大的橱窗。"你是开车来这里的？"他的语气对一个骑自行车的人来说是再和缓不过的，"因为如果我看见你进了一辆车，我就报警。"

她闭上一只蓝眼睛，玩味着从他的衬衫里冒出的橙色火焰。"你不热吗？"

"你还没有回答我的问题。"他用手指敲着柜台。她看到他右手四个指关节上文了 POTA 四个字母，而左手四个是 TO×2。

她试着挺直她的背，她的金发摆动到一边。"我去看牙医，做一个根管治疗，他给我闻麻醉气，还给了些药丸。我是不喝酒的。"她甩起一只手臂，然后落下来拍打在大腿上，她觉得这是一个可爱的动作，有些女演员在电影里就做这种动作。然后，她向旁边跨出一步，好像进入一艘摇摆的小艇，她抓住柜台不放。

"你有手机吗？"他问。

她想要转动她的眼睛，但是那让她觉得头晕。"当然。"

"叫一辆出租车。"

她注视他的脸，试着想象他是什么类型的人。对她来说，要评估一个人是困难的。在她的所有学校教育中，她学会了接受他人，不管他们的外表如何。她是一个现代型的女孩，完全没有辨别能力。正如她中学的一个公民学教师告诉她的：重要的是给大脑戴上墨镜，不去理会所有的信号。他是她的第一任丈夫，一个瘦骨嶙峋、皮肤白皙的家伙，右臂的二头肌上文着一只香瓜。当她问他香瓜有何含义的时候，他告诉她那是对天主教婚姻规则的讽刺。"你懂的，"他对她说，"你不能私奔。"最后他被解除了教职，他背离她去追一个十一年级的学生。当她和他离婚的时候，她在一份法律文件上写道："我不知道他是谁。"

"好吧，我已经叫了。"她啪的一声把电话贴在耳朵上，低下头，走出特许经销店的边门。休慢慢溜达到停车场，又绕到大楼的后面，感觉到路易斯安那州的高温把她的脑袋瓜点着了，不是照亮了她的眼睛，而是引起她一种病态而狂热的漫游欲望，她耳中开始出现砰砰的声音。她忘记她打算做什么了，坐进她那泡泡糖颜色的小车，开着它出了停车场往公路而去，客座侧的一只轮胎砰地撞在路肩上，她觉得自己像是一个十五岁的人在学开车。她明白自己想要车子怎么动作，但是她的反应却让她倒退成为青少年了。到了一家麦当劳快餐店，她从柜台后面一个颤抖的、文了身的孩子手中接过一杯咖啡，视力开始有点恢复正常。她坐在一个火车座隔间里看福克斯电视新闻，病牙的疼痛开始发作，其猛烈程度堪比那个新闻节目的金发女主播对民主党叫喊着的攻击。

最后，她无法忍受疼痛，把手伸进镶着金片的手提袋，去拿卢医生开的另一种药。当那个哆嗦的儿童叫醒她的时候，咖啡已经凉了。

"你不能在这里睡觉。"她说了这句话，然后缩了回去。

"我没有睡。"

"如果你想待在这里，至少得再买一个馅饼。"

"什么？"她觉得这屋子转动了四分之一圈，眼前的女孩开始变得模糊了，"好吧。给我几个。"

"好的，太太，"孩子说，她突然显得骨瘦如柴，也许有二十岁了，两眼在不断淌出眼泪，"你想要多少？"

"几个。"

这孩子的声音恐慌地颤动着。"那是几个？"

休摸出她的一串钥匙，走出西边的进口，去找她的车。当她在大楼的另一边找到它时，竟错用开屋子的钥匙去发动她的车。最终，她倒着车朝公路开去，她必须想好是右转还是左转，然后黄线、虚线、车道箭头和红绿灯开始争夺她的注意力。沿着四车道的路面开了一英里，她觉得后面有股热气袭来，犹如黑暗厨房里的一个炉灶上的火星。她检查后视镜，看见是一个警察，但没有想到他是在跟踪她，所以只管继续驾车。然后汽笛响起来了，大声鸣叫着，她把车开到路肩上停下，再过去一点就是一条长蓟的河岸，几乎就要进入运河了。

她看出这个警察是个老做派的人，头上的灰白头发团团围住发光的头皮，腹部靠在她的车窗上，这时她在苦苦思索怎样才能把窗子摇下。在她希望她是头脑清晰的那一瞬间，她知道自己必须友好，举止有度，不轻易说话，毕竟说任何话，都会暴露她的神志恍惚。她会想出正确的说法,她找到了按钮,微笑着打开车窗。

他站着,把头探向窗子,这是一个硕大的银色脑袋,上面布满了老年人蜘蛛网似的毛细血管。他看着她的眼睛,像是一只猎犬在闻着她的气味。

"你喝酒了?"他问。

她的脑中一片茫然。

在警察局她被送到醉汉监禁室,和一个三百磅重的红发女人关在一起,此人的文身妆化得很糟糕,以致眼窝红得像是一团铜色的火焰。在半小时里面她一直试图和休攀谈。"我的叔叔是北卡罗来纳州的警察,"她闲扯着,"在那个州,他们带着三个防滑钉和一把锤子跟踪喝酒的开车人。一次我叔叔指证一个重复违规八次的罪犯,他喝了一品脱时代波本威士忌,然后开车闯到一辆校车旁边,杀死了两名儿童。当地的陪审团甚至还没有离席,就断定他有罪,然后在休会午餐前投票赞成处以死刑。到第二个月,一个上诉法官把处罚减为囚禁二百五十一年,但是在他关进监狱的第二天,就有人迅速对他下手了。"

休坐在一条金属长凳上,把头埋在自己手中,她满脑雾水。"我没有喝酒。"她喃喃地说。

那个胖女人向后靠在煤渣砖砌的墙上,她以为休示意她说下去便开始吹嘘。"我把鸟雀的舌头作早餐。"她说。

她把身子伏在长凳上。"我的牙齿痛得受不了了。"

"你为什么不去看牙医?"

"我看了,我找了个牙髓病专家,做了根管治疗。"

"让我看看。"红头发站起来,脂肪在她的双臂上晃动着。

"什么?"

"我有个嫂嫂过去为牙医打工。她什么都跟我说。有时候我去诊所找她,就在旁边看着。那个牙医是个笨手笨脚的人,连电动螺丝刀都用不好,更不要说用钻子在人的脑袋上钻了。让我看看。"

休张开嘴巴,那个女人用一只食指滑入她口腔的左侧,那动作出人意料地专业。

"我可能猜到了,"她说,"他有告诉你根管治疗的是几号牙吗?"

"是五号牙。"

"是的,对了,他钻了五号牙,这一点没错,但四号牙旁边的牙龈上,有一个甜豌豆大的肿块。"

"啊,他们拿走了我的止痛片。"

"问题就出在这,有些止痛片使你变傻了,记住这点。"这个红头发女人摇晃着站立起来,被一个看守放了出去。

这个小个子狱卒像父亲般慈爱。"玛西,现在长官说我们可以再让你回去。但是你必须停止用.22口径的猎枪打那些松鼠,这是城市禁止的。"

胖女人做了个鬼脸。"杰夫,你知道那些第一流的鸟食蛋糕有多么贵吗?小树鼠在十五分钟里就撕碎一个。"

他向她探过身子。"你最好换成小子弹的来复枪。它们不会有声音。"

她突然眼前一亮,抬起头喊道:"我妹夫把玉米穗绑在一个弹簧调节的双飞碟抛射机上。"

狱卒摇摇头。"为什么这样做?"

休·皮斯托拉酒后历险 | 347

"他把一个螺线管装在触发器上,拿着遥控器坐在门廊里,当松鼠跳到玉米上的时候,抛射机就把那小玩意抛过屋子。"

当红头发回到走廊里的时候,朝她看了一眼,守门人砰的一声把醉汉监禁室的门关上。

休·皮斯托拉,有时就像这样,时间对她并不特别珍贵,她真希望有一个妹夫什么的做她形影不离的朋友。她甚至都没有一个姐妹,她也从没见过她父亲,却觉得同喜欢尖叫的母亲相比,自己与父亲更为亲近。从她意识到那个男人不在她家里的那一天起,她就对他产生了好奇。在她的整个童年时代,他的空缺是一个永恒的常态。她曾经听说他在得克萨斯州东部,所以当路易斯安那州的工作在边境附近开放时,她想到她可以放弃消防车工厂的电工职位去寻找他。

她逃离她母亲已有两年了,她母亲住在加拿大西部的纵深地带。她到格兰德克拉波德镇的第一天,在住房中介公司看到一本康泰纳仕的杂志,把路易斯安那州描写得像亚马孙一样充满异国情调。几周之后,她习惯了公寓楼后面排水沟里臭气熏天的短吻鳄,学会把夜间潜入小后院的海狸鼠打昏,它们在那里把她栽的几株花咬断。她发现犰狳很有异国情调,但是当它们把她的垃圾桶摔倒在街上时,她觉得事情并非如此。驾车去消防车厂上班经过大沼泽地时,面临的是一个非现实的世界,对了,就像一个噩梦,里面满是蛇和发霉的、被六只一组地夹在塑料架里的乌龟。

她听到了一个声音,抬头只见逮捕她的警官用一个附有纸夹的笔记板拍打铁栅。"现在我们正在查询你的医生,"他说,"是他开药方你自己去配药,还是医生直接给你药?"这个警察的身体又宽又厚,看来他的肺还真难与他身体的其他部分匹配。她猜想他是个大忙人，也许是这个小镇唯一的交通执法官。

"他只给了我一瓶药。"

警官点点他硕大的脑袋。"是的。他的护士无意中说漏了嘴，他是在自己找自己麻烦。"警察看着地板，抓着栅条，"你的头怎么样。你知道你是在哪里？"

"我正在渐渐清醒过来，但我的牙痛简直要弄死我了。"

"你想打电话给什么人吗？"

"什么，让我找一个律师或保释代理人？"

"过一会我们会告诉你，我是想问你有没有朋友。"

她记起了格拉迪斯，她住在四十英里之外，而弗雷德，那个戴着头灯和拉警笛的人，但是他没有车。"我在这里没有谁可以联系。"

"明白了。"他从走廊走回去，这幢楼在他周围缩小了，那扇门的大小像是不足以让他通过。

她在铺位上躺下休息，迷迷糊糊似要睡着。这时守门人领着一个老妪进来，看上去就像是一个在下水道里住了十年之久的人。她的头发灰白，肮脏不堪，少了两颗门牙，脊椎呈新月形，总之，她整个儿让人看了觉得牙痛。休对这个老妇显而易见的贫困和卑微的生活感到非常痛惜，以致她下巴上的悸动也似乎消失了。"你是怎么进来的，女士？"休问道。

老妪抬起头。"哎，对了，我想，是因为我把我丈夫的那辆新梅赛德斯开到了第五街的运河里。"

六点钟左右，守门人出现了，告诉她因为有人同意担保，所以他们决定释放她，让他领她回去。在走廊那头，她看见哈利特许经销店的那位英俊潇洒的店员走来，他认为她还吸毒。

休·皮斯托拉酒后历险 | 349

"我能带你去什么地方吗?"他说,"他们要放你走了。"

她坐起来,从铺上眯着眼睛看他。"你为什么在这里?"

"是我告发你的。我觉得我有责任。不管怎样说,有那么一点点。"

那个大个子警察从走廊走来。"等你脑子清楚过来,这个星期晚些时候吧,我们需要和你谈谈你的牙髓病专家。"

她能够记住他的胸牌——悉尼·博宾诺。"你们会把止痛药还我?"

"不。我们还没有查清楚它们。"

"我不想给他带来任何麻烦。"

"如果有麻烦,那是他自找的。另外,这个小伙子可以用他的卡车送你回家。"这个警官抓住一段钢格栅,然后停住久久地注视她,好像自己十多年前就认识她,现在正在努力回想那是在什么时候,什么地方。最后,他开始转动醉汉监禁室的钥匙。

在回公寓的路上,经过酒类专卖店时,她让哈利的店员停车。

"嗨,嗨,我想你说过你不喝酒。"他说。

她耸耸肩。"我的记忆刚刚恢复。"

"你身上不再有药了,是吗?"

"我说过,他们都拿走了。"她走到幻景酒类专卖店门前有点融化的黏黏的柏油路面上,进入店中,然后带着一瓶伏特加出来,手捏着瓶颈。感觉仿佛手中是提着一只死鸡,她想到了她的母亲,兼职的农场工人,她曾经教她杀死一只庭院鸟,就像弹五弦琴似的拔它的毛。"你叫什么名字?"她问。

"珀西。"

她的嘴巴不知不觉张开了。"你多大了？"

"二十八岁，为什么问？"

"看看过去的七十年，有哪个父母给他们的孩子取名珀西？"

他驾着车慢慢离开路肩。"可能有更糟的。"

"能有什么比珀西更糟？"

"莱斯利、黑兹尔。"

她想着他说的，看了看他的阔肩膀和臂上的二头肌。"其他自行车手怎么认为？"

"是什么让你认为我是个自行车手？"

到了她的公寓，她在门口对他转过身。"我可不会和你上床。"

他不失时机地反击。"好极了。如果你这样，我妻子真的会吥你！"

他们进入她的闷热客厅，她给自己倒了一杯酒，给了他一杯他要的水。然后他们坐在沙发上。

"我很抱歉，这里这样的热，"她说，"该让空调工作了。"

他一口喝空了他的杯子，把它放在一张摇晃的桌子上，然后转过身来对着她。"你不应该喝酒，还开着车到处跑。"他说。

她用手背拍着自己的大腿。"我知道，我知道。我吃了牙医给我的药片，可是它们不起作用，所以我把它们混合在一两杯饮料里。"她看着他，"这是个错误，是吗？"他在冒汗，她遏制不了内心的冲动，把一只手指放到他颈部的火焰刺青上面。它看上去脏兮兮的。

"呀。"她把手缩了回来。

他低头看她的手指。"这只是我在周二和周四戴的文身贴，顾客喜欢它。"

休·皮斯托拉酒后历险 | 351

她看了一眼他的指关节，看到POTATO×2已经不见了。"你一周只工作两天？"

"我的父亲拥有这份生意。我是他的搭档。得看上去像是那种人。但是我懂自行车，了解它们的一切。我只是不骑而已。"

"为什么不骑？"

"我也不知道。也许因为我还是孩子的时候，曾经哭闹想着要一辆，我母亲说好吧，但是不论骑到哪里我都必须带着一把小铲。我问她为什么，她说这样有人可以用它把我从路面上铲下来。"

休感到有点寒意，她喝了一口伏特加，时间到了七点。"我现在没事了。嗯，我可能会去睡觉，然后起床，再打电话给卢医生。"

"很高兴听你这样说。"他站起来，他甚至比她想象中要高，"当你在路上开车的时候，千万别再喝那种果汁，我不想你把我们的橱窗撞飞。"

她发现自己无法把目光从他身上移开。"你不上班的日子做些什么？"

"我为'仁人家园'做义工。星期日我是一名弥撒助祭。"

她举起双手，然后又垂下来。"伙计，我肯定你错了。"她又喝了一大口，然后指着他的头发，"你的教友们怎样看待你的法比奥发型？"

他把头往后一仰，抖开他那一缕缕闪亮的头发。"自行车手喜欢它。"他低头对她微笑。"你觉得怎样？"他问，伸手到头顶上猛地一抓，拉下了一个闪闪发亮的假发，放到胸前，然后弯下身子，显示一个短短的平头。

第二天早晨,她意识到下巴像火烤般的剧痛,她对卢医生产生了一种难以遏制的愤怒。他的护士说她可以在一小时后来看门诊。休吃不下早餐,担心他是否会向她收取第二次根管治疗的费用,她还想知道他给她的药丸是什么成分,它们是否会是那种可怕的迷奸药。她让自己喝了一口伏特加,精神大振,于是咽下了两片止痛片,是在珠宝盒里找到的,包着锡纸。在出门之前,她将她的一把 .25 口径的自动手枪放到宽松牛仔裤里。

卢医生的诊所是不起眼的,而且颇为阴暗,只有一把椅子放在窗子旁边。窗帘是拉开来的,那是些串成链的旧金属拉片。

他来了,穿着一件老式的牙医工作服,右前胸的十四颗仿象牙纽扣紧紧地扣着。他七十岁左右,有一头稀疏的银发。"嗨,亲爱的。弗朗辛告诉我你遇到了麻烦。"

休对他噘了噘嘴。"我的牙齿痛得像是进了地狱,因为你医错了一个牙。"

卢医生在工作服上把他的小镜子擦亮。"嘿,我跟你说,那是不可能的,小甜心。但是我检查了你的 X 光片,我漏掉了隔壁牙肉上的一个小肿块,所以我们可能必须再医治那一只。"他张开长长的手指,"让我们来看。"

"另外你给我的那些你自己配制的胶囊,简直让我发疯。"

卢医生直起身体,两只手紧靠着胸部,就像一只直立的老鼠。"这些止痛药给了你一些甜蜜的梦,难道不是吗?"

"它们让我陷入困境,"她拉了拉她的短发,"你打算收我两次费吗?"

他对着空气打了两个短促的喷嚏,就像她孩提时代的宠物鼠,斯奎卡姆先生,它常常这样。"当然,一个新疗程意味着一张新

休·皮斯托拉酒后历险 | 353

账单。"

休起初表示她不会为此买单，然后想到可以要求把账单寄来，然后不再理睬这笔收费。好像是看透了她的心思，卢医生开始把一根硬针扎进她的上腭，还有两根扎在后面更远的地方。当他把针拔出来的时候，她咒骂他。他决定给她一些麻醉气，几分钟之后，再给她一颗药，然后他继续工作。

她感到自己怀着愤怒慢慢从云雾中走出来。虽然她的嘴唇像铅块一样沉重，她顺利地喊出他是牙髓学的乌萨马·本·拉登。像大多数经验丰富的医生一样，他对辱骂无动于衷，但似乎被评论刺痛了。他把一只手放在她的肩膀上，向下施压。"你不应该对我说这些，年轻的女士。"

休尝到了嘴里血的味道，她担心这时候利多卡因会失效。她的意识开始减退，想要知道当她完全失去知觉时，卢医生会对她做些什么。她扭动身体，然后想象她的胸罩被解开，所以她的手伸进牛仔裤的口袋，掏出她的小手枪。"把你的手从我身上拿开，你这老色鬼。"枪在他们之间挥舞着，射出了子弹，卢医生的灯也熄灭了。

当她完全恢复意识的时候，她觉得她在抬头凝视一条铁路的路轨，她的头就落在这些路轨中间。她眨着眼睛，醉汉监禁室高高的铁栅又进入她的视线。她朝天躺在一个铺位上，头对着走廊。她听到周围有一些动静，但脑子晕乎乎的，没法看清楚，她还担心会遇上什么不幸的狱友。她想起她在加拿大的母亲，拉蒙纳·皮斯托拉，离开了在得克萨斯州艾丽斯的老家，现在可能在加拿大的卡尔加里培训老年妇女套牛犊。她母亲希望休能成为绕桶骑马赛的冠军,虽然休擅长马术,也喜欢马,但她觉得在加拿大之外的世界才有生活,才有欢乐,所以希望离家越远越好。她从来没有和她母亲好好相处过,一秒钟也没有,她夜不能寐地躺在床上思念父亲的一个原因,就是相信他不可能是一个更糟糕的父亲。即使他不在场,但是对她心灵上的影响,也强过拉蒙纳·皮斯托拉,这个愚蠢的、耳朵毛茸茸的女人。休喜欢消防车厂的这份工作,她求上帝保佑,别让公司解雇她。她刚被提升到安装线束的岗位,这种技能是她在格兰德克拉波德网络技术大学学到的,仅花了五千美元,就取得一份一学期研修期的准副学士证书。

终于,当她抬起头的时候,看到一个站在围栏中间的年轻女子慢慢转过身来,身穿一件乳白色的连衣裙,像是披着一块钩针编织的巨大桌巾,外面还有一件青铜色维京妇女的护胸。这个女人的绿头发笔直垂下来,显得很重很重,仿佛是新近用油漆喷上去的,左眼上还文了一颗黑星。

休忍不住问:"你为什么进来?"

那位妇女低下头看了看她,拉出一把金属卷尺的卷舌,然后让它啪地缩回到壳子里面。"为了铺新地板,我在测量,我做完了。"她推着牢房的门,门发出吱吱的尖叫声打开了,然后她用一把闪闪发光的钥匙把它锁上。休看着她的身影在走廊里慢慢消失,还在盯着那里看,直到那个谢了顶的大个子警察匆匆地朝醉汉监禁室走来。

悉尼·博宾诺看了她一眼,冷峻的目光中带着探询,她直起身子坐着。

"你好，我们又见面了。"她对他说，试图不让人觉得她有东倒西歪的感觉，她举起一只手想梳理一下她的头发，可是连头都没碰到。

"我们查了卢医生，他是清白的，"警察说，"他的药是传统原料，多半是安慰剂。"

休对他皱起眉头。"他给我注射，就像是个框架木匠。他把我固定在椅子上，我觉得他把手伸进了我的胸罩。"

这位老年警察低头看着走廊。"这里的女看守告诉我，你并没有戴胸罩，所以，忘掉这件事吧。"

休交叉着她的双臂。"就是刚才在这里的那个人？"

"不是，那是帕德卢斯基太太，她在这条街上做地板生意。你为什么试图枪击你的牙医？"

她记起了射击的声音，响彻在小诊所里的巨大声音。"我没有，当我从牛仔裤里掏出这鬼东西，它就发射了。"

他点点头。"是的。这我倒不奇怪，那把小玩具枪本就是一件垃圾。它不安全。"

"我有暗中携带它的许可证。"

"我们查到了。你必须买一个新的手术灯赔他，这你应该明白的。他认为这是一场意外，所以没有提出指控。我说服他别那样做。"

她的头埋在手中。"这要花费多少钱啊？"

"他说要用四十五美元赔那盏灯，此外还有一个小麻烦，就是对你在城市里放枪的指控。"

休呻吟着，像是一头熊。"至少我的牙齿感觉好些了。"

"皮斯托拉夫人，卢医生虽不是世界上最好的牙医，但却是一个出色的钢琴家。"

她慢慢抬起头。这陈述又让她头晕目眩起来。"什么?"

悉尼上下摆动着他那颗月亮般的大脑袋。"国际知名的。我听说,他弹奏肖邦作品技艺高超,他不起诉你还有另一个原因,他必须飞往莱比锡,要在那里开一个星期音乐会。"

休慢慢眨动眼睛,把一只手靠在这个警察面前的铁栅上。"我还以为他只是个毫无本事的老变态。"

警察让自己的目光和她的对视,他的灰色大眼睛试图要看清楚她。"我有一个问题想问你,我希望你能和我说实话,好吗?"

"实话。"她做了个鬼脸,双手交叉在胸口。

"你在见他之前,除了吃药之外还喝过酒吧?"

休属于那一代人,他们把说谎当作是生活之河中必不可少的导航器。"当然没有,"她说,盯着他的眼睛看,"你认为我是多么愚蠢?"

"我对你毫不了解,"他看着自己脚上闪亮的皮靴,"年纪越大,越是不了解年轻人。你知道,我有一个像你这个年龄的女儿,模样也有几分像你,有一天,她一起床就离开了小镇。后来的事情我们全都预料到了,她大约一年打一次电话来,但是不告诉我们她住在哪里。除了为几件极平常的小事,我们从不争吵。我妻子和我,我们真不知道该怎样面对这件事。"

休抬起头。"她是多么冷酷。"

他抬起眼,点了点头。"我打电话给哈利特许经销店的那家伙,让他再来保释你,"他轻声说,"为了你我豁出去了,因为我希望别人也会这样帮我女儿,无论她在哪里。但是那个哈利人,他在经销商的自行车集会上忙得团团转。他妻子说她会签名让你出来,并开车送你回家。"

休·皮斯托拉酒后历险 | 357

"他妻子?"她的嘴微微张开。

"瞧,我在帮你,你可能会身陷大麻烦,只是答应我,别再喝那调味汁了。"

她的一只手伸出栅栏,放在他的肩上。"他们叫你悉德?"

"悉尼。"

"好,悉尼先生,我会戒掉那东西。"

那个哈利人的妻子,格洛丽亚,是位令人愉快、美丽夺目、腿部修长、有一双近乎是淡紫色眼睛的金发丽人。她开着一辆多功能旅行车来接休,她的两个学步儿童,梅和琼,被固定在后面的座位上。

休回头看着两个女孩,仿佛她们是关在一只笼子里的域外动物或小妖精。她是家里唯一的孩子,对儿童没有太多的了解。"嗨,小女孩。"她对她们说,微微地挥了挥手,好像才想起来似的。

梅,她看起来大概只有四岁,说道:"出狱你高兴吗?"

休看了格洛丽亚一眼,她在忙着应付繁忙的车流。"是的。"她说。

琼看上去七岁左右,她开始唱:

> 她现在在监狱
> 现在在监狱,
> 我要再告诉你一次,
> 离那瓶威士忌远一点
> 也不要再喝杜松子酒,
> 她现在在监狱。

然后她又开始用真假嗓音交换着唱,但她母亲在后视镜里狠狠地瞪了她一眼。"茜茜,这太刻薄。你得原谅她,休,她就是爱唱乡村歌曲。我不知道她是从哪里学来这些歌词的。"

"爷爷是那样唱的。"

琼,是她母亲的微型版,慢慢摇动着她的小脑袋。"茜茜真刻薄。"

到了她的公寓,休期待她能就此下车辞别,但是格洛丽亚停好她的这辆大克莱斯勒后,又去解开那两个孩子,亮丽的指甲在闪闪发光。

"我现在没事了。"休对她说,伸出她的手掌。

"哦,我知道,我只是想进去坐一会儿。"她说,赶着两个女孩进了门。

休在她的小电视机里找到卡通片的频道,她为格洛丽亚和自己倒了冰茶。她拿走沙发上的一叠衣服,在这个光彩照人的女人旁边坐下。"那么,格洛丽亚。你是干哪行的,是个全职妈妈?"

"不是。"

休猜想她是个时尚的引领者。也许是一个目录模特。她看看她昂贵的白色牛仔裤。"这样说来,你肯定是个服装设计师,对吗?"

格洛丽亚喝了一大口茶,抑住了一个嗝。"我在当地的卫生部门工作。我是一个下水道和化粪池检查员。"

这个陈述犹如晴天霹雳,房间也仿佛转了半圈。"哦,真的吗?"

"那你呢?"

"你知道,我只是在消防车厂讨份活做,接线。"

格洛丽亚那张完美的脸变得严肃起来。"你为什么喝酒呢？"

"嗨，我们是不是有点儿触及个人隐私了？我看上去像个酒鬼或什么吗？"休开始站起来，然后又坐回去。

格洛丽亚亲切地看着她。"你非常紧张。而且急躁，像是随时可能大吃一惊。"

休看着电视机，里面，迪士尼的公主索菲亚正在她淡紫色的宫殿里溜冰。她想起在加拿大和她母亲共度的冬天，在雪地里洗马。"是的，我需要喝一杯。"

"你需要一个计划。"

"请说，我不知道我需要什么。"

"是的，你知道，但是你不会正视。"

格洛丽亚站起来，拿起遥控器关掉电视。

两个女孩一致表示不满，发出一阵抱怨，然后走到她母亲身边，抱着她的长腿，打起呵欠。"我们要离开这个女士吗？"

"再等一会儿。"

"好吧，这地方有鞋子的气味。"

格洛丽亚用一只手指轻轻抵着她女儿的嘴唇，转身对着休。"我丈夫告诉我，你看上去像是一个非常值得给予忠告或祝福的人。这就是我来这里的原因，如果你想和我谈什么事，打电话到店里找他。我可以帮你。"

"所以他一眼就看穿了我？"

"是的，有些人有这种能力。我对此不太擅长。"

休走到门口，抓住把手，好像是要保持自身的平衡。"也许我会交上一点儿好运。"

当格洛丽亚走到外面的时候，她对休转过她那张完美无缺的脸，说道："我们创造自己的好运，亲爱的。"

休·皮斯托拉试着不喝酒度过下午余下的时间。她屏住呼吸，把剩下的伏特加倒入下水道。然后，她出门散步，踏在冒着热气的人行道上，进入一家咖啡店，在那里吃了一客涂奶油的法国面包，喝了一杯深焙咖啡。她沿着街往下走，经过一个闹腾的酒吧，一个身穿斯伦贝谢公司工作服的人，在凉爽的空气、香烟的烟气及其他气味的交织中推门而出，一股杜松子酒的气味就像是一柄小小的匕首，飘然而出，闯入她的鼻隙。她被一种狂躁的欲望所支配，渴望进去喝上一杯，她渴望她想象中的父亲能出现，告诉她要控制自己，她渴望来一阵加拿大的寒风，这种渴望来势汹涌，几乎就要将她撞倒，有如一辆加速赶往事故现场的消防车。她在酷热中踏着重重的步子缓慢前行，感觉到空调的诱人空气触角在拉着她往酒吧走。她想，逃往那个小小闹市区对她是安全的，但是她没有，然后她走过一家老五金店，一个店员在用油基漆油漆铁门，正午的高温把搪瓷容器里的稀释剂烤干了，那气味驱使她狂暴地回到她的公寓，她坐到一把椅子上试图读一本接线的书。然后试着读一本一位朋友在上班时给她的笑话书，这位朋友对她说她需要振奋起来。但是那些幽默是淡而无味的，特别是一则关于飞机上的一个没头脑的白肤金发美女，她告诉乘客，飞机正在飞越一个一百万年前流星坠毁时造成的火山口。"该死，那东西差点撞到公路了。"白肤金发美女说。休开始有点颤抖，想打电话给哈利特许经销店，但是她还是决定打她母亲家里的电话，那是一个米黄色的旧东西，上面不会显示出她的号码。

电话线那头有人拿起了话筒，说道："你要谁接电话？"

"妈妈?"休壮着胆子说。

"苏西,你到底在哪里,你这个死丫头?"

她把双腿靠在胸前。"我还不想告诉你。"

"噢,回家吧。你会喜欢家的。我的男朋友离开了,把他所有的烟都带走了。"

"安格斯走了?他离开了你?"

"不是。你有阵子没回家了。安格斯是两年前的事。这是克林特。"

休低头看着她公寓里破旧的本色地毯。她喜欢把她母亲的搭档,其中最好的一个,想象成她的生父。安格斯在没有喝醉酒的时候是非常惹人喜欢的。"你能告诉我,我的爸爸是谁吗?"

电话那头沉默了一会儿。"别再提那个话题。"她母亲逍遥随意的女牛仔谈话风格突然消失了,这种风格仿佛旧衣服一般,是她从墨西哥到坎卢普斯一路的酒吧借来的。"别再拿这事烦我了,听见了吗?"

"我在电脑里搜索得克萨斯州的皮斯托拉,我找到了几个,但是他们都不知道赫伯特。那不是他的名字吗?"

她母亲的声音像是敲碎的玻璃一样传到她的耳中:"见鬼,我说过不要再提他。你唯一需要知道的是,他已经不在了。我希望他是死了。"

"妈妈。"

"你究竟在哪里?在毫无价值的破地方?如果你回来,我可以为你准备好下个月的绕桶赛马。如果你得了名次,我当然可以尽情使用这笔钱。"

休用左手的腕部擦了擦眼睛,关掉手机。她走到壁橱旁边,那底下放着一瓶一夸脱装的黑麦威士忌,是她不喜欢喝的。她回到小厨房里,在一只喝水杯里倒入四指高的酒、二指高的可乐,再加上一块冰。她用舌头试了试她的牙齿根管,它们没有痛感。她走过去,坐到背部过分下凹的沙发里,她试着想象她父亲的模样,他是否很高大,是否像她一样白皙,这是她一生都想知道的。在某个地方,有个年长的男人,是她生命的一部分,已经离她而去,她的生活因此变得不再完整。如果她能够找到他,那就像恢复了一条腿或两只眼睛。她会对他看了又看,希望他是她一眼就能认出的人。休摇摇头,喝了一大口酒。到目前为止,在她的世界里,没有人是她想象中的样子。

大约到了黄昏时分,她成了她母亲说的"用膝盖走路的醉汉",她想象着,像很多处于那种状态中的人一样,她需要外出走走,开车兜兜风。她发动她那辆灰蒙蒙的小车,想看看她是否能让她的车咿呀着开到街上,然而这辆两厢雪佛兰只发出"咿"的一声。不一会她就在九十号老公路上飞驰而过,掠过城镇,擦过路肩,嘲笑着那些因她而惊慌失措响起的汽车喇叭声。然后她冲入一家超市的停车场,她驾着雪佛兰在这家店的后面打转,就像骑着她的老马杰克,员工们在那里堆起纸板箱,准备把它们折叠起来。她开着车撞到了一个大的纸板箱,打了个转,又兜到超市附近朝公路开去,临近出口时,擦边撞上了一辆购物手推车。休又加速驶过小镇,那箱子仍被困在车底,喧嚣着就像在喷发热气,到了老火车站附近某个地方,只见灯光闪烁,一阵警笛紧逼着她的后保险杠而来,这是一种真正被激怒的警笛声,如同一只六吨重的无敌巨鸟在对她如雷般咆哮。她慢下来,但是没有把车开到路边。她心里想,我现在该说什么呢?那必须是无可挑剔的说辞,它必须是汽车历史上一个妇女对一个警察说的最精彩的话。她保持慢速,努力集中思想,她知道她必须脱身,如此她才有可能驰入得克萨斯州东部,去寻找皮斯托拉,去寻找一位父亲,她需要他像一个并驾齐驱的骑手,把她从跃起的马背上迅猛地拉下来,她无法实现这个目标了,除非她能想出解救自己的话语。最后,她漂游到一家精神病诊所前面的小停车场上停下,那招牌上写着"帮助无助者",她想知道她是怎样来到这地方的。她听见她的车窗上有一声轻拍,她看见了悉尼和他胸上闪闪发亮的大标志,它赋予他为她的生活做决定的权力。她摇下窗子,他把脸探过去,带着失望的悲哀,注视着她,想要看明白她。她回眸凝视,希望他还依然貌如其人。

"你喝酒了?"他问。

休伸出手,用拇指和食指捏了捏他左耳上的大耳垂,说:"你买酒了?"

赌桌上的调味酒

雷恩尔·布尔芬奇告诉年轻的加油工尼克·蒙塔尔巴诺，在她生活中唯有纸牌能给她带来难以言喻的神秘快感。这是在她工作的利奥·布·坎特伯雷号挖泥船上，它是一艘归政府所有的蒸汽船，停泊在密西西比河入海口的一个重要港口上。当时，她正在轮机室安置一张纸牌桌，她以教训的口吻说："尼克，你是个大学生，只是暂时在这儿混日子，等赚到钱就回学校去。可对我来说，这就是我的生活，我的归宿。"她从工作服的系带下面扯下一根铜色的穗絮，环顾了一下蒸汽腔和它的管道系统，嗅了嗅从红色保温搪瓷器皿散发出来的气味。她又端详着蒸汽压力表的玻璃面板，用它来当镜子，里面映出她丰满红润透着油光的面颊，眉毛被她画成蓝色，她用一只白净的手指在那弧线上抚过。布尔芬奇是这条大船上的厨师，由于冬季的凛冽大风，船上的员工闲散了两天无事可干。"我最大的事业就是纸牌，哪一天我攒足了钱，我会去拉斯维加斯和那些技巧高超的家伙博一把。放好这些折椅，"她对他说，"总共七把。"

"可是女士，我不懂布垒的玩法。"尼克·蒙塔尔巴诺用一只手摸着自己乌亮的长发，"我只在大学待了一个学期。"他注视着这个高个子女人围裙侧面绷紧的铜扣，有意避开她那双妩媚的眼睛，那双眼睛眼眶深陷，饱含着热烈的情绪。

"瞎扯，连一个宠物鼠都会玩布垒，坐下。"她指着一把金属椅子。加油工尼克，是个消瘦的男孩，穿着敞开领子的法兰绒格子衬衫，戴着顶篮球帽，他顺从地坐了下来。"现在注意，我给每人发五张牌，我将最后一张翻开，不管它是什么花色，都定为王牌。然后你丢掉所有的废牌，并抽取新牌来做补充。记住，王牌能击败其他花色，大牌能击败小牌。不管别人出什么牌，你都跟着他的花色出。"她把头伸到他的帽檐下，盯着他的双眼。"这对你并不算太难，对吗？是不是比你的大学教材简单多了？"

"确实，确实，我懂了，但是如果你没有牌可以跟呢？"

"如果别人出的不是王牌，你就用一张王牌压住它，如果你手中的牌全是王牌，那么把最小的牌打出去。相信我，你很快就会熟练的。"

"怎样才算赢呢？"加油工转动他的帽子问。

"每一局要抓五墩牌，如果你胜了三墩你就赢得全部赌注。不过在我们这条船上有个特殊的规则，如果两人对垒，在打成平局后胜四墩才算赢。如果你有什么弄不明白，可以问那边的悉尼。"

悉尼，船上的轮机长，一个像消防栓一样矮小结实的人，能在暴风雨中仅穿一件白色的T恤衫。悉尼吹着口哨重重地坐在椅子上。"噢，小子，好一块新鲜的肥肉。"他捏了捏加油工的颈背。

轮机室的铁门靠近右舷的三冲程发动机，门打开了，一股凛冽的寒风吹了进来，在酷寒中值日班的司炉工、领航员、甲板水手以及焊工，一边咒骂着恶劣的天气，一边拍打着自己身上冰凉的衣服，躲进这间宽敞的机舱。门外，来自西南海峡的波涛怒吼着，夹带着波峰上的白色泡沫汹涌地倒向密西西比河，在海湾阴郁晦暗的天空下激起高高的巨浪。

"关起这该死的破洞,快让人冻出肺炎了。"雷恩尔喊道,把纸牌准确地发到七把椅子前方的桌面上。"坐下,胆小鬼们,还是惯常的玩法,赌美元,如果你一墩牌都没赢,就付五美元作为赌注。"在将纸币噼里啪啦地摔到桌子上以后,大伙开始扔弃不要的废牌,再补牌,然后纸牌又像雪片一样被扔出来,最后,在一阵此起彼伏的咒骂声中结束了这一局。由于没人赢到三墩牌,所以赌注被转入下一局。三个一墩牌也没赢的玩家每人投下五美元作赌注。

轮机长打开一包塞在T恤衫袖子里的骆驼牌香烟,声音特大地诅咒着:"我听说过一件事,几个人在离岸不远的一艘船上玩布乓,较量了八十三局,但桌上的赌注还是没有得主。结果等到最后一个家伙打破僵局赢了的时候,你们猜怎么着?赌注已被加码到一千七百美元了。不料,第二天在摩根市的一个酒吧里,这个赢钱的家伙遭了殃,头顶被人狠砸了一下,等到他醒来,口袋全被掏空。此人名叫孔奇达,也不是什么省油的灯,他在左胸绕着乳头文了花呢。"

皮格是白天当班的司炉工,他将自己的赌注抛了进去,抓起下一局的牌整理起来。"这不算什么,"他拿起三张废牌举过光秃秃的头顶,然后狠狠摔了下来,"一个从码头上下来的朋友告诉我,他听说一个家伙在得州的奥兰治市被砸伤了脑袋,醒来,当他看见自己的驾照时竟然弄不清自己是谁,他得了健忘症。医院将这个倒霉的蠢蛋送回家,交给他放荡不羁的老婆,好笑的是,他却好像今生从来没见过她似的。"

"那或许并不算太糟,"雷恩尔说着翻开她发的最后一张牌,以确定本局的王牌是什么花色,"黑桃。"她让自己圆滚滚的臀部

赌桌上的调味酒

朝左挪了挪。

"不，并不是这样，"司炉工说着拉开他那件深绿色运动夹克的拉链，"那个女人告诉他，她是他的妹妹，还给了他一台彩电和一个遥控器，他高兴得像是一只馅饼上的苍蝇。那女人开始带着男朋友回家过夜，这傻蛋竟然兴高采烈地让他们进屋，还为他们准备酒菜，他觉得作为一个善待妹妹的老哥，也该善待妹妹的男友。在邻居眼里，他们一家怪怪的，他们像是觉察到有些不对劲，于是那女人带着老公搬到一个较好的拖车屋营地，在那里没有人知道这位老兄失忆了。那婆娘开始吸食可卡因，勾搭路边的寻花问柳者。她老公那笔赔偿金开始逐渐缩水，它是这老兄上班时被一个三十六英寸直径的重物坠下砸伤的代价，幸亏那玩艺是落在他头戴的安全帽上。从此，这位仁兄就头昏目眩地坐在那里，服用一些廉价的药丸，他老婆说是按处方购买的。他整天开渠引水，迎接那些嫖客，他们一个个像挂在沃尔玛市场里全无新鲜感的老式外套，但是这婊子养的却成了得克萨斯州奥兰治市最快乐的汉子。"司炉工摊开他的双臂，"他高兴每天能看到妹妹回家，他骄傲他妹妹有那么多朋友，这可比一个带着满袋福利彩票的邮差还受他欢迎，当然，他的钱又多起来了。"

"啊，啊，真是把屎拉在鼓风机上，脏了自己一身。"轮机长说着狠狠地摔下一张Q，然后对自己的那墩牌扫了一眼。

"事情还没完呢，这可怜的家伙终于想起来了，他记起他们在卧室后面的每一次格格的调笑，他开始发现自己的那玩艺还比不上蛇的睾丸，他向老婆求欢，恨不得马上单刀直入，却遭到那个彻头彻尾的荡妇的嘲笑，还当着他的面搬了出去。他伤心极了，想去看心理医生，可这会花掉他很多钱。你们猜最后这老兄想出个什么绝招？他找到一些人，要他们一次又一次地狠砸他的脑袋，你们知道，这样他便可以回到过去的状态，什么也不想，什么也记不得了。每砸一次，他就付一百美元。在奥兰治的酒吧里，大多数醉醺醺的酒鬼都可能给你致命的一击，可那是免费的，所以你们可以想象这傻蛋做的是什么样的买卖！差不多被砸得死过去四到五回，实在受不了了，不得不放弃这馊主意，跑到医院去治疗他的脑震荡，为此他花光了剩余的赔偿金。后来，为了让自己有钱购买药丸，好回到被第一次砸伤后那种神思恍惚的境界，他竟然干起拦路抢劫的勾当，抢了人家一只帕克手提包。这下可好，他得在牢房里度过二十年漫长的艰难岁月。"

司炉工讲完这个故事的时候，他们已经玩到第三局了。这时，参与牌局的甲板水手，一个留着一头浓密金发，身穿一件黑色棉纱针织套衫的家伙，向后甩了甩头，哈哈笑了起来，好像他是唯一的听众。"这个故事不算滑稽，但很悲伤。它使我想起我家乡肯塔基的一个傻小子，是个白人，就住在我家隔壁，体形长得像是根细长的四季豆。一开始他是个挺害羞的人，但他认得电厂里的修理工，和那里每一个人都有交往。那时他和一些不三不四的小混混搅在一起，你们想，这些家伙会是什么德性，他们随身带着涂鸦用的喷漆筒，帽檐转到脑后，将活蹦乱跳的老鼠塞满人家的信箱。他们对这个可怜的傻瓜说，他的所为足以和大名鼎鼎的杰西·詹姆斯媲美，怂恿他去偷窃机壳和电钻。他开始在邻居面前趾高气扬起来，仿佛他真成了一个不可一世的黑老大。其实，狗屁！没多久，当地的副警长在一辆汽车的后座上逮住了他，那时他正带着一台割草机准备潜逃，这家伙真傻，他是在十二月偷这割草机的。"

"这有什么不对呢？"司炉工问道，扔下一美元。

"你真是死脑子，谁会在冬天去买一台用旧了的二手割草机？不管怎么说，法官还是对这小子动了恻隐之心，只让他吃一次毛毛雨似的罚款，这等于是让他含着糖衣奶头睡觉。法官说他是个聪明的孩子，应该相信他的单纯和诚实。于是这四季豆又回到街头巷尾游来荡去，到处吹嘘他的经历。这时他感到很自豪，以为自己成了阿尔·卡彭那样的大盗，他兴奋不已，脑袋里充满了乌七八糟的东西，这都是街头那些和他一起鬼混的坏小子灌输给他的。后来，在一个月黑风高的夜里，这浑球破门进入一个枪支收藏者的居所，他的身手真可说是伶俐敏捷。他在架子上仅挑了一杆双统枪，崭新的，上面刻有枪主的名字珀迪，整个枪柄镶嵌着纯金和象牙组成的图案，那可是一支价值两万美元的枪啊！四季豆把它带回家，用一把两美元买来的钢锯锯下了枪托，然后又锯下枪筒。再后来他又到街头抢劫了一个炸玉米饼店，抢了十六美元十三美分。当他再次出门时被警察逮了个正着。这次，审案的法官毫不通融，以多项罪行指控他，判他在比斯利坐二百九十七年牢。"

"还算可以，"雷恩尔说，"比死要好。"

"他在铁窗里面壁了十年之后，愚蠢的假释委员会注意到这个案子判得太重，于是发慈悲，提他过堂复核。他们问他在牢里服刑的情况，问他如果被释放，是否愿意改邪归正。不料，这小子呸地把一口痰吐在他们的红桃木桌上，对他们说他不会沉寂下去，哪怕只有一半机会，他都会成为肯塔基最富有的银行打劫者。"甲板水手哈哈地笑着，"这蠢蛋给所有的人浇了一头冷水，会议很快进入投票程序，结果，假释委员会中七个来自美国公民联合会的律师一致发飙，堵死了释放他的大门。事情就是这样邪。"

领航员是个高个子，穿了件豆青色的夹克，戴着顶棒球帽。他举起一叠刚发到手的牌，用锐利的蓝眼睛扫过后，脸部的肌肉马上抽搐起来，他只留下一张王牌，需要再补四张牌。"先生们，这倒使我想起我在肯塔基曾经认识的一个姑娘。"

"怎么！难道她也被判在比斯利坐二百九十七年大牢？"甲板水手表示不解。

"不，只是和你刚才向我们扯的那个疯子一样，她也是肯塔基人。等一下，那张老K不算大。"他说着扔下一张方块A，"这女人是个护士，在路易斯维尔的退伍军人管理局医院工作，她爱上一个病人，堕入情网不能自拔，那小伙子模样清秀，举止文雅，就是脑子里长了个囊肿。这要命的囊肿让他苦不堪言，更要命的是他因此而得了健忘症。"

"是呀，每天都会发生一些你闻所未闻的事情。"轮机长一边说一边用力地打出一张王牌A。

"他甚至搞不清自己生活在哪个星球上，"领航员冷冷地说，"几个月后，他们结婚了，他在当地一家炼铁厂找了份工作。一年过后他开始散漫起来，老是在午饭的时候离开公司出外闲逛，所以公司炒了他鱿鱼。这下这家伙倒好，整整两个星期都在街上游荡，几乎走遍了整个路易斯维尔。不是傻傻地打量着人家的院落，就是死死地看着从路上开过去的每一辆巴士，盯着窗口里的一张张脸，就像是在寻找某个他记不起来的人。一天，他没有回家，自此再也见不到他的踪影。之后的十八个月里，他那标致的小护士茶饭不思，为他担心得快要发狂。直到一天她的侄子去闹市的摇滚乐中心,在楼下的正厅看见一个头发蓬乱的家伙,觉得很眼熟,那家伙站在那里像是正在倾听一场弦乐四重奏的演出。剧场休息时,她侄子便去问那家伙是否患有健忘症。那家伙沉思了一会,对他来说健忘症确是个困扰他长久的老问题。他几乎喊了起来,因为他想自己终于被人认出来了。"

"那是个甜美的故事,"司炉工说着用熊爪般的大手揉搓耳朵,"悉尼,能借用一下你的手巾吗?我的鼻子完全堵死了。"

"堵死你这张牌,"领航员边说边打出一张王牌压住司炉工的J,"不管怎么说,这小护士对他依恋有加,这家伙的归来让她破涕为笑。为了唤醒这家伙的记忆,她不断向他描述他们的婚姻以及以前他们之间的一切,让她的回忆塞满这家伙的脑袋。对于小护士来说,日子是在越过越好。可是,在快到他们结婚纪念日的一个晚上,两口子正坐在客厅的沙发上卿卿我我,突然响起了敲门声,小护士起身打开门,一下子呆住了,门外不是别人,正是她的丈夫,她那恢复了记忆的丈夫。"

"打住,打住,"甲板水手急切地说,"她的丈夫不是正坐在沙发上吗?"

"我可从来没说过这家伙就是她的丈夫,她只是认为那是她丈夫。原来,坐在沙发上和她一起生活了一年之久的家伙,和门外那人是长相一模一样的双胞胎。脑子里也长了个完全相同的囊肿。"

"嘿,真是瞎扯淡。"司炉工几乎吼了起来。

轮机长向后斜靠过去,把手放在一只阀门的手轮上,"我想我不能再打下去了。"

"喂,"领航员用喊叫来压倒对方,"我认识这个女人,她家在我姑妈家对面。不管怎样说,在一切解释清楚之后,从摇滚乐中心回来的小子觉得自己离开是最好的解决办法,于是那个在外流浪多时的双胞胎终于回到妻子身边,还恢复了炼铁厂的工作。但是你们说怪不怪,他的妻子却从此不再快乐!"

"怎么会这样?"轮机长问道,把下一局的牌发到每个人桌前,"她付出一份,却得到双倍回报。"

"是啊,的确如此,即使这两个家伙在各方面都是一模一样,但总会有某些东西是有差异的。我们不可能知道那是什么,总之,小护士怎么也忘怀不了另一个双胞胎。她的脑子里晃动的全是他的影子,她成天驾车穿梭在城里的每条街上,希望能找到他。"

"结果究竟怎样?"甲板水手扔下他的一墩牌,"她的丈夫已经回来了,不是吗?"

"噢,结果糟透了,"领航员继续他的故事,"一天,她驾车开过一条街,在路边的街心公园看见了从摇滚乐中心领回来的那个双胞胎,她赶紧下车,跑进公园又是大声喊叫,又是伤心抽泣。她伸出双手抱住他,激动地呼喊:'我终于找到你了,我终于找到你了。'令人匪夷所思的是她搞错了,这不是那第二个。"

"哎哟,"轮机长说,"难道三胞胎不成?"

"哪里,"领航员摇摇头,"比这更糟糕,那是她老公,他外出为炼铁厂运送东西,完事后他脱下工作服,跑到公园来偷个闲。当时,只要他对这婆娘的热情浇以冷水,立马能让她明白过来自己是谁,他就是举止文雅的那个健忘症患者,是她的丈夫。可是他没有这样做,他装出自己正是他那孪生的兄弟,并问,为什么她更喜欢自己而不是她丈夫,她捂住他的嘴,要他不要再问。在她心目中两人究竟有什么差异,我也听说过一些。不过,第二天早晨那家伙又离家出走了。如今五年过去,据说谁要是跑去路易斯维尔城东,还准能看到那女人,她开着一辆破旧的绿色托里诺,满街乱转,苦苦寻找双胞胎中的一个。她的眼神怪怪的,有点吓人,那种眼神很坚定,仿佛在告诉人们,不达目的她绝不罢休;但那眼神又很迷茫,好像在说连她自己也永远确定不了,她要找的是哪一个。"

雷恩尔从她的工作围兜里掏出一只山核桃,用拇指和食指捏着将它砸碎:"我听到的那个故事更悲惨,是关于一个断臂老人的,他住在一间毒蚊横行的斗室里。你们可不要不爱听,怪只怪那个鬼东西把这令人压抑的故事告诉了我,像这样的故事我还从未听过呢。"

甲板水手点燃了一支没有过滤嘴的纸烟。"好啊,甜心儿,为什么你不讲一个自己的故事,好让我们兴奋兴奋?"

雷恩尔抬头注视着一只安装在工字梁上的蒸汽仪表,它的外壳是黄铜做的。"我突然想到一个家伙,我并不认识他,他在一家铸铁厂工作。他的整个家族都在那里谋生,凡是发生什么事情都会传得沸沸扬扬,这很惹人心烦。就好比今天听说你伯父在酗酒,明天又听说你堂弟在乞讨,你是不是会很烦。这家伙开一辆灰色的道奇达特,装的是一个老掉牙的六斜缸引擎。坐那车简直如同去地狱兜风,慢吞吞地把人都要急疯。他的亲戚们都以此嘲笑他,说他是个吝啬鬼,穿的是塑料鞋,吃的是罐头肉,省钱是他的人生宗旨。"她翻开最后一张牌来确定王牌的花色,然后举起一张老K,"悉尼,你不会再赢了,你看,现在赌注总共三十美元了。"

轮机长放下他的牌,把一只手按在T恤衫上。"我数数。"

"不管怎样,这个男孩认为他是他们家族中精明能干的一个,他参加社交活动，看中一个标致的姑娘，是办公室打字的文员。他向对方求婚，还分期付款为她买了一枚特大的钻戒，这戒指可真不同凡响啊，让人瞠目结舌，足可吓倒一头大象呢。"雷恩尔用嘲讽的目光扫了一下围坐在桌子四周的六个男人，似乎在说他们当中没有一个人会买这样的戒指，"他打算在姑娘生日那天给她戴上，那天离他们的婚礼只有三个星期。同时，他在铸铁厂里逢人就拿出这钻戒来炫耀，目的想堵住别人的嘴，让他们对他刮目相看。"

"愚蠢至极，他们还能对他怎样，我想也只有哑口无言了。"甲板水手的口中吐出了这样一串话。

"可是你们绝对想不到，在他把戒指送给女朋友之前发生了什么，那姑娘的头撞在自家游泳池的檐口上，跌到池里淹死了。整个铸铁厂的人都去表示哀悼，就像悼念自己家人一样，这是小镇的惯例。她的丧礼很隆重，她穿着婚纱躺在即将下葬的棺木里，棺木周围放着来自四个郡的康乃馨。所有的人都哭了，殡仪馆的大厅里还播放了动人的音乐。我猜，这男孩一定是被这气氛感染了，就在人们要钉上棺盖的时候，他走了过去，把订婚钻戒戴到姑娘的手指上。"

"然后呢？"轮机长气喘吁吁地说，看也不看就打出一张牌。

"是的，他这样做了，他为他所做的骄傲了一两个月。后来他对一个牙医助理产生了爱意，以前那段小小的罗曼史就成为走了味的酒。他足足追求了那个助理六个月之久，他决定和她结婚。于是，他开始为购买那枚钻戒的月度还款发愁，他算下来，如果要再给他现在的未婚妻买一枚体面的戒指，那么婚后，他们得熬上四年半苦日子。"

"噢，没人得手。"领航员说，这时，又一局宣告结束，因为没有赢家，赌金又转入下一局。

"结果，他带了些工具，在午夜之后潜入天国橡树林墓园。他卸下那姑娘坟墓上的大理石抽板，移出棺材，打开盖。我不清楚他是怎样爬进去翻找他留在棺材里的东西的。我想，万一他没有找到戒指，然后像吹口哨一样轻松地把坟墓盖好，那他就晦气透了。可是，第二天他把戒指送给牙医助理，一切似乎都很顺利。不久之后他们结了婚，他们的爱巢就是铸铁厂那边的一个活动房屋。"雷恩尔又拿出一个山核桃在桌子的边沿敲裂，然后用手掌将它压碎。这动作使得焊工和加油工多少有些感到吃惊，他们会意地相视而笑。"但是令人败兴的事情终于发生了，牙医助理拿出戒指向人夸耀，仅片刻工夫它就被人认出来，他们告诉她这枚戒指的来历。这下可好，她大发雷霆，得了一场严重的经前综合征，她直截了当地对他说，她不会戴那个死女人的戒指，那会给她带来厄运，她愤怒地把戒指扔到他的脸上。他哄她说那戒指是和爱德华国王的雪茄等价的，为它欠下的债到二十一世纪都还不清呢。就这样他们前后争吵了一个月，使路上来来往往的邻居烦不胜烦，我的婶婶也在其中，他们叫来警察，这才让两口子闭嘴。最后，牙医助理对他说，她愿意戴上这枚戒指。"

"那好，这还算是个不错的结局。"甲板水手说。

雷恩尔把半个山核桃肉投入涂了口红的嘴里，发出窸窸窣窣的响声。"住嘴，我还没有讲完呢。牙医助理开始像那个铸铁厂文员一样，穿起牛仔衣和牛仔布料的超短裙来了。起初她老公还挺喜欢她的穿着，但是当她把头发的颜色染得和第一个姑娘一样时，他被吓呆了，她还说自己每个星期至少会梦见那个死了的姑娘两次，她醒来的时候，就看见对方现身在自己的穿衣镜里。后来，她连说话也和铸铁厂的那个文员相似，带着时髦的阿肯色鼻音。第一个姑娘是个乡村音乐迷，喜欢老曲子。真是不可思议，夜半时分，他妻子常常在睡梦中唱着歌把他吵醒，唱的全是'厄尔巴索'的十一行诗，马丁·罗卢宾斯的曲调。

"他认为所有的烦恼全都是起因于这枚戒指，于是他把老婆灌醉，当她呼呼大睡之际，他卸下她手上的戒指，跑去坟场，准备把它放回那堆白骨之中，当他打开棺盖的时候，警察出现在他面前，问他在这鬼地方干什么，他告诉他们他想把一只戒指放回棺材去，警察说：'是吗老兄。'结果，这家伙遭到起诉，被指控犯有六到八项对死者身体进行猥亵的罪行，然后亡女的家属又对他提出六到八项民事诉讼。真的，这事给整个郡带来极大的精神创伤，使它的名声大大受损。审案的地方法官是那姑娘的叔叔，他判这小子入狱六年，而牙医助理则和这可怜的傻瓜蛋离了婚。最令人奇怪的是，从此以后她的头发颜色和穿衣样式不再改变，一直和那个死了的姑娘一样，她还开始去听乔治·琼斯的音乐会。最后，我听说她辞去了牙医的工作，到铸铁厂操作计算机去了。"

"雷恩尔，我的甜心儿，我希望你别说下去了。"焊工西莫努克斯一直没有说话，直到牌局进入后半段他才开腔。他是一个瘦削的路易斯安那州法国人后裔，不像其他人那样嘴角上叼着根骆驼牌纸烟。他戴一顶印着圆点图案的焊工帽，帽顶高高地耸起，而帽檐转到脑后。他对一阵彻骨的寒意耸了耸肩，"这个故事简直让人毛骨悚然，我的后背上上下下都在发冷呢。"一根长条牛肉干在他法兰绒衬衫的口袋里隐隐约约地突起着，他抽出它，扯掉根部黏着的绒团，咬下一截在嘴里嚼，"但是，这狗屁金刚钻戒倒让我想起一个老兄来了，我认识他，他住在格兰德克拉波德南面，在铁角岛近海的六号采油船上工作。一天，钻探工正在奋力下沉一根探测管，而我的朋友，一个下三烂的工程师，正在引擎室的马桶上拉屎。突然，管子在五英尺深的地方遇到沼气的强大推力，像饮料吸管似的从洞里反弹起来，敲击在船坞的顶上，又飞入空中，管子在它的连接处一分为二断开了。噢，这时候，我那朋友，他正悠然地在膝盖上摊开一本杂志，一根六英尺长的钻探管像梭镖一样投在舱顶上，然后穿了进去，扎入柴油发动主机。差不多半秒钟之后，另一根钻探管向他两膝之间飞来，击穿了他膝盖上的杂志《月度玩伴》，插入钢质的甲板中。对，他可能听到钢管呼啸而下，但是他跑不了，因为他的裤子绕在他的脚踝上，被夹在他大腿中间的钻探管钉住了。他想这样岂不是要光着没擦干净的屁股去丢人现眼，幸好，一个家伙跑进引擎室，用折叠刀割开他的裤子，解了他的围，他们两人跌下船，落到水中。我的朋友在波涛中挣扎，游向一只装着矿物质的大木桶，抱着它四处漂浮，结果被一条凶狠的食人鱼撕掉了几处皮肉，但这是他仅有的损伤。"

"哎哟，这家伙。"甲板水手叠起他的大腿。

"什么？"雷恩尔扔下五美元赌注的时候，抬头仰视着。

焊工也扔下他该付的赌注，他翻动罐里的纸币，像是在掂量它们有多重。"对了，因为他的伤，他请了一个精明强干的律师和保险公司的蹩脚律师舌战了一番，结果获得了一笔数目不菲的一次性赔款。他的梦想实现了，我的朋友一直想买一辆花哨的贵族车。他拿到钱后做的第一件事就是前往拉斐特买了一辆价格六万五千美元的奔驰，对，是这样的，他马上试开他的新车，让车轮沾满了泥浆。他把车开到摩根城，他所有的狐朋狗友都聚集在那儿,他没有吹嘘多久,就使他们中的一半人大为折服,并且自叹不如。"西莫努克斯摇着他狭窄的脑门,"他在那里拼命地炫耀,对,是这样。"

轮机长摊开贴在肚子上的一叠牌,转动着眼睛说,"一辆新的奔驰?摩根城?狗……屎!"

"随你高兴,你再怎样说都无妨。一天,大约在凌晨两三点钟,我的朋友走到屋外,他像麝鼠一样哀号起来,你们猜他看到了什么?有人用铁锤的球形锤尖把他的车砸得遍体鳞伤,那是一把两号铁锤,凡是能留下坑痕的地方都留下了坑痕,仿佛它遭遇到一阵猛烈的台球风暴。第二天,他带着车子去让保险公司的职员查看。他们说车子的保险范围不包括人为破坏。他得自己花钱修理,要不就这样开它。

"但是,我的朋友为了买这车,一开始就花光了所有的钱,因此他无钱修理。当他飙车的时候,街上所有的人都朝他看,好像他是一个怪物,你们知道,他买这车就是为了出风头,为了引人注目。现在,虽然人们注意他,但是那是以另一种眼光来看他,好像在说,'你想必是个第一等的大傻瓜,所以车子才会被人搞成这副鬼样。'就这样,在路人纷纷转过颈脖对他的新车大加欣赏了一个星期之后,他带着醉意,跑到商店买了二十来罐黏结剂、胶带以及罐装喷漆。"

"不要说了。"甲板水手喊道。

"不,不。"轮机长看着他的牌说。

"结果怎样了?"雷恩尔问。

"对,是这样的,这个倒霉的傻蛋虽然醉得稀巴烂,但还是试图修复这辆时髦的欧式大轿车,他在车身上又是锉又是磨,足足

赌桌上的调味酒 | 379

折腾了一个星期，然后再罩上一美元一罐的喷漆。当他干完这活，这辆奔驰的外表变得像是被火烤过一样深深浅浅。他开着它在格兰德克拉波德兜风，人们注意它，议论它，对它好奇的人几乎翻了倍。晚上他把车停在他的活动房屋外面，人们纷纷开车过来，把车停下，为的是观赏这辆怪车。打给他的电话也开始接踵而来，说的无非都是'你看上去很喜欢你的车'，或者'你给你的车涂了什么糖衣'等等令他心烦的问题。我的朋友最终拿出保险单，来看投保的范围，他看到里面写着车子被盗可以获得赔偿。

"所以，他开始把车钥匙留在车内，把它停在一个废弃的储木场旁边，可是在格兰德克拉波德这地方，没有人会偷它。于是他又把车开到拉斐特，在汽车旅馆租了间房。对了，是的，他把车停在一个治安不佳的贫困小区，把钥匙扔在车里。"焊工用力摔下他手中的一墩牌，看着它们飞弹起来，"第二天晚上，他摇下车窗，车里插着钥匙，"焊工脱下头上那顶带圆点图案的焊工帽，用手指搔着他的黑发，"到了第三天夜里，他把车子堵在一幢颓屋的车道上，让发动机空转，还打开车灯。次日早晨，他发现车子被挪到二十英尺远的地方，发动机不转了，电瓶耗尽了，那车的模样可真丑陋不堪。"

"接下来怎样了呢？"领航员狠狠地打出一张王牌，那劲道能拍死一只虫子。

"我的朋友，他打电话要我去，你们知道，他说他想要一辆标准排挡的二手卡车，还想让他的银行账户里有点钱。他的妻子已经离他而去，他的母亲抱怨他不去探望，他只好坐了出租车前往。如今，他无所事事，不是喝酒就是待在屋里发呆。我不知道该和他说些什么，他说他还要仔细推敲他的保险条款。"

"平分底池①,"甲板水手喊道,"我不能错失这次机会,哎哟,真是好悬,我觉得我下面两个蛋像是挂在一根引擎的风扇皮带上呢。"

"闭上你的臭嘴!快发牌。"雷恩尔说着把一叠松散的纸牌推向甲板水手,"那个开奔驰的家伙最后怎样了?"

焊工戴上帽子,提了提帽顶。"对了,他的保险索赔包括所有的意外事故。于是,他把车停到屋后一棵粗壮的长叶松旁边,他把树干底部的根系全部割断。他拿着锯子干这勾当的那天,刚好是个大风猛刮的日子,一阵狂风吹来,就把松树给掀倒了,但是可惜啊,树是背着车倒下去的,那不是他想要的结果。"

"那么它砸到了什么没有?"

"把他的活动房屋压得像个扁平的蟑螂,对,是这样的,他的乙烷炉爆炸了,这时候,格兰德克拉波德的消防车忙得到处打转,但是他们所能做到就是劈掉衣架和其他易燃物。因为他的老婆很久没有为他们双开间的活动房屋支付保险费,所以现在他只能将自己安顿在那辆奔驰里,带上一个露营用的炉子和一张野餐桌。"

"你不是在瞎扯吧?他住在车里?"

焊工郁闷地点点头。"多可怜的家伙,除了喝酒什么事也不做,终于把所剩无几的钱都花光。去年深秋的一个夜晚,一股寒流突然袭来,这你们总该记得吧?它把整个格兰德克拉波德给冻僵了,你甚至可以听到田里的甘蔗冻得像爆竹一样劈劈啪啪地爆裂开来。我的朋友被人发现冻死在车里,他僵坐在驾驶盘后面。救护人员说,他眼睛是睁开的,凝视着汽车发动机的罩壳,好像是在启动车子。"

---

① 得州扑克常用术语。

焊工慢慢移动着他下翻的手掌，仿佛它就是那辆向地平线驰去的大轿车。所有人的目光都跟着它移动，足足持续了好一会儿。

"换一副新牌，"轮机长喊道，扔出他的最后一张王牌，眼睁睁地看着它被一张J吃掉，"尼克，你这个小拉丁佬，把那副蓝色的新牌给我。"加油工，这个来自新奥尔良西岸、性格沉静、皮肤呈橄榄色的男孩把一盒新的扑克牌推了过去。"新的纸牌，新的好运，"轮机长对他说，"你知道，以前我常常和一个肥胖的老姑娘约会，她住在比洛克西南部的一间加宽的活动屋里。我的老天爷，她可真是个贪吃的女人，当我要她节食的时候，她问我为什么，我告诉她，我担心她的脚脖子直径快要超过十三英寸了，想必是这话引起她的重视，她开始进行减肥食疗，还做一些室内的运动项目，弄得她那间活动房屋的地板和横梁吱吱呀呀地响。我听说她真的变苗条了，她有一张漂亮的脸蛋，这我承认。她开始去酒吧买醉，没多久她就在那里认识了一个奶牛养殖户，此人向她求婚，她答应了。"

"是一个牧场主那样的奶牛养殖户？"雷恩尔问，她用舌头顶她的脸颊，像是含了颗硬糖。

"我说什么来着，在比洛克西，谁会关心一个该死的牧场？这个老姑娘养成了吃牛排的嗜好，这也难怪，谁叫她老公是一个奶牛养殖户，他们有的是牛呢。她特爱吃丁字牛排，渐渐胖得像是一头注射过激素的母猪。一年以后，她身上减肥时甩掉的赘肉又源源不断地回来，并且有增无减。我听说在她老公宣布要和她离婚之前，她吃掉了农场里的一半奶牛，她对她丈夫说她该得到他的半个农场。她丈夫爽快地回答，好，就这么办。如果有谁想通过她来卷走她丈夫的一半财产，那是个不错的主意。她和一个油头滑脑个子矮小的律师勾搭上了,那律师是韦夫兰人,他果真得到了她丈夫的一半财富。法院判决以后,他带着这老姑娘出去吃晚餐,庆贺他们的胜利。后来事情又发生了演变,在她的公寓里,两人因为动手动脚的调情而兴奋起来,我敢打赌,他们肯定是一起从床上滚了下来,而且她压在上面。律师断了三根肋骨,伤掉了一只膝盖。经过一年治疗后,他控告她获得成功,顺利地得到她的半个农场。"

甲板水手甩回他的头,哈哈笑了起来。"双重勒索,如果曾经存在过的话,那就是这个了。"

"喂,故事还没有结束呢,小个子律师打电话给那农场主说,'我们即将成为邻居,难道你不想向我赐教,哪个地方适合盖座房子?'他们开始交往,而且甚为投合,就像是一对多年的酒伴。两个月以后,他们决定联手经营他们的生意,他们一起把奶牛的数量翻了一倍,特别是自从他们消灭了那些凶猛的食肉野兽以后,牧场更见兴旺。"

雷恩尔的两条眉毛向着眉心紧缩,就像是暴雨前的一片小小的积雨云。"嗯?"

"嗯什么?"轮机长搔着他的一个腋窝。

"那个倒霉的女人怎样了?"

所有的男人都不安地相互环视。他们都知道雷恩尔曾经用一只做玉米粉面包的平底锅将"圣洁纳维芙号"上的一个锅炉修理工打成终身残废。

"我听说她再次节食减肥,把体重又减回到一百二十磅。"

"对女人来说,那是可怕的事情。"锅炉工说着,伸出三只手指要去抽牌,"和她们结婚就像把棉花包上的钢带剪断,首先,你得有思想准备,你会得到一个把房间占得满满的胖女人。"

雷恩尔瞪着眼睛。"去你的,看我不拿盐倒在你身上,让你融化才怪。"

轮机长发出一声叹息:"好了,尼克,你这小子是唯一没讲过故事的人,快让我们听一些你的胡诌,精彩一点。"

稚嫩的加油工连忙低下头。"我真的什么也不知道。"

"什么,"雷恩尔说,"没有一点奇谈怪闻,那还算个男人?西莫努克斯,检查一下他两个蛋,看看他究竟是男是女。"

加油工涨红了脸,对自己手中的牌皱着眉头。"对了,那个奶牛的故事倒使我想起一些事情,那是某一天我在艾伦港玩扑克机时听人说的。"他说,头上一束长长的黑发挂下来,碰到了他的眼睛,"那是一个名叫冈萨雷斯的墨西哥佬,他在马塔莫罗斯工作,和奶牛打交道。"

"又是一个奶牛养殖户。"甲板水手嘟囔着。

"住口,"雷恩尔说,"这是他的姓?还是他的名?"

"对,两者都是。"

"什么?"雷恩尔向他扔过去一张牌。

"噢,雷恩尔女士,你知道这些墨西哥人是怎样取名字的。这个家伙名字是冈萨雷斯·冈萨雷斯,中间带着一串名字。"加油工说的时候,雷恩尔竖起耳朵听,加油工的新奥尔良口音让她有时候听不准确,那口音在她听来和布朗克斯的土音很相似。"他是一个聪明伶俐的农民,获得了得克萨斯州的合法身份,工作了几年,他和他的妻子都成了公民。'

"他老婆的名字叫什么?"领航员问,"可是叫玛丽亚·玛丽亚?"

"喂,你到底是想听还是不要听?"加油工将头发从眼睛上推开,"他待的地方畜牧业正在萎缩,所以他想找一个有机会的地方去发展和定居。于是他来到得克萨斯州的冈萨雷斯,但是那里不好找工作,他拿出地图,在路易斯安那州的冈萨雷斯上涂了个圈。"

"就是那个粗俗的地方?到处是跳吉特巴舞的下流酒吧?"

"是的,那里有很多黑人,很多油田钻井工人,但他们不是墨西哥人。可以肯定,早在一百年前,冈萨雷斯家族就移居到了此地,现今他们多半还说法语,喝带秋葵荚的肉菜浓汤。冈萨雷斯·冈萨雷斯找到了一个职位,为名叫冈萨雷斯的两兄弟打工,他们虽然都是律师,但另外还经营了一个马场。他被安顿住在冈萨雷斯街上的一间公寓里,在火车站再过去些。"加油工注视着刚刚捏到手里的一叠牌,慢慢将它们以扇形展开。"你们知道那里航空公路上的警察有多无法无天?这个冈萨雷斯心情郁闷,所以他的车成了一节破旧的吸烟车厢,终于,一天他在去巴吞鲁日的路上被警察逮住。警察站在他的窗外说:'让我看一下你的驾照。'冈萨雷斯说,他的驾照放在家中的衣柜里,忘了带出来。警察抽出罚单本子说:'你姓什么?'他回答:'冈萨雷斯。'警察又问:'你的名字叫什么?'他告诉警察。这个警察斜靠在车窗上,用鼻子吸着气。'好,冈萨雷斯·冈萨雷斯,'警察说,他看上去真的上了肝火,'你住哪里?''冈萨雷斯。'他回答。'好了,鬼东西,下车!'而他却让自己紧紧地靠在车门上。'你的雇主是谁?'警察问。冈萨雷斯看着他的眼睛说:'冈萨雷斯和冈萨雷斯。'警察把他扭转过来,他的头砰地撞在车顶上,警察说:'对了,我知道你可能会说你住在冈萨雷斯街,嘿,你这个狗娘养的混蛋。''是一二二六号,E公寓。'冈萨雷斯说。"

甲板水手用他的一手牌遮着他的眼睛。"这真是个不幸的臭

赌桌上的调味酒 | 385

小子。"

"是的，他挨了揍，坐了牢，直到冈萨雷斯两兄弟跑来把他领回去。大约一个月后，警察又抓了他，他可是吃足了苦头，当他在银行申请一笔小额贷款时，他们把他轰到街上，当他试图获得一张信用卡时，信用卡公司打电话给联邦调查局探员，让他们来调查他这个诈骗犯，没有人会对他的支票兑付现金，第一年他填了州税和联邦税，三辆政府部门的车停在他的车道上足足一个星期，没有人相信他是冈萨雷斯。"

"他肯定像阉了似的一蹶不振。"焊工一边说一边抽了四张牌。

"我不这样认为，老兄，他知道他是谁，冈萨雷斯·冈萨雷斯知道他是在美国，在美国你可以做你自己能做的事，不像在墨西哥。所以，当交通警给他制造麻烦的时候，他就把车卖掉，改踏自行车，当银行不让他使用支票时，他就用现金，当税务员拒绝他的存在时，他就停止付税。老兄，他努力工作，节省每一分钱。一天，那是个真正的大热天，他步行去冈萨雷斯，因为他自行车的一只轮胎漏气了。他到了鼠巢酒吧，要了瓶根汁汽水，酒客中不少是来自得克萨斯州西部的酒鬼，在家乡节衣缩食，为的是来这里找酒吧女招待取乐。一个家伙走到冈萨雷斯跟前，问能否请他喝点酒，冈萨雷斯应诺以后，酒保拿来了一瓶威士忌和一瓶根汁汽水。那牛仔肚里灌满了酒和毒丸，他的眼睛红得简直可以点燃一盏喷灯。他用手臂挽着冈萨雷斯，问他叫什么名字。你们知道，当他听到他的名字时，脸孔顿时板了起来，就像是受到嘲笑或侮辱什么的。他又问了冈萨雷斯两个问题，然后开始凶巴巴地咒骂起来。他从身上那件用下等牛仔布制成的夹克里掏出一把科尔特手枪，把它塞进冈萨雷斯的嘴里。'你开我玩笑，老兄，'那牛仔对他说,'你告诉我你是来自冈萨雷斯的冈萨雷斯·冈萨雷斯,你住在冈萨雷斯街,你为冈萨雷斯和冈萨雷斯打工,对吗?'那墨西哥佬眼盯着枪,我不知道这时他脑子里在想些什么,但是他点着头,牛仔抽回了他的家伙。"

"该死。"焊工说。

"我不想再听了。"雷恩尔将一叠牌拍在耳朵上。

"嘿,"加油工说,"让我告诉你们吧,他知道自己是谁,他指着收款机旁边的电话簿,片刻之间,酒保翻开它并把它递给那个牛仔。果然,按照美国的方式,冈萨雷斯的名字被列入在电话簿里,还列有街名和其他所有的信息。那牛仔从他嘴里把枪抽回,哭了起来,就像一只古怪的蜗牛。他对冈萨雷斯道歉,还把手枪交给冈萨雷斯,他说他的女朋友离开了他,他的狗也死了。冈萨雷斯觉得也许事情另有蹊跷,他跑到街上召来了警察,两个月后,他获得了六千美元,这是告发那罪犯的奖金。警方最后查明,那家伙在拉雷多杀死了他女友,还杀死了他的狗。因为那把科尔特手枪,他另外还得到五百美元的奖励。他搬到巴吞鲁日,在那里他开创了二手车的邮购业务,生意做得火红,现在发展成商品特许经销处。"

司炉工咬着他的手指说:"是 G. 萨雷斯旧别克车行?"

"正是,老兄。"加油工说。

"就是广告中那个面带微笑的富翁?"

"正如我说的,"加油工扫视着所有在座的人说,"他知道他是谁。"

"马利亚和约瑟啊,每个人的运气都在这一回合里了,"领航员喊道,"黑桃是王牌。"

"也该做个了断了。"焊工说着在一堆红方块上放上了一张黑桃八,他赢了第一墩牌。

"别得意,你这头皮包骨头的瘦驴。"雷恩尔说,她出的最后一张牌是黑桃十,她揽下了第二墩牌。

"难道我会得到这笔庞大的巨款?"轮机长喊道,"那堆钱一定不会少于六百五十美元。"他扔下一张黑桃九,赢了第三墩牌。

"来了,这墩非我莫属。"雷恩尔把手上的牌举得高高的,抽出一张,砰地打了出来,是一张 J,她赢了这第四墩牌。她已经赢了两墩,就差最后一墩。最后一墩她先打出一张黑桃 K,然后紧张地盯着别人出牌。

领航员将他的手合在一起祈祷着。"求求老天,有人手里有一张 A。"他打出了自己的牌,定下神来关注其他人出的最后一张牌,可是没有谁的牌比雷恩尔的老 K 更大。这时雷恩尔跳了起来,就像一条被钓起来的马林鱼,差点都要把桌子给掀翻了。她叫喊着,在引擎室掺和着蒙蒙蒸汽的空气里挥动着她圆滚滚的双臂。"有生以来,我还从未赢得过这么多钱。"她兴奋地喊着,把桌上堆到齐腰的纸币和硬币扒了过来。

"你会用这些钱做什么?"加油工问道,他不敢相信眼前的事情,转动着头上的帽子。

她开始把钱塞进系在她工作服外面的围裙的口袋里,只塞了一半就满了。

"我要去买一件嵌银的衣服,再买去拉斯维加斯的来回廉价机票,在那里,我能够玩一些高级的赌博,不再像现在,和你们这些老男人,和你们这些懦夫玩这类一便士的小儿科游戏。"

五个男人起身去减轻他们膀胱的压力,或者去吸烟,或者去找一些什么喝的东西。领航员也站起来，然后斜靠着一根支撑保温管道的立柱。"真见鬼，我们所有的人都想去拉斯维加斯，你会不会带着我们中的某个人一起去？那可是赌徒的圣地啊！"

"老兄，我是要去和那些绅士们赌一把的，不是农场主，也不是奶牛养殖户。"她折起一叠纸币放进臀部的口袋。

尼克，这个年轻的加油工用手搔着脑袋，向后仰着头，闭上他的眼睛。他想知道，在拉斯维加斯这样一个浮华的地方，雷恩尔会做些什么。他想象她穿了件西尔斯的长礼服进入赌场，周围挤满了穿短裤和运动鞋的游客。她大概喝得太多，也吃得太多，看上去她的长礼服里面像是塞满了鼓鼓的现金。当她把所有的钱输光以后，她和一个二十一点牌戏的发牌员争吵起来。然后她被赶到街上，她卖掉自己的机票以后，又回去打老虎机，直到输得身上分文不名。她出了赌场，走到霓虹灯遍布的大街上，她的银色小包被一根长长的缠结不清的背带拖着，挂在她的肩上。她脚上那双银白色的鞋有一只后跟掉了。最后他看见她在滚滚的热浪中步行穿越沙漠，前方出现的是隐隐约约的山脉，后面传来的是车辆在纵横交错的乡村道路上发出的隆响。等到她完全清醒过来，她才想到拦车搭乘。终于，她搭上了一辆载着"耶和华见证人"信徒的小型轿车，他们是去巴吞鲁日参加一个集会的。这辆车没有空调，始终保持中挡车速。每开三十英里，车子就会过热，他们便下车，站立在仙人掌中间祈祷。雷恩尔诅咒他们，而他们则为这个皮肤晒得通红，穿着金属衣服的大个子女人祈祷，祈祷她坚强一点。沙漠在她前面伸展，仿佛通往世界的尽头，那是一个炎热而遍地岩石的地方，像梦和海市蜃楼一样虚空，她可能不会活着从那里走出来。

保险柜之谜

当保险柜运进来的时候，阿尔瓦的头斜靠在他的办公桌上。他听到废品堆场的厢型卡车经过大门时的摩擦声，所以他站起来，走到办公室门外，挥手给开车人一个信号，让他加速，这样他能够让车子经过泥浆、蓄电池酸液、氧化的绝缘物、石棉和润滑油，来到磅秤上面。轮胎像玩具风车似的在橄榄色的斜坡上旋转。卡车摇摇摆摆地开到磅秤上，装得满满的，发出咝咝的声音。阿尔瓦记下重量，吊车操作员将电磁铁悬到卡车车斗上方，把铸铁碎块吸上去，然后释放，使之堆在露天堆栈破损不堪的栅栏旁边。阿尔瓦检查一份发货单，发现这是来自拆毁的缝纫机厂的又一车废物，好几吨锈黏在一起的踏板、奇特的飞轮、花哨的机架。磁铁吊车在二十分钟里结束了工作，阿尔瓦，这个堆场的业主，本该回去打个瞌睡，但是他注意到卡车的车斗还被压得低低的。他看到吊车操作员断开电磁铁，系了一只钩子在缆绳的端头。焊接工利特尔·迪基，爬进卡车的厢型车斗，把缆绳系到一件东西上。在他打出信号后，缆绳被猛地拉紧，整辆卡车在弹簧的作用下抬起来，一只年代久远的办公室保险柜，至少有八英尺高、六英尺宽，摇摇晃晃地进入被煤烟污染的空中。

大而不规则的砖结构缝纫机厂已经停业六十年了，即使四十年代后期，它的大部分建筑被一个轮胎厂买断之后，它留存下来的大量零件和组件依然堆在那里锈蚀。新厂的管理部门把所有遗留下来的设备堆入猫头鹰出没的铸造车间，然后经营自己的生意，直到1970年代他们的轮胎生意无以为继。一个木工厂接管了这家破败的工厂，但很快就告破产，于是转手给一家仓储商行，当房顶崩塌，烟囱横倒在储物场上，只剩鸽子和老鼠惊恐地四处逃窜时，他们便逐渐腾空摇摇欲坠的厂房。最后，一个鸡肉加工厂买下这个地方，业者们决定尽快拆除厂房，把所有的残留金属都卖给阿尔瓦。在两个星期里，一座座由缝纫机零部件和它们的制造机械堆积而成的小山被源源不断地运来，这一车中的保险柜，是运来的最后一件废品。

在这个废品堆场里，废弃的保险柜一年会出现几次，但是这一个，比大多数其他的都更为老旧，也更大，是一个企业悠久历史的象征。他很欣赏保险柜那些拱形的粗腿，上面有生锈的铸铁百合花，还注意到其中一个精致的设计，沿着双开门边缘浇铸了一道凸起的绳框。他是一个懂得欣赏事物精巧细节的人，即使是对那些他每天运往冶炼厂的东西。吊车司机在驾驶舱里扳动一根杠杆，保险柜开始下降，慢慢朝后倒下，压在一只钱伯斯炉灶上。当利特尔·迪基从卡车的厢型车斗爬出来时，阿尔瓦走过去，吊车的引擎停止了转动，他们站在那里，听着磁漆在压力的冲击下从炉壳上崩剥的声音。

阿尔瓦爬到保险柜上面，试着转动刻度盘，它带有凹痕，是绿色的，转动时犹如在沙粒上研磨。这个保险柜看上去像是挖掘出来的，上面黏着潮湿的锈色黏土。阿尔瓦对着卡车司机叫喊，"这东西打不开，是谁叫你运过来的？"

司机是个只有右眼的独眼龙，所以他神情紧张地在卡车的窗口转过头来。"建筑队的领班亲自动手搬的。"

阿尔瓦退回到地面，把他的靴尖在泥里轻轻戳了几下。"见鬼，这东西可能装满了钻石。"

司机摇摇头。"它面朝下，倒在一堆别的垃圾当中。领班说那里的每一块铁都被你买下，当然包括这鬼东西。"

"好吧，我还是打电话给他。"

"它留在原处，在缝纫机厂里，"司机喊着，"里面能有什么？"

阿尔瓦不小心咬到了他口腔的内壁。"那个领班不想知道？"

"他有三十辆水泥车排着队，准备在保险柜周围卸货。我一装完货，他就催我快走。"

"好吧，那么，去变速器商店吧。"卡车滑动着离开，朝珀杜街开去，阿尔瓦转过身对着灶头，"把它打开。"

利特尔·迪基从附近一辆手推气罐车上拿下一把切割金属的火焰喷枪，然后停下来看了看保险柜。"我觉得没那么简单。"

"有什么不对吗？"

"记不记得拉里·布儒瓦？"

"哦。"在阿尔瓦的父亲经营旧货堆场时，拉里是这里的一个员工。一天运来了一个铆接的保险柜，当拉里用喷枪把它割开时，它爆炸了，拉里和柜门被掀到两条街之外。那保险柜属于一个建筑公司所有，里面放了一盒炸药。"你不想知道里面是什么？"阿尔瓦说。

利特尔·迪基把喷枪上的杠杆压下，让它吐出一股嘲弄人似的氧气。"我只想知道今天晚上电视放什么节目。我只想知道桑德拉会做什么晚餐慰劳我。"

阿尔瓦走回他的办公室，推开表面锈成鳞状的钢门，这是一个煤渣砖砌成的立方体。沿着房间的内壁，排列着也许可以运行的汽车发动机、拖拉机变速箱、锅炉阀门、链锯、千斤顶，还有一台双磁盘电脑。虽然阿尔瓦赚了大把的钱，但是他并不怎么以他的生意为傲。刚开始他为他父亲兼职工作，打算中学毕业后离开，住到新奥尔良去——也许去学习制图或者绘画课程，因为他喜爱画东西——但是不知什么原因，他的工作时间变长了，然后他的父亲死了，留下这份除他之外没人懂得经营的生意。他透过灰蒙蒙的窗子，看着外面废品堆场上那个与众不同的世界，这是一个创造性的进程被逆转回流的地方，这里，每一件东西的焦褐色内部，溢流出来的都是他的财富。

他的目光落在保险柜上。他想到他的废品堆场员工是多么没有好奇心，没有想象力，世上有太多的人，只是满足于一窥事物表面而不去关心它们内部是什么。在这天下午余下的时间里，他统计磅秤单，计算他该付的小额工资，但其间他又禁不住对保险柜里的东西充满幻想，他希望知道，在它的一生中有多少次被人打开和关上。他闭上眼睛，想象着里面，这是一个见证，见证了一个雇员神采奕奕的脸，每天会打开门来检查里面的专利图纸、工资单，以及装饰机器黑色喷漆面的珍奇金箔。

这天夜里，他和妻子唐娜以及他们的两个女儿——勒妮和卡丽——一起用晚餐。他告诉她们有关保险柜的事，勒妮是个忧郁的八岁女孩，有一个狭窄的脑门和一双湿漉漉的眼睛，她停下了她的晚餐，过了一会儿说道："也许里面是个鬼魂！"

阿尔瓦皱了皱眉，但倒是为她的思维方式感到高兴。"鬼难道不能穿过金属跑出来？"

勒妮把叉子刺向土豆色拉。"在学校里，修女芬巴告诉我们，我们的灵魂是不会从我们身体中出来的。"

她的姐姐狠狠地盯了她一眼。"哎呀，住嘴。"卡丽十一岁，已经长得很漂亮，比他们更机敏。阿尔瓦担心她长大后会不把他们放在眼里，视他们为无用的碎壳。"鬼不是灵魂。"

阿尔瓦避开她的眼睛。"你怎么知道的？"

卡丽让气鼓鼓的声音冲上她的上腭："灵魂如果不在你身体里，就是在天堂或地狱里。肯定不会藏在路易斯安那州一个垃圾堆场的锈保险柜里。"

"那么鬼是什么？"阿尔瓦问。

勒妮举起双手，掌心托着苍白的脸颊，一边开始左右摇摆，一边用打颤的声音说："它是像烟雾一样的东西，飘来飘去，还会说话。"

"你疯啦，"她的姐姐对她说，"鬼是编造出来的东西，就像喜剧和电影。"两个女孩开始以越来越激烈的怨言口角起来，直到她们的母亲出来阻止。

唐娜一只手放在她丈夫的手臂上。"你准备什么时候打开那个东西？说不定里面是些钱呢？"

自从阿尔瓦对她明亮的棕色眼睛有印象以来，他第一次注意到它们在她的沙色刘海下面闪烁。"也许里面什么也没有，只是一些缝纫机的图纸和类似的材料。"

"或者是最后一次的工资。"

"不要指望这个。"多年以来，他就注意到，他妻子对他的兴趣取决于他带回家多少钱。三年前，当在紫铜上获得高额利润的时候，她是他最好的朋友，去年，她的热度冷了一点。"但是，也许会有一些有趣的东西。"

她喝了一口冰茶，然后砰的一声把杯子放下。"能有什么比钱更有趣？"

他瞥了她一眼，想知道最终她是否会认清她自己。"不知道。也许我会找到它。"他的视线投向光线暗下来的后院，他的黄狗在那里，心满意足地坐着，用一只前爪稳稳地压在一只大蟾蜍的背上。它是一条较老的狗，特征不明显，看上去像是一条金毛猎犬，其实只是一条黄狗而已，这就是地球上每一个物种经过几百年混合的结果。这动物是阿尔瓦在联邦政府工作的兄弟送给他的礼物。克劳德受过寻找尸体的训练，但它从来没有出色地执行过任务，所以它又被训练在机场搜寻毒品，这项工作它做得非常出色。如果它发现大麻，会试图一口把它吞了。

第二天早晨，废品堆场的一班人马忙着砸碎旧的洗衣机和烘干机，它们是从镇边上一家遭受火灾的自助洗衣房里运来的。斯奈德·普罗布莱姆，一个前传道士，他的职责是站在一个铁砧旁边，把青铜和黄铜从废铁中砸出来，当阿尔瓦走过的时候，他正挥动一柄大槌，把一些变阻器砸开。斯奈德已是一位老者，但是他的手臂还是滚圆滚圆，而且强劲有力。他的蓝色工作衬衫的袖子被齐肩剪掉，每当铁锤落到铁砧上的时候，他臂上的二头肌就会抖动。这是一个大热天，豆大的汗珠从他光秃的头上滚落下来。这让阿尔瓦很难想象出那幕情景：在斯奈德的教堂烧毁之前，他身穿耀眼的西装对着会众演讲。"密封焊缝。"斯奈德用他布道士的响亮声音宣告。

阿尔瓦停下步子，转过头来看。"什么？"

"我和利特尔·迪基检查了保险柜，焊接的每一条门缝和接缝都是很细的密封焊缝。看上去采用的好像是氦弧焊技术，所以，这也确定了它的年代。"

"那又怎样？"阿尔瓦走过去，看见门上的污泥已干，有人用扫帚把它扫掉了。

"在四十年代初期，还没有氦弧焊技术。"斯奈德拿起一只黄铜龙头，他的铁锤落下，火星飞起，龙头的铁柄碎着脱落下来，"大概是缝纫机厂停止了他们的生意之后，有人把它焊死的。那个旧的大家伙被密封得像个沙丁鱼罐头。"

"你觉得这是为什么呢？"

斯奈德慢慢晃动他的脑袋，看着阿尔瓦的眼睛。"这是个谜，我不知道你是不是想要解开。"他的目光投向保险柜的方向，"有些人会开动一台挖土机，把这东西埋掉。"

"这是个保险柜，不是棺材。"

斯奈德从地上捡起一个黄铜的门把手，把里面的铁轴摇出来。"我也希望它是一个保险柜。"他说。

阿尔瓦退后一步。"你让你的想象野马脱缰了！"

"我觉得那就是想象的目的，它不是野马脱缰，恰恰是一种预见。"

他的老板久久地注视着他。"我不知道你是这样想的。"

斯奈德对着保险柜挥动着锤子。"你必须利用你的想象力。就像以前没有人有过的想法，你能用它来制作东西。"

在凌乱的办公室里，利特尔·迪基用一只手臂搂着冷饮器的水壶，另一只空着的手拿着一只锥形纸杯。阿尔瓦指着他。"氦弧焊缝，哈！你真想要把铰链烧掉？"

利特尔·迪基摇摇头，他的青铜色长头发闪闪发光，就像是女学生的。作为一个焊接工，他确实是给予他的头发非同寻常的呵护。在使用切割枪工作时，他总把它们扎成一个马尾辫。"割掉铰链对打开这种类型的门没有帮助。用大铁杆从门里戳出来，穿过门框。它平躺在地上,所以用钻的办法容易做到,然后对着洞口吸气,看看里面是不是有炸药。炸药会有一种非常明显的气味。"

阿尔瓦打开一只生锈文件柜的底层抽屉,抽出一个八分之五英寸的钨钢钻头。"那么,拿去,去钻它一个洞。"

他们站在门上,轮流使用一只巨大的电钻操作,它转动的时候冒出烟雾,迸发出火花。终于,斯奈德和利特尔·迪基奋力在保险柜上钻出了两个洞,一扇门上一个。四分之一英寸厚的铁板覆盖着厚厚一层水泥,底下又是一层钢板。迪基的鼻窦因钻出的粉尘刺激而剧烈疼痛,流着鼻涕,一点也闻不出什么东西,所以斯奈德趴下四肢,把他的大红鼻子贴到洞上。阿尔瓦走到他后面看着。

当利特尔·迪基把大电钻的破电线盘绕起来的时候,咳了一声。阿尔瓦想起来,他曾是电线厂的一个领班,但是因为没有足够的数学知识而被解雇,尽管他和废品堆场签的是临时雇用合同,他在工资单的名录上已有三年了。阿尔瓦透过一辆79型沃拉雷的车窗,目睹迪基在顺利切割,他想到他的垃圾堆场员工,都是因为这样或那样的原因把先前的工作丢掉的。吊车操纵者曾经是个受过培训的机修工,甚至那个老独眼卡车司机,也曾经赚过很多钱,那时他还有自己的捕虾船。阿尔瓦总是保持原地踏步,他的财富既不增加也不减少。他想到自己已经四十五岁了,他羡慕他的工人,因为在他们的一生中,至少还做过一些其他事情。他看着那破破烂烂、锈蚀不堪的链环式栅栏,它们圈围着堆场的西边一角,那里的一座黑莓山上隐藏着一堆没有压扁的汽车车体和冰箱门,有朝一日他可能会把这地方清理得井井有条,这个想法掠过他的大脑,并在继续发酵。

斯奈德·普罗布莱姆站起来,用一块红色的布料擤了擤鼻子。

"我闻到的，就是百年老保险柜该有的气味。而炸药有一种香味，也许还会混有一些消毒酒精的气味。"他看了利特尔·迪基一眼。

"我不知道，"利特尔·迪基说，"我想，如果你愿意的话，我可以先磨掉那些细小的密封焊缝。"

阿尔瓦看了看手表。"午餐时间到了。下午一点，等我回来后我们再接着干。"

他的住宅就在街那头，为了表示有所改变，唐娜做好了热的午餐等他。她从炉灶边走过去，站在桌子旁边。"那个老保险柜怎么啦？你把它打开了吗？我们发财了？"

他咽下食物，目光从她身边掠过，投向院子，只见克劳德在栽有文竹的花坛上拱起金黄色的身子。"如果里面什么也没有，你会又给我吃冷三明治？"

她眼都不眨一下。"完全可能，古代狩猎人的规则就是这样。你带回家的若是一头公牛，我们就吃公牛。你带回家的若只是一只小松鼠，那这里就只有小菜一碟。"

由于某种原因，这个比喻把他给逗乐了。"这倒是一碗不错的炖汤。"

"谢谢，"她在他对面坐下，开始用餐，"你怀疑我不把你放在心上？"

"不，"他扯谎，又吃了一口，"但是你知道，我是个拾破烂的人。"

"你是阿尔瓦，"她用叉子指着他，"决定你是不是拾破烂人的人正是你自己。"

他想了想这句话可能是什么意思。"你是说我可以做别的事情?"

她开始用一块白面包擦自己的盘子。"只有你能决定你想做什么。"

"垃圾生意是可以接受的,我想,虽然有时候我觉得它好像不适合我。"

她注视着窗外,说道:"这点我倒是不太担心。像克劳德那样,去打个盹吧。"

当阿尔瓦吃完午餐,他站起来。"它的带子在哪里?"

"挂在门后的衣钩上。怎么啦?"

"我要带它去垃圾堆场。"

"究竟是为什么?"唐娜放下她的叉,脸上带着惊恐,"你要让它去瞎忙乎!"

"现在,我只是想借它的鼻子一用。"

当阿尔瓦牵着克劳德走进垃圾场大门的时候,斯奈德和利特尔·迪基已经回来工作了,克劳德喘着气,一串串唾液从它粉红色的长舌头上滴到了泥土里。

"你好,伙计。"斯奈德伸出一只又脏又黑的手。克劳德把鼻子探到他的掌心,对在那里闻到的油漆、硅、锌、氧化铜、水垢和石墨的气味有点惊愕。

"我想让它闻一下保险柜,"阿尔瓦说,"看看它会有什么反应。"

利特尔·迪基怀疑地看着这条狗。克劳德坐下,收回了它的凝视目光。"这条狗受过识别死尸和毒品的训练?"

"算是受过一点吧。"

保险柜之谜 | 399

利特尔·迪基伸出手臂,横扫了一下以示欢迎。"好嘞,请便。"

阿尔瓦把狗牵到保险柜那边,抓着它的颈圈把它的鼻子按在门上。起初克劳德似乎不感兴趣,但是后来它把一只鼻孔放在钻出的孔上,短促地嗅了几下,好像是在往脑袋里泵满空气。它用鼻子大声地吸气,把鼻子里的气味都冲掉,然后再闻,两只前爪搭在洞孔的两边。它退后一点,向一旁抬起头,耳朵摇晃着向上,然后对着灰色的天空仰起了鼻子,吼出一声悲哀的长啸,这声音越过篱笆,在整个街区飘荡不散。

利特尔·迪克退后一步,一脚踏进一个黑色的水坑,那是一台冰箱压缩机漏出的积水。"见鬼,这叫声简直可以把门廊的油漆都给剥下来。"克劳德再次吼叫,开始在保险柜的门上乱抓,从一个孔里吸气,然后又转到另一个。阿尔文还从没有见到过这条狗有近乎亢奋的表现,在过去几年里,他认为它不过是个移动缓慢的草坪装饰品。它是一条那种类型的狗:不会捣蛋,不要求搔痒,也不诉求进来或出去。它是一条漂游不定的狗,一个黄色的幽灵,只有当它在沙发上或堵在去信箱的步道上时,你才会注意到它。但是此刻它拖着带子,像一条被抓的鱼一样在生锈的保险柜上跃动着,好像确信它的亲属被锁在里面似的。它闹出如此大的动静,表现得如此心烦意乱,以致阿尔瓦只好拖着它去办公室,把它关在里面。

斯奈德·普罗布莱姆把臀部落在他的铁砧上。"知道我在想什么?"

"不,不知道。"

"如果你打电话给警长,告诉他这条狗的反应,他可能会找到人来打开保险柜。省掉你请一个锁匠的代价。"

"密封焊缝怎么样?保险柜窃贼也破解不了。"

"它们很细,"利特尔·迪基说着伸手把一根橡皮筋箍在头发上,"在警方到达之前,我能用一台角磨机磨掉它们。"

阿尔瓦回过头看着办公室,能够听到克劳德被闷在屋子里的吠声。对把警察叫来废品堆场的主意,他并不喜欢。他在生活中一直有一种妒忌心理,他暗地里很羡慕他们整洁的制服、镀镍的勋章、闪亮的皮靴,而且更难以忍受的是,他们中的某个可能会因此得到提升,比现在已经拥有的更上一层楼。克劳德现在像狼似的号叫着。

"那么,告诉操作员,开动吊车,把这东西竖起来。"

接电话的警察起初不感兴趣,但是当阿尔瓦解释这条狗曾经受过训练时,听筒里沉默了一会儿,然后警长来接电话:"保险柜是什么牌子的?"

"在把手上有个'斯洛斯'标记,怎么啦?"

"我会通知休斯敦,他是锁匠。"

"我还以为他死了,你觉得他能打开它?"

"这真是一个老式保险柜吗?"

"没错。"

"那正是他的拿手戏。"

一个小时不到,警长的巡逻车在堆场停下,是一辆刚打过蜡的黑色皇冠维多利亚,车门上印着精致的金叶标志。在阿尔瓦眼里,那车子甚至连轮胎都是闪光的,他吹起口哨。警长是个五短身材、秃了顶的人，和他一起来的是杰克·休斯敦，他慢慢从乘客座那边出来，好像被一种综合性的关节炎所折磨，在引擎罩壳旁边走动的时候，一直弯曲着身体，几乎是坐着的姿势。

"你好，废品老板。"他说。

"休斯敦先生。"阿尔瓦握了他柔软的手，然后又握了握警长的大手。

"你说你的黄狗已经闻出保险柜里的气味？"警长问。

"它的暴躁不安不同寻常。"

警长拉拉他的武装带。"在我向大多数人取证之前，我会先听听一条狗的意见。"

杰克·休斯敦在东张西望，似乎对吊车下面这个直立着的大保险柜感到吃惊。"这东西不会倒下来砸着我吧，是吗？"

"它放在那里很稳，腿都陷在地里了。"

"如果砸到我，那可是个不幸的结局了。"他说着，继续走动，用他那双叽叽嘎嘎的弯腿跨着步子。他从宽大的卡其裤里摸出一个听诊器，"你说它是'斯洛斯'？"

"是，先生。"

"标记是在门上还是在转盘上？"

这时候他们已经走到保险柜旁边，休斯敦正在察看转盘："嗯？"

"是在那边的把手上。"阿尔文说，他注意到锁匠乳白色的眼睛。

老人摸了一下转盘。"我需要一罐刹车清洁剂。"

"我有一些喷雾润滑剂。"

"上面有一个小塑料喷头吗？"

"是，先生。"

"那是必须用的。"休斯敦忽前忽后地拧动组合转盘，试图把它底下的砂粒碾碎。当阿尔瓦拿着喷雾剂回来，他把它们全都喷到转盘的后面，扔掉空罐后，把听诊器塞进毛茸茸的耳中。他在转盘上忙乎了五分钟左右，然后突然抬起头来。"见鬼了，把吊车的引擎关掉。"他往办公室那边看，"把那个空调机也关掉。"他再次弯下身子工作，十分钟后他拉出耳塞，把听诊器塞进裤子口袋。

"已经搞定了？"警长问，他的大舌头顶着面颊。

休斯敦咯咯地笑了起来。"听诊器主要是为了装装门面，它不会告诉太多的东西。"他扳动指关节，使它们爆出噼啪的响声，又拍了拍手，然后垂下双臂，"得让血液在我的指尖积聚。"

阿尔瓦环顾周围其他人，他们正在聚精会神地等着某件事情发生，一份财宝，或是一具尸体，摔落出来倒在被压碎的蓄电池外壳和污物上。至少在这一刻，阿尔瓦很羡慕这个跛脚的、近乎瞎眼的杰克·休斯敦。"你是怎样学会开保险箱的？"

"压力。"老人回答。

"什么压力？"

"每天吃一个三明治的压力。付电费账单的压力。"他低下头，闭上眼睛，只让手指的最最尖端去接触转盘，"有一次，一个四岁女孩在便利店走到一个莫斯利保险箱里，真该诅咒，如果不是她自己把门关上的。你们决不会否认那是一个壮观的场面，在八月的炎热中我跪在店堂里，当我试着通过那些防拆的莫斯利换向齿轮找感觉时，她的母亲就在我的背后哭喊。花了很长的时间，我们都认为她死了，这可是一个黑头发、淡紫色眼睛的漂亮女孩。她的爸爸赶到后，开始用拳头捶我的脖颈，催促我赶快，好像我

保险柜之谜 | 403

是一头不肯迈步的骡子,天主教的牧师在保险箱后面用拉丁语作祈祷,连我年轻的妻子也跑来这里,站在我身旁,目不转睛地看着我工作。商店经理额外悬赏两百美元要我加快速度,仿佛一辆装满钱的厢型货车会开得比什么都快。"他抽回他的手,用一只苍白的拇指拂着指尖。

在他旁边的利特尔·迪基已经习惯了蹲的姿势。"唉!事情怎样了?"

"事情怎样了?你认为会怎样?我打开了门,把她的身体像一条鱼一样拉出来,送到普林医生那里。她脸色发青,四肢无力,但是他带着她跑来跑去,样子非常吓人。当她睁开眼睛的时候,就在那一刻,我这个被公认为镇上最蠢的公牛,一跃而变成了圣人。在你的一生中,从没听到有这样的事情。"

"是个德尔阿克女孩?"斯奈德·普罗布莱姆问。

"正是。她长大了,是派恩奥依一所学校的校长。有四个孩子,其中一个取名叫休斯敦。"他把右手放在刻度转盘上,开始慢慢转动。

"这样要花多久时间?"阿尔瓦问。

休斯敦闭上眼睛,"别说话,我们会看到。这个相貌难看的大宝贝是1800年代造的。它简单得就像是一盒'好家伙爆米花'。我倒是宁愿把我的钱放在钢琴后面的雪茄盒子里。"

人们走到大门口,那里有一棵穿过一只腐烂拖拉机轮胎长大的朴树,人们站在它投下的一个小圆影里。"你们知道,"警长开始说话,他用目光慢慢扫视堆场四周,"我接到一两个投诉,说这地方有鼠患。"

阿尔瓦把一只脚踏在一个引擎机体上:"你想要我和老鼠谈

谈吗？"

"不，但是你可以教它们怎样开动割草机。"

斯奈德大笑着说："警长，你可以借几个因犯给我们，帮着拔掉那些灌木丛。"

人们就这样来来去去，编着毫无意义的谈话来打发时间。他们知道他们在做什么，对保险柜里有什么东西的猜测，把他们的头脑搅得混乱不堪——是某种谋杀的迹象，一具·碰到空气就变成灰色灰烬的碎尸；或者是有关偷盗的，是些为数不多的工资，它们一直没有发到该厂可能挨着饿的劳工手中；或者是虚无缥缈的陈腐空气，七十年来财政上的耻辱气息。他们谈着，试着在一个小时里不作他想，并随着朴树投下的圆形影子而移动着他们的位置。最后，杰克·休斯敦的声音绕着一座轮壳堆成的小山回响起来："我打开了！"

他们全都慢慢地走过去，好像去接受一个令人毛骨悚然的诊断结果。休斯敦用他瘦如干柴的手臂招呼他们过来，然后转身面向柜门，旋动转轮，把门闩从框架里移出："谁来帮我把右边的门拉开。如果里面还有一扇薄的门，我得花几分钟来处理。"

斯奈德走上前去，用力拉开发出吱吱呀呀尖叫声的柜门，一股年代久远的、含着芳香的气流擦过他的脸颊，进入到大气之中。他扳动一根杠杆，推开另一扇门。他们没有看到有任何内部屏障，只有一个系列化的低金属架，放到一半的高度，然后让人注意到的是一大堆看上去像麻袋的东西，挤在剩余的空间里。斯奈德似乎很扫兴，他抬起头朝后退。"我猜那狗是闻到了这些麻袋。"

利特尔·迪基回过头看了看办公室："它醉了，觉得自己真的能吼出个惊天动地。它以为这是印度大麻呢。"

保险柜之谜 | 405

阿尔瓦走上前，在麻袋上摸索，它们就像干草一样发出沙沙的声音。他转过身来对着大伙。"麻袋堆里有东西。"他和斯奈德用力把麻袋拽出来，露出一只淡棕色的板条箱，角上带有燕尾槽。他们把它从架子上拿下来，带到办公室，放在一只灰色的金属办公桌上。盖子是用钉子钉死的，阿尔瓦用一根小橇棒把它撬开。他看到箱子里是厚厚一层深紫红色的绒布，当人们围在他身旁的时候，他把绒布打开。

"喂，"警长说，"它是用厚玻璃做的，不管它是什么。"

斯奈德拿起办公桌上的台灯，把它举得高高的。"它是一个大的玻璃盖，顶上有一个柄。形状有点像手提箱。那里面到底是什么？"

"让我来看。"阿尔瓦拉住把手，感觉上面带有织纹，也是玻璃做的，他把这样东西——究竟是什么东西？他说不出——从包布里拿出来。非常近地看了一会，它很沉重，有两英尺长、一英尺宽。斯奈德喘着气把板条箱搬到地板上，阿尔瓦将盖子放到原来放板条箱的办公桌上。他朝后退了一步。

那些人一个个弯下腰来，双手撑着膝盖，像男学生似的。他们仔细看着这个椭圆形的雕花玻璃盖，它的侧面雕刻着一个"威沃瑟缝纫机公司"的标志，那是一个大盾形图案，中间是瀑布，周围交错着星星、闪电和优美精细的交叉影线。在标志周围布满了手工雕刻的小树叶。身穿古希腊衣裙的淑女踏着树叶，沿着山路，走向一个挂着树枝的洞穴通道。这椭圆形盖子的另一端，雕刻着卵石累累的小溪，从一座庙宇前面流过，庙宇的柱子上饰有嵌镶了女神像的凹槽，女神们向着一个白金太阳高举双手。阿尔瓦用一只食指在手柄上轻轻抚过，那是一只玻璃海豚。在两条长边上，靠近底部，有四个带波纹的锁钩，被金色的铆钉连接在玻璃上晃动着。至于椭圆盖子里面，这些人开始看清楚，是一台优雅的缝纫机，古色古香，轮子上有一个手摇曲柄。阿尔瓦顺着它的弧线轻抚锁钩，他提起盖子，放到他的办公桌下面。

利特尔·迪基吹起口哨。"伙计，用这玩意，他们简直可以为教皇缝一套服装。"

缝纫机的底座是一个形状像小提琴似的东西，是用黄铜加以复杂的铸造工艺制成的，上面涂有透明的清漆。它的三重边缘下面是四个精致入微的海龟脚，每一个浇铸出来的趾甲上，都有一颗小玉米粒大小的琥珀。龟脚踏在一个非常光亮的紫檀木基座上，上面刻着微型海浪的花纹。"我看得出，他们做出这样的稀世之物并不是为了卖掉。"阿尔瓦说。

"极少有卖。"锁匠的脸在机器光泽的反射中变得有了生气。

"早年，在世界最大的城市里，有国际机械博览会。工厂会把他们的产品制成特殊的展品，全力以赴，试图胜过其他最好的制造商，不管他们造出的是什么，甚至奇特的列车、巨大的磨坊引擎，以及看上去像是圣坛宗教用品的蒸汽压力表，都会放在一起展览。这东西肯定有一百多年历史。"

"过去他们用手摇曲柄吗？"阿尔瓦摸着飞轮骨白色的手柄，"这是早期的塑料？"

锁匠的目光游动着，然后停留在上面。"象牙。你有没有看见图案？"

阿尔瓦靠近看。"是些刻得浅浅的小鱼鳞，我猜，是为了方便握住它。"

斯奈德挺直身子，笑了起来："是一棵树。"

"活见鬼，如果不是，"利特尔·迪基说。这台机器亮丽的外表在他眼中化成跃动的星点，"整个玩意儿就像一棵弯了腰的树。"

阿尔瓦越看越有一种望尘莫及的黯然，机器的主体部位是镀金的，活像一棵拔地而起的树干，然后倾斜着前探，形成一个拱形，在机器的头部收住，机头上有一大团扁扁的束状金属树叶。压脚和针从底部突出来。至于树皮的图案，阿尔瓦很熟悉——水栎，一如他院中的那棵大树——但是这棵金属树展现了一条条隆起的金灿灿的脊纹，这是他闻所未闻的。机器上的树叶图案中，点缀着鸟雀、松鼠、蟾蜍的深红色眼睛，隐藏在叶丛里，是镶嵌进去的。这巧夺天工的浇铸和雕刻，无疑是出自这家工厂最有才能的工匠之手。飞轮近处有个制造商的标记，是玻璃盖的一个重复设计，但是在这里，星星是用钻石切割的小红宝石镶嵌出来的，而闪电则被交替地涂以金色和银色。飞轮本身是镀金的，边缘呈扇贝壳的形状，侧面有一排蜿蜒展开的风信子，由染成苹果绿的象牙镶嵌而成。

这台机器使阿尔瓦感到自身的渺小，好像他的能力突然显得微不足道了，几乎不被察觉。他怀疑这种感觉会持续一段时间，但是，说真的，谁能够做出这样的东西呢？他几乎不明白该怎样来欣赏它。每个表面都带来一种连贯创新的惊奇。人们指指点点，足足看了十分钟之久，然后，警长指着从机器下部伸出来的一个小许愿井，大声喊叫："井桶的小曲柄和转轴是绕线机！"

在好长一段时间里，没有人想到它的价值，甚至垃圾堆场的人也好像没有想到。终于，利特尔·迪基把他的头发往后抹了抹，直起身子："这东西该值多少啊？"

斯奈德闭上一只眼睛："即使有人把它拆成碎片和珠宝，也会带来相当的收益。"

阿尔瓦把两只手指放在飞轮的手柄上，转动了它一会儿。机器没有一点声音，动作平稳，如同把水从茶壶里倒出来。"休斯敦先生，对这类东西，有谁能作一个评估？"

"哦，因为有了互联网，每个人都成为无所不知。只要让你妻子拍一张照片，用电子邮件发给一些古董商，不管怎样，你会有个大略的估计。"

一天结束了，所有的人离开之后，阿尔瓦坐在他的办公桌椅子上，转动着身子观察这台缝纫机，抚摸着嵌入的滑块、银灰色的张力调节器，以及小提琴形状的基座、用紫水晶镶嵌的拼花孔雀。他甚至检查机器的内部结构，在那里，底部的梭子上雕着船体和附加的桨架。机器的鲜艳色彩是温馨的、明净的，当阿尔瓦转移目光，他看到他那昏暗的办公室已经发生了变化。他能够看到它的原来状态。

几乎每天休息的时候，总有一些人进来，通过玻璃观看放在一个阔文件柜上的机器。他妻子拍了照片，把它们发给评估者。她花了大量时间来摄影，事实上，她用了整整一个下午拍了一张又一张，最后只见她坐在机器前面，嘴巴微微张开，好像她已经看得筋疲力尽了。

他走到她后面，问她觉得他们应该怎样利用它。

"嗯，我不会用它来缝窗帘，是吗？"她关上她的相机套子，"但我不想没有它。"

阿尔瓦发现有少量展览机器为私人所收藏，那些嵌有次等宝石的机器，它们的价值都在一万美元以上。一位古董商写了一封回信，不只是封简单的电子邮件，承认这是他迄今看到的最出色的缝纫机，在拍卖会上最高可望卖到一万九千美元。阿尔瓦的妻子说卖或不卖由他决定，但是女儿想把它拿回家，放在壁炉架上。最终的评估结果出来之后，阿尔瓦做出决定，在他的办公室里安装一个严密的防盗系统，如此他就可以把缝纫机一直放在那里。如果这评估是正确的，他所获的收益甚至不够购买一辆普通轿车。而他用一万九千美元买的东西，十年以后，会不会变成垃圾，堆在他办公室窗外油腻腻的地上？

他把沿着墙壁排列的、满是灰尘的机械零部件搬到一个贮藏室里，然后把办公室的颜色油漆成骨瓷白。他购买了新的办公桌、椅子、文件柜以及盆栽的大叶植物和铜质台灯。有时候，他的女儿会带着她们的朋友来垃圾堆场见识这台机器，以前勒妮和卡丽还从没来过她们父亲的生意场所。他的妻子，一直爱做缝纫，买了一台昂贵的意大利缝纫机，开始做她的改衣小生意。闲暇的时候，她把精致的名字标签绣在他的工作衬衫上，甚至绣在克劳德带湿气的项圈上。一天，她在他的午间休息之后，跟着他回公司工作，记录那个星期的发票。她坐在他铺了垫子的椅子上，仔细观察那台机器。"如果你愿意，哪一天我可以买一些新的天鹅绒，为它做一个防尘罩，顶上有一根小的吊带。用金丝在底部作一些刺绣。"

他走到办公桌旁边，顺着她的目光看去，摩挲着下巴："是的，是个好主意！"

她伸出手，用一只食指扣住他的一只腰带环，用力拉了拉。"我可不会向你收任何费用。"

在接下来的几个星期里，他付钱让全体员工整理蜿蜒起伏的金属小山，把上面的灌木丛和小树苗拔掉，自从他父亲死后那里就一直未勘探过，他把裸露在那里的金属压扁，让一列铁路敞篷货车把它们运走。他用碎石铺了堆场，建造了银色的新栅栏。

在酷热的日子里，斯奈德会踏着大步走进来，在缝纫机边上的冷水壶旁边磨磨蹭蹭，看着这台机器处于一盏铜落地灯投出的锥形光束中。当他在他的铁砧旁边时，显得很忧郁和厌烦，凶狠地挥动着锤子，好像是在对那些蒸汽压力表和盥洗室龙头生气。两个月以后，他们砸碎了保险柜。斯奈德开始和锯木厂后面贫困社区的老会众接触，到八月，签约租下了空着的"樵夫娱乐世界"，在那里重新开启了他的教堂。当斯奈德告知他要离开时，阿尔瓦感到吃惊，但是远不及一个月后利特尔·迪基离开时令他震动，迪基是去达拉斯，进一家饶有特色的焊接学校。

"这是怎么回事？"那天利特尔·迪基的话音刚落，阿尔瓦就问。

他耸耸肩。"我不知道。我想如果我学到了一些真正的焊接技术，我就能做得更好。你知道，氩弧焊，还有一些好的管道连接技术。"

"我想我能给你加薪，如果这能改变你的主意。"

"这完全不是钱的事。"利特尔·迪基说，啪地把他的大门钥匙放在闪亮的办公桌上。

"那么，是什么原因呢？我还是不能习惯斯奈德的离开。"

利特尔环顾着办公室和它里面的设置。"我只是觉得我能做得更好，而不是仅仅满足于把东西烧割开来。是时候让一些东西共同作个改变了。"

在接下来的一个月里，阿尔瓦雇用了两个新工人，是联邦项目提供的轻度残障者。他的卡车司机和吊车操纵者还继续留在这里，但他们几乎从不进办公室。有一两次他看见他们稍稍地注意了一下这台缝纫机，但是他能断定他们并不明白这是什么东西，他们认为它只是一件闪亮的塑料制品，是他去田纳西州加特林堡休假时购买的。

大约每周一次，在晚上离开办公室之前，他会揭掉唐娜做的海蓝色防尘罩，它是飘逸和波动的，就像一件昂贵的礼服。他移开雕花玻璃盖子，用它的象牙手柄把机器转动几圈。有一次，那是在他打开保险柜五个月之后，他再一次弯下身子检查机器，发现甚至连针上都有标记。第二天，他从家里带来一只放大镜，眯起眼睛，看那些沿着闪亮银针分布的字母，读为"绝顶的艺术针"。

他靠着椅背坐着，觉得他的头颅像是变得透明，让温暖的阳光照了进来，他不比任何一个站在冬天曙光里的动物更懂得阳光的物理本质。他转过身，透过办公室的窗子看着一座铁锈色的小山，它由钢梁切割出的碎块堆积而成，他第一次对那座使这些碎块重新变成棒、板、球的工厂产生强烈的兴趣。他闭上眼睛，看见一幕景象，一串长长的、奔流不息的钢铁夜骑在穿越大草原驰往一家工厂，在那里它们会被压制成汽车的框架、外科器械、教堂钟的支架、放置钻石和珍珠的厚玻璃搁板的托架。突然，他意识到这是一条生生不息、创造各种产品的洪流，而他，就是这条河流的一个组成。他伸手下去放回了圆玻璃盖，那条玻璃海豚在他的掌心游泳。

融入孩子

星期二差不多是个特殊的日子。我的四个女儿,你知道,她们一个都没有结婚,竟带着她们的孩子,每人一个,并向我妻子解释,照顾他们将给她带来多大快乐。但是星期二是她去赌场的日子,所以猜猜看谁来照顾这四个宝宝?我的大女儿还带来一副床栏杆,它的一头断了,她希望我焊好它。我就搞不懂了,睡在床上,怎么就能把一根铁栏杆给弄断了!但是她说靠她那点可怜的薪水,再也买不起另一个了,所以我必须一边被四个孩子牵着工作服,一边来修理它。她的孩子七个月大,昵称努努,一个大头宝宝,有个冒着泡泡的舌头总是伸在嘴巴外面。我的第二个千金,亚历山大市某家航空公司飞机上的乘务员,有一个六岁的小女孩,名叫蒙比恩,还没有昵称。我的第三个女儿,她还在约会谈恋爱,扔下了塔米内特,也是个六岁女孩。最后来的是弗雷迪,我最喜欢的,因为他看上去就像我在七岁时拍的那些老照片,圆圆的脑袋上竖着铜刷般的头发,剪得就像维可牢尼龙搭扣一样短。他那种像纸一样薄的皮肤也像我,除了有一些雀斑之外。

一个个都到齐了,我把三个大的放在电视机前面,我摇着努努睡着了,把他放在一只婴儿床里。然后我拖出床的栏杆,而三个醒着的孩子,他们穿过树丛,又来到我白铁皮屋顶的工场间。我想做掉一点事情,但是塔米内特把一台大研磨机打开了,把一只文件夹塞进砂轮,对着爆出的火花笑。我拔掉机器的电源插头,开始工作,但是当我把床的栏杆夹在台虎钳上,再夹上电焊机的地线时，我靠在那铁上，蒙比恩从饼干筒里拿起电焊棒夹子，在我的工作服拉链上碰出一道蓝色弧光，在低处。我一个倒退，吓得魂飞魄散，赶紧扯下身上的工作裤，把内裤外面的火花抖掉。蒙比恩把她的小山羊眼睛睁得大大的，吟唱道："哇，外公能突然动起来。"我得出结论，我最好别再妄想，有孩子在身边能干电焊活。

我把他们赶到院子里去玩，虽然我有三英亩大的土地，但实际上我没有多少可供他们玩耍的地方，于是我坐下，看着弗雷迪爬到一台奥兹摩比牌汽车引擎上，我用一根长链条把它吊在一棵柳栎下面。塔米内特和蒙比恩推着他摇摆起来，好像他是在一只秋千上面，我喊着阻止，可他们根本不听。这其实是一幅令人悲哀的景象，我琢磨着。我不该把这台油腻的旧引擎用凯玛特超市的链锁吊在我的侧院，我明知如此。即使在路易斯安那州中部的古姆伍德镇，也像南方任何红泥土地区一样，院子里的垃圾终究是院子里的垃圾。作为一个临时电焊工，我赚了不少钱。

有时我会想起我曾经读过大学，在路易斯安那州立大学读了整整一个学期。那时我在一家锯木厂加班加点一年之久，赚钱支付学费，我穿着工作靴子去听一个来自巴基斯坦的家伙教英语101，我们说的话他一个字都听不懂，我们更是听不懂他在说些什么。他什么也没有教会我，只管跷着二郎腿坐在办公桌旁，要我们没完没了地写他所谓的"我们的档案"，而他是从来不看的。就我所知，他把我们的拍页簿全都送回巴基斯坦，给他亲戚当燃炉的柴火。

代数老师给我们上课时，眼睛总是朝上翻，好像他的讲义是印在天花板上的。大多数时候，他甚至都不知道我们是不是在教室里，一个月里，我一直认为这个可怜虫是完全瞎的。我从来没有解出过 X。

化学教授是一个肥胖的酒鬼，他上课时在一个小燃烧炉上加热金宝汤，一面讲课，一面把那罐里的汤喝光。教室里人山人海，我搞不懂那些数字和名称是用来干什么的。我坐在后排几个大学生联谊会的男孩旁边，他们叫我杰德大叔。有一两次，我能够远远看得见那黑板就在地平线上，我觉得我快能理解什么了，心中为之一喜。

我有点喜欢历史教授，学着记下他教的很多知识，但是在一个炎热的下午，他猝死在金字塔中间，取代他的是一个"门廊小蜥蜴"，老是仰着头朝下看，看坐在前排的我，他常盯住我不放，我猜是因为我看上去和班上其他人不一样，留着红色的短发，穿着蓝色的牛仔裤，那可是地地道道的蓝色。那个学期我因成绩不及格被退学了，我花钱看懂了心眼比鸟弹还要小的人，这钱值了。

塔米内特和蒙比恩给了引擎重重的一推，她们的注意力被飞进苋草丛的一只蝴蝶吸引了，那台八百磅重的 V8 型发动机在往回摆的时候，把她们撞倒了。于是我拉起两个哭哭啼啼的女孩，把所有的人赶进屋里，用戈约皂液把他们洗干净。

"我要一个冰淇淋，"当我清洗塔米内特两只手指中间的机油时，她叫喊着，"我都一天没吃冰淇淋了。"

"你不用每天吃冰淇淋，小丫头。"我对她说。

"你没有钱吗？"她抽回一只手，轻轻弹着头发，像电视里的模特儿那样。

"那些东西差不多要花去一块钱。我在小时候，用一个一分钱的硬币买糖果，一个星期只吃两次。"

"冰淇淋！"她冲着我的脸喊，蒙比恩也来劲了，在厨房里闷声闷气地跟着叫喊，她的脑子并不迟钝，她只是说话低声，像是一个蹩脚的牛仔演员。努努在婴儿床里坐起来，嘴里咬着什么东西，所以我把他们全召集起来，把他们放进我那辆卡普里斯，载着他们去古姆伍德的帕克萨克商场。停车的时候，那个小的在我膝盖上，弗雷迪打开了一些摇滚音乐，那声音就像是冰雹落在白铁皮屋顶上。有两个我认识的家伙，比我的年纪要大很多，看着我们的车子开到路边。当我关掉引擎的时候，只听到其中一个说，"布鲁顿和他的杂种汽车来了。"我使劲握着驾驶盘，低头看着努努的头顶，那感觉就像是有人告诉我，我家的屋子烧成灰烬了。我的皮肤天生是深褐色的，所以这些孩子不会看到我脸上的尴尬表情，我装作什么也没有听到。努努在我的臂弯中就像是一条面包。我真想让那个老家伙饱尝我的老拳，甚至打落他的牙托，但是我会在当地报纸上看到报导，我还能够想象，孩子们会留下深刻记忆，他们外公怎样痛殴两个流鼻涕的老头。我直视着他们，笑了笑，连我自己都感到吃惊。杂种汽车，伙计！

"喂，布鲁顿，"年轻些的那个说，他是福特里森家族的一员，也许有六十五岁了，"这都是你的孩子？你又从头再来了？"

"是外孙。"我说，抱起努努，托着他的两只鞋子，说不定他会对着他们流口水。

那个老一点的戴着一顶草帽，由于做皮肤癌手术，身上有二十来处疤痕。他轻蔑地哼了哼鼻子。"也许你可以把这一炉做得更好。"他对我说。然后，我想起来了，他也是一个福特里森先生，是另一个家伙的叔叔。他以前经营镇北的那家阔叶树锯木厂，是浸信会教堂的助祭，拥有轧花厂旁边那家蚂蚁般大的银行的百分之一股份。他认为他是古姆伍德的国王,但那年头镇上凡是口袋里有五块钱的老人和高谈阔论之辈都这么想。

我从他身边挤过去,走进帕克萨克商场。孩子们看见糖果货架,吵着要买星火棒和零牌食品。甚至连努努也把一只满是口水的手伸向毛毛虫软糖,但是我不理他们的诉求,扔给他们每人一个小可口可乐冰淇淋。塔米内特和蒙比恩拿好她们的东西向门口走去。弗雷迪非常小心地从我手中接过他的。努努可能有点游移不定地摆动着脑袋,单纯得像个甜瓜,但他肯定知道冰淇淋是什么,知道怎么去拿一根吸管。当可乐糖浆碰到他光秃秃的牙龈时,他笑得多么开心。

弗雷迪抬起头,用雀斑脸上的那双蓝眼睛看着我,问:"'杂种汽车'是什么?"

我想,我是垂着下颏,张开了嘴巴:"我不知道你在说些什么。"

"我想是我们坐在雪佛兰里的时候。"他说。

"我们是坐雪佛兰。"

"那么,那个人说我们是在——"

"别去在意他说什么。你肯定听错了他的话。"我用肘推着他向门口走去,我们出了门。老福特里森看着我们,好像我们是在游行,我试着朝前面看。我脑中浮现出报纸上的一条标题:当地男子因带着孩子实施攻击而被捕。我和孩子们坐进车里,我回头看车外,两个福特里森坐在保险杠上看着我们,汗水从他们的白衬衫里渗出。他们的孩子拥有锯木厂,经营快餐业,还是学校董事会的成员。他们全都结婚了。我猜那个年轻的福特里森很聪明,尽管看着这一对宝货,你永远搞不明白他们的大脑高明在哪里。

融入孩子 | 417

我启动车子，倒车出了停车场，然后开上公路，我努力不去想他们，但是对我来说，有一个词已经像是用镀铬的字母拼写在我的挡泥板上了：杂种汽车。

在回家的路上，塔米内特偷偷吸了一口弗雷迪的吸管，他猛地把手抽回来，说她是什么什么，这种话我只听到胶合板厂的年轻工人说过。他的话就像是一块砖砸在我的后脑上，我把车停在路边的卵石路肩上。"你说什么，孩子？"

"没说什么。"但是他的脸变红了，我看得出来，他很在意我怎么想。

"你们这种年龄的孩子，不能说这样的话。"

塔米内特轻轻抹了一下头发，仰起下巴："要多大才能说？"

我瞪了她一眼："你不在意他说你什么吗？"

"在喜剧节目里，他们这样说，"弗雷迪说，"每个男孩都说。"

"什么喜剧节目？"

"在夜间新闻之后播放的。"

"你深更半夜爬起来做什么？"

他只是凝视着我，我知道他没有概念，深更半夜是什么时候。格伦代恩，他的妈妈，也许每天让他在电视机前面入睡。我想象，他怎样倒在那块带臭味的粗毛地毯上，那是他妈妈放在电视机前接住溢出的饮料和面包屑的。

回到家里，我让他们全都待在有屋顶的侧门廊里。女孩们开始玩滚球游戏，她们的弹跳小球在倾斜的地板上弯弯曲曲地滚动，弗雷迪用他的冰淇淋吸管来吹出音调，努努在我的膝盖上睡着了。我注视着我的车，想知道是否它的那个名号已经传到了社区的每个角落，是否我把车开到哪里都会有人叫喊"杂种汽车来了"。古姆伍德是这样的一个小镇，一点小动静就能惊动整个镇上的每一个人。我自己也是这样。如果我的邻居汉奇太太把车开出她的车道，我会想要知道，现在这个老蝙蝠要去哪儿？是二点三十分了，所以她的肥皂剧肯定结束了。我想象着她去店里的路线，然后又将会有不同的人驾车而过，吸引我的注意，我的思路又跟随着他们而去。这倒并不全是坏事。这让你观察自己的行为，再说除此之外，还有什么让你感兴趣的东西呢？难道没有人在意你是死是活会更好吗？曾经听过那些大城市里发生的故事，人们怎样坐在一个六层楼的公寓窗口，看着有人在十分钟里用一根棍棒把你杀死，甚至都不屑伸手去拨一个电话。

我开始想到我的四个女儿，她们中没有一个有宗教信仰可言，我本想她们会从她们的妈妈那里了解到，就像我从我妈妈那里学到一样，但是拉尼尔总是有那么多事要做，她的时间只够她烹饪、清洁、运输和无事自扰。女孩们是每天晚上看有线电视和视频长大的，那也是她们形成世界观的地方，那也是为什么拉皮迪教区会有四个狂放的小下巴金发女郎，认为自己是生活在好莱坞的肥皂剧里。她们把和她们约会的已婚纸浆卡车司机和车库机修工想象成电影明星。我猜，女儿们的很多问题都是我的错，但是我不知道当初我该怎么做才是对的。

蒙比恩在拨弄着小球，发出咯咯的响声。门廊地板上的一个小碎片扎在她的指甲下面。"屎狗。"她说，摇摆着她的手，好像它在燃烧似的，跑过来跪在我面前。

"不能说那种话。"

"我的手指痛。弄掉它，木瓜。"

"如果你不说这种白人垃圾说的话，我会帮你弄掉。"

融入孩子 | 419

这话,塔米内特在五岁时就听到过。"妈妈的男朋友梅尔文也说'屎狗'。"

"你妈妈男朋友做的每一件事你都会做?"

"梅尔文能开车,"塔米内特说,"我肯定要开车。"

我打开我的袖珍折刀,从蒙比恩的指甲下面剔出碎木片,其间她叽叽喳喳地和塔米内特说,她妈妈的丰田车比梅尔文的小道奇车更贵。我发誓,我真不知道这些孩子怎么会变得如此复杂。当我像他们这样大时,想做的事情不是做泥团就是在小溪里玩耍。那时真的什么也不想,除了一星期两次带着五分镍币去店里。这些孩子还不到八岁,就已经对赌场知道得够多了。当我弄完了,我低头看着蒙比恩的棕色眼睛,看着努努晃动着的脑袋。"你们的妈妈有没有和你们说起过,嗯,上帝?"

"我妈妈在咒骂梅尔文时,说起上帝。"塔米内特说。

"我不是问你们这个。在上床睡觉时,她们给你们读《圣经故事》吗?"

弗雷迪的脸一下子明亮起来:"她给我们租来《野蛮人柯南》,这部电影可真好看。"

"这不是《圣经》电影。"我告诉他。

"它不是?那里面有剑和蛇。"

"这和《圣经》又有什么关系呢?"

塔米内特靠过来,抓着努努的手玩弄他的手指,好像它们是钢琴的琴键:"《圣经》里不是有很多剑和蛇吗?"

努努醒了,他撒了尿,所以我必须去拿一块塑料尿布。从洗手间回来的中途,我从眼角瞄到我的小书架,于是我找出我那本老《圣经故事》,是硬封面的,把它带到门廊,是时候了,该有人来教他们一些有益的东西。

他们坐在地板上围成一个圈,我也在他们之间坐下。我开始进入《创世记》,讲述上帝怎样创造了地球,创造了我们,还给予我们能够永生的灵魂。蒙比恩把手伸到书中,去摸上帝的胡须。"如果他刮去胡子,看上去就像在帕克萨克商场的那个老人。"她说。

我的嘴巴微微地张开:"你是说福特里森先生?那个人看起来才不像上帝呢。"

塔米内特打起了呵欠:"你刚才还说,上帝把我们造得模样像他。"

"别管这个了。"我对他们说,继续讲述亚当、夏娃及伊甸园。我一翻过这页,他们马上看到了蛇,开始尖声叫喊起来。

"看看那傻瓜的大小。"弗雷迪说。

塔米内特挤进来:"我认得出,这本书里是一条蛇。"

"它是一条坏蛇,"我告诉他们,"它对亚当和夏娃撒谎,叫他们别按上帝说的去做。"

蒙比恩慢慢抬起头来看着我:"这条蛇会说话?"

"是的。"

"怎么样,就像卡通片。我想是他们编出来的。"

"现在,一条真蛇是不会说话的。"我解释。

"这个花园里的蛇不是真的?"弗雷迪问。

"它是伪装的恶魔。"我告诉他们。

塔米内特摸了一下头发:"哦,那只是一首老歌,我在无线电里听到的。"

"那首埃尔维斯·普雷斯利①的歌曲,它和恶魔把自己变成伊甸园里的一条蛇没有关系。"

"埃尔维斯·普雷斯利是谁?"蒙比恩靠在灰扑扑的护墙板上坐着,注视着外面那片长得过快的草坪。

"他是一个老歌手,一百万年以前就死了。"塔米内特告诉她。

"他也在《圣经》里面吗?"

我把书啪地放到地板上。"不,他不是。现在,都给我听好了,这很重要。"我读了亚当和夏娃背叛上帝的片段,翻过这一页,所有的一切都乱了套。一个天使把一把长剑举在亚当和夏娃低垂的头顶上,把他们赶出伊甸园。甚至连努努都激动得起来,用一只手指指着天使。

"那个人在做什么?"塔米内特问。

"把他们赶出天堂。亚当和夏娃做了坏事,当你做了坏事,你就得为它受到惩罚。"我低头看着他们的脸,似乎他们所有的人同时想到了某件事情。那是可怕的,我看见他们的眼睛里飞舞着小火花。在这样的年龄,不管你对他们说些什么,都会终生难忘。你必须小心。

弗雷德抬起头来看着我,问道:"他们会回来吗?"

"不,从此,夏娃再也快乐不起来,亚当不得不每天像一只海狸一样工作,这样才能勉强维持生计。"

"天使真的想用剑刺穿亚当吗?"蒙比恩问。

"忘了那把剑吧,好吗?"

"嗯,这是什么意思?"她说。

---

① 埃尔维斯·普雷斯利(1935—1977),又称猫王,美国著名歌手。

"没有，没有什么意思，他们得到了他们应该得到的东西。"然后我讲述诺亚和洪水，讲到一半，弗雷迪高声说话了。

"你的意思是，坏人马上全给淹死了，是吗？"

我低头狠狠地看了他一眼，发现《圣经》正在成为他的一部大冒险片。弗雷迪已经看过如此多的电影，以至他听到任何宗教故事，都会在脑中把它们叠加到《汤加洞穴女人》及《比基尼敢死队》上面。我给每个人一份冰饮料和果冻三明治，然后，我开了一台窗式空调，再分发棒冰，我们坐到屋里的长沙发上，因为热气把外面的黄苍蝇都唤醒了。我匆匆地讲了亚伯拉罕几乎要把以撒①刺死的故事，当孩子们想到刀子的时候，一个个把眼睛睁得又圆又大。我希望他们能产生一种唯上帝是从的情绪，但是当我问弗雷迪这个故事的要点是什么时，他只是耸耸肩，面色阴郁。

不管怎样，塔米内特倒是有她的看法："他就像是O.J.辛普森！"

弗雷迪摇摇头："听好。上帝要亚伯拉罕这样做是要试试他。"

"也许是上帝叫辛普森去做他所做的。"塔米内特高声说。

"不对。辛普森是自己去做的，"弗雷迪告诉她，"他不再爱他妻子。"

"嗯，也许亚伯拉罕也不再爱他儿子了，所以想杀死他，而上帝阻止了他。"塔米内特的声音开始升高，就像她母亲喝酒时的样子。

"爸爸不喜欢儿子的时候，也不会杀死他们的，"弗雷迪对她说，"他们只会收拾好行装离开。"他把他的棒冰掰成两半，先咀嚼一半，然后再咬另一半。

---

① 《圣经》故事，上帝为试亚伯拉罕的信仰，要他献祭儿子以撒，而在最后一刻让他用羔羊替代。

融入孩子 | 423

很快，我开始讲到所多玛和蛾摩拉城，讲到那些被烧毁的、充满邪恶之人的城镇。蒙比恩对罗得的妻子①产生了兴趣："我看过这部电影，里面火星人对着一个人开枪，把他变成一座雕像。你觉得是火星人烧掉了这些城镇吗？"

"《圣经》不是电影。"我对她说。

"我想在《巨型炸弹》里我看到了它倒塌。"塔米内特说。

我没有停止争论，坚持继续讲摩西和十诫，花了很多时间在第六诫上，因为那一诫他们的妈妈也颇为费解。然后努努开始用手背擦自己的鼻子，并嗯嗯啊啊地发声，所以我知道到时候了，是该把书放下，为他洗脸，给他吃点东西，让他爬来爬去。我决定不再打开电视，但是当我去厨房的时候，弗雷迪按下了开关。当努努和我回到客厅时，他们围成半个圆圈，在看一个脱口秀节目。剧中有几个体型超重、文身、皱眉、懒散不堪的家伙，广播员告诉我们，他们设计让父母签字把屋子的产权转让给他们，然后把父母逐出家门。孩子们就像看卡通片一样看着，贪婪地把一切摄入眼中。在做一个商业广告的时候，我问蒙比恩谁的心肠最软，问她怎样看孩子把父母赶到街上。她把一只手指伸到耳中，打了一个长长的呵欠说："如果孩子们做的事情是对的，那么他们可以做他们想做的。"我摇着头走进厨房，找到了圣诞节伏特加，给自己倒了一大杯。我对着外面的院子凝视，我的最后一辆小卡车静静地停着，在那块地边上的一堆紫藤叶中生锈。我产生了一个小小的幻想，我要带着所有的孩子坐进我的卡普里斯，向

---

① 所多玛、蛾摩拉都是《圣经》里记载的因其居民罪孽深重而被神毁掉的古城。上帝决定毁掉所多玛时，唯赦免乐于助人的罗得一家。罗得携妻女逃亡时，其妻因回头探看而变成一根盐柱。

西北方向进发，离开他们的妈妈，离开电视、霉菌，离开他们赌疯了的外祖母，总之，离开路易斯安那州的一切。我能够找到一个工作，很好地抚养他们，送他们进大学学习，如此他们能够拥有自己的锯木厂，经营汽车的销售。一滴水珠从杯子上滚落下来，滴在我右脚的鞋子上，我低下头看。我穿的系带皮鞋，上面溅有油漆，已穿了二十年之久。她们对我说，由于长久以来我没有一个稳定的工作，所以不管发生什么坏事，其中都有我的过错。那么，我想知道，我的妻子是否也有同样的梦幻：离开她那个邋遢的、晒得黝黑黝黑的、不成功的焊工丈夫的家，带着这些孩子离开，也许参加某个课程，在犹他州找到一个工作，把他们养育成人，送他们进学院深造。也许他们每个人的妈妈也都有相同的想法，带着她们的孩子离开父母充满汽油味的老屋子，和这个炎热而潮湿的地方反向而行。我又喝了一大口，心里想，为什么我们之中没有一个人这样做。我看着外面我的卡普里斯，它停在一棵山核桃树的树荫下，树叶的影子在它上面运动，使它好像一团颤动的深绿色火焰，我意识到，我们不可能驾车离开我们自己的家。我们不可能逃离这辆杂种汽车。

在食品储藏室，我打开屋子的电路箱，旋出一个保险丝，直到我听见客厅里发出一阵叫喊。我走进去，扯下一本故事书，讲的是一条狗追赶一列火车的故事。是我妻子在二十年前买给我们一个女儿的，但是从来没有为她读过。我在暗掉的电视机前坐下。

"电视机怎么啦，木瓜？"蒙比恩粗声粗气地说。

"它熄火了。"我说着打开了书。他们扭动着身子纷纷抱怨，但是读了几页之后他们被吸引了。这是一本好书，在一个大雷雨的下午我自己阅读过。但是在我读的时候，一种沮丧的感觉抓住了我。我想，有什么用呢？我只是一个老人，拿着一小本棕色的《圣经故事》书和一本描写小狗英雄的书籍。怎么能够和那些东西抗衡：那些每天播放的音乐电视节目、让大人看上去像傻瓜一样的儿童节目、花花公子频道、他们妈妈及其男友在家里到处乱丢的鲜艳杂志——比如《我》、《自我》、《爱情指导》等，还有租来的电影碟片里面，人们相互残杀，犹如拍打一只苍蝇那样不假思索，全然没有亚伯拉罕举起刀子之前所经历的痛苦。但是我还是继续读了半个小时，在火车载着旅客驰上倒塌的桥梁之前，那条狗终于叫停了火车头，这时，甚至连塔米内特也拍起她黏糊糊的小手。

第二天，因为我的焊接计划表上没有太多的安排，所以在干了一两件小活之后——包括那个床栏，我的女儿开始责怪我了——我出去焊了一个窗子的格栅，是镇治安官要求我安装的。午饭后，天上的云彩像是被烧得蒸发掉了，古姆伍德被笼罩在热气中。在柏木火车站的对面，是我们的红砖小市政厅，带有一个铜绿色的拱顶，它前面的草地上长着一棵山核桃树，树干旁边有一条木头长凳。老人们经常聚集在阴凉的枝叶下面，互相闲聊，比如，怎样修理停产五十年的拖拉机，怎样根据粗玉米粉识别不再存在的玉米颗粒的品种。那棵山核桃树是一个地标，当地人称它为"知识树"。当我经过它去治安官办公室时，我看到了老福特里森先生坐在长凳的当中，像个孩子一样对着马路眨眼。他向我叫喊。

"布鲁顿，"他说，"冒着热去焊接？"这话听起来不像是友好的评论，虽然他挥手让我过去。

"诸如此类的事吧。"我想从他身边走过去,但是他打手势让我在他旁边坐下,我就坐下。我久久看着马路对面,最后,我说,"有一天在商店里,你说我的车是辆杂种汽车。"

福特里森眨了两下眼睛,但是面不改色。大多数人被人指责为不礼貌之后,总会显得尴尬,但是他坐在那里,脸皮厚得比犁刀还要硬。"这不是事实吗?"最后,他这样说。

我该是要疯了,我是疯了,但我忍着。"让我听这种话很卑鄙!"我看着地面,摇着头,"我需要的是对这些孩子的帮助,而不是你的卑鄙。"

他用镍币颜色的小眼睛看着我,这双眼睛在他带有黑丝绸帽圈的草帽下面闪烁:"你需要哪种帮助?"

我摘下一颗山核桃,它还带着绿荚:"我想把事情修正过来,这样外孙们会做正确的事情,我考虑和他们的妈妈谈谈,还有——"

"对他们的妈妈,太晚了,"他举起一只手,然后让它像把斧头一样落下,"她们必须做出决定,是要改变自己,还是依然故我。现在,你对那些女孩再怎么婆口苦心,也难让她们有一丁点儿改变。"他说,那语调在暗示,我没看到这点是愚蠢和失职的。他朝左边瞥了一下,然后收回目光。"你得直接和这些孩子相处。"

"我正在试着这样做。"我在长凳边缘把坚果敲裂。

"试不会有一丁点儿用处。你必须每个星期带他们去主日学校。你上教堂吗?"

"是的。"

"别吃绿核桃,会让你得病的。你去哪所教堂?"

"邦纳·斯特雷特福音教堂。"

他猛地回头扫了一眼,好像他刚用一把十二毫米口径的猎枪

融入孩子 | 427

朝对面睡在站台下的狗开了一枪:"布鲁顿,你的野人传道士离那蠢动的蛇蝎只有一步之遥。我听说他让孩子们进入主日礼拜仪式,对着他们吼叫,说要像炸鸡肉一样在地狱里煎熬他们。你必须让他们远离这个人。你为什么不去第一浸信会教堂?"

我低头看着地面:"我不知道。"

他只是摇了一下头:"我很清楚你为什么不去。你没有缴什一税。"

这击中了要害:"喂,我没有什么多余的钱。我知道浸信会有很好的主日学校项目,但是——"

福特里森的一根手指在空中挥动,仿佛那是一柄短剑似的。"好吧,那么加入卫理公会。或者长老会。"他指着街上,"加入那些天主教会。他们有些人每周在盘子里放的钱不会超过一元,但是这样的教堂有那么多,每个周末有那么多的礼拜仪式,那些牧师简直就是在经营沃尔玛超市。"

我认识几个很好的机修工,他们是卫理公会教徒:"卫理公会的儿童项目怎么样?"

那老人从嘴角挤出他的声音:"比你现在的好。"

"我会考虑它。"我告诉他。

"是啊,你就只管哄人吧。你一回到家里,就动手焊接一辆装原木的卡车,明天,你又去钓鱼,你决不会为孩子做任何事,最终的结果是,他们全都在安哥拉服役,或者,仰面躺在新奥尔良。"

他那副认为他知道所有答案的样子,使我激动起来,我迅速转过身子对着他:"好,聪明人。我面对知识树。告诉我怎么做。"

他用左手的食指按下右手的一个手指。"去加入卫理公会。"又按下另一只手指,告诉我,"每个星期带孩子去教堂。"然后按下第三只手指，说道，"你要尽可能多和他们在一起。"

我摇摇头："我已经把我的孩子养大成人了。"

他的眼睛逼视着我，毋需说他在想什么。他看了看他两只趾尖光滑的系带皮鞋之间的地面："扫干净你的院子。"

"这和那些事又有什么关系？"

"事事都是相关的。"

"为什么？"

"如果你不知道，我不能告诉你。"这时他站了起来，我看见他女儿坐在路边他们的林肯里。一路上，他的一条腿没有伸直，我能够看到他脸上的痛苦。当我抓住他的手臂时，他刻薄地微微一笑，然后向我靠了靠，说："布鲁顿，任何值得做的事，都要付出沉痛的代价。"他东歪西倒地走开，把呼出的含有酸味的气息留在我的脸上，而一个想法在我脑中形成，像是一朵雨云。

和卫理公会的牧师会晤之后，我回到家里，注视着庭院，然后又久久注视着电话，直到我鼓起勇气给阿莫斯博闻清理公司拨了号。第二天早晨，一个清理人员和一辆无盖卡车来到门前的街上，中午之前，阿莫斯运走了四辆无主车、六台发动机、四台洗衣机、十台坏的割草机，还有二又四分之一吨的碎铁。在我的恳求下借用了汉切女士的休珀 A 型拖拉机，把我拥有的三英亩地上的灌木除掉，还剩一些。我割了草，清理了工场间的每个角落。我用卖废品收进的钱买了一些银漆，油漆了工场间，买了一些一流的材料来修整屋子外部。接下来的一个早晨，我在小门廊换了七扇纱门，在侧面的大门廊，我在地面上漆了一层又厚又光亮的绿色露台搪瓷漆。午餐的时候，妻子把头伸到门廊门外。"孩子们

融入孩子

马上又要来了,你怎么能让他们不沾油漆?"

我的膝盖酸痛得难以忍受,我还没有想过怎样不让努努爬到这里。"我不知道。"

她环视着地下闪着光亮的湿油漆。"你是走火入魔啦,改变了我们的宗教信仰,改变了所有一切。"

"我想是的,是到了该改变的时候了。"我把漆刷蘸足油漆。

她对我的话想了一想,然后耐人寻味地说了一句:"当心别把你自己给漆在角落里了!"

"我在尽我最大努力。"

"是时候了。"她低声说,然后走开。

我退出门廊,走下台阶,然后站在屋子旁边的松叶里,油漆门廊端头的木板。我听到一辆车子来到街上,看见是我最小的女儿开车赶来,抱着伏在她肩膀上的努努走出车门。当她走近,我注意到她染过的头发,那是玻璃纤维绝缘层的颜色和质感,还涂了黑色的睫毛膏,眼睛下面的皮肤呈橄榄色。她身上有一股卷烟的烟雾臭味,就像有三天没有洗澡似的。她的棕褐色的衬衫紧绷在身上,在酷似脂肪洞孔的肚脐上面打了个结。

她把努努递给我,好像他是条火腿。"他能在这里过夜吗?"她问,一个尿布袋落在我的脚旁,"我想去听听音乐。"

"为什么不能?"

她慢慢四处张望。"看上去像是这里落过一个炸弹,所有的东西都炸掉了。"她那满是灰尘、紧凑的车门吱吱嘎嘎地打开了,一只布满雀斑的手伸了出来。"我忘了说,我把弗雷迪也带上了。希望你不会介意。"当她含含糊糊说话的时候,眼睛没有看他,两只手放在翘起的臀部。我猜,弗雷迪是困乏了,坐在车座边上,擦着眼睛，像一个醉汉似的。

"他在这里会很好。"我说。

她深深地吸了口气，一副非常无聊的样子，我为她感到难过。"好吧，我想，我得抓紧赶路了，"她转过身，然后在我耳边轻声说，"喂，你猜怎么啦？"

"什么？"

"昨天，努努终于说第一句话了。"我看得出来，她咬到了脸颊内壁。

我看着婴儿，他正盯着我的衬衫扣子。"他说了什么？"

"爸——爸。"她的眼睛开始变红，所以她不再说话，朝她的车子跑去。

"等一下。"我喊叫，但是太晚了。一转眼，她在沙砾尘埃的云雾中远去，朝一个她能够找到浓郁的香烟烟雾、音乐、啤酒的地方飞驰。

我带着弗雷迪和婴儿来到有小纱门的门廊边的阶梯上，坐了下来。我们搔努努的痒，满怀希望地看着他，直到最后他发出了一声"爸——爸"——声音很响，就像是叫唤。

弗雷迪回过头朝树丛看，他看见院子里所有婀娜多姿的树木，看上去垃圾真的都被清除干净了。"所有的东西都哪里去啦？"

"运走了，"我说，"首先，我们要把轮胎秋千挂在那边那棵高的柳栎树上。"

"好啊，你能在底下开一个排水孔吗？这样雨水就不会积在里面了。"他靠近身子，一只手放在婴孩的头顶。

"好的。"

"吊一个大的钢带轮胎？"

融入孩子 | 431

"听起来是个好主意。"努努看着我,喊着:"爸——爸。"我想,在他以后的生活中,他会以一种什么样的方式说这话,他永远不能面对他爸爸离开城镇的现实,不论他爸爸是谁。宝宝让我回过神来,有一双蓝眼睛正盯着我看。宝宝伸着舌头,用口水吹着泡,大声叫着:"爸——爸。"我把他放在我的膝盖上,转过脸,对着那棵最大的柳栎,看着它冷绿色的枝丫。

"甚至努努都能骑那个轮胎。"弗雷迪说。

"他能够坐在中间的圆圈里。"我告诉他。

光亮中的盲区

乔·阿杜曾在巴吞鲁日的一家化学厂工作，那时，管道装配工用热的烃类溶剂清洗他们的工具，也用二氧甲烷，或者用任何从测试阀里冒出来的产品。他有时候用甲苯和丁酮来冲洗手上的油腻，并迅速擦干它们，以防皮肤受损。在气候潮湿的下午，他步行穿过一片片贴地云，它们的温度能把自行车上的油漆汽化。

在四十多岁的时候，乔就开始气喘吁吁，站在通往高塔的银色梯子上，他的感觉不甚好，而且肩上扛着一把咯咯作响的四十八英寸管子钳，使他再也无法挪动步子。管理部门把他安置到备品室工作，逃离了太阳，但是他的气喘每况愈下，似乎在逐年恶化。他不是个杞人忧天的人，他只是怀疑他对烟雾比别人更为敏感；虽然，那时一些朋友转入清洁公司工作，有一对夫妇因癌症死于老巴吞鲁日综合医院，他开始戴上口罩才置身于那些管道和阀门之中。在五十岁之际，乔扔掉了他的最后一支烟，但他的身体还是每况愈下。偶尔，在栅栏外面上班的上层管理部门人员来备品室找他，会问他过得怎样。他很清楚他们在担心什么。测试阀被锁上了，休息室里贴了禁止使用"产品"来清洁的通知。每个人被命令要戴手套或口罩在气雾或滴漏的环境中工作。

乔的妻子，洛雷娜，是一个不苟言笑的小个子妇女，拖着他一起上教堂，直到他对信仰失去了信心。她对他吹毛求疵，怨他有气无力、爱骂人，指责他脱了鞋和袜，把那双发青的脚搁在他圣诞节送她的咖啡桌上。她讨厌他那些拙劣的玩笑，纵然它们其实是些无恶意的老生常谈。有时候他对她说一个笑话只是为了惹她生气,让她开始噘起嘴巴,因为静默的状态比她时时挑剔别人的缺点好。一天,他们驱车去她姑姑家,那个至今还在把炫目的白发梳成圆髻,盘在头两侧的老姑姑。他妻子检查座位上的安全带,提到她做了一个梦,梦见在他引起的一次车祸中受伤致残。乔记起来,她并非一直这样固执,猜想她只是到了一个阶段。当他们还是一对年轻父母时,他们会出去,喝上两杯啤酒,跳跳吉特巴舞。但那一天她不断地对他吹毛求疵,正好,一个穿超短裤的健美女孩在人行道上一颠一颠地走路,于是当车从旁边经过时,他说:"哇!那姑娘这么性感,她让我的动脉变硬了。"于是整个下午,他的妻子没说一句话。

在工作中,他的呼吸状态变得越来越糟。他坐在备品室里,向管道装配工和焊接工发放球阀和蒸汽填充物,直到有一天公司让他提前退休。他交掉他的钥匙、听力保护器、防毒面具、钢性鞋头、安全帽,然后回到家中陪伴妻子。他五十五岁,看上去头发几乎全部灰白了,皮肤被太阳晒得皱巴巴,两手因为微微的颤抖而饱受困扰,手臂上出现了奇怪的白色小疣,但他的背依然是挺直的。

晚上乔咳得厉害,有时候他感到他妻子的小手放在他的背上,这意味着他应该睡到沙发上去,他认为这是不公平的,但他还是拖了条毯子摸黑向屋里走去,用三只枕头垫着头,这样来保持呼吸畅通。

退休之后,情况变得更糟。有两次,他昏倒在"小猪扭扭"自助商店的瓷砖地上。他的肺科医生在他几次门诊时对他说,他应该考虑搬离巴吞鲁日,到一个适宜他的地方去,那里,空气中没有丙酮黏土、甲硫醇、杀虫剂、百分之百的湿气,没有浓密得如同尘暴的花粉,没有如茉莉、金银花、甜橄榄、玉兰这类芳香植物整夜散发的撩人花香。但是,他的女儿,她们喜爱他这个有趣的、脾气随和的人,还是要求他留下来,好修理她们家里所有坏了的东西,因为她们的丈夫只知道怎样按按钮,而不会用一个活动扳手来拯救他们的生活。一天早晨,乔坐在厨房的桌边一边喘着粗气,一边吸进艾克森石油厂散发的臭味。他考虑着,他的女儿已经结婚并安居乐业,而他妻子,即使发生火灾,也不会离开这个街区。虽然,他无法想象自己独自在一个地方生活,他会思念洛雷娜的烹饪和偶尔的拥抱,但是呼吸,那同样是非常重要的事情。

在复活节晚餐上,他眼前一黑,从椅子上摔下来。他女儿歇斯底里般地叫喊起来,外孙们哭着,号啕着,跑到院子里尖叫:"外公死了!外公死了!"在打电话叫救护车的时候,他妻子抱怨他毁了这顿节日大餐,但是他看得出她在为他哭泣,在担忧他们两人。乔躺在地板上,像一条搁浅的鱼,他觉得自己成了整个家庭的累赘。

到了下一个星期六,他把女儿们召集到一起,对她们说,如果她们希望他活下去,他必须到西边去找一个地方。但是去哪里呢?她们哪一个家庭都不富有,即使她们集中财力也无法为他购置一个住所。他听到他妻子在厨房里乒乒乓乓地摔东西,所以他吻了女儿,说了声再见,然后轻轻朝响声走去。乔气喘吁吁地对妻子说,他爱她,他的搬离会使她们大家的生活变得更加轻松。

她把一只盖子砰地合在一只煮青豆的罐子上。"如果你爱我,"她厉声说,"你就不会咒骂,不会在教堂里熟睡。"然后她的眼睛变得温和下来,她把手捏成球形的拳头,放到嘴边。"但是,我不要你窒息而死。"

他从侧面给她一个拥抱,那样子有点像抱着一个人体模型。他奇怪她的温柔究竟是怎么回事。他估计那是练出来的,生活在一个大房子里,人来人往的。他抚摸着她的头发说:"这辈子,通过我表哥艾伯特,我零敲碎打地买了些公司股票,在我丢了工作的时候,他告诉我,这一些年来那些股票上涨了很多。"

"我知道,"她说,"你曾想用那些钱买一辆新车和一只小船,一条全家能使用的上等好船。"

他松开她,因为她拱起了背,像一只想要挠背的猫。"别再指望拥有船的生活了。我会和艾伯特一起上网看看我能在哪里买到或租到不漏雨的屋子。"

他走回去,坐进他的躺椅,觉得她对他可能要离开感到难过,但程度不像他预期的那样。他在家里待了这么多年,估计她已经熟视无睹了,他像家里那台电视,只是被她拿来出气而已。这不是她的错,大家都这样。他也并不怎么重视她,好像她只是一个陈列。

于是,最终他在奇瓦瓦沙漠附近,地处新墨西哥州沃特坦克西南面一块一英亩的租地上住了下来,那是个残留村落,往来的蒸汽机车在这里停下来补充燃料。当第一次看到这个地方时,他把卡车停在一条看不到尽头的两车道柏油路上,他的目光越过他的信箱,看到后面一英里长用碎石铺成的附属车道。在这片大约五千英亩,不,也许有一百万英亩的土地中间,一栋朝西的横向只有一开间的活动房屋,孤零零,就像一具尸体上极不相称地放着颗宝石。在这个被红色山脉环绕的平坦深谷里,没有任何其他的屋子。当他咯咯作响地沿着私人车道驾驶时,觉得自己就仿佛是一个飞到月球上的宇航员。他的卡车是 1958 年的阿帕切经典车型，他亲自修复了它，甚至装上了空调。活动屋的门没有上锁，所以他走进去，打开空调，它的运转似乎很正常。这里曾经作为政府人员的路边临时居地，现在被宣布为闲置物业。他走出屋子，站在它那金属箱体的阴影下，等着里面凉爽下来。在这空旷的沙漠里，无论朝哪个方向，他都能看到四十英里之外隆起的沙丘，还有坚韧的植物，每一种都长着刺；北面全是赤裸的山脉，耸起像斧子一样锋利的铜色山脊。他几乎不知道自己是在地图上的什么位置，但是在如此空漠的土地上，这并不重要。空气干燥得像是热水晶，非常清新，虽然微微有些刺鼻。目光所到之处，他看不到哪怕是一栋其他建筑。周边的山脉，除了裸露的岩石，仿佛没有别的东西，西边的山是白色的山顶，难以想象的高。东边的山，是旧钉子那样的铁锈色。他的后面是南边，分布着浅灰色的丘陵，再后面是墨西哥。在路易斯安那州，他的视线从来没有超过一个城市街区，或者，如果他在城镇外面驾车，也许不会超过三百码。在这里他可以发射一门大炮，炮弹飞速向前，滑行着落下来，或许会撞倒十英里之外的一棵仙人掌。

他坐在铝合金台阶上，咳了一会儿。他有路易斯安那州医生开的新药方，并问诊了格林德的一个肺科专家，格林德是五十英里外的一个铜矿小镇。现在是九月，不太热，也许气温是华氏九十度。因为他还没有出汗，所以感觉上好像不到华氏九十度。他用手指在赤裸的手臂上划动，听到他的皮肤发出沙沙的声音，是敦促他应该喝点水了。干燥的空气像死一样地静寂。在一座山上，有人用白的岩石摆出了一个十字架，根据距离判断，高度肯定有二百英尺。这应该是令人欣慰的，但是那个展示十字架的人，可能在一百多年前就死了。或者，也可能是火星人放在这里的。乔想知道他是否能在这里活下来。他想，他只需去接受生活的到来，日复一日，在费力的呼吸中度过。

一个月以后，他开始觉得有了一点好转。格林德镇的医生，一个抽烟的秃顶老人，告诉他，他的主要病症是支气管炎，伴以初期的肺气肿。而且，他似乎并不是对所有的东西都过敏，但是要到春天才能知道它们是些什么。

"你散步吗？"医生问。

"稍有走动。"

"好，再多走一些，你能做到的。"

所以，除了星期日，他每天步行一英里前往他的信箱。那里没有栅栏，其他任何看得到的地方都没有，即使带着望远镜。有一两次，他看见一些黑牛在地平线上溜达，他想象在那里的什么地方应该有一道栅栏，但是这农村是如此之大，它们根本无法逃到它们想要去的地方。

他写信给他妻子，因为陆地电话线路还没有安装好，而这里收不到地球上任何手机发出的信号。她回了一封长信，开头用简略的句子，但是到结束的时候，她的语调温和了一点，最后的句子是"我们吃得很好，但是孩子们怀念你做的炖鸡。洛雷娜"。

他开始朝墨西哥走，走出去一英里，又走回来一英里。走路是艰难的，到处是小山一样的仙人柱，多刺的仙人球也在和其他有刺植物的交缠中蹿出来挡路。偶尔会有一条大响尾蛇横在路上，他开始小心翼翼地跨过去。在一次散步中遇见过十次或十二次之后，他习惯了它们，但是那些表皮像宝石，在洞穴里休息的毒蜥，当他走过时，动也不动地注视他，令他有点毛骨悚然。

虽然他对上帝几乎失去信心，但他想在星期日找些事做，所以去了富斯镇一个被太阳暴晒的小教堂。弥撒用纳瓦霍人①的语言进行，在友好握手的时候，没人对他看，他是这个教堂里唯一不和别人交流的人。

到了十月，起风了，他的活动屋被固定得扎扎实实，但是当狂风穿过开阔的平地而来，砰砰地冲撞它时，还是产生了轻微的摇摆。他在散步时头戴帽子，身穿轻便夹克。他注意到鸟变多了，无论是停在地上的，还是在他头顶高高飞过的。包括他所见到的最大的野鹅，他无法想象它们将飞向哪里。

他装了电话线，通过它能够接收电视。虽然他和妻子可以通话，只要想通话随时都可以接通，但是他们两人还是继续写信，就像他们谈恋爱的时候，那时他在军队里服役。在书写中，他们能够说出自己的意思，而不仅仅是听起来好听。乔每天盼望着去信箱做个长途的散步，他的呼吸变得轻松些了。他开始在天色完全黑下来之后坐到外面，研读那魅人的撒满了钻石的天空。在夜里，天空就是半个世界，他有所领悟，他是多么无足轻重，还有他做的事情，他有过的想法。尤其是他想过的事情，或许他做的全是错的，他想象着太阳从他女儿的眼中升起，但是她们一生都在追着他要钱，他用钱为她们买汽车和愚蠢的衣服。在她们近乎漂亮的头脑里没有多少实用的东西。他意识到，他的妻子把这个家庭捏在一起，就像在用胶水做讨厌的黏合工作。

用他的双筒望远镜，他能看见出没在极远处的狼群，偶尔他能看到墨西哥人从边境走近，背着双肩包在三四英里之外的地方

---

① 纳瓦霍人是北美洲西部印第安人一支。

劳动，像蚂蚁一样向北移动。有时候，他希望有一个人会走得非常近，以致他可以对那人大声喊叫："你好。你要一些水吗？"

差不多每隔两个星期，他就会被一头牛的声音惊醒，它咬着通往户外配电板的管道。他会用一块鹅卵石和跑几步台阶把它轰走。他还会开车到沃克坦克一家用土砖建的小店购物，那屋子看上去像是被废弃的，直到他走到里面，打量那些下垂的罐头食品货架，它们被保护性地放在长柜台后面。对面是旧得脱了漆皮的冰柜，里面放着牛奶和肉。那个店员的脸色就像校舍的砖块，当乔付账单时他只是点点头。乔想跟他搭搭讪，有一次，他用一种极其渴望听到任何人声音的语气说："你为什么不和我说话，这是一个部落还是别的什么？"

那个人的眼睛简直成了两块玛瑙石。"你是个旅客。"

"我才不是呢，"乔对他说，"我在这里有财产。我将在这里度过我的余生。"

对方两只眼睛纹丝不动。"那么你是一个要死在这里的旅客。"那人说。

到了十一月，他的散步增加到一英里半，他设法爬上一座小丘，在红色的山坡上他能看到一些洞穴，那是一千年前土著美国人居住的地方。在十二月，天冷对他的肺有害处，但是教堂里的一个人告诉他，这里没有太多的下雪天气，冬天也并不十分寒冷。乔很想念路易斯安那州的食物，想念他的家人，但是他也爱他的呼吸。他还爱写信，用一支他从土砖商店里买来的、滑动自如的圆珠笔亲吻着信笺。他抚摸轻柔的纸页，就像用手指滑过外孙们的清洁头发。

在二月，他的卡车蓄电池没电了，他被困了很长一段时间，以致给养短缺。一天早晨,他醒来,朝着窗外看,看到一个老人,土砖小店的业主,站在五十英尺之外,像是一块静默的石头。

乔把屋门推开。"喂,趁还没有冻僵,快进来吧。"

那个人环顾四周,神情茫然。"不冷。"

但是,不管怎样,他还是进来了,乔倒给他一杯咖啡。"很高兴有人来陪我。你知道我的名字,它在我的信用卡上。"

"我的名字也叫乔。"

"嗯?这倒让人迷惑,你们有部落里叫的名字吗?"

他低头看了一眼地面的油布。"'雪脸'。我生在屋外。"

"不是开玩笑吧?是什么风把你吹来这里?"

"你没有来买食品。"

乔把眼睛睁得圆圆的。"你在担心我?"

雪脸摇摇头。"我需要你的钱。"

乔朝外面看,看见了这个人停在外面的小货车。"让我穿上夹克。"于是两人驰到店里,然后带着一大堆食品,坐着老人锈蚀的道奇车顶着风雪回来。

那天,在太阳还没落山的傍晚,乔又给自己冲了一杯他女儿寄来的公众牌咖啡,他从餐桌旁的小窗子向外望去,这时,他看见几头黑牛和大鹿,自由闲适地在活动屋周边的草地上啃着草。他想到了雪脸,想到雪脸来救助他的理由。在如此粗犷的土地上,有这种想法是很普遍的,是严峻的生存环境所致。他用无线电听当地新闻,他注意到当地人很少非自然死亡,但时有毒品贩子踩到了响尾蛇,徒步旅行者在勘探洞穴人的居住点时坠落死亡,越野赛车手驾着他们闪亮的车子在越过沙丘进入溪流的干河床时把脖子摔断。游客如果没有切合实际的目的是最不堪一击的,更有可能死于干渴或是一个沙漠毒品聚会。他对他在新墨西哥州的存在甚感欣慰，在这里他能顺畅地呼吸。

当他打开门的时候，鹿已经走掉了，牛抬起头来看着他。他坐在台阶上，拉开夹克衫的拉链，抬头仰望星星，它们仿佛构成了一张巨大无比的毒蜥皮。他思考着这样的天空是如何形成的，为什么他有幸目睹这个奇观。所有这些东西带给一个人的快乐，只是一个偶然吗？就像在酷热的路易斯安那州夏日，当他的肺燃烧时，一片冷西瓜被嚼碎后带着汁水进入他的胸腔，至少在那一刻给了他难以言喻的快意和慰藉，这个瞬间会永存于他的记忆之中直至死亡？他还想知道，从外星上能否看到他的活动屋，从月球上，或是从火星和土星上，甚至从它们的后面，看到一个遥远的镀锡铁皮做成的长方体，它在上帝的眼角闪动着光芒。明天是星期日，他决定在弥撒前去作忏悔。

在一二月份，住在他的活动屋里还不算太艰辛。他看大量的电视，读雪脸卖给他的旧书，在走步机上走步，那是一台从教堂庭院旧货摊买来的三手货，他颇为关注电视里的体育节目。他还写信，写了很多很多的信，直到他的圆珠笔油墨耗尽。在女儿打电话过来之后，他会坐下来，用铅笔写下两三页的小字体草书，完成他们的沟通交流，他的信越写越厚。

他害怕春天，害怕沙漠里的植物复苏开花，随之而来的是花粉在空气中游动，头一个星期他咳嗽中带有黏液，不得不去格林德看医生，医生在镇上的一家小医院里为他做了检测，看到那些结果医生抬起了头，给他开了一些抗组胺药，送他回家。几天以后他有所好转，但感觉自己好像在一个峻峭的悬崖边缘行走。乔不能确定他会活多久，他从来不问医生。他试着把每一天看作是他的最后时日。

他妻子来信的语调在渐渐发生变化，最后，甚至近于忏悔，为在每件小事上给他带来如此的困扰而抱歉。她知道她变得很冷漠，虽然她不相信自己是一个冷漠的人。她写道，她总是想，他能把一些事情做得更好，这就是她对他生气的原因。但是自从他走后，她认识到他在每一件事上都做得够好。

六月里的一天，他驱车到土砖小店，和雪脸讲了几句话。他决定做一些特别而美味的佳肴，一顿餐以汤汁开始，接着是炒洋葱、芹菜丁加大蒜，雪脸卖给他一些鸡肉，说是自家院中养的小母鸡，放在松软的白米饭上，那真是太嫩了。乔邀请他来吃晚饭，老人说他无法保证能不能到，因为他必须等汽油运到，来灌满前面那些油泵。

他回到活动屋比预想中要早，所以他决定清洁他卡车电池的接线头。他揭开木板罩，用一把小钢丝刷把接线柱刷干净，在正极涂上油脂，准备把它和电池旋紧，这时，电话铃响了。是雪脸，他说送汽油的人已经到达，他终究还是会来的。

大约五点钟的时候，他把长柄平底煎锅放在煤气灶上，打开排油烟机，不知怎的它失灵了。在试图修理它的时候，他把油烧得太热，所以他把切好的蔬菜和鸡肉放进去，然后倒入肉汤以降低它的温度。但是这个只有一席之地的小厨房一下子充满了香味、蒸汽和烟雾，使他透不过气来，他开始咳嗽，立刻感到胸腔僵硬。仅仅几秒钟，他就不能均匀呼吸了，不得不坐在地板上。从炉子里冒出的烟越来越浓，弥漫在整个活动屋里，他被迫切断煤气，逃了出来，跌跌撞撞跑进院中，只见五头牛正聚集在他的卡车前面，把头伸进打开的引擎室，咬断了连接马达的电线。一头牛仰

光亮中的盲区 | 443

起鼻子，一根插线从它嘴上挂下来，宛如是一根黑色的意大利面条。乔坐在沙里，咳出了黏黏的痰，又一遍一遍地打着喷嚏。他原可以用这辆卡车设法去格林德镇，但是现在，吸进去没有多少空气，呼出来的几近于零。他觉得他已经没有机会了。靠着台阶，他坐直身子，注视着奶牛，然后注视着路上空漠的远方。他想也许会得到什么启示，但是唯一的感觉就是昏昏欲睡、头晕目眩，所以他眼睁睁地看着奶牛在用头撞他心爱的旧卡车，他希望就这样死去，了无遗憾，毕竟，这是他来这儿的目的。

这真是一个节外生枝的日子，雪脸和驾驶汽油车的人发生了一场争吵，所以他拖延了开车上路的时间。然后，大约在太阳落山的时候，他的表弟，一个酒鬼，在离店三英里的地方打手势让他停下，要求把他载到他妻子家里去，那是一条陡峭的车道，上面松散地铺着骷髅般大的岩石。放下表弟之后，他思想斗争着是否要继续开往那个白人的活动屋。如果他不去那里，又有什么不同呢？这个旅客会不会生气，去其他地方购买东西？没有其他地方可去！雪脸在主干道上把车停下一会儿，考虑两个方向的取舍。他抬头看着天空，看见第一颗星星照耀着他的挡风玻璃，正在他的手指上方。于是，他戴上防护眼镜，不假思索地转起了方向盘。

雪脸发现他仰面躺在院子里，于是打电话给纳瓦霍警察，警察派出一架直升机把乔·阿杜送往格林德镇的医院。雪脸看着飞机上升，螺旋桨发出雷鸣般的巨响，他一直注视着，直到它在西边太阳的紫色余晖中变成一个胡椒般的小点。然后他走进活动屋，把烹饪做完，吃了一半炖鸡，他一边咀嚼，一边频频点着头表示赞许。

一周以后，乔正在整理他不多的物品，准备出医院，这时他的秃顶老医生拿着一块带纸夹的记事板走了进来，告诉他，他的轻度肺气肿没有怎么加重。

"真是这样？"

"是的，我想你是幸运的。让你躺在你家门外的是你的支气管炎。我真不知道，你身患这病是怎样在路易斯安那州活下来的。"他举起记事板上的一页纸说，"你需要两件东西，一台电炉和一台新的排油烟机。当然，还得加上你的药。"

他盯着医生工作服的口袋看。"我没看见你带烟。你戒了？"

医生久久地注视着他。"它们太贵。"

第二天电话铃响的时候，他正坐在桌子旁边赶着看他的邮件。他妻子说她要来看他，告诉他，她之所以担心他，是因为有另一个名字叫乔的人打电话给她，说家属应该来探访他。"他说你真的病了。还说要保护他的投资。"

乔把他的活动屋打扫得干干净净，但是远没有他妻子做得好。从医院回来三天之后，他戴上口罩，把活动屋周围的沙子耙掉，洗干净碗碟，换了卧室的床单，在位于活动屋另一端的小卧室铺上干净床单。他又是擦又是掸，把每一个表面擦拭得干干净净、光光亮亮，直到他瘫倒在电视机前面的小沙发上，喘着粗气。洛雷娜五十六岁，比他年轻，眼力也胜过他。他想象她在桌子底下认出一粒葡萄干，不禁皱起眉头，所以他又起身再作打扫。

第二天下午三点钟的时候，他看见一辆车从主干道拐弯进来。他知道她会乘飞机进入这个地区，再租一辆她能租到的最便宜的车子。然而，当它驰近，朝阴郁的西边掀起一阵尘土波浪时，他看到那是一辆上等的中型轿车，他怀疑里面究竟有没有载着他妻子。但是，那个在活动屋台阶旁边走出车门的人，正是洛雷娜，穿着一件浅色的背心裙，上面有优雅的抽象图案和含蓄的圆点。他习惯于她穿裤子和T恤衫，所以认为这些只是她的旅行装。

他走出去迎接，她给他一个令他吃惊的快速湿吻。"乔，"她说，把他向后推了一英尺，"你看上去一点也不坏。瞧你粉红色的耳朵。"

"嗯，今天湿度还算适宜。"他感觉他的胸壁放松了一些，虽然那可能是心脏的原因，"医生说我还不会死。"

她看着北面的山脉。"那么，这就是魔法之地？看上去像火星。"她看了他一眼，"不过，这挺好的。"

她走到小卧室里面，然后作了一个例行的检查。"我看得出你为我打扫过了。"她告诉他。他煮咖啡，他们坐着看窗子外面。一头安格斯牛在活动屋的角上走来走去，渴望地凝视着乔的卡车引擎盖。

"我很高兴你过来一趟，"他说，"直到你出现，我才意识到我是多么想念你们。"他看着她，那样子，就像他在一次散步时遇到的珍稀动物。

"我早就想来了，但女儿们太需要我帮忙照顾她们的孩子，这你知道。还总是担心把积蓄花光，那才几个钱哪！"

他开始抚摸她的手，然后缩回去。"我只是希望你知道我想念你。想念在巴吞鲁日的生活。"他朝东面仰起他的下巴，"并不是我在这里更快乐或怎样，可是天哪，大多数日子，我都感觉良好，那真是令人愉快。"

"从你的信中我能够知道。顺便说一句，你的信写得真是极好。"

他耸耸肩。"我猜，用手慢慢写的时候，我觉得我能说得更多。"

她笑了,用一只手遮住她的嘴。突然她站起来。"喂,你知道我行李箱的冰盒里有什么?一些烟熏香肠和大虾。我要为你煮一罐秋葵浓汤。"

他试着开个玩笑:"嗨,那我更应该经常搬出去住。"

这时她认真了,又坐下来。"乔,你离开以后,我开始懂你了。"

"什么?我不懂。"

"我知道。我是指很多很多事情,比如在炎热的天气,你穿一件白色T恤衫,我要你不要在屋里穿得像个乡下人,你只是对我做了个鬼脸,而不是因为我说了这话就责骂我。你离开后,我记起你为我建造了那座房子,付了钱,把很多东西一起安装好。你离开小镇几个月后,我在你的抽屉里找到你的几件T恤衫,我觉得它们变黄了,所以把它们拿出来漂白。"

他哼了一声。"那就是你的风格。专洗干净的衣服。"

"当我折叠它们的时候,我想它们里面怎么全是空的。实际上,通过这衣服我抚摸到了你。可那里并没有人。"她开始轻声哭泣,他们把头靠在一起,眼睛久久地闭上。

稍后,晚餐犹如去了一趟烟重雾绕的陈年沼泽地,乔吃了两碗秋葵汤。洛雷娜换了鞋,他带她出去散步,前往信箱,一路上提醒她不要触碰任何带刺的植物。对公路上游过的一条大响尾蛇,或是一对飞快穿过柏油路面的狼蛛,她都没有放在眼里,但是她被这个世界的开阔、深邃,以及它的红色远景和山上巨大的白色十字架吸引了。回来时,一路上他们俩说的话,比以前两人在一年里说的还多,他们看电视看到十点钟,他认为该是休息的时候

光亮中的盲区 | 447

了。当他给她展示那间小卧室的时候,她问:"你的床够两个人睡吗?"

他一时语塞:"当然,当然。它是一张双人床。我只是想……"

"不,没问题,如果你记得,我们还是夫妻。"

当洛雷娜在盥洗室的时候,他在厨房里刷牙,吃了一些药片。他爬上床,庆幸自己不是这活动屋里唯一的人,那小女人竟让他傻傻地觉得很安全。当她上床,熄了灯,他把眼睛闭上。他听到她轻轻脱下了衣服或是睡袍,他不知道她到底穿着什么,然后她把被子拉上,靠着他将身子蜷紧。他闻到肥皂的香味,感觉到她的手臂搂着他的胸,把他像一棵树一样挤压着。他抚摸她,在震惊中明白过来,她根本什么都没穿。"哦,老天爷,"他说,笑了,"这就像是我们的蜜月。你想杀死我。"

"不,我没有,"她低声说,"先喘口气。"

Tim Gautreaux
SIGNALS
Copyright © 2017 by Tim Gautreaux
Simplified Chinese edition copyright © Archipel Press, 2022
published in agreement with Sterling Lord Literistic, Inc.,
through The Grayhawk Agency Ltd.
All rights reserved.

图字:09-2022 0060 号

图书在版编目(CIP)数据

信号/(美)蒂姆·高特罗(Tim Gautreaux)著;
程应铸译.—上海:上海译文出版社,2021.12(2022.9 重印)
书名原文:Signals
ISBN 978-7-5327-8702-9

Ⅰ.①信… Ⅱ.①蒂…②程… Ⅲ.①短篇小说-小说集-美国-现代 Ⅳ.①I712.45

中国版本图书馆 CIP 数据核字(2021)第 276181 号

信号
[美]蒂姆·高特罗 著 程应铸 译
特约策划/彭伦 责任编辑/徐珏 封面设计/一亩幻想

上海译文出版社有限公司出版、发行
网址:www.yiwen.com.cn
201101 上海市闵行区号景路 159 弄 B 座
上海市崇明县裕安印刷厂印刷

开本 889×1194 1/32 印张 14.25 插页 2 字数 265,000
2022 年 3 月第 1 版 2022 年 9 月第 2 次印刷
印数:6,001—10,000 册

ISBN 978-7-5327-8702-9/I·5374
定价:89.00元

本书中文简体字专有出版权归本社独家所有,非经本社同意不得转载、摘编或复制
如有质量问题,请与承印厂质量科联系。T:021-59404766